Schockland

Sebastian Vogel. 30 Jahre. Langzeitstudent. Ob er jemals seinen Abschluss in Meeresbiologie schafft weiß niemand – am wenigsten er. Sein Leben ist leicht, locker, langweilig – bis zu diesem Morgen!

Via SMS erhält er eine anonyme Warnung und bereits im nächsten Augenblick entkommt er nur knapp einem Killerkommando. Als er feststellt, dass er auch der Polizei nicht trauen kann, ist ihm klar, dass dies ein wirklich mieser Tag wird.

Wer will ihn tot sehen?

Und warum?

Und von wem kommen diese Mysteriösen SMS?

Sebastian ahnt nicht, dass er in etwas hineingeraten ist, das schrecklicher ist, als alles was er sich auch nur im Entferntesten vorstellen kann.

R. Atte

Schockland

Thriller

Bibliografische Information Der Deutschen Bibliothek:
Die Deutsche Bibliothek verzeichnet diese Publikation in der Deutschen Nationalbiblio-
grafie; detaillierte bibliografische Daten sind im Internet über http://dnb.ddb.de abrufbar.

Es gibt zwei Arten von Aufgaben
Jene an denen du wächst und die an denen du zerbrichst.

R.

Für Katrin

Prolog

Grashalme kitzeln mich in den Kniekehlen. Sie suchen sich Wege in meine Kleidung, in mein T-Shirt und in meine Shorts. Bestimmt gibt es Ameisen hier, doch das stört mich nicht. Sollen sie mich doch in meinen Sachen besuchen, ich bin da nicht eigen. Mein Haus ist dein Haus. Gäste sind mir immer willkommen. Es ist schön hier an diesem Fleck, in diesem Leben. Besonders auf einer Wiese mitten im Nirgendwo, im warmen Sommer, den Blick gen Himmel gerichtet. Kann man zufriedener sein? Unwahrscheinlich. Das hier, diese Wiese, dieser Moment ist das Paradies. Ich genieße die Sonnenstrahlen, wie sie langsam über meinen Körper – mit Vorliebe über meine Arme und Beine – krabbeln und mich immer wieder an diesen schönen Tag erinnern. Ich weiß nicht wo ich bin, ich weiß eigentlich nicht einmal was für einen Tag wir heute haben – ist das wirklich so wichtig?

Dort oben fliegt ein Flugzeug. Es fliegt so hoch, dass ich es nicht einmal richtig sehen kann. Im Grunde sehe ich nur den Kondensstreifen, den es hinter sich herzieht. Es muss eine unglaubliche Höhe sein, in der es sich befindet. Mit ihm wahrscheinlich hunderte von Passagieren. Ich erinnere mich an einen Bericht über Großraumflugzeuge. Dreihundert Plätze können es, glaube ich, sein. Dreihundert Menschen. Dort oben. Jeder führt ein Leben, dass er für unheimlich wichtig hält und dennoch wird mir wahrscheinlich nie jemand von ihnen begegnen. Keiner von ihnen ahnt auch nur, dass ich hier unten bin. Ich bin einfach da. Liege hier und existiere vor mir hin. Wichtig bin ich nicht. Nicht für mich und erst recht nicht für die Menschheit, aber will ich das denn? Ich denke nicht. Mir reicht es einfach zu sein und zu genießen. Momente wie diese sind es, die das Leben lebenswert machen.

„Bep bep bep – beep beep – bep bep bep!"

Dreimal kurz, zweimal lang, dreimal kurz. Auch ohne das Morsealphabet zu beherrschen weiß ich was das heißt. S-M-S. Jemand versucht mich zu erreichen – aber warum sollte ich diesen Ort verlassen? Hier kann ich die Nachricht nicht annehmen, sie ist in die andere Welt geschickt worden. Schön blöd, wer sich hier herausreißen lässt. Doch irgendwas in meinem Unterbewusstsein kämpft sich zu mir durch.

Lies die Nachricht! Es könnte wichtig sein!

Wach auf!

1

Finsternis umgibt mich, Finsternis, Feuchtigkeit und ein muffiger Geruch. Es riecht salzig, abgestanden und ungewaschen. Wie ein Mensch wenn er ausdünstet. Wie ich. Der Versuch mich zu bewegen, lässt meinen Körper mit Signalen überfluten. Jedes Gelenk und jeder Muskel, den ich zu bewegen versuche wehrt sich. Die Haut kribbelt unter der Bettdecke, aber nicht auf diese angenehme Art. Es ist eher wie eine Brennnessel, die sich langsam und unaufhaltsam über meine Beine, Arme und Genitalien bewegt. Wie starre Klauen versuchen die Hände sich einen Weg zum Licht zu graben, hinaus aus diesem Biberbettverließ, in dem die Müdigkeit mich in ihren Fängen hält, wie die Tentakeln eines Monsters aus Kinderalbträumen. Die ersten Lichtstrahlen erfassen mein Gesicht und erzeugen Blitze hinter den Augen, die sich direkt in die Großhirnrinde zu brennen scheinen. Der Schmerz im Innern meines Kopfes wirkt greifbar. Wie ohne mein Zutun pressen sich die Lider zusammen um zumindest noch einen kleinen Augenblick Ruhe vor dem Sturm des neuen Tages zu verschaffen. Ich drehe und winde mich, zum Teil um Zeit zu schinden, aber auch um mich selbst unter den nötigen Zwang zum Handeln zu stellen, in dem sich mein Gesicht dem Tageslicht entgegenstreckt.

Steh auf!

Meine Hand, deren Finger nun zumindest einen Versuch unternehmen, sich unabhängig voneinander zu bewegen, streift durch mein Haar und muss sich im Kampf mit mehreren Knoten geschlagen geben. Wie oft wollte ich in den letzten Wochen schon zum Friseur gehen? Warum kam es nie so weit? Fehlte der Antrieb? Der Mut? Der Mut etwas zu vernichten, was so lange gezüchtet wurde – vollkommen egal, wie sehr einen der eigene Anblick im Spiegel ankotzt? Allein beim Gedanken an mein heutiges Spiegelbild zieht sich ein ganz besonderer Kopfschmerz durch die Windungen meines Gehirns. Ich nehme all meine Kraft zusammen, werfe die Bettdecke von meinem Oberkörper und richte mich auf. Ich schau nach unten und erkenne, dass ich mich aus irgendeinem Grund letzte Nacht vollständig entkleidet habe. Den Blick auf den Boden vor die Matratze gerichtet erkenne ich, dass dies direkt hier geschehen sein muss. Wo ist die Erinnerung? Mit einem Elan, der der Situation angemessen erscheint setze ich die Füße aus dem Bett und richte sie auf dem Boden gleich noch mal neu aus, damit sich die Boxershorts, in deren Beinöffnungen sie jetzt stehen, mit einem Zug hochziehen lässt. Nach einem nachdenklichen Kratzen zwischen den Beinen stehe ich auf und bereue es sofort. Versucht sich da ein Stacheldraht durch meinen Kopf zu winden? Dennoch wird die Shorts angezogen und mit der Jeans weitergemacht. Vergeblich suche ich nach Socken. Wo können sie sein? Warum liegen die Schuhe vor dem Bett, aber die Socken glänzen durch Abwesenheit? Für einen Augenblick bewegt sich die Idee durch meinen Kopf, einfach durch die Wohnung zu streifen und sich auf die Suche nach den verlorenen Socken zu machen, aber bereits die Aussicht auf die nächste Türschwelle und die Handvoll Reißzwecken, die davor auf dem Boden liegt, lässt jede Bewegung mit nackten Füßen wie eine Schnapsidee erscheinen. Was soll's, dann eben Schuhe ohne Socken.

Als ich mich bücke um die Schnürsenkel zuzubinden durchfährt meinen Schädel ein Schmerz, der sich nur mit einer Lobotomie mittels Flex vergleichen lässt. Der letzte Abend scheint mehr als nur ein Fläschchen Bier beinhaltet zu haben. Während ich mich wieder aufrichte, ziehe ich ein schwarzes Shirt an, auf dessen Front ein Totenschädel grinst. Vor dem Bett hätte auch ein kurzärmliges Hawaiihemd gelegen, aber irgendwie ist die Ironie doch zu verlockend, jedem zu zeigen, wie scheiße ich mich fühle.

Langsam bewege ich mich auf den Türrahmen zu und spüre dabei jeden Schritt. Brummschädel, Kater – das sind eigentlich viel zu nette und freundliche Umschreibungen für das, was sich nach Nächten wie der Letzten im Kopf abspielt. Früher haben die Piraten ihren weniger umgänglichen Gefangenen einen glühendheißen Eisenstab in die Nase gestochen und solange im Gehirn herumgedreht, bis der Störenfried endlich apathisch, aber ruhig in der Ecke sitzen bleib. Das umschreibt eigentlich meinen momentanen Zustand am Besten.

Bei den ersten Schritten in meinem Wohnzimmer/Küche/Arbeitszimmer/Abstellkammer-Raum bietet sich ein Anblick der einen zurückhaltenden Schock auslöst. Ich sehe: Pizzaschachteln, Lasagneschalen aus Aluminium, Zeitschriften, Bücher, Socken (einzeln), Bürsten, Besteck, umgestürzte Stühle, einen Tisch, Pokerkarten, mehrere leere Sektflaschen (erstaunlicher Weise kein Bier), leere gebrauchte Gläser, halbvolle gebrauchte Gläser, Zigarettenschachteln, Zigarettenstummel, Asche, Unmengen an Geschirr die sich in der Spüle stapeln, Unmengen an CD-Roms die sich um den PC auftürmen, Zettel und Notizen im gesamten Raum verstreut.

Langsam kehrt die Erinnerung zurück. Zunächst nur ein Wort: Pokerabend!

Gestern war es wieder soweit. Ein paar Mitkommilitonen sind vorbeigekommen um zu Pokern. Wir machen das jede Woche mindestens einmal. Wir spielen nicht um Geld, zumindest nicht um echtes. Dafür haben wir die Kronkorken, die wir bei dem dabei häufig entstehenden Gelage sammeln. Der Ablauf ist immer der Gleiche. Einer stellt die Wohnung, die anderen bringen Bier mit. Gestern war ich mit der Wohnung dran. Aus irgendeinem Grund brachten die Anderen diesmal kein Bier, sondern Sekt mit. Wahrscheinlich hatte jemand noch welchen beim Aufräumen in seiner Bude gefunden und hatte nun Angst, dass dieser irgendwann verfallen würde. Ganz sicher war es sogar so. Vage kann ich mich an ähnliche Erklärungsversuche von Irgendjemanden erinnern. Zum Glück werfen wir nie die Kronkorken weg, so dass auch gestern wieder gepokert werden konnte, wenn auch ohne den mittlerweile lieb gewonnenen Inflationseffekt durch den hohen Bierflaschenverschleiß

Ich gehe um den Tisch herum und vernehme ein Knarren unter meinem rechten Fuß. Verdammt! Genau wissend was auf dieses Knarren folgt ziehe ich den Kopf zwischen meine Schultern, doch um mir die Ohren zuzuhalten bin ich einfach nicht schnell genug. Es knallt. Das Geräusch, das der Besen

12

beim Umfallen macht, ist schon im normalen Zustand nervend, aber nun scheint es so, als würde der Besenstiel mit Gewalt durch meinen Hinterkopf getrieben und durch die Stirn gestoßen. Es ist doch immer das Gleiche! Wenn man diese verdammte eine Diele betritt kippt der verdammte Besen um. Natürlich würde dies nicht geschehen, wenn ich ihn einfach wegräumen würde, aber wozu? Früher oder später steht er dann doch wieder dort und lauert auf mich, ob ich nicht wieder einmal die Todesdiele betrete. Nun ja, wenn dieses Zimmer je eine Grundreinigung gebraucht hatte, dann heute. Vielleicht sollte ich den Besen einfach nutzen? Unter dumpfen Schmerzen bücke ich mich, um ihn wieder dort anzulehnen, wo er eben noch stand und versuche mir im Kopf eine Notiz zu machen, die mich an die Grundreinigung erinnert. Wichtig ist nur eines: Meide diese Diele!

Der Blick richtet sich wieder auf den Tisch. Zwischen Karten und Kippen liegt ein kleines Häufchen meiner Habseeligkeiten: Die Schlüssel und das Handy. Irgendwo hier muss sich noch mein Portemonnaie befinden, aber zum Suchen bin ich schlichtweg zu matt. Der Schlüssel ist schnell verstaut und gerade als ich auch mein Handy in die Hosentasche stecken will, meldet sich eine Erinnerung in meinem Hinterkopf.

Was war noch mit dem Handy?

Richtig! Die SMS! Deswegen war ich doch aufgewacht! Ich klappe es auf und lese es am unteren Rand des Farbdisplays: „1 Neue Nachricht". Ich drücke auf ‚Ansehen' und sehe zunächst nur eine Liste mit den letzten Kurzmitteilungen, die ich empfangen habe. Lauter Namen, die mir bekannt sind, doch diese Nummer – diese neue Mitteilung – scheint von jemandem zu kommen, der zumindest in meinem Handyeigenen Telefonbuch keinen Eintrag besitzt. Ich schaue mir die Nummer intensiv an und durchforste meine Erinnerungen auf der Suche nach Hinweisen, doch dies wirkt schon nach wenigen Sekunden absolut sinnlos, da alle Nummern die mir wichtig sind eh in meinem Telefonbuch vorhanden sind und ich sie mir somit auch niemals gemerkt habe. Ich markiere die Nachricht um sie zu lesen.

Sie lautet: „VERSCHWINDE!"

Was mir in diesem Moment durch den Kopf geht ist nicht klar zu definieren. Zum einen bin ich verwirrt. Eine solch kurze Nachricht von einer fremden Nummer kann nur bedeuten, dass es sich um ein Versehen handelt. Auf der anderen Seite habe ich bisher noch nie eine Mitteilung bekommen, die nicht wirklich an mich gerichtet war und der Inhalt klingt auch nicht so, als könne er mich nicht meinen. VERSCHWINDE! Es ist nur ein Wort. Selbst wenn etwas zwischen den Ziffern zu lesen sein sollte, bietet diese Nachricht nicht viel Raum für Spekulationen. Was auch immer hinter diesem Wort steht, es ist nicht auszuschließen, dass genau ich der Adressat sein sollte. Und dann ist da noch dieses Gefühl. Es ist so, als würde jemand hinter mir stehen und bereits die Hände zum Angriff heben. Im Grunde gibt es keine Gefahr, die ich fürchten sollte, doch diese Nachricht – dieses eine prägnante Wort – übt mehr Macht auf mich aus als ich erklären kann. Diese Aufforderung, dieser unmissverständliche Imperativ lässt mich nicht so einfach weitermachen mit – mit was auch immer. Noch dazu spüre ich diesen stechenden

13

Pokerabend-Schmerz in meinem Kopf, der durch dieses eigenartige Ereignis auch nicht besser wird. Nie wieder Alkohol.

Ich stecke das Handy ein und begebe mich zu meinem Rechner. Erst einmal ein paar Level Killerspiele ballern, das ist immer eine gute Idee. ‚Killerspiele' – wie originell! Ich hasse die Meinungsmache der Privaten Medien. Ich schieße halt gerne mal nem Alien die Rübe von den Schultern, ist das so schlimm? Es entspannt und lenkt von den Sorgen des Alltags ab. Sicherlich wird es mein Kopf mir nicht danken, aber da muss er nun mal durch, denn die Alternative hieße Aufräumen. Wenn es eine Möglichkeit gibt, dies hinauszuzögern, dann wird diese auch wahrgenommen. Gnadenlos faul – meine Exfreundin hatte schon Recht.

Gerade in dem Moment in dem ich eine Unterhose, deren Reinheitsgrad nicht auf den ersten Blick ersichtlich ist, von dem Bürostuhl wische, damit der Platz am Computertisch vor dem Bildschirm frei wird, lärmen die Glocken des Kölner Doms in meinem Kopf.

Ich realisiere, dass dies hier in Oldenburg nicht sein kann und führe diesen Lärm auf die Türklingel zurück, die durch deinen Kater immens verstärkt wird.

„Moment!" rufe ich und lege dabei in die Stimme soviel Schmerz und Qual, dass jedem klar sein müsste, was sich hier in der letzten Nacht abgespielt haben muss. Die schlurfenden Bewegungen meiner Füße sorgen für einen ganz neuen Trampelpfad durch das Chaos, welches ich als meine Wohnung nicht leugnen kann. ich strecke die Hand zur Klinke aus, als es plötzlich da ist.

VERSCHWINDE!

Wie ein Schlag auf den Hinterkopf denke ich an diese SMS. Die Hand zieht sich wie von selbst zurück. Wer ist dort hinter der Tür? Der Versuch dies zu hinterfragen schlägt fehl, die Hirnschäden der letzten Nacht sind zu stark. Ich nehme die Tür, die sich neben meiner Wohnungstür befindet, und gehe in das Badezimmer. Das ist eine alte Wohnung. Irgendwann wurde dieses Gebäude komplett entkernt und von innen neu aufgebaut, aber auch diese Renovierung ist nun schon Jahrzehnte her. Das damals verwendete Holz hat gearbeitet und gibt nun interessante Blicke durch die Wände Preis. Sicherlich bin ich auch stolzer Besitzer eines Türspions, aber die Verunsicherung, die mir selbst lächerlich erscheint, hält mich davon ab ihn zu benutzen. Ich nähere mich der Wand.

Der Riss im Mauerwerk verschleiert die Sicht, lässt die Ränder unscharf erscheinen. Dann, nach und nach, stellt mein Auge das Bild klar. Es ist ein Mann der vor meiner Tür steht – nein, da erscheint noch ein Zweiter hinter ihm, der eindeutig größer ist. Schätzungsweise misst dieser etwa zwei Meter, während sein Partner vielleicht auf einen Meter siebzig kommen mag. Beide sind schlank, scheinen sportlich. Sie sind leger gekleidet. Beigefarbene Hemden, kakifarbene Hose der Große, der Kleinere Jeans. Die Konturen werden nun ausreichend deutlich um auch die Gesichter erkennen zu können. Der Große trägt einen gut gestylten Kurzhaarschnitt, er ist blond. Der andere hat schwarze Locken und die um das gesamte Gesicht herum, dennoch ist auch sein Vollbart gepflegt und an den Kannten sauber ausrasiert. Ich denke mir nichts und möchte gerade zum Eingang schlurfen, als sich unter den Warten-den etwas tut. Sie greifen hinter ihre Rücken und dann trifft es mich wie ein Schlag ins Gesicht.

Schusswaffen!

Wie festgeschweißt klebe ich an der Wand und kann kaum glauben was ich sehe. Sie greifen in ihre Hosentaschen und holen kleine Röhrchen heraus. Dann schrauben sie diese auf die Mündungen und ich erinnere mich an zahllose Filme in denen Schalldämpfer verwendet werden. Eines wird mir sofort klar: Das ist keine Polizei! Die wollen nicht reden, haben nicht einmal Interesse daran meine Wohnung zwecks einer Festnahme zu stürmen. Diese beiden haben nur eines im Sinn. Mord.

Ich entferne mich langsam von der Wand und die Welt um mich herum scheint sich zu drehen. Beim Versuch einen klaren Gedanken zu fassen stolpere ich fast über einen Haufen Schmutzwäsche und ich erkenne, wie wichtig es ist, jetzt keinen Mucks von mir zu geben. Ich schaue in mein Zimmer doch nichts ist mehr so wie noch vor wenigen Sekunden. Die Berge von Gerümpel werden von mir nicht mehr wahrgenommen. Es ist als läge alles unter einem Seidenen Tuch. Was ist hier los? Was wollen die? Und warum? Pistolen!

Tod!

Dieses Wort drängt sich in meinen geschundenen Schädel und dominiert plötzlich alle Gedanken. Das Einzige, was sich sonst noch denken lässt ist Flucht! Instinktiv wandert der Blick zu den Fenstern. Die Wohnung liegt im ersten Stock, kann ich vielleicht springen? Es stehen zwei Fenster zur Aus-wahl. Dann ist es klar. Unter dem Linken befindet sich ein Gewächshaus! Ich renne zum Fenster und könnte mich sofort dafür ohrfeigen, denn der Boden quittiert dies mit lautem hektischen Knarren. Hinter der Tür tut sich was. Ich vernehme ein lauter werdendes Gemurmel. Es ist nun anscheinend egal also reiße ich das Fenster auf ohne auf die CDs zu achten, die dabei lautstark von der Fensterbank auf den Boden scheppern. Mein Blick geht aus dem Fenster und inspiziert das Dach des Gewächshauses. Das Glas wirkt dünn, aber wenn ich vorsichtig auf den Eisenumrahmungen trete könnte es funktionie-ren. Also los! Sorgfältig aber nicht zu langsam setze ich einen Fuß vor den anderen und nähere mich der äußeren Kannte des Glashauses. Diese erreicht erschrickt mich der Lärm aus meiner Wohnung so sehr, dass ich ohne zu überlegen in das Gebüsch auf dem Boden springe. Es fängt den Sturz gut ab und während ich mich aus den Zweigen befreie wiederholt sich das Ge-räusch. Es ist ein hölzernes Krachen. Sie versuchen die Tür aufzubrechen! Nun muss ich flink sein, renne über die Wiese, springe über den Zaun in Nachbars Garten und peile eine Häuserecke an um aus dem Sichtfeld der Wohnung zu verschwinden. Ich glaube zu hören, wie in der Ferne Holz bricht. Das Blut in meinen Adern – in meinen Ohren – macht offensichtlich laute Töne und so bin ich mir nicht sicher. Einen Meter von der Ecke ent-fernt – plötzlich ein Zischen. Steinchen platzen ab, eine kleine Staubwolke löst sich.

Ein Schuss – daneben!

Ich schlage einen Haken um die Ecke und sehe mir dabei über die Schulter. Aus dem Fenster zielen sie auf mich und dann, als ich endlich hinter den Backsteinen verschwinde, zischt es wieder.

Was ist hier los, verdammt?

2

Mein Herz schlägt mir bis zum Hals. Das mag daran liegen, dass ich seit Längerem nicht mehr gejoggt bin und mein dauerhafter Sprint somit stärker an meinen Muskelfasern zerrt als noch in jüngeren Tagen. Nicht, dass ich mit meinen dreißig Jahren wirklich alt wäre, aber der Zahn der Zeit geht auch an mir nicht spurlos vorbei. Um dem körperlichen Verfall etwas entgegenzuwirken treibe ich zwar etwas Sport – Schwimmen, Radfahren und Hanteltraining – aber eben kein Lauftraining. Tatsächlich gehe ich allerdings davon aus, dass meine körperliche Verfassung stark dadurch beeinträchtigt ist, dass man versucht hat mich umzubringen. Und das so ganz ohne Grund.

Ich renne nun seit fünf Minuten ununterbrochen durch die Siedlung und suche in meinem Hirn nach möglichen Erklärungen – vergebens!

Warum um alles in der Welt bin ich in dieser Lage? Was habe ich verbrochen? Schlimmeres als leichte Trunkenheit auf dem Rad hatte ich mir in den letzten Tagen nicht vorzuwerfen und selbst hier kann ich mir einen echten Zusammenhang beim besten Willen nicht vorstellen. Gibt es irgendeinen Streit zwischen mir und den beiden Typen? Dann allerdings müssten sie mir doch bekannt vorgekommen sein. Das kann ich auf jeden Fall ausschließen. Seit jeher meide ich den Umgang mit bewaffneten Mitmenschen.

Es gibt keine Erklärung. Es gibt sie einfach nicht. Eigentlich sollte mich das beruhigen, doch das tut es nicht. Im Gegenteil – wenn es sich hier um einen Verwechslung handelt, wie will ich die Beiden dann von ihrem Irrtum überzeugen, bevor sie meinem Körper ein paar zusätzliche Öffnungen verschaffen? Moment! Eine Verwechslung? Genau! Das muss die Erklärung sein! Dass ich nicht früher darauf gekommen bin ist der Beweis dafür, dass mein Gehirn momentan auf jeden Fall mit Sauerstoff unterversorgt wird.

Ich brauche etwa drei Sekunden bis mir klar wird wie idiotisch dieser Gedanke ist, denn eines habe ich dabei vergessen: Die SMS!

Von wem kam die Nachricht? Klar ist: Wer immer auch dahinter steckt, muss zumindest mehr über meine Situation wissen. Er kennt meine Nummer, meine Misere und augenscheinlich weiß er auch, dass ich unschuldig bin. Na ja, sagen wir mal er findet zumindest nicht, dass ich den Tod verdient hätte was ich mal großzügig unter ‚freundlicher Gesinnung' verbuche. Dennoch habe ich keine Ahnung, um wen es sich handelt.

Ich bin mittlerweile drei Kilometer von meiner Wohnung im Nedderend entfernt und langsam macht sich ein Seitenstechen bemerkbar. Ich hätte es eher erwartet, doch ich beschwere mich natürlich nicht. Mir kommt eine Idee die nicht sonderlich originell ist, aber trotzdem in irgendeiner Weise Erfolg verheißen könnte. Die Polizei hat ihre Oldenburger Hauptwache nicht weit von hier. Blitzschnell stellen meine überlasteten grauen Zellen längst überfällige Verbindungen her: Waffen – Mord – Polizei! Also auf zu den Hütern des Gesetzes.

Ich biege ab und werfe, wie auch die ganzen letzten Meter schon, einen Blick hinter mich. Nichts. Vielleicht habe ich es tatsächlich geschafft meine Gegner zu verwirren und abzuhängen. Sonderlich einfallsreich war ich nicht – ich gebe mich da keinen Illusionen hin – tatsächlich schlug ich einige unsinnige Haken um ein paar Häuserblocks und durchkreuzte ein paar Wiesen und Vorgärten anstatt die Fußwege zu benutzen. Da allerdings seit dem Verlassen meiner Wohnung nicht mehr auf mich geschossen wurde gehe ich davon aus, dass es mir gelungen ist, zeitweise in Sicherheit zu sein. Wenn ich es jetzt noch bis zur Polizei schaffe bin ich aus dem Schneider!

Das Gebäude ist bereits zu erkennen. Wer hätte einmal gedacht, dass ich mich freuen würde nicht allzu weit entfernt von den Freunden und Helfern eingezogen zu sein. Für gewöhnlich weicht das Gefühl der Sicherheit dem ständiger Überwachung. Natürlich ist das utopisch – als hätten die nichts anderes zu tun, als ausgerechnet mir auf die Finger zu schauen, dennoch ist es ein tiefer innerer Zwang, der mich immer wieder veranlasst mich selber zu kontrollieren, wenn ich einen Polizisten sehe. Dabei habe ich eigentlich kaum Möglichkeiten nennenswerte Gesetze zu brechen. Ich besitze ja nicht einmal ein Auto!

Eine letzte Straßenecke noch und ich bin da. Grau, groß und hässlich wartet das Gebäude anscheinend nur darauf, mir aus der Patsche zu helfen und gerade als ich einen Fuß auf das Polizeigelände setzen möchte meldet sich wieder mein Handy. Also raus damit und nachgesehen. Wieder eine Meldung vom Unbekannten.

„NICHT ZUR POLIZEI GEHEN! IST UNTERWANDERT! NICHT ZUR POLIZEI GEHEN!"

Ungläubig verlangsame ich meinen Schritt. Steht da wirklich was ich zu lesen glaube? Mein Blick huscht noch einmal über die Zeile.

„NICHT ZUR POLIZEI GEHEN! IST UNTERWANDERT! NICHT ZUR POLIZEI GEHEN!"

Ich werde tatsächlich vor der Polizei gewarnt! Ich bewege mich kaum noch und hebe meinen Kopf. Ungläubig sehe ich mir den kantigen Betonklotz an. Eigentlich ist es ganz einfach: Zum Eingang begeben, durch die Tür gehen und dem Herrn oder der Dame an der Information sagen, dass ich verfolgt werde. Bis vor wenigen Sekunden war ich der festen Überzeugung in Sicherheit zu sein. „IST UNTERWANDERT!" – die beiden Worte hallen in meinem Kopf zwischen den beiden Schläfen hin und her. Es braucht ein paar Momente bis ich überhaupt realisiere, was das bedeuten könnte. In diesem Fall wäre ich hier natürlich alles andere als sicher. Tatsächlich könnte sich das Öffnen der Tür – ja, bereits das Annähern an den Eingang als fataler Fehler erweisen.

Durch Zufall trifft sich mein Blick mit dem eines Polizisten, der in dem Gebäude an einem Schreibtisch sitzt und gedankenverloren hinaussieht – die typische Gesichtspause, wenn man so will. Ein Reflex versucht mich zum

17

Wegsehen zu zwingen, aber mir ist klar, dass dies erst recht seine Aufmerksamkeit erregen würde.

Alles hängt nur von einer Frage ab: Kann ich dem unbekannten Informanten trauen? Ich kenne ihn nicht. Ich habe keine Ahnung um wen es sich handelt. Vielleicht ist es jemand aus meinem Bekanntenkreis, aber wie wahrscheinlich ist das schon? Meine Freunde zeichnen sich für gewöhnlich nicht durch irgendwelche Kontakte zu Killern aus. Nicht dass ich sie mir danach aussuchen würde, aber vielleicht sollte ich das in Zukunft in Erwägung ziehen.

Ich richte meinen Blick gen Boden, dann sehe ich mich um. Weit und breit ist niemand zu sehen. Keine Passanten, keine Killer und zumindest hier draußen vor dem Gebäude sehe ich keine Polizisten. Sicher mag es eine gute Idee sein, jetzt dort hineinzugehen, aber momentan setzt mich eigentlich niemand unter Druck. Kann es schaden, wenn ich noch ein wenig warte – und sei es nur um mir richtig klar darüber zu werden, ob ich wirklich hineingehen möchte? Ich drehe um und entferne mich langsam wieder.

Was mir das bringt weiß ich nicht. Vielleicht bin ich paranoid, aber die erste SMS, die ich heute bekam wollte mir das Leben retten, warum sollte es diesmal anders sein? Bisher habe ich das Gefühl, dass ich dem Unbekannten trauen kann – und sei es auch nur durch eine einzige Nachricht.

Beim Überqueren der Straße höre ich, wie sich ein Auto nähert. Eine Stimme in meinem Innern mahnt mich zur Vorsicht. Ich weiß nicht ob sich hier irgendwo Gefahren finden. Was das angeht bin ich mir sogar sehr unsicher in Anbetracht der beiden Killer, auf deren schwarzer Liste ich zu stehen scheine.

Ein paar Meter weiter steht ein Kleinwagen an der Straße geparkt. Mutig, so dicht bei der Polizei im absoluten Halteverbot. Entscheidend für mich ist allerdings, dass sich hier vielleicht eine Möglichkeit zum Verstecken bietet, also beschleunige ich meine Schritte und halte auf diesen kleinen Parksünder zu. Tatsächlich komme ich genau in dem Moment bei dem PKW an, in dem auch der Wagen um die Ecke biegt. Ich gehe hinter dem Fahrzeug in die Hocke. Leider lässt sich auf diese Weise nicht sehen was geschieht – nur hören. Der herannahende Wagen wird anscheinend langsamer und am Knirschen des Schotters erkenne ich, dass er auf das Polizeigelände abbiegt. Vielleicht sollte ich doch mal kurz einen Blick riskieren, nur um mich zu vergewissern, dass meine Sorgen unbegründet sind. Vorsichtig hebe ich meinen Kopf vor das Fenster des Kleinwagens, damit ich auf der anderen Straßenseite erkennen kann, was sich bei den Gesetzeshütern tut.

Durch den zwei Meter hohen Zaun aus verzinktem Edelstahl erkenne ich wie das Fahrzeug langsam zum Stehen kommt. Es ist ein weinroter Mercedes. Ein Model kann ich nicht wirklich feststellen, da ich mich nicht so sehr für Autos interessiere, als dass ich es aus dieser Entfernung und durch den Zaun zerstückelt erkennen könnte. Dennoch macht es auf mich nicht unbedingt einen kostengünstigen Eindruck. Als es stehen bleibt und sich die beiden vorderen Türen öffnen ist es als ziehe sich ein Schleier vor meine Augen. Was ich sehe kann nicht wahr sein.

Es sind die beiden Männer die eben an meiner Tür standen.

Ich zucke zurück, verschwinde vollständig aus ihrem Sichtfeld und versuche meine soeben zerrütteten Gedanken zu ordnen. Sie sind hier. Was sie hier machen wäre eine berechtigte Frage, oder besser: Was sie im Schilde führen, aber soweit denke ich nicht.

Sie sind hier – ist alles was ich denke.

Ich schiebe mich langsam wieder höher und versuche noch mal über den Rand zu spähen. Diesmal bin ich allerdings wesentlich vorsichtiger. Die beiden Männer stehen hinter dem Fahrzeug und reden ruhig miteinander. Die Szene bleibt einige Minuten unverändert, dann gehen sie ins Gebäude. Was auch immer sie dort wollen, sie werden sich kaum den Beamten als Killer vorstellen. Ihr Gang ist absolut Selbstsicher. Sogar ich machte eben noch einen schuldbewussteren Eindruck, und das immerhin als das Opfer!

Ich sinke verwirrt und erschöpft auf den Boden und lehne mich an das Auto. Da kann ich tatsächlich nicht hineingehen. Der Ort, der mir am meisten Sicherheit versprach entpuppte sich soeben als Falle oder zumindest als extrem hohes Risiko.

Wieder vernehme ich ein Motorengeräusch. Schweres Fahrzeug, Dieselmotor (dafür reicht mein Automobilwissen gerade noch aus). So wie ich hier im Moment sitze befindet sich rechts von mir in etwa fünfzig Metern Entfernung eine Bushaltestelle. Mein Blick huscht nach links und tatsächlich naht ein Bus. Das ist meine Chance. Plötzlich und unvermittelt renne ich los.

Für den Busfahrer muss es so aussehen als wäre ich lediglich spät dran. Er kennt diese Fälle, sonst wäre er kein Busfahrer. Er wird mir noch die Möglichkeit zum Einsteigen geben. Der Bus kommt zum Stehen, die hintere Tür öffnet sich und ich husche hinein.

Sofort heftet mein Blick an der Polizeistation, bei der sich nichts Außergewöhnliches tut. Niemand rennt hinaus. Niemand stellt sich dem Bus in den Weg oder schießt auf die Reifen. Was auch immer in diesem Gebäude vorgeht – man hat mich nicht gesehen. Das ist gut.

Die Türen schließen sich und ich lasse mich auf einem der vielen freien Sitze sinken. Eines wird mir erst in diesem Augenblick klar: Der Unbekannte hatte recht!

3

Die Busfahrt war schneller vorüber als erwartet. Na ja, sie war nicht wirklich schneller, aber man kennt das ja: wenn man nicht genau weiß wohin es geht, dann steht man immer eher vor dem Ziel, als man es eigentlich gebrauchen kann. Was aber war genau mein Ziel? Nach Hause konnte ich nicht wieder, die Polizei kam nun auch nicht mehr in Frage. Ehrlich gesagt kommt mir im Grunde nichts mehr wirklich sicher vor. Die Zeit im Bus verbrachte ich nur damit meine Gedanken zu sortieren. Was war geschehen und was wird noch geschehen? Killer vor meiner Haustür? Stehe ich tatsächlich auf einer Abschussliste? Und wie hängt die Polizei da mit drin? Und nicht unbedingt das Unwichtigste: Woher zur Hölle kommen diese Nachrichten?

19

Zunächst jedoch beschäftigte mich eine Frage mehr als alle anderen. Wohin sollte ich nun gehen? Die Antwort lieferte mir der Bus selber, denn er fuhr in Richtung des Stadtteils Wechloy und dort gibt es zumindest Einen, der mich bestimmt erst einmal aufnehmen kann. Maik.

Den Weg zwischen der Haltestelle und dem Studentenwohnheim hatte ich schnell hinter mich gebracht – gerade heute möchte ich mich so wenig wie nur möglich in der Öffentlichkeit aufhalten.

Nun stehe ich also vor den Türklingeln dieses, in chicen 60er Jahre Brauntönen gefärbten, Containerbaus und suche nach seinem Namen. Komisch, es ist das erste mal, dass ich bei ihm klingeln muss. Normalerweise kündige ich mich halt vorher irgendwie an und werde dann bereits an der Tür von ihm empfangen, da er es hasst überrascht zu werden. Nach einigen Augenblicken finde ich endlich den Namen 'Sommerfeld'. Ich läute und zunächst tut sich gar nichts. Erst als ich es auf die penetrante Sturmklingelvariante versuche, meldet sich jemand an der Gegensprechanlage.

„Ja?" Er klingt heiser und kratzig. Was für ein Wunder – mindestens zwei der Sektflaschen gestern Abend hat er alleine erledigt.

„Ich bin's, kann ich reinkommen?"

„Bitte? Wer ist 'ich'?"

„Sebastian ist 'ich'! Mach eben auf, es ist dringend!"

„Sebastian? Sag mal bist du bekloppt? Weißt du wie spät es ist?" Ich weiß durchaus wie spät es ist, wahrscheinlich genauer als er, aber die Frage scheint eher rhetorischer Natur. Außerdem wäre ich in seiner Situation um halb elf auch noch nicht auf den Beinen. Tragisch nur, dass ich im Grunde tatsächlich in seiner Situation sein sollte.

„Lässt du mich nun rein oder was?", dränge ich. Der Türöffner summt und ich renne ins Treppenhaus. Stets drei Stufen auf einmal nehmend, bin ich innerhalb von Sekunden im dritten Stock. Er hält mir bereits die Glastür zum Etagenflur auf. Man muss nicht unbedingt emphatisch veranlagt zu sein, um zu erkennen, dass es ihm den Umständen entsprechend mies geht. Mit Schwung renne ich an ihm vorbei und drehe mich nur kurz zu ihm um während ich seine Bude betrete.

„Ist alles in Ordnung bei dir?", frage ich.

„Bei mir? Hey, ich mach hier keinen Terror mitten in der Nacht, also ja, bei mir ist alles Bestens, danke." Er kommt mir nach und schließt die Tür hinter sich. Aus einem Impuls heraus greife ich nach dem steckenden Schlüssel und schließe die Tür ab.

„Was..."

„Ich werde verfolgt."

„Bitte?"

„Ich werde verfolgt. Da gibt es jemanden, der mich umbringen möchte. Ich habe keinen Schimmer wer und warum, aber es ist so."

„Moment, langsam. Also erst mal muss ich dir sagen, dass du entschieden zu laut für meinen Schädel bist und dann versuche mal deutlich zu werden. Also: Wer verfolgt dich?"

20

Er reibt sich seine verkaterte Stirn. Keine Frage – so kann ich mit ihm nichts anfangen. Nicht dass ich eine Ahnung hätte, was ich überhaupt an Hilfe von ihm erwarte.

„Hast du nen Kaffee?"

„Für meinen Geschmack bist du nervös genug, aber bitte, wenn's dir hilft setze ich einen auf."

Natürlich behalte ich für mich, dass er ihn trinken soll, denn Maik hält es für ein Ammenmärchen, dass Kaffee einen Kater vertreiben kann. Dennoch fällt mir im Moment nichts Besseres ein. Maik verschwindet mit seinem ungekämmten Wuschelkopf in dem umfunktionierten Kleiderschrank, den er Küche nennt und ich renne in seinen zwölf Quadratmetern auf und ab.

„Also es fing heute Morgen an. Ich wache auf und habe da diese SMS bekommen. Keine Ahnung von wem. Auf jeden Fall steht da nur ein Wort drin: VERSCHWINDE!"

„Verschwinde?"

„Ja, in Großbuchstaben. V – E – R – SCHWINDE – Ausrufezeichen. Ich also ratlos, weiß nicht was ich davon halten soll und ziehe mich erstmal an. Dann, ich gerade voll dabei, klingelt es an der Tür. Ich will aufmachen, da denke ich an diese SMS und gehe lieber ins Bad um durch die kaputte Wand zu schauen wer da ist."

„Wegen der Sache hättest du längst mal bei dem Vermieter..."

Der Kaffee beginnt durch die Maschine zu laufen und Maik setzt sich auf die einzige Sitzgelegenheit seines Zimmers. Das Bett.

„Bitte, könntest du mir mal eben zuhören? Das ist jetzt echt wichtig!"

„Scheiße Mann, mach weiter." Er reibt sich wieder seinen Kater von der Stirn.

„Also ich sehe da diese beiden Typen, einer groß, der andere nicht so. Sehen ziemlich normal aus und ich denke noch so bei mir..."

„Zeugen Jehovas!"

„Maik, Bitte!"

„Ist ja gut, mach weiter."

„Auf jeden Fall sehe ich wie die plötzlich Waffen hervorholen und Schalldämpfer. Schalldämpfer Maik, zieh dir das mal rein!"

Maik zieht hörbar Luft zwischen den Zähnen ein. Vielleicht beginnt er langsam den Ernst der Lage zu erkennen, es kann allerdings auch sein, dass er mich verarscht. Das weiß man bei ihm nie so genau. Ich könnte es ihm auch nicht verübeln, wenn man bedenkt was für eine Geschichte ich ihm hier auftische, aber darauf kann ich jetzt keine Rücksicht nehmen.

„Was hast du gemacht?"

„Ich bin getürmt. Aus dem Fenster. Ich konnte noch hören wie die mein Zimmer aufbrachen und dann schossen sie auf mich. Verdammt, das war ganz schön knapp sag ich dir."

„Darf ich dich mal unterbrechen? Also wenn ich dir glauben würde – womit ich nicht sagen möchte, dass dies der Fall ist – warum um alles in der Welt stehst du dann hier in meinem Zimmer herum? Warum gehst du nicht zu den Bullen?"

21

„Tja, das ist der Grund warum es besser gewesen wäre mich eben nicht zu unterbrechen, denn genau das wollte ich ja gerade erzählen. Also ich wollte natürlich gleich zur Polizei und war schon fast da, als ich eine weitere SMS bekam. Da stand, dass ich nicht zur Polizei gehen sollte, weil die da mit drinstecken würden."

„Die Bullen? Jetzt wird's langsam unglaubwürdig."

„Ey, wenn ich's dir doch sage! Ich hab allerdings im ersten Moment genauso gedacht, deswegen war ich auch äußerst vorsichtig. Aber tatsächlich konnte ich plötzlich sehen, wie die beiden Typen von heute morgen in dem Polizeigebäude verschwinden."

„Und dann?"

„Na ja, dann habe ich mich in einen Bus gesetzt und hier bin ich."

Maik reibt sich wieder durchs Gesicht, was allerdings nicht mehr zu bedeuten hat, als dass er immer noch nicht verkraftet, wie früh es ist. Dann stellt er die Frage, die mindestens 95 Prozent meines Hirns seit einer halben Stunde nicht mehr loslässt.

„Was hast du denn Schlimmes gemacht?"

Ich möchte ihn anschreien, ihn schütteln und es ihm ins Gesicht kreischen, doch ich weiß, dass es dadurch nichts einfacher, realistischer oder auch nur sortierter wird. Es ist und bleibt absurd. Ich sehe ihn nur ratlos an und zucke mit den Schultern. Dann legt er seine Zeigefinger vor die Lippen und kräuselt die Stirn. Er denkt nach. Ob er mir glaubt kann ich nicht sagen, aber er scheint zumindest die Möglichkeit in Betracht zu ziehen, dass ich ihn nicht anlüge oder vollends verrückt geworden bin.

„Also fassen wir mal zusammen: Zwei Killer versuchen dich zu erledigen, die Polizei steckt da mit drin", er deutet mit seinen Fingern Gänsefüßchen an, „und irgendwer warnt dich via SMS, habe ich das so richtig verstanden?"

„Jepp."

„Und du hast keine Ahnung wer dir diese Nachrichten zukommen lässt?"

„Es ist auf jeden Fall keine Nummer aus meinem Telefonbuch, denn sonst würde mein Handy ja den Namen anzeigen. Da steht nur ne Nummer. Ich hab mir auch schon den Schädel zermartert, wer das sein könnte. Kannste mir glauben."

„Hast du vielleicht mal versucht anzurufen?"

Verdammt. Da renne ich durch die Stadt auf der Suche nach Hilfe, aber komme nicht auf die simpelsten Ideen!

„Nein, hatte ich bisher noch keine Zeit zu."

„Keine Zeit? Verarsch mich nicht, du bist einfach noch nicht drauf gekommen! Na gut, dann mach's halt jetzt."

Ich greife nach meinem Handy und verharre einen Moment. Warum habe ich das bisher noch nicht gemacht? War ich wirklich zu dumm um auf die einfachste aller Möglichkeiten zu kommen? Nein, der Gedanke einfach anzurufen kam mir bereits bei der ersten Mitteilung. Der Grund für mein Zögern war ein Anderer. Was weiß ich denn über diese Person am anderen Ende? Eines ist klar: Sie kennt sich in meiner momentanen Lage besser aus als ich. Möchte ich eigentlich mit jemandem in Kontakt treten, der in einer solchen Geschichte steckt? Andererseits: Habe ich eine Wahl? Maik wird ungeduldig.

„Na mach schon."

Ich drücke auf ‚Nummer wählen' und schaue Maik an. Er nickt mir zu du ich nehme das Gerät ans Ohr. Nach einigen Sekunden dann endlich eine Stimme.

„Die Nummer die sie gewählt haben ist nicht vergeben." So freundlich die nette elektronische Frauenstimme am anderen Ende der Leitung auch klingt, sonderlich weiterhelfen kann sie mir leider nicht.

„Die Nummer gibt es wohl nicht", sage ich.

„Kann nicht sein, gib mal her."

Ich reiche ihm mein Telefon und er horcht hinein. Keine Ahnung was genau er zu hören hofft, aber er gibt es mir mit nachdenklicher Miene zurück.

„Das muss nicht unbedingt was bedeuten. Man könnte das inszeniert haben."

„Wie das?"

„Na ja, es könnte sein, dass du zwar durchkommst, auf der anderen Seite allerdings eine Schaltung installiert ist, welche dir dieses Band vorspielt. In diesem Fall kannst du natürlich nur Kontakt aufnehmen, wenn es die andere Seite will."

„Und wenn die Nummer wirklich nicht vergeben ist?"

„Das ist eigentlich nicht möglich."

„Was heißt ‚eigentlich'?"

„Es gibt zwar Ausnahmefälle, aber das kann ich mir nicht vorstellen."

„Also bis heute morgen konnte ich mir auch nicht vorstellen, dass jemand auf mich schießt, aber jetzt weiß ich es besser."

„Wenn es sich tatsächlich so verhält, dann könnte man das nur feststellen, wenn man Zugriff auf die internen Daten der Netzbetreiber hätte."

Vielleicht zahlt es sich doch noch aus, dass es mich gerade zu Maik verschlagen hat. Wenn irgendjemand dieses Problem knacken kann, dann er. Die Frage ist, ob er dazu auch bereit ist. Ich sehe ihn fragend an und er weiß sofort, was ich denke. Ohne dass ich auch nur ein einziges Wort sage.

„Nein. Nein, schlag dir das aus dem Kopf."

„Ey Mann, ich weiß nicht was ich machen soll. Ich könnte deine Hilfe jetzt echt gut gebrauchen", jammere ich.

„Vergiss es. Als ich mich das letzte Mal in ne Firma eingehackt habe, wäre ich hinterher fast aus dem Wohnheim geflogen. Es ist ein Wunder, dass ich überhaupt noch am Netzwerk angeschlossen bin. Du ahnst ja nicht wie ich dafür zu Kreuze kriechen musste."

Er steht auf und begibt sich wieder zu seiner Minikleiderschrankküche, denn der Kaffee ist endlich fertig. Danach macht er jedem von uns eine Tasse zurecht. Er sieht mich fragend an.

„Schwarz bitte", antworte ich. „Hör mal, ich weiß dass das wirklich viel verlangt ist, aber es geht hier um Leben und Tod."

„Ich wüsste auch gar nicht, wie ich da reinkommen sollte."

„Du hast doch diesen Bekannten, der da in der Fußgängerzone in diesem Handyshop arbeitet. Lässt sich da nichts machen?"

Maik setzt sich hin und denkt nach. Nur ein kleiner Fortschritt, aber immerhin.

23

„Na gut, nehmen wir einmal an, ich hätte mir von ihm mal ne Kopie der Firmeneigenen Zugangssoftware organisiert – was ich damit nicht bestätige" – er hat sie also – „dann könnte ich herausfinden, ob diese Nummer wirklich nicht vergeben ist und wenn doch, dann weiß ich auch an wen."

„Cool, mach das."

Er wendet sich seinem Rechner zu.

„Ganz so einfach ist das nicht. Denn ich habe ja keinen offiziellen Account bei denen, aber das sollte nicht das Problem für mich sein. Das ist nur eine Frage der Zeit."

„Wie lange?"

„Kann ich so noch nicht sagen. Vielleicht ne halbe Stunde. Könnten allerdings auch zwei werden."

Sehr gut. Er nimmt mich optisch gar nicht mehr wahr, sieht nur noch seinen Monitor. Anscheinend habe ich etwas in ihm geweckt, was seit seiner Hackerabstinenz nur darauf wartete, mal wieder ins Tageslicht zu treten. Plötzlich meldet sich mein Telefon. Wieder eine SMS. Das reißt sogar Maik aus seiner kakophonischen Welt des Tastenklickerns. Ich schaue nach.

„BAHNHOF – SCHLIESSFACH 053 – SCHLÜSSEL GEGENÜBER IM BLUMENKASTEN"

Ich sehe Maik an.

„Das war er wieder. Ich muss zum Bahnhof. Irgendwas mit nem Schließfach."

Ich merke gar nicht wie ich mich langsam schon zur Tür bewege.

„Hältst du das für ne gute Idee?"

„Bisher hat er mir zweimal das Leben gerettet. Wäre nicht klug von ihm mich jetzt umbringen zu lassen oder?"

„Na gut, wenn du meinst – viel Glück!"

„Halt mich auf dem Laufenden, wenn du was weißt."

„Mach ich, was ist mit deinem Kaffee?"

„Nimm du ihn, ich bin mehr als wach."

4

Wieder sitze ich im Bus. Eigentlich dumm von mir, wieder mit den gleichen Klamotten unterwegs zu sein, wie noch vor ein paar Minuten. Was wenn es eine Art Beschreibung von mir gibt? Möglichkeit mich umzuziehen hätte ich gehabt, Maik hätte mir bestimmt was leihen können. Eine Mütze oder vielleicht ein etwas weniger auffälliges Shirt würden da schon Wunder wirken. Egal. Es muss halt auch so gehen.

Als ich mich eben in diesen Bus setzte ging mein Blick bereits auf Wanderschaft und tastete die verschiedenen Fahrgäste ab. Natürlich ist das übertrieben, denn ich befinde mich hier in Oldenburg – einer Stadt mit mehr als hunderttausend Einwohnern. Wie wahrscheinlich ist es schon, dass ich gerade hier meinen beiden neuen Freunden begegne? Ich denke nach. Ja, wie wahrscheinlich ist es denn wirklich? Ich habe ja nicht einmal eine Ahnung,

24

warum sie hinter mir her sind, also warum sollte man nicht noch mehr Leute auf mich angesetzt haben? Angenommen es geht um etwas wirklich Wichtiges, würde man dann nicht auf Nummer sicher gehen und so viel Personal wie nur möglich mobilisieren? Immerhin hielt man es für nötig die Polizei zu instrumentalisieren und allein die Tatsache, dass – wer immer hinter der Sache steckt – man dazu überhaupt in der Lage ist zeugt von einer gewissen Brisanz.

Ich sinke tiefer in meinen Kunststoffschalensitz und stütze den Kopf in meine Handfläche. Wenn ich die Finger nun wie einen Handfächer ausbreite, lässt sich mein Gesicht von außen kaum noch erkennen. Allenfalls erahnen ließe es sich, aber dies könnte ich nur noch verhindern in dem ich mich hier mitten in den Gang auf den Boden legen würde – ein Gedanke, den ich sofort wieder verwerfe in Anbetracht der Tatsache, dass der Fahrer sofort die Irrenanstalt rufen würde.

Während die Zeit bei meiner Fahrt in den Johan-Justus-Weg wie im Fluge verging, scheinen die Minuten und Sekunden nun dahinzukriechen. Anscheinend ist es einfach eine Frage dessen, ob man sich eines Zieles bewusst ist oder nicht. Eben noch ging es mir schlicht darum zu fliehen. Auch wenn sie mir nicht direkt auf den Versen waren, wusste ich doch, dass meine Chancen auf jeden Fall besser standen, je weiter ich mich von der Polizeistation entfernte. Nun jedoch befinde ich mich auf eigene Verantwortung wieder unterwegs und das nur, weil mich irgendein wildfremder Mensch, ohne Angabe eines vernünftigen Grundes, darum bittet. Hätte dieser Mensch mir bisher nicht mindestens zweimal das Leben gerettet – ich hätte ihm was gehustet. Unter diesen Umständen allerdings macht mir dieses Unterfangen, und sei es noch so riskant, Hoffnung vielleicht etwas mehr Durchblick zu bekommen. Noch habe ich nicht die geringste Ahnung, wer mir ans Leder möchte und vor Allem warum. Irgendetwas in meinem Innersten sagt mir, dass, was auch immer ich in dem Schließfach finden werde, mir zumindest ansatzweise eine Antwort liefern wird.

Der Bus durchfährt die Bahnunterführung und nähert sich unaufhaltsam der Bushaltestelle auf der Hinterseite des Hauptbahnhofs. Vielleicht hätte ich auf der Vorderseite des Gebäudes aussteigen sollen, doch hier waren mir schlichtweg zu viele Menschen – zu unübersichtlich. Nun ist es fast wieder so weit. Nur noch wenige Sekunden – maximal eine Minute – und ich befinde mich unter freiem Himmel. Plötzlich meldet sich erneut mein Handy. Wieder diese Nummer – wieder eine SMS.

„ACHTUNG! BAHNHOF WIRD ÜBERWACHT! MAN RECHNET MIT DEINER FLUCHT!"

Verdammt! Wie dumm muss man eigentlich sein, um nicht auf die naheliegendsten Gefahren zu kommen? Natürlich. Wenn man mich tatsächlich aus dem Weg räumen möchte ist es doch nur sinnvoll, alle Fluchtmöglichkeiten zu überwachen. Und da ich kein Auto besitze – mittlerweile gehe ich eigentlich fest davon aus, dass man sich recht gut über mich informiert hat – ist es nur logisch den Bahnhof im Auge zu behalten. Allerdings gibt es da noch eine andere Kleinigkeit, die mich beschäftigt. Warum bekomme ich diese Nachricht erst jetzt?

25

Wer immer versucht mich zu warnen, hat mich auch hierher geschickt. Es war relativ klar, dass ich mich auf den Weg mache, aber war es auch so klar wann ich hier eintreffen würde? Ich hätte doch auch aus einem anderen Stadtteil kommen können. Es wusste doch niemand, dass ich bei Maik war. Ist es also Zufall, dass ich diese Warnung genau in dem Moment bekomme, in dem mein Bus auf den Parkplatz biegt? Mich beschleicht der Gedanke, dass ich überwacht werde. Eine andere Erklärung habe ich dafür nicht.

Der Bus bleibt stehen und schlagartig wird mir bewusst, dass ich auf jeden Fall auch den Busbahnhof kontrollieren würde, wenn ich verhindern wollte, dass sich irgendwer absetzt. Was nun? Die Türen öffnen sich und eine handvoll Personen steigt aus. Um nicht unnötig aufzufallen stehe auch ich auf und schließe mich der kleinen Gruppe an. Nur ein Gedanke kontrolliert mein Gehirn: Nicht auffallen!

Mich beschleicht ein merkwürdiges Gefühl. Ich komme mir vor wie ein Reh auf einer Lichtung, im festen Wissen dass es in diesem Wald Jäger gibt. Und ich bin das einzige Wild. Meine Konzentration irrt in meinem Körper umher. Gleichzeitig versuche ich unauffällig und zügig zu sein, was sich als schwieriger erweist als man meinen sollte. Außerdem versuche ich Blicke in alle Ecken zu erhaschen um mir die Leute anzusehen. Natürlich darf man mir auch dies nicht anmerken und so glaube ich in einem steten Wechselbad der Gefühle – eigentlich nur unterschiedlich starke Abstufungen von Angst – ein Zittern in meinen Händen zu spüren. Beim Versuch dies zu unterdrücken stelle ich fest, dass meine Beine mittlerweile kurz davor sind, einfach wegzuknicken. So wie mein Verstand nun auf Hochtouren und am Rand der Belastungsgrenze arbeitet bin ich schon froh, dass ich bei Maik keinen Kaffee getrunken habe. Wahrscheinlich würde mein Kopf jetzt explodieren. Nach einigen Metern, die mir unendlich lang vorkommen bin ich endlich im Gebäude. Leider hält sich meine Freude über diesen Triumph nur kurz, denn eine Kleinigkeit hatte ich bisher nicht bedacht: Die Schließfächer befinden sich durchaus auf beiden Seiten des Bahnhofes. Nach einem kurzen Check der Ziffern der hiesigen Fächer wird mir klar, dass ich unter sämtlichen Gleisen entlanggehen muss – acht an der Zahl! Wie viel beschissenes Pech kann man eigentlich haben? Ich muss tatsächlich den längsten Weg in diesem Verdammten Bahnhof hinter mich bringen, der überhaupt möglich ist. Also vorwärts!

Mein Blick haftet an den Versen der jungen Frau vor mir. Für gewöhnlich würde ich den hübschen Anblick ihrer wohlgeformten Knöchel genießen, aber darum geht es mir diesmal nicht. Auf diese Weise zwinge ich mich nicht nach links oder rechts zu schauen und so nicht den Eindruck zu erwecken, ich hätte etwas zu verbergen. Ob das wirklich funktioniert kann ich nicht sagen, aber ich hoffe es. Tatsächlich ist mir irgendwie schon bewusst, dass das Unsinn ist, denn mein Shirt mit dem Totenkopf ist auffällig genug, um auch den idiotischsten Killer auf mich aufmerksam zu machen. Nun denn, wie heißt es so schön im Segen? Schenke mir den Mut zu ändern was ich ändern kann, die Gelassenheit hinzunehmen was ich nicht ändern kann und die Weisheit das Eine vom Anderen zu unterscheiden.

26

Mein Shirt ist leider nicht zu ändern und meine Weisheit endete bereits gestern Abend beim Pokern.

Wie viele Leute mögen hier wohl nach mir suchen? Sind es nur die Beiden, die auch vor meiner Tür standen? Oder haben sie auch hier die Polizei eingesetzt? Und vor Allem: Wo sucht man mich? Wahrscheinlich wäre ich auf den Bahnsteigen am Meisten in Gefahr. Irgendwie reizt es mich ja schon nachzusehen, ob sie dort tatsächlich nach mir suchen. Natürlich ist mir der Wahnsinn dieser Idee bewusst, doch das Kribbeln in meinen Gliedmaßen ist von so durchdringender Intensität, dass ich mit jeder Treppe die ich passiere wieder von Neuem dagegen ankämpfen muss.

Endlich im großen Bahnhofssaal angekommen stehe ich einer Menschenmenge gegenüber, die mir erst die wirkliche Gefahr verdeutlicht: Ich habe schlicht und ergreifend keine Möglichkeit zu erkennen ob sich hier jemand aufhält, der mir nach dem Leben trachten könnte. Wenn ich überhaupt eine Chance haben möchte hier wieder heil herauszukommen muss ich mich beeilen. Zu meiner Linken sehe ich die Schließfächer, die ich sofort ansteuere.

Ich bleibe vor der Wand aus Türchen stehen und fahre schnellstmöglich mit meinem Blick über die Nummern. 046, 047, 048... weiter... 051, 052... 053 - Gefunden! Natürlich fällt mir erst jetzt auf, dass ich noch gar keinen Schlüssel dafür habe. Ich Genie! Auf der Suche nach einem Blumenkasten drehe ich mich auf dem Absatz um und erblicke ihn fast zeitgleich mit dem Sicherheitsbeamten, der sich direkt davor platziert hat.

Scheiße!

Ob auch die Bahn-Security in diesem Komplott verstrickt ist? Persönlich habe ich noch nie versucht staatliche Systeme zu unterwandern, aber es scheint mir wie ein simples Gesetz der Logik, dass die Polizei besser organisiert und infolgedessen auch schwieriger zu infiltrieren ist, als ein paar übel dreinblickende Beamte der Bahn. Andererseits ist es ja nicht möglich dass die – wer immer ,die' auch sind – alles in der Hand haben. Oder etwa doch? Hoffen wir einfach mal, dass sie gezwungen sind Prioritäten zu setzen. In diesem Fall handelt es sich bei diesem Typen um jemanden, der sich lediglich vergewissern möchte, dass hier niemand von Betrunkenen oder Stadtstreichern belästigt wird. Langsam und, wie ich hoffe, unauffällig drehe ich mich wieder um.

Moment! Selbst wenn dieser Kerl nichts mit den Typen von heute Morgen zu tun hat so ist es dennoch denkbar, dass er von der Polizei benachrichtigt wurde. Man würde nach jemandem Fahnden. Jemanden in Jeans und Totenkopf-T-Shirt. Die ganze Sache scheint mir auf einmal noch viel gefährlicher als sie sowieso schon. Es ist ja gar nicht nötig die gesamte Polizei zu unterwandern. Es genügt ja schon ihnen weis zu machen, dass es sich bei mir um einen gesuchten Straftäter – wahrscheinlich bewaffnet und gewaltbereit – handelt. Womöglich stellt man mich als Mörder hin, um die größtmögliche Aufmerksamkeit zu erreichen.

Meine panischen Gedanken werden durch das Grölen einiger Jugendlicher abgelenkt, die es wohl mit dem Alkohol nicht so genau nehmen. Sie laufen in einer Gruppe von mindestens sieben Personen in den Gang unter den Gleisen, aus dem ich eben kam. Dann sehe ich aus dem Augenwinkel den Sicherheitsbeamten vor dem Blumenkasten, der ihnen folgt. Wenn ich mich das nächste Mal gegen Alkoholausschank an Jugendliche ausspreche werde ich wohl an diese Schicksalswendung denken. Unglaublich wie auch hirnloser Blödsinn unter wahnwitzigen Bedingungen sein Gutes haben kann. Ich wende mich dem Blumenkasten zu und nähere mich schnellen Schrittes.

Leer. Verdammt, hier sollte doch der Schlüssel sein! Ich blicke mich um. Werde ich beobachtet? Bin ich vielleicht in eine Falle getappt? Niemand scheint mich anzusehen mit Ausnahme eines kleinen Mädchens, welches ganz offensichtlich Angst vor meinem T-Shirt hat und sich sofort wieder seiner Mutter zuwendet. Mir wird klar, dass ich mich unnötig auffällig verhalte und ich richte meinen Blick wieder in den Kübel. Einen Hinterhalt scheint es nicht zu geben, also muss hier irgendwo der Schlüssel sein. Ich möchte gerne danach graben, aber sehr viel aufsehenerregender könnte ich mich wohl nicht verhalten. Moment! Da glitzert etwas silbern unter dem Topfgranulat. Das ist er!

Ich atme einmal tief durch und greife nach dem silbernen Ding, als sei es der normalste Handgriff der Welt. Geschafft! Es ist tatsächlich der Schlüssel! Schnell stehe ich wieder vor dem Fach, stecke ihn in den dafür vorgesehenen Schließzylinder und öffne die Tür.

Keine Ahnung was ich erwartet hatte, aber ich komme nicht umhin meine eigene Enttäuschung zu bemerken. Alles was ich sehe ist eine gebrannte CD in einer unbeschrifteten Hülle. Vielleicht hätte mich ein Aktenkoffer oder eine Sporttasche mehr beeindruckt. Hatte ich vielleicht auch eine Waffe erwartet? Ich weiß es nicht. Dennoch muss die CD wichtig sein und so nehme ich sie aus dem Fach und stecke sie mir in die Gesäßtasche. Es wird Zeit sich wieder auf den Rückweg zu machen.

Wieder begebe ich mich in die Bahnhofsunterführung um auf die andere Seite zu gelangen, dem großen Platz vorne traue ich immer noch nicht über den Weg. Noch einmal gehe ich unter all den Bahnsteigen entlang auf denen ich meine Verfolger vermute. Und wieder muss ich mich bei jeder Treppe zum Weitergehen zwingen. Ich kann schon die Glastür des Ausgangs erkennen, als es mich plötzlich packt. Sie hat gewonnen – die Neugierde. Es ist die letzte Treppe vor der ich plötzlich und unvermittelt stehen bleibe und auf die ich mich wie hypnotisiert zubewege.

Ich nehme langsam und so vorsichtig wie nur möglich eine Stufe nach der anderen. Warum tue ich das? Was verspreche ich mir davon mich absichtlich in eine Gefahr zu begeben, die so unnötig ist? Vielleicht will ich einfach nur sehen dass dort nichts ist. Ich möchte mich vergewissern, dass es die Gefahr gar nicht gibt, dass all dies – der ganze Scheißmorgen – nur ein Produkt meiner restalkoholisierten Phantasie ist. Wäre ja nicht das erste mal.

Mein Kopf kann nun über die Kannte hinwegsehen, doch mehr als ein paar Füße und Knöchel kann ich nicht ausmachen. Ich gehe weiter hinauf. Mit jeder Stufe die ich erklimme kommt mir die Betriebsamkeit vertrauter und gewöhnlicher vor. In mir wächst die Gewissheit, dass hier alles in Ordnung zu sein scheint, dass ich mich schlicht und ergreifend geirrt haben muss. Fast schon möchte ich den ganzen Tag in Frage stellen – als ich ihn sehe.

Der große Blonde!

Er steht dort drei Bahnsteige weiter und schaut sich um. Ganz offensichtlich ist er auf der Suche nach jemandem und ich weiß nur zu gut nach wem. Dann erscheint ein Polizist und wechselt ein paar Worte mit ihm. Wenn ich auch noch den geringsten Zweifel gehabt hätte, nun ist es klar. Der Polizist verschwindet wieder und der Blonde geht den Bahnsteig entlang und nickt irgendwem zu. Ich suche nach dem Empfänger dieser Geste und werde schnell fündig. Ein weiterer Mann scheint Ausschau zu halten. Er trägt einen gut sitzenden dunkelblauen Anzug. Meine Verfolger scheinen also exklusive der Polizei mindestens drei Personen zu sein. Ich möchte mich gerade wieder langsam die Treppe hinunterbewegen, als ich ganz am anderen Ende der Halle auf dem letzten Bahnsteig einen weiteren Mann sehe, der ebenfalls auf der Suche ist. Dann wieder einer in der Mitte. Er zeigt einer älteren Dame ein Photo. Ich blicke den Bahnsteig, auf dem ich mich selber befinde entlang und erkenne noch jemanden, der sich verdächtig verhält. Es reicht. Schnellen Schrittes gehe ich wieder runter und begebe mich nach draußen.

Auf der Suche nach dem richtigen Bus wird mir langsam klar, dass ich nicht nur keine Ahnung habe, wer mir nach dem Leben trachtet, sondern auch, dass es sich um eine Gefahr handelt die ich nicht im Entferntesten abschätzen kann. Mindestens vier Männer hier auf dem Bahnhof, dazu noch der Kleine mit dem Bart und die gesamte Polizei. Und das ist nur das Ausmaß von dem ich weiß! Mir drängt sich der Verdacht auf, dass ich bisher nur die Spitze des Eisberges zu sehen bekam.

Endlich – nach einer halben Ewigkeit, wie mir scheint – kommt der Bus, der mich wieder nach Wechloy bringen wird. Ich gehe hinein und setze mich. Ich bin hier der einzige, wenn man den Busfahrer mal nicht mitrechnet und fühle mich dabei seltsam wohl. Fremde Gesellschaft scheint mir mittlerweile so unberechenbar, dass ich sie doch lieber umgehe, wenn es die Möglichkeit gibt.

Der Bus macht sich auf den Weg und eine Frage, die mir eigentlich schon die ganze Zeit übel auf dem Magen lastet, drängt sich nun langsam in mein Hirn. Warum eigentlich schickt mich mein fremder Informant in den Bahnhof wenn er offensichtlich weiß, wie gefährlich es dort für mich ist?

Ich sinke Stück für Stück immer tiefer in meinen Sitz. Auf einmal ist es mir scheißegal, wie lächerlich das für den Fahrer aussehen muss, der mich wie einen Irren im Rückspiegel beobachtet.

5

An die Fahrt zurück zu Maik kann ich mich kaum erinnern. Häuser, Bäume und Menschen zogen am Fenster vorbei, doch ich hätte genauso gut durch ein bombendurchpflügtes Krisengebiet, die Arktis oder direkt durch die Hölle fahren können. Ich war mit den Gedanken auch nur halb bei der

Sache. Die Fragen, die mich beschäftigten schienen so wichtig, dass ich kaum noch Ressourcen für etwas anderes übrig gehabt hätte. Wer ist hinter mir her? Wer warnt mich? Und was zum Teufel ist auf dieser CD?

Mittlerweile stehe ich wieder neben Maik, der immer noch wie gebannt mit seinen Augen am Bildschirm festgeheftet scheint. Wie er es schafft, mit seinen Fingern im Akkord über die Tastatur zu huschen und mir dabei dennoch die volle Aufmerksamkeit zur Verfügung stellen kann, war mir schon immer ein Rätsel. Immerhin macht er nun einen weit weniger verkaterteren Eindruck, als noch vor einer Stunde. Ob es am Kaffee liegt kann ich nicht sagen, aber ein Blick in die Miniküche verrät mir, dass der Tasse, die ich ihm andrehte, noch einige Weitere folgten.

Als ich eben hereinkam ließ ich ihn nicht zu Wort kommen. Meine Erlebnisse aus dem Bahnhof sprudelten aus mir heraus. Ich erzählte von der Nachricht, dem Schließfach, der CD, den Killern und der Busfahrt. Dass ich dabei einige Belanglosigkeiten wie Grundlegendes ausplauderte lag weniger an meiner pathetischen Ader, als vielmehr daran, dass ich momentan so aufgekratzt bin, dass ich selber kaum glauben kann heute noch keinen Kaffee bekommen zu haben. Maik hörte mir geduldig zu und vertiefte sich dabei immer mehr in die Informationen auf seinem Bildschirm.

Plötzlich erinnere ich mich wieder an die Aufgabe, die Maik kurz vor meinem Bahnhofstrip übernahm. Die Telefonnummer!

„Und, konntest du was herausfinden?"

„Na ja, ja und nein", beginnt er rumzudrucksen. Eigentlich ein schlechtes Zeichen, aber immerhin war ein ‚Ja' in seiner Antwort.

„Will meinen?"

„Nun ja, anscheinend gibt es die Nummer tatsächlich nicht."

„Also eine Sackgasse."

„Nicht so ganz. Immerhin sagt auch das etwas über deinen Informanten aus."

„Und das wäre?"

„Also grundsätzlich gibt es das gar nicht, dass jemand eine Nummer benutzen kann, welche offiziell noch gar nicht vergeben wurde. Dazu muss man schon einen sehr guten Draht zum Netzbetreiber haben. Man muss tief in die Interna hineingreifen können."

„Das würde heißen, es ist jemand von Mobilfunk."

„Nicht unbedingt. Der BND kann sich ebenfalls dort hineinbringen."

„Der BND?"

„Der Bundes Nachrichten Dienst ist ein Geheimdienst und genießt somit ganz besondere Privilegien. Das tun allerdings alle Geheimdienste, was bedeutet, dass es sich auch um den CIA, MI6 oder auch den Mossad handeln könnte. Die Liste ließe sich ewig weiterführen, du musst dir nur die hochkarätigen Schnüffler aller Nationen ansehen. Das ist allerdings nur die eine Seite der Medaille."

„Du meinst es gibt auch noch eine gute Seite?"

„Leider war das schon die Gute. Über hochkarätige Beziehungen in die Informationstechnologie verfügen mittlerweile auch diverse Terrorgruppen."

Terror? Geheimdienste? Höre ich noch recht? „Egal wie du es drehst oder wendest – auf jeden Fall bewegst du dich in Kreisen, die ungemein gefährlich sind."

„Ja, aber warum denn in Herrgotts' Namen?"

„Frag nicht mich. Ich würde ja sagen, frage deinen neuen Freund, aber der hat ja dafür gesorgt, dass eben dies nicht möglich ist. Wie ich das sehe kann uns – wenn überhaupt – nur die CD weiterhelfen."

Die CD. Ich hatte sie ganz vergessen in dem Schwall der Unglaublichkeiten, den Maik eben von sich ließ. Geheimdienste, Terror – in was bin ich da nur reingeraten? Und vor allem wie? Mein Höchstmaß an Illegalität erschöpft sich für gewöhnlich im Schwarzsehen der Öffentlich Rechtlichen und mein schlechtes Gewissen hält sich dabei doch arg in Grenzen. Ich gebe ihm die CD die ich wie paralysiert seit einigen Minuten in der Hand halte. Er legt sie ins CD-Rom-Laufwerk seines Rechners und wartet ein paar Sekunden, bis er Zugriff auf die Daten erhält. Es erscheint nur ein Icon.

„Ein PDF-File. Irgendein Dokument", sagt Maik.

Mit einem Doppelklick öffnet er die Datei. Das Programm wird geladen und es zeigt sich kurze Zeit später eine dreizehnseitige Liste auf dem Monitor. Ich kann nicht sofort erkennen, was diese Liste darstellen soll, aber im Kopf der Liste taucht ein Name auf, der mir sofort ins Auge springt, und den ich ohne es wirklich zu wollen ausspreche.

„Schockland."

„Schockland? Was ist das?", fragt Maik verwundert.

Wenn ich darauf nur eine Antwort geben könnte. Als ich meinen kleinen Nebenjob für diese Firma anfing hatte ich mich das auch noch gefragt, aber irgendwann nimmt man einfach das Geld und erfreut sich an der unkomplizierten Vorgehensweise.

„Das ist eine Firma für die ich arbeite."

Zum ersten Mal nimmt Maik seinen Blick vom Bildschirm und schaut mich ungläubig an.

„Du arbeitest?"

„Sehr komisch. Du bist auch nicht gerade ein Paradebeispiel für den typisch deutschen Fleiß. Allerdings kann man das, was ich für Schockland gemacht habe, nicht wirklich Arbeit nennen."

„Na, da bin ich ja mal gespannt."

„Ich hatte das vor einem halben Jahr unter den Kleinanzeigen gefunden. ‚Der Computer arbeitet – sie kassieren' war damals die Überschrift. Die schicken mir ein Datenpaket, mein Rechner konvertiert es und dann schicke ich es weiter. So ähnlich wie dieses ‚SETI at Home', erinnerst du dich?"

„Klar, es geht darum Rechenleistung auf verschiedene Rechner zu verteilen und so die Effizienz zu erhöhen. Was waren denn das für Daten?"

„Das wurde nicht gesagt", antworte ich, „und als dann die ersten Zahlungen kamen war mir das auch egal. Ich ließ halt den Rechner die Nacht durcharbeiten und am Morgen war das Datenpaket dann fertig und ich schickte es an die jeweilige Adresse."

„Die Jeweilige? Gab es denn mehrere?"

„Na ja, die Mails kamen immer von irgendwoher und beinhalteten immer auch eine neue Adresse, zu der ich das Resultat dann schicken sollte."

31

„Also das ist tatsächlich ungewöhnlich. Waren das immer neue Adressen?"

„Nicht immer. Einige konnte ich wiedererkennen, die kamen immer wieder mal vor. Was ist daran so ungewöhnlich?"

„Denk' doch mal nach. Wenn es wirklich darum geht Rechenkapazität auf deinen Computer auszulagern, warum ist die Verbindung dann nicht immer die Gleiche? Natürlich kann es sein, dass die Daten an anderer Stelle weiterverarbeitet werden – um was auch immer es sich dabei handelt – aber mir wäre dies als Firma viel zu unsicher. Schockland hat dadurch doch gar keine Kontrolle darüber, wo sich ihre Daten gerade aufhalten. Wie viel Knete gibt's da denn so?"

„Nicht viel, so drei bis vier Euro pro Paket, aber für den minimalen Aufwand war das schon okay. Wenn ich schlafe brauche ich meinen Rechner ja nicht. Den Monitor hatte ich dann auch ausgeschaltet, um Strom zu sparen und so kam ich schon auf cirka 80 Euro im Monat."

„Sehr merkwürdig." Maik sieht wieder zur Liste und reibt sich das Kinn, was seiner nachdenklichen Tonlage die passende Optik verleiht. „Sie schicken dir irgendwelche Daten, über die du nicht das Geringste weißt und lassen es dich dann quasi in Eigenregie irgendwohin weiterschicken. Und damit du auch zuverlässig bist, gibt es etwas Geld dafür."

„Vergiss nicht, dass ich das Zeug konvertiert habe. Mein Rechner hat irgendwas mit den Daten gemacht."

„ja ja..." Er wirkt nicht als wenn ihn das sonderlich beeindruckt. Tatsächlich macht es sogar den Anschein, als habe der Umstand, dass mein Computer mit den Daten irgendetwas machte, für ihn gar keine Bedeutung. „Trotzdem stimmt da was nicht", murmelt er.

Wir starren auf die Liste. Die Namen sind durchnummeriert und alphabetisch sortiert. Hinter jedem Namen befinden sich drei Spalten. In der Ersten stehen nicht besonders aussagekräftige Buchstaben und Zahlen. Die Zweite enthält jeweils eine E-Mail Adresse. An den Ähnlichkeiten zu den Namen lässt sich erkennen, dass es sich um den jeweiligen Kontakt zur Person handelt. In der dritten Zeile steht überall lediglich der Vermerk ‚Reiner Transfer'.

„Schau doch mal nach ob..."

„Bin schon dabei." Maik fährt die Liste hinunter und verlangsamt das Tempo als er in die Nähe des Buchstaben V kommt. Dann lesen wir es beide nahezu zeitgleich.

„Vogel, Sebastian."

„Das ist auch deine E-Mail Adresse", bemerkt Maik mit Nachdruck – als würde mir das nicht selber auffallen. Am erstaunlichsten allerdings wirkt die letzte Spalte. ‚Vollzugriff' steht dort.

„Vollzugriff? Was heißt das? Worauf hast du Vollzugriff?"

„Keine Ahnung. Ich weiß es nicht."

„Ob es um die Daten geht? Kann das sein?"

„Eigentlich nicht. Die Dateiformate hatten Namen, die ich noch nie gehört hatte. Die Endungen lauteten ZR7 oder W8T oder so. Ich hatte keine Ahnung was das war, geschweige denn dass ich es hätte öffnen können."

„Hast du vielleicht bei der Firma direkt einen Account, mit dem du dich einloggen kannst?"

32

„Wo denkst du hin? Ich hab nicht mal ne Ahnung, wie ich die postalisch erreichen kann."

„Und das hat dich nicht stutzig gemacht?", macht Maik mir einen unglaublich klugscheißerischen Vorwurf.

„Nun ja, anfangs schon, aber wie gesagt, es gab keinen Grund denen zu misstrauen solange sie anstandslos bezahlten. Zugegeben, da bin ich vielleicht ein wenig blauäugig, aber wer rechnet denn gleich mit einem Killerkommando?"

„Also für die Zukunft wüssten wir dann Bescheid." Er hat gut lachen – sie standen ja auch nicht vor seiner Tür. Wir scrollen noch etwas auf und ab in dem Dokument, als mir plötzlich eine weitere Zeile auffällt die nicht mit ‚Reiner Transfer' deklariert wurde.

„Warte mal, siehst du das? Noch mal Vollzugriff." Wir suchen weiter und finden noch eine Zeile.

„Und dort. ‚Teilzugriff'! Such mal weiter."

Immer wieder finden sich zwischen unzähligen Reiner-Transfer-Zeilen welche, die entweder mit Voll- oder Teilzugriff vermerkt wurden. Wage überschlagen kann man sagen, dass es etwa jede zwanzigste Zeile ist.

„Wie viele Namen sind das denn?"

Maik sieht sich die letzte Seite an. Vor dem letzten Namen findet sich die Zahl 362.

„Also immerhin Mittelstand würde ich sagen. Was uns immer noch fehlt ist die Branche."

„Eigentlich hatte ich gehofft, dass mir einiges klarer werden würde durch diese CD, aber das war ja wohl nichts."

„Immerhin lässt sich die ganze Sache nun etwas eingrenzen."

Mein Handy meldet sich wieder. Es ist diese Nummer, wie könnte es auch anders sein. Ich lese die SMS laut vor, warum sollte ich Maik auch nicht daran teilhaben lassen? Schließlich habe ich mich bisher auch seiner Hilfe bedient.

„BLEIB IN BEWEGUNG! STARRE ZIELE SIND LEICHTE ZIELE!"

Das Schweigen welches sich langsam im Raum ausbreitet ist dicht und zäh. Das ist es also als was ich mich nun sehen sollte. Ich bin ein Ziel. Wessen Ziel und warum, das ist mir immer noch nicht klar. Maik sieht mich ernst an.

„Da hat er Recht", sagt er mit ernster Miene.

„Du denkst ich sollte wieder da raus gehen? Mindestens fünf Killer suchen dort nach mir – die Polizei nicht mitgerechnet! Und das ist nur das Ausmaß von dem ich weiß! Oh nein, mich kriegen keine zehn Pferde wieder vor diese Tür!"

„Jetzt denk erst mal scharf nach. Bisher hatte er mit seinen Nachrichten und Warnungen stets recht oder etwa nicht? Er warnte dich vor den Killern vor deiner Tür. Danach hielt er dich davon ab zur Polizei zu gehen, was sich auch als richtig herausstellte und wer weiß was passiert wäre, wenn du auf dem Bahnhof nicht so vorsichtig gewesen wärst – weil er dich warnte! Also wenn du mich fragst solltest du auf ihn hören und losgehen."

„Ja aber wohin denn um alles in der Welt?"

33

„Wenn er das nicht dazuschreibt ist es vielleicht nicht so wichtig. Hauptsache du bist unterwegs. Ich könnte mir auch vorstellen, dass er sich noch ein paar Mal melden wird."

„Das ist mir ehrlich gesagt etwas zu unsicher."

„Hier solltest du auf jeden Fall nicht bleiben. Und ich auch nicht." Maik steht auf, nimmt sich seine Umhängetasche und sammelt einige Sachen zusammen.

„Was meinst du damit? Wo willst du denn hin?"

„Wenn dein unbekannter Informant sagt, dass es hier zu heiß ist, dann bin ich für meinen Teil bereit ihm zu glauben. Ich packe zumindest meinen Kram und mache mich fürs Erste Dünne."

„Maik bitte! Du kannst mich doch jetzt nicht im Stich lassen!" Aber noch im selben Augenblick da ich das sage wird mir klar wie Recht er hat. Ich verlange von ihm, mir in einer Sache zu helfen, die nicht nur seinen, sondern auch meinen Horizont übersteigt. Natürlich wird es ihm zu heiß und einen wirklichen Vorwurf kann ich ihm da nicht machen. Von einem echten Freund erwartet man, dass er einem hilft wenn es nötig ist. Das hat er getan. Man erwartet allerdings auch, dass er einen nicht in die Scheiße zieht. Also ist es meine Aufgabe ihm den Weg freizumachen. Maik dreht sich zu mir um und sieht mich ernst an.

„Mir geht einfach diese Sache mit der Telefonnummer nicht mehr aus dem Kopf. Ich weiß nicht in was du da reingeraten bist, aber das ist auf jeden Fall ne echt große Nummer. Wer auch immer damit zu tun hat macht keine halben Sachen. Dafür sind diese Instanzen bekannt."

„Ich verstehe dich. Ehrlich, das tue ich."

„Hey Mann, denkst du ich lasse dich im Stich?" Plötzlich sehe ich ein Funkeln in Maiks Augen, das ich nur schwierig einordnen kann. „Hier mag es mir vielleicht zu heiß sein, aber das heißt doch nicht, dass ich mich aus der Sache raushalten muss."

„Du sprichst in Rätseln."

Maik sucht aus einer Unordnung, die alles übersteigt was ich in meiner Wohnung jemals zu Stande gebracht habe, einige selbstgebrannte CDs heraus und nimmt sich schließlich noch die CD mit der Liste. „Ich gehe ins Hochschulrechenzentrum. Da kann ich auch ans Netz und über mein Handy bin ich für dich erreichbar. Mal sehen was ich über diese Firma herausfinden kann. Es kann ja nicht angehen, dass Schockland über dreihundert Leute beschäftigt, aber niemand weiß was dieser Schuppen überhaupt macht."

„Ich denke die Hochschulrechner sind dir zu lahm."

„Achtung... Tadaaa!" Er hält mir ein nagelneues Notebook vors Gesicht. „Darf ich vorstellen, mein neues Baby!"

„Ist nicht wahr. Du haust in einer Wohnung, die kleiner als jede Garage ist, aber holst dir mal eben ein neues Notebook? Setzt du nicht vielleicht deine Prioritäten falsch?"

„Findest du? Also gerade jetzt würde ich sagen, dass diese Entscheidung die absolut Richtige war." Er räumt alles in seine Tasche und greift sich eine absolut geschmacklose Jacke vom Haken Ich möchte ihn gerade fragen ob er auch für mich eine hat, als er mir bereits eine hinhält, gegen die sich seine allerdings geradezu trendy ausmacht.

Wir gehen wortlos den Flur entlang und durch das Treppenhaus nach unten. Mein Kopf ist merkwürdig leer in diesem Moment. Ich werde das Gefühl nicht los, dass das alles erst der Anfang war. Die Frage ist nur: Der Anfang wovon? Unten angekommen bleiben wir kurz vor der Tür stehen.

Ich sehe ihn an und weiß eigentlich gar nicht so recht, was ich sagen will, also sage ich einfach was mir einfällt.

„Danke." Sehr originell, wirklich!

„Hey Mann. Das kriegen wir schon hin." Auch nicht viel besser.

Also dann - auf in die Stadt!

6

Während ich lieber zu Fuß gehe, greift Maik sich ein Fahrrad und möchte gerade los, als ihm etwas einzufallen scheint. Er bleibt stehen und dreht sich noch einmal zu mir um.

„Hast du eigentlich irgendwelches Geld bei dir?"

„Mein Portemonnaie liegt noch in meiner Wohnung", sage ich geistesabwesend und male mir dabei aus, was wohl passiert wäre, wenn man mich im Bus versucht hätte zu kontrollieren. Ohne Geldbörse fehlt mir natürlich auch mein Studententicket. Wahrscheinlich wäre die Information sofort an die Polizei gelangt und ich wäre aufgeflogen. Komischerweise beunruhigt mich das nur unwesentlich.

„Hier", meint Maik und drückt mir einen Fünfziger in die Hand. „Keine Ahnung, wofür du es brauchen kannst und ob es dann ausreicht, aber mehr kann ich im Moment nicht entbehren."

„Danke." Man sagt eigentlich viel zu häufig Danke, ohne es wirklich zu meinen. Das fällt besonders in den Momenten auf, in denen dies anders ist. Ich stecke das Geld in meine Hosentasche und sehe ihm nach, wie er auf seinem Drahtesel von Dannen zieht. Also dann, auf geht's.

Ich gehe den Johan-Justus-Weg hinunter und versuche mir dabei meine Nervosität nicht anmerken zu lassen. Das ist natürlich leichter gesagt als getan, wenn man es nicht gewohnt ist, dass jemand versucht einen umzubringen. Wie genau verhält man sich eigentlich richtig unauffällig? Auf der anderen Straßenseite geht ein gedreddlockter, angehender Sozialpädagoge. Er scheint eine Vorliebe fürs Schlurfen zu haben. Für ihn ist das auf jeden Fall unauffällig. Das passt zu ihm wie die Faust aufs Auge. Ob ich das auch mal versuchen sollte? Nein. Bei mir wirkt das merkwürdig.

Ich komme auf der linken Seite an einem Park vorbei, in dem ich ein paar Kinder spielen höre. Ich wähle einen der dortigen Wanderwege, ohne mich dabei zu weit von der Straße zu entfernen, um einen gewissen Überblick zu bewahren. Die Kinder spielen Fangen oder etwas in der Art. Zwei Mütter stehen dabei und fachsimpeln über offensichtlich typischen Mütterkram. Erziehungs-, Windel- oder Sabbergespräche. Eine der Beiden sieht aus wie

Zwanzig, die andere kann höchstens achtzehn sein. Mit meinen dreißig Jahren kam ich mir immer zu jung vor, um Vater zu sein, aber wenn ich jetzt die Wahl hätte, wäre ich lieber für den Rest meines Lebens zwölffacher Vater als zukünftiges Mordopfer.

Plötzlich fällt mir auf, wie unauffällig ich mich mit einem Mal verhalte. Tatsächlich gehe ich jetzt ganz normal. Im selben Moment verkrampfe ich mich wieder total was zu einer dermaßen ungewöhnlichen Gangart führt, dass sich sogar die junge Mutter nach mir umdreht. Ich muss ein Bild abgeben, an dem John Cleese seine Freude hätte. Ich gehe zügig weiter und komme nach einer Unterführung an eine Kreuzung.

Wo will ich eigentlich hin? Ich soll in Bewegung bleiben. Ich kann zumindest ansatzweise verstehen um was es bei dieser Idee geht. Die reine Wahrscheinlichkeit entdeckt zu werden ist bei einem beweglichen Ziel natürlich um Einiges geringer.

Ich überquere die Kreuzung und gehe vorerst weiter geradeaus. Auf der Rechten Seite passiere ich den Katastrophenschutz. Wann hatten wir hier eigentlich das letzte Mal eine richtige Katastrophe? Ich versuche mich zu entsinnen, aber komme nicht darauf. Allerdings kann ich mir aus irgendeinem Grund vorstellen, dass ich nicht allzu weit von einer entfernt bin. Vielleicht ist es Vorsehung oder männliche Intuition. Vielleicht ist auch Paranoia oder Spinnerei – ausschließen würde ich das momentan nicht.

Nach dem Überschreiten eines Bahnübergangs fällt mir wieder auf, wie sehr sich mein Gang normalisiert hat. Nicht nur das – ich zucke auch nicht wieder so zusammen, als ich es bemerke. Stattdessen beginne ich dieses Phänomen zu analysieren. Es gibt eine Erklärung dafür, die sehr simpel ist: Ich war abgelenkt! Das scheint die Lösung für mein Problem zu sein! Das ist auch nur Sinnvoll, denn an einem normalen Tag denke ich ja auch nicht über jeden einzelnen Schritt nach. Wundervoll, so werde ich niemandem auffallen.

Ich komme an eine große Kreuzung und vor mir prangt der Universitätstrakt. Ich habe drei mögliche Wege weiter zu gehen, doch alle drei sind eigentlich zu stark befahren – zu belebt. Die kreuzende Straße ist ein Hauptzubringer zum Stadtzentrum und geradeaus geht es in eine undurchschaubare Menge von Studenten. Die Logik allerdings schickt mich geradeaus, denn dort habe ich zumindest das Gefühl irgendwie heimisch zu sein. Dort bin ich unter Meinesgleichen. Also weiter.

Vorbei am Hörsaalzentrum komme ich unter einem Gebäudeteil durch, den man einfach über die Straße hinweg gebaut hat. Was sich der Architekt dabei dachte war mir seit dem ersten Tag meines Studiums schleierhaft. Eine schlichte Brücke, um die beiden Gebäudeteile zu verbinden, hätte es meiner Meinung nach auch getan, doch hier sitzen direkt über der Straße Menschen in ihren Büros. Anscheinend ging es genau darum: Büros. Verwaltung ist seit jeher eine ganz besondere Spezialität der Carl-von-Ossietzky-Universität. Manchmal habe ich den Verdacht, als wäre dies nicht der Verwaltungsteil der Hochschule, sondern wir würden den Hochschulteil einer Verwaltung besuchen. Aber was soll's, immerhin weiß ich nun wo meine Studiengebühren landen.

36

„Sebastian!" Von Weitem ruft jemand meinen Namen. Ich erspähe durch die Menge Maria, die mir zuwinkt. Sie scheint in Eile zu sein und rennt einfach weiter. Ob sie überhaupt noch sieht, dass ich auch meine Hand zum Gruß hebe kann ich nicht sagen. So ist sie, Maria – immer unter Strom. Das ist auch der Grund, warum ich um nichts in der Welt eine Beziehung mit ihr haben wollte.

Für mich stellt sie sowieso eine ganz merkwürdige Persönlichkeit dar. Sie legte ihre Karriere im Krankenhaus im Schnelldurchlauf hin: Krankenschwester, jede nur erdenkliche Schulung – wenn man ihren Ausführungen glauben darf – am Ende bei der leitenden OP-Schwester angekommen. Das war mal ihr großes Ziel, bis in ihrem Beisein elf Menschen an einem Tag auf den Tischen starben. Bis zu diesem Tag hielt Maria sich für seelisch extrem stabil – härter als andere Frauen. Dieser verheerende Massencrash auf der Autobahn allerdings stürzte sie von einem Augenblick zum Anderen in eine Depression. Ein Psychologe versuchte noch zu retten, was zu retten war, doch es war vergeblich – ihre Tage als OP-Schwester waren gezählt. Nach langen Überlegungen, wie sie der Gesellschaft dennoch dienlich sein könnte, entschied sie sich dazu, einen zweiten Versuch zu unternehmen und es nun als Grundschullehrerin zu versuchen. Ich fragte sie mal, ob sie denn nie darüber nachgedacht hatte, sich einfach heiraten zu lassen und Kinder zu bekommen. Ich hätte ihr ebenso gut zur sofortigen lebendigen Organspende raten können. Sie wäre mir allein beim Gedanken daran fast an den Hals gegangen. Seither hege ich meine Zweifel daran, ob jemand mit einem solchen Temperament überhaupt in der Grundschule richtig aufgehoben ist. Wie dem auch sei fühlte ich mich durch diesen Ausbruch herausgefordert und legte ihr nicht minder aggressiv die Vorteile der konservativen geschlechtlichen Rollenverteilung dar. Nicht, dass ich hinter diesem Standpunkt so vehement stehen würde, aber ich diskutiere nun mal gerne und wenn es keinen Streitpunkt gibt, dann muss man sich eben einen machen. Ich konnte ja nicht ahnen, dass sie auf so was steht. Ich brauchte etwas länger – etwa zwei Wochen – um zu merken, dass sie sich ein klein wenig in mich verknallt hatte. Eigentlich war es Maik aufgefallen, dass sie uns erstaunlich oft auf dem Unigelände über den Weg lief und stets angeregt mit mir unterhielt. In den seltensten Fällen bekam sie überhaupt mit, dass Maik dabei war. Sie redete oftmals so viel und schnell, dass ich ernsthafte Probleme hatte, ihr zu folgen. Überhaupt ist sie wie schon gesagt ein eher flippiger Typ, was mich dann auch veranlasste, lieber die Finger von ihr zu lassen. Sicher, ich hatte mir mal eine Freundin mit Pfeffer im Hintern gewünscht, aber das ist schon ein paar Jahre her. Irgendwann muss man einsehen, dass man zu alt für solche Sachen wird und wenn man dann noch die Wahl hat – sprich ungebunden ist – sollte es doch lieber etwas ‚dem Alter Entsprechendes' sein. Sorry Maria. Das alles ist nun allerdings auch schon wieder ein Jahr her und sie scheint sich damit abgefunden zu haben. Und rein platonisch habe ich diesen kleinen Wirbelwind manchmal ganz gerne um mich. Nur heute nicht. Nein. Heute auf gar keinen Fall!

Langsam aber sicher lasse ich die Uni hinter mir und ich frage mich, wie lange ich noch einfach so geradeaus laufen sollte. Hätte diese SMS nicht ein kleines bisschen präziser sein können. Woher weiß ich denn, dass ich meinem Unglück nicht direkt in die Arme laufe? Ich bleibe stehen und denke nach. Sollte ich vielleicht noch mal versuchen, den Unbekannten anzurufen? Aber warum sollte er jetzt ran gehen? Bisher hat er mir nur dann etwas mitgeteilt, wenn er es für nötig hielt. Wenn sich der Informant nicht meldet, heißt das dann automatisch, dass ich momentan in Sicherheit bin? Muss ich mir in diesem Augenblick nun Sorgen machen oder nicht?

Ich sollte selber die Fäden in die Hand nehmen. Ich bin gerade dabei einem völlig Fremden blind zu folgen und darauf zu vertrauen, dass der schon weiß was er tut. Das kann nicht richtig sein. Ich muss wieder Herr der Lage werden.

Dennoch, dieser Kerl – wenn es denn ein Kerl ist, wer weiß das schon – also diese Person weiß wo die Gefahren für mich sind. Und nicht nur das. Seit der SMS beim Bahnhof kann ich mich einfach nicht mehr von dem Gedanken lösen, dass ich von meinem Beschützer beobachtet werde. Ich drehe mich um und inspiziere meine Umgebung sehr genau. Niemand macht hier einen verdächtigen Eindruck. Ich kann absolut nichts erkennen, was auf eine Überwachung hinweisen würde. Nirgends jemand, der sein Gesicht hinter einer Zeitung zu verstecken versucht, weit und breit kein Auto, in dem sich jemand zu tief in seinem Sitz sinken lässt und auch einen mysteriösen Typen mit Sonnenbrille und Hut sehe ich nicht. Allerdings will ich auch nicht ausschließen, dass ich lediglich zu viele Agentenfilme gesehen habe. Jemanden der sich wirklich verdeckt hält, den würde ich als Laie wahrscheinlich sowieso nicht erkennen.

So oder so, wichtig ist, dass ich weitergehe. Der strengen Logik folgend, dass es nicht nur schwieriger ist ein bewegendes Ziel zu treffen, sondern ein Haken schlagender Hase noch schwerer zu erwischen ist, entscheide ich mich nach links in den Quellweg abzubiegen.

Ich bin es nicht gewohnt, ziellos umher zu irren. Selbst wenn ich nur einen Spaziergang mache, was nicht so häufig vorkommt, weiß ich bereits beim Heraustreten schon, wohin mich mein Weg führen wird. Die Situation in der ich mich nun befinde ist so anders und so dermaßen absurd, dass sie ein spontanes Lächeln der Selbstironie auf mein Gesicht zaubert. Es ist nicht nur so, dass ich im Moment nicht weiß wo ich landen werde, ich bin mir nicht mal mehr so sonderlich sicher was dieser äußerst merkwürdige Tag noch so an Überraschungen für mich bereithält. Wenn ich ehrlich zu mir selber bin weiß ich nicht einmal, ob ich heute Abend noch am leben sein werde. Lediglich meiner glorreichen Ignoranz ist es zu verdanken, dass ich über dieses schreckliche Tohuwabohu nicht schlichtweg zusammenbreche.

Die Teerstraße ist alt und abgenutzt. Ich frage mich, was sich die Stadt jeden Herbst wieder dabei denkt, die Schlaglöcher, mit denen sie uns ein ganzes Jahr gequält hat, mit Rollsplitt aufzufüllen, damit dieser sich im Herbst mit Regenwasser vollsaugen und im Winter dann kaputt frieren kann, was im folgenden Jahr stets zu schlimmeren Straßenschäden führt. Vielleicht ist das der Grund, warum ich in der Politik – auch auf kommunaler Ebene – nichts verloren habe. Mir mangelt es einfach an Kurzsichtigkeit.

Ich komme auf die Bloherfelder Straße, auf der ich mich links halte. Ein ungutes Gefühl beschleicht mich. Diese Straße ist stärker befahren, als alle

38

bisherigen. Wohin mich mein Weg auch führen mag – hier darf ich nicht allzu lange verweilen. Das Risiko ist schlichtweg zu groß – egal ob sich mein neuer fremder Freund meldet oder nicht. Ich komme unter einer Autobahnunterführung hindurch und erspähe links meinen Lieblingsdönerladen. Hätte ich gewusst, was mich hier heute erwartet, hätte ich mich die letzten Monate etwas gesünder ernährt. Allein der Spurt aus meiner Wohnung im Nedderend bis zur Polizei, trieb meinen Körper an den Rand des Machbaren. Es ist ja nun nicht so, dass ich nennenswertes Übergewicht hätte, aber das fortschreitende Alter und ein Leben als ewiger Student gehen an meiner Figur natürlich nicht spurlos vorbei. Es sind zwar nur kleine Rettungsringe, aber doch zu groß um sie zu leugnen. Zum Glück habe ich zumindest vor einem halben Jahr mein Fahrrad wiederentdeckt. Hätte ich heute Morgen die Möglichkeit gehabt, meine Wohnung aus der Vordertür zu verlassen, hätte ich mein Rad auch jetzt dabei, was mir auf jeden Fall helfen würde. Nun gut. Hätte der Liebe Gott gewollt, dass wir Fahrrad fahren, hätte er die Hoden woanders montiert. Wie dem auch sei: Merke – mehr Sport (noch mehr) – weniger Döner. Ach und eh ich's vergesse: Überleben!

Ich biege rechts in die Lausiusstraße um dem Verkehr zu entfliehen. Hier ist es ruhiger. Wesentlich ruhiger. Tatsächlich komme ich mir vor, als würde ich der Innenstadt mit einem einzigen Schritt entfliehen. Um mich herum erheben sich hohe Eichen und mit einem Schlag befinde ich mich umringt von Villen.

Was muss ich tun, um ebenfalls hier mal meine Zelte aufschlagen zu können? Als ich vor fast zehn Jahren in diese Stadt kam sah ich als erstes dieses Viertel. Das war es was mich davon überzeugte, dass es richtig sei, hier herzuziehen. Lauter alte Häuser die stetig gepflegt dem Verfall trotzen. Das beeindruckt. Natürlich hätte mir klar sein müssen, dass es auch hier Gegenden gibt in denen das Geld nicht regiert, doch die sind es nicht die einen zu einer Entscheidung treiben. Nicht, wenn man erst einmal im Dobbenviertel war. Irgendwann werde ich hier her ziehen, das weiß ich so sicher wie das Amen in der Kirche.

Ich komme an einer großen freien Wiese und einem der Dobbenteiche vorbei. An so schönen Sommertagen wie diesen finden sich hier auch immer wieder ein paar Studenten, die es sich gut gehen lassen. Ihnen scheint die Sonne auf den Bauch oder sie schmeißen sich Frisbees zu. Einige sitzen in kleinen Grüppchen zusammen und fachsimpeln. Keine Ahnung, ob es um Meeresbiologie geht – zugegeben, das ist eher unwahrscheinlich – aber auch wenn sie gerade nicht über mein Spezialgebiet reden würde ich mich jetzt tausend mal lieber zu denen gesellen und ein wenig ins Blaue hineindiskutieren, als hier durch die Gegend zu streifen und vor Fremden zu fliehen, die mir ans Leder wollen. Auch wenn ich nicht den geringsten Schimmer habe, wie das alles mit Schockland zusammenhängt, bereue ich auf jeden Fall, mich jemals auf die Anzeige gemeldet zu haben. Scheißegal wie leicht sich dort das Geld verdienen ließ, im Vergleich hierzu stell ich mich doch lieber in irgendeiner muffigen Fabrikhalle ans Band und schraube Staubsauger zusammen.

Am Ende der Lausiusstraße biege ich einem Impuls folgend rechts ab. Ich komme an dem ehemaligen Landtag und der Bezirksregierung vorbei. Schade eigentlich, dass die Uni nicht in diesen Gebäuden residiert. In nostalgisch anmutendem Gelb und mit zahlreichen Säulen wirken sie nicht nur eleganter – sie spiegeln auch mehr Tradition wieder, als dieser Architekturauswurf, der unsere Hörsäle beherbergt.

Ich biege in die Hindenburgstraße ab und lasse den Theodor-Tantzen-Platz auf mich wirken. Direkt vor der Bezirksregierung verleiht er dem prunkvollen Gebäude die nötige Imposanz. Ja, es ist ein hübsches Städtchen in dem ich hier leben darf.

Es geht wieder in bewohntere Viertel, in denen sich die Villen allerdings diese Bezeichnung wirklich verdient haben. Ich sehe hohe Fenster die von großzügig geschnittenen Räumen zeugen. Heizkosten scheinen hier kein Thema zu sein. Stuck ist an den Decken zu erkennen und auch die äußeren Fassaden geizen nicht mit diversen Verzierungen.

Plötzlich klingelt mein Handy. Keine SMS. Ein Anruf.

Es ist diese Nummer.

Das Blut weicht aus meiner Hand und ich friere einen kurzen Augenblick ein, während ich auf das Display meines immer noch klingelnden Mobiltelefons starre. Dann nehme ich das Gespräch entgegen und hebe das Gerät vorsichtig ans Ohr.

„Hallo?" sage ich.

„Wir haben ein Problem", meldet sich eine Männerstimme.

7

Ich nehme den Gehalt seiner Worte kaum wahr. Das ist also der Mann, der mich seit Beginn des Tages lenkt. Ganz offensichtlich ist es ein Mann, soviel kann ich heraushören. Bekannt kommt mir die Stimme allerdings nicht vor.

„Problem?"

„Hör mir genau zu. Dort wo du jetzt stehst, bist du umringt von ihnen. Es ist dort sehr gefährlich."

Mit einem Mal schießen durch die Synapsen meines Hirns so viele Fragen gleichzeitig, dass ich merke wie sich mein Körper verkrampft. Ich blicke mich um, suche nach ‚Ihnen' und nach ihm. Wo immer er ist – er kann mich sehen. Er weiß wo ich bin und er weiß wo sie sind. Und aller Wahrscheinlichkeit nach weiß er auch wer sie sind und was sie von mir wollen.

„Was ist hier überhaupt los?"

„Wir haben keine Zeit dafür. Du musst unverzüglich dort weg." Er spricht schnell, aber klar und verständlich. Es lässt sich eindeutig heraushören wie wichtig es ihm mit dem ist, was er sagt. Er hat etwas sehr Bestimmendes.

„Sind die irgendwo hier?", frage ich und sehe mich dabei weiter gehetzt um.

„Noch nicht, aber das ist nur noch eine Frage der Zeit. Vielleicht haben wir nur Sekunden."

40

Gegenüber, zwischen prunkvollen Bauwerken, sehe ich die Parkstraße und bewege mich darauf zu.

„Nein!"

Mitten auf der Straße bleibe ich stehen und bewege mich nicht mehr. Es klang so drohend, dass ich spüre, wie Angst meine Beine hochkrabbelt und in mein Rückenmark kriecht. Nur mit Mühe schaffe ich es wieder ein Wort nach dem anderen herauszubekommen.

„Wo kann ich hin?"

„Gehe wieder zurück auf die andere Straßenseite und in die Herbartstraße. Nicht zu schnell gehen, du darfst nicht auffallen. Außerdem kommst du sonst vielleicht zu früh am anderen Ende an." Ich gehe langsam los und spüre kaum meine von Furcht umwickelten Beine.

„Was heißt das – ich komme zu früh an? Planen sie eigentlich irgendein Ziel für mich?"

„Kann ich noch nicht sagen. Im Moment steht allerdings noch Einer am Ende der Straße. Deswegen solltest du nicht zu schnell gehen." Habe ich das richtig verstanden? Er schickt mich direkt in die Arme eines dieser – dieser was eigentlich?

„Worum geht es hier eigentlich? Wer sind sie?"

„Nenn mich einfach Julius. Es ist besser wenn du nicht mehr weißt. Wenn du tust, was ich dir sage, hast du gute Chancen diesen Tag zu überleben. Andernfalls sieht es nicht besonders gut aus. Und wie gesagt: Du bist besser dran wenn du es nicht weißt!"

„Heute morgen", eine Frau kommt mir entgegen und ich senke meine Stimme – es muss ja nicht jeder mitbekommen worum es in diesem Telefonat geht, „heute morgen hat man auf mich geschossen. Außerdem ist die Polizei hinter mir her und sie sagen mir es solle mich nicht interessieren? Ist das nicht ein bisschen viel verlangt?"

„Das mag sein, aber es geht nicht anders. Tu einfach was ich sage und dir wird nichts geschehen. Du bist zu schnell. Geh langsamer."

Ich versuche meinen Schritt zu verlangsamen, komme mir jedoch etwas affig dabei vor. Meine Gangart ähnelt immer mehr einem unkontrollierten Schlendern. Auf der rechten Seite komme ich an einem Wohnblock vorbei. Ein paar Schritte später geht rechts die Cäcillienstraße ab. Ich verharre einen Augenblick.

„Was tust du da? Geh weiter!"

„Wo sind sie? Sie können mich sehen, also wo sind sie?"

„Das tut nichts zur Sache. Es ist von absoluter Wichtigkeit, dass du genau tust was ich sage. Wenn du dort stehen bleibst kann es sein, dass sie dich von hinten einholen."

„Und wenn sie hinter dieser Ecke auf mich warten?"

„Das tun sie nicht. Vertraue mir. Hatte ich bisher nicht mit Allem recht?"

Das ist ein Argument. Ich gehe weiter – „nicht so schnell" – werde wieder langsamer.

„Wer sind die? Was wollen die?"

„Es sind Killer und sie wollen dich töten. Reicht dir das an Information?"

„Aber warum? Ich habe nichts getan. Hängt es mit diesem Schockland zusammen?"

„Schlaues Kerlchen. Natürlich hängt es damit zusammen, sonst hätte ich dir die CD wohl nicht zukommen lassen."

„Aber ich werde nicht schlau daraus. Was hat es mit denen auf sich? Was habe ich denen getan?"

„Wer sagt, dass du denen was getan hast?"

Ich nähere mich der Ofener Straße und sorge mich darum, dass ich mich im Verkehr dieses stark befahrenen Innenstadtzubringers kaum noch verstecken kann. Außerdem wartet dort doch angeblich einer der Killer auf mich.

„Ich komme gleich auf die Ofener. Wie sieht's aus – kann ich dort hin?"

„Kannst du, er ist weg. Geh über die Brücke und halte dich rechts. Vielleicht solltest du dann einen Gang zulegen."

Ich tue was er verlangt und steuere im dichten Gewusel von Radfahrern, Autos und Bussen auf den Julius-Mosen-Platz.

„Langsam bräuchte ich wieder eine Information."

„Einfach weitergehen. Von Platz aus gehst du halblinks die Kurwickstraße entlang."

Verdammt, jetzt wird's wirklich kritisch. Er schickt mich in die Fußgängerzone. Der Julius-Mosen-Platz ist ein großer Busbahnhof. Ich habe eine vermeintlich bessere Idee.

„Ich könnte doch einfach einen der Busse hier nehmen. Damit wäre ich ganz schnell raus aus der Gefahrenzone."

„Es ist aber im Moment kein Bus da." Ich schau mich um und er hat Recht.

„Das kann hier aber nicht lange dauern. Der Platz wird manchmal im Minutentakt angefahren."

„In einer Minute bist du tot! Willst du das?"

Das kann nicht sein. Niemand würde hier die Waffe zücken und mich auf offener Straße richten. Das tut keiner, dazu ist es hier einfach zu belebt. Oder etwa nicht?

„Das würden die nicht tun. Ein Mord unter so vielen Menschen am helligten Tag, das würden sie einfach nicht wagen."

„Sebastian, du bist ein netter Bursche, aber du weißt nicht worum es hier geht. Glaub mir, sie würden und sie werden es tun, wenn sie dich finden. Es wird ihnen egal sein wer dabei ist weil es Profis sind. Die wissen wie sie dich kaltmachen und dabei absolut unerkannt bleiben. Wenn dir dein Leben lieb ist, gehst du weiter."

Die Selbstsicherheit, mit der er redet macht mir Angst – schnürt mir regelrecht den Hals zu. Es ist fast so, als würde der Ernst der Situation mit einem mal aufs Neue auf mich einstürzen und mich zu Boden pressen. Sie wollen mich töten. Natürlich weiß ich das nun seit geraumer Zeit, aber es jetzt noch mal aus verhältnismäßig sicherer Quelle zu hören und dazu noch zu wissen, dass es ihnen anscheinend sogar egal ist, wo und unter welchen Umständen, lässt mich fast an meiner Lage verzweifeln. Habe ich überhaupt eine Chance hier lebend herauszukommen?

Schnellen Schrittes überquere ich den Platz und stürze mich zwischen einer Bankfiliale und einer Apotheke in die diffuse Menge der Fußgängerzone. Langsam wird das Handy an meinem Ohr warm und unangenehm schwitzig. Das ist einer der Gründe warum ich kein Freund von langen Telefonaten bin. Trotzdem unternehme ich einen weiteren Versuch etwas aus Julius herauszubekommen.

„Was passiert, wenn sie mich nicht kriegen? Wie lange wird dieses Spiel so weitergehen?"

„Wenn ich alles so hinbiegen kann wie geplant hast du heute Abend alles überstanden. Bis dahin musst du mir leider blind vertrauen."

„Gut, es ist nur sehr schwierig, wenn ich nicht die geringste Ahnung habe, worum es dabei geht. Warum sagen sie es mir nicht? Immerhin haben sie mir diese Liste zugespielt, also soll ich doch mehr erfahren, als das, was ich bereits weiß." – was eigentlich ein Haufen Zusammenhanglosigkeiten ist – „Ich verstehe das alles nicht. Wenn mir diese Liste auf der CD weiterhelfen sollte, hat sie ihr Ziel leider total verfehlt. Ich habe nicht die geringste Ahnung worum es hier geht."

„Es kann sein, dass du die Informationen der CD beziehungsweise der Liste noch brauchen wirst."

Verdammt. Wenn er Recht hat, habe ich ein Problem, denn jetzt habe ich die Liste nicht bei mir. Vielleicht war es ein Fehler sie Maik mitzugeben.

„Du hast sie doch bei dir, die Liste?"

„Natürlich" – ich spüre eine einzelne Schweißperle, die meinen Rücken hinunterrinnt – „Ich habe sie dabei."

„Sehr gut. Ich glaube wir sollten das heute hinbekommen. Bleibe einfach ganz ruhig und richte dich nach mir, dann kommt alles wieder in Ordnung."

Die Liste. Diese verdammte Liste. Es ist anscheinend wichtig, dass ich sie bei mir führe und ich habe sie nicht dabei! Ich könnte mich ohrfeigen. Es war Julius' Stimme anzuhören wie sehr es ihn beruhigt, dass ich die Liste bei mir habe. Ich habe ihn angelogen. Bleibt nur zu hoffen, dass ich auch ohne dieses Ding irgendwie über die Runden komme.

Ich komme an etlichen Pizzerien und einer Tappa Bar vorbei. Was zur Hölle ist eigentlich ein Tappa? Klingt irgendwie mexikanisch. Merke: Wenn ich diesen Tag überlebe muss ich hier noch mal vorbeischauen und meinen Wissensschatz um eine Erfahrung mit Tappas erweitern. Leider habe ich im Moment Wichtigeres zu tun. Überall um mich herum sind Menschen, die ihren Einkaufsdrang befriedigen oder sich einen kleinen Snack zwischendurch gönnen. Ich sehe Frauen mit Kindern, Geschäftsmänner, hastende Verkäuferinnen und wahrscheinlich schulschwänzende Jugendliche. Ich menge mich einem bunten Durcheinander von Leuten bei und weiß, dass jeder von ihnen sich selbst ins Zentrum seines Universums setzt. Jeder Einzelne von ihnen hält seine eigenen Sorgen, Nöte und Belange für die einzig Wahren – die einzig Wichtigen. Mir geht es nicht anders und doch weiß ich, dass mich etwas von ihnen unterscheidet: Mir trachtet man nach dem Leben. Das ist ein Problem, welches vieles in den Schatten stellt und ich wage mal die kühne These, dass in dieser Gruppierung unterschiedlichster Individuen kein Problemchen meinem das Wasser reichen kann. Komisch, wenn ich es mir recht überlege bin ich schon fast ein Wenig stolz darauf, dass man mich umbringen möchte. Wer kann das hier schon von sich behaupten? Auf eine eigenartige wie auch perverse Art und Weise bin ich etwas Besonderes. Immerhin muss man sich erstmal so unbeliebt machen, dass es sich lohnt eine Schar von Killern loszuschicken. Viel Feind, viel Ehr – heißt es nicht so? Und trotz Allem bin ich nicht allein. Julius, wer immer er auch sein mag, steht mir bei.

„Wer sind sie?"

„Ich bin Julius, das habe ich dir schon gesagt."

„Nein, ich meine, wo gehören sie hin? Für wen arbeiten sie?"

„Warum sollte ich für jemanden arbeiten? Vielleicht bin ich nur jemand, dem deine Gesundheit am Herzen liegt. Vielleicht bin ich genauso in diese Geschichte hineingestolpert wie du."

„Das glaube ich nicht. Sie haben eine Telefonnummer die offiziell noch gar nicht vergeben ist. Das können nur Geheimdienste oder sonstige Organisationen bewerkstelligen. Außerdem überwachen sie mich."

„Da hat sich also jemand schlau gemacht, alle Achtung", ich kann das Lächeln auf seinen Lippen hören und frage mich, wie ehrlich es ist. Höre ich eine Spur Sarkasmus oder bilde ich mir das nur ein? „Es ist wahr, dass ich gewisse Privilegien genieße, die dich aber nicht weiter kümmern sollten. Sorge dich eher um dein Überleben, das ist momentan Aufgabe genug für dich."

„Mir gefällt diese Situation nicht. Sie schicken mich in der Weltgeschichte rum und ich weiß nicht das Geringste über sie oder meine Lage. Wie wäre es zum Beispiel –"

„Stopp!" Er brüllt förmlich aus dem Handy heraus.

Ich bleibe stehen und bewege mich keinen Schritt weiter. Von außen muss es fast so aussehen, als hätte jemand den Player auf Pause gestellt.

„Nicht be-we-gen." Er betont die Silben einzeln und ich wage es nicht einmal, meinen Kopf zu drehen. Plötzlich kann ich meinen Puls hören, spüre jeden einzelnen Herzschlag an meinen Schläfen. Um mich selbst zu beruhigen schließe ich für einen Augenblick meinen Augen. Als ich sie wieder öffne erkenne ich das Malör, ein Cafe, in dem ich nur ein einziges Mal war, obwohl es mir nicht unbedingt schlecht dort gefiel. Merke: Unbedingt mal wieder ins Malör gehen!

„Okay, die Luft ist wieder rein. Biege ruhig links ab. Gehe zügig, aber achte darauf, nicht gehetzt zu wirken."

Schnellen Schrittes bewege ich mich nach links und blicke dabei starr geradeaus. Mein Oberkörper bewegt sich kaum und auch sonst ist jede Form von Lässigkeit aus meinem Gang wie weggeblasen.

„Was zur Hölle ist das denn? Kannst du dich noch auffälliger bewegen?", raunzt Julius mich an. Zu recht, wie ich zugeben muss, aber verdammt – ich bin nur ein Mensch!

„Ich gebe mein Bestes, aber ich bin ein Leben als Zielscheibe nun mal nicht gewohnt."

„Ich kann es nur noch einmal wiederholen: Wenn du tust was ich dir sage, wird dir nichts geschehen und jetzt entspann dich. So wie ich das sehe braucht dich momentan nichts zu beunruhigen."

„Ich verlasse mich auf sie," antworte ich, aber wirklich wohl ist mir bei diesem Satz nicht.

„Das will ich hoffen. Halte dich am Ende rechts und gehe in die Wallstraße."

Scheinbar bin ich dort am sichersten, wo die meisten Menschen sind. Die Wallstraße die ich nun betrete, ist der Teil der Fußgängerzone, in dem die höchste Kneipen- und Lokaldichte herrscht. Abends und an den Wochenenden ist hier der Bär los und nun da sich der Mittag nähert, trifft man hier auch auf ein paar hungrige Gesichter auf der Suche nach Restaurants. Alles in Allem jedoch macht die Flaniermeile bei Tageslicht einen eher nüchternen Eindruck. Na gut, in paar Bäume schenken der Optik dezente Grüntöne und locken mit den Tauben auch ein wenig Fauna ins Ambiente. Schade nur, dass ich Tauben nicht mag. Es sind die Ratten der Lüfte.

Niemand beachtet mich, was mir ein Gefühl von Sicherheit gibt. Anscheinend hat sich meine Gangart ausreichend normalisiert. Sehr gut. Wieder einmal bin ich dem Tod von der Schippe gesprungen. Ich will um Gottes Willen nicht behaupten Gefallen an dieser Sache zu finden, aber mit etwas mehr Übung könnte ich es vielleicht schaffen, Situationen wie eben etwas gefasster entgegenzutreten. Ich komme an einer wirklich guten Pizzeria und einem Tattoo-Studio vorbei. Merke: Bei Überleben dieses Tages unbedingt Tätowieren lassen! Motiv gleichgültig – geht ums Prinzip!

Das Ende der Wallstraße kommt immer näher und ich frage mich bereits, wo ich denn nun am besten hingehe, als Julius sich wieder zu Wort meldet.

„Vielleicht ist es für den Augenblick das Beste, wenn du dich ins Grand Cafe setzt. Dann kann ich mal ausgiebig die Lage sondieren. Ich melde mich, wenn es was Neues gibt."

Entrüstet bleibe ich stehen.

„Das war's? ‚Ich melde mich'? Hey, ich habe eben gesagt, dass ich mich auf sie verlasse! Und sie lassen mich hier einfach so stehen?"

„Es mag dir ja vielleicht nicht aufgefallen sein", murmelt Julius mich leicht gereizt an, „aber hier herrscht ein Bisschen so etwas wie eine Krisensituation, also veranstalte jetzt bitte keinen Lärm und setze dich ins Cafe. Es ist mit Sicherheit das Beste für dich."

„Werden sie abheben, wenn ich sie anrufe?"

„Nein." Aufgelegt.

8

Das Grand Cafe. Stilsicher, edel und vor allem groß. Für den Innenarchitekten muss es eine besondere Herausforderung gewesen sein, hier nicht den Charme einer Bahnhofshalle entstehen zu lassen, aber alles in Allem kann man sagen, es ist gelungen. Es ist nicht unbedingt mein Lieblingscafe, aber es

45

macht einen netten Eindruck auf jeden, der ein kleines unterdrücktes Faible für Dekadenz hat. In meiner Kleidung, die sich ja immer noch aus dem zusammensetzt, was ich heute Morgen auf die Schnelle finden konnte und dem, was Maik mir an Jacke zu geben bereit war, passe ich zwar nicht unbedingt zur Inneneinrichtung, aber der Kleidungskodex ist hier nicht so streng wie in manch anderen Lokalitäten.

Alles ist in warmen Rot- und Beigefarbenentönen gehalten und ich lasse meinen Blick über die Sitzmöglichkeiten des Erdgeschosses wandern. Nicht, dass sich hier nicht noch ein passabeler Platz finden ließe, ich entscheide mich doch lieber für den ersten Stock. Wenn ich dort einen Fensterplatz bekommen kann, habe ich eine Aussicht über die Straße, die mir ein vages Gefühl von Sicherheit vermitteln wird. Das kann ich im Moment gut gebrauchen. Ich steige die prunkvollen Treppenstufen hinauf und sehe sofort, dass sich anscheinend nur wenige Gäste um diese Uhrzeit hierher verirren. Gut – das gestaltet es für mich übersichtlicher. Ich entscheide mich für eine Sitzecke, bei der sich, soweit ich das überblicke, nichts hinter meinem Rücken abspielen kann. Wenn man eigentlich zu den Menschen gehört, die Fremden ungern etwas Bösartiges unterstellen, ist es ein unangenehmes Gefühl, plötzlich auf solche Sachen achten zu müssen. Seit ich vor ein paar Jahren die depressive Phase meines Lebens hinter mir ließ, bin ich eher ein „Glas halbvoll" – Typ was sich auch auf meine Sicht der Mitmenschen auswirkt. Damals war ich der festen Überzeugung, dass Alle mir immer etwas Böses wollen. Egal in welches Gesicht ich sah, stets erkannte ich unangenehme Absichten und gab mein Bestes, Mitmenschen aus dem Weg zu gehen. Ich hätte mich zu dieser Zeit nicht unbedingt als paranoid beschrieben, aber schon als pessimistisch und introvertiert. Nach meinem Umzug in diese Stadt war ich auf mich allein gestellt und dies blieb einige Monate so. Während all meine Mitkommilitonen sich langsam in kleinen Grüppchen und Cliquen zusammenfanden, sah ich wie von Außerhalb meine Felle davonschwimmen. Als durch und durch schüchterner Mensch waren mir die Hände gebunden und so stand ich plötzlich im Abseits. Das wäre ja nicht so schlimm, wenn man dem so einfach ein Ende bereiten könnte indem man sich sagt: Jetzt ist Schluss damit, doch leider ist es etwas komplizierter. Wenn man erstmal in der Position ist, dass man sich außerhalb der Normalität befindet, dann wird man dort auch von der Umwelt gesehen und die macht sich so ihre Gedanken. Es dauert nicht lange und du hast deinen Ruf als höchst eigenartiger Geselle weg. Das ist dann eine Schublade der du nur äußerst schwierig entfliehen kannst. Du beginnst dich immer mehr einzuigeln und siehst dich in deiner Meinung über die Anderen voll und ganz bestätigt. Siehste, die mögen mich nicht.

Die Bedienung kommt vorbei und fragt mich, was es denn sein soll. Ich entscheide mich für eine Cola, weil ich die nun mal am liebsten trinke. Das war schon immer so und das wird auch immer so bleiben. Noch ein Grund, weswegen man merkwürdig angesehen wird: Man trinkt keinen Alkohol.

Eines Tages stand ein kleiner, langhaariger Kerl neben mir in der Mensa und regte sich bei der Essensausgabe über die viel zu fettigen Pommes auf. Ich riskierte eine Blick auf seinen Teller und gab ihm innerlich recht, überzog

46

die dünnen Kartoffelstreifen doch ein widerlich öliger Glanz. Dennoch hätte ich mich niemals in der Öffentlichkeit zu einem solchen Wutausbruch hinreißen lassen wie dieser Kerl. Er schimpfte wild gestikulierend und drehte sich dabei mehrmals um die eigene Achse. Irgendwie erinnerte er mich an den Jack-Russel-Terrier einer Nachbarin, der seiner Auffassung nach ebenfalls ungerecht behandelt wurde. ,So sind sie, die Kleinen', dachte ich so bei mir, auch wenn ich mir bewusst war, dass ich mit etwas mehr als einem Meter und Siebzig auch nicht gerade zu den Hünen des Landes gehörte. Dieser quirlige Kerl vor mir allerdings war noch mal um etwa zehn Zentimeter kleiner als ich. Das war wirklich klein. Wie dem auch sei – diese Pommes konnte man tatsächlich nur mit einem Löffel angemessen essen. „Das ist echt ätzend", gab ich ihm leise recht. Er meinte, das sei ja hier keine Seltenheit, aber anscheinend würde es niemand außer ihn ausreichend stören um sich zu beschweren. Ich habe ihm damals gesagt, dass er sich wahrscheinlich einfach nicht genug Gehör verschaffte – man würde ja gar nicht richtig wahrnehmen, wie sehr es ihm gegen den Strich ging, ständig diese Fettsuppe runterwürgen zu müssen. Eigentlich hatte ich das ironisch gemeint, aber entweder war ihm Ironie fremd oder aber er ignorierte sie. Jedenfalls lief er nun dermaßen zur Topform auf, dass die Bediensteten hinter der Theke ihm mit einem Rauswurf drohten. Irgendetwas tief in mir sagte mir ich müsse mich auf seine Seite stellen – ihn im ewig währenden Kampf für weniger fettiges Essen unterstützen und so trat auch ich für eine fettarme Ernährung ein, bis wir beide plötzlich aus dem Gebäude entfernt wurden. Ich hatte noch nie gehört, dass so was schon mal vorgekommen war, doch nun standen wir draußen und uns fiel nichts anderes ein als zu lachen. Dabei war die Situation nicht einmal besonders komisch. Immerhin waren wir immer noch hungrig. Es wurde Zeit, sich nach einer vernünftigen Pommesbude umzusehen.

Tja, so lernte ich Maik kennen und hatte nun zumindest einen Ansprechpartner hier in Oldenburg. Als angehender Meeresbiologe konnte ich mich mit ihm, dem zukünftigen Informatiker, natürlich nicht auf Prüfungen vorbereiten oder so, aber dort lag ja auch nicht unbedingt meine Hauptschwäche. Meine Leistungen waren nicht berauschend, aber langsam würden sie mich wohl schon an mein Ziel führen. Wichtiger war es da schon, dass Maik und ich abends miteinander auf Tour gingen. Die Schuppen in die er mich hineinlockte waren höchst eigenartig und hatten ein Klientel welches sich bestenfalls mit ,merkwürdig' umschreiben ließe, aber manchmal habe ich die Cafes ausgesucht. Meistens hatten diese wesentlich mehr Stil, wenn Maik sich zunächst auch alles andere als wohl fühlte. Er war halt ein Rebell – darauf legte er immer besonderen Wert. Dagegen um jeden Preis. Wir gingen regelmäßig Bräute aufreißen, was jetzt vielleicht machomäßiger klingt als es war, denn die Trefferquote hielt sich in Grenzen. Dennoch war ich für meine bescheidenen Verhältnisse doch sehr erfolgreich. Sagen wir, eine neue Telefonnummer im Monat war schon drin und wenn ich gewollt hätte, hätte ich auch einiges klarmachen können, aber ich war eher auf der Suche nach etwas Längerfristigem. Ehrlich gesagt: Auf dieser Suche bin ich immer noch. Da gab es vielleicht mal die Eine von der Kinokasse, die mich interessiert hätte, doch bei der hatte ich keine Chance. Und Maria, aus dem Studium stellte sich

47

als eine echte Nervensäge heraus – wenn auch eine sehr sympathische und latent attraktive. Und wenn diese Suche auch bisher nicht fruchtete, so kann ich doch zumindest behaupten, dass daraus eine der besten Männerfreundschaften entstand, die ich je hatte, wenn nicht sogar die Beste überhaupt.

Die Bedienung kommt wieder und platziert eine Cola direkt vor mir. Ich schenke ihr dafür ein Lächeln und frage ob ich sofort bezahlen kann. Es ist mein Unterbewusstsein was mir sagt, dass dies eine gute Idee sein könnte. Immerhin weiß ich nicht, wie spontan und übereilt ich gezwungen sein könnte wieder aufzubrechen. Ich lege den Fünfziger, den ich von Maik bekam auf den Tisch und sie zieht ihre Geldbörse hervor um nach dem geeigneten Wechselgeld zu suchen. Eigentlich ganz süß die Kleine. Sie ist vielleicht einen halben Kopf kleiner als ich und hat langes glattes Haar. Dezentes Make up unterstreicht ihre hübschen Gesichtszüge. Dennoch weiß ich, dass ich sie auch nicht anbaggern würde, wenn mir nicht gerade ein Haufen Killer auf den Versen wäre und mir solche Situationen dadurch unendlich belanglos erscheinen würden. Bedienpersonal ist nahezu immer dazu angehalten, nichts mit Gästen anzufangen, soviel habe ich in den letzten Jahren gelernt. Sie gibt mir mein Geld und verschwindet wieder. Ich fische die Zitronenscheibe aus meinem Glas, weil ich es hasse wenn sich langsam ein Zitronenkern aus ihr herauslöst, auf den Grund meines Getränkes sinkt und ich dieses Corpus Delicti dann mit dem letzten Schluck unerwartet in meinem Mund wiederfinde. Widerlich.

Ich frage mich, wie lange ich wohl hier sitzen werde. Anscheinend muss ich hier warten, bis sich Julius wieder meldet, eine richtige Abmachung gibt es da nicht. Alles was er sagte war, dass ich mich zunächst in dieses Cafe setzen und schlicht und ergreifend warten sollte – er würde sich schon wieder melden. Beklemmung steigt in mir hoch. Julius, ein Mann den ich nicht kenne und der offensichtlich tief in all diese Dinge, von denen ich nicht die geringste Ahnung habe, verstrickt ist, sagt zu mir ich solle in dieses Cafe gehen, und ich tue es. Ich vertraue mich einem völlig Fremdem an und tue was er verlangt in der Hoffnung, dass es das Beste für mich sein wird. Bin ich vielleicht dabei einen großen Fehler zu machen? Schenke ich mein Vertrauen vielleicht der falschen Person? Andernfalls: Welche Alternative habe ich denn? Er ist und bleibt der Einzige, der mir überhaupt wirklich weiterhelfen kann. Und eines ist mal klar: Ohne Julius wäre ich jetzt tot – und das bereits seit heute morgen.

Ich lasse mein Telefonat von eben noch einmal Revue passieren. Mit Ausnahme seines Namens hat er eigentlich nichts wirklich preisgegeben. Nun gut, er erwähnte zwar, dass professionelle Killer hinter mir her seien, aber das ist ja nun wirklich keine Neuigkeit. Irgendetwas war an dem Telefonat eigenartig. Ich kann es nicht festmachen, doch da war etwas das mich störte. Er erwähnte auch, dass, zumindest laut seiner Planung, am Ende dieses Tages alles vorbei sei. Worum es auch immer geht – es hat auf jeden Fall mit dem heutigen Tag zu tun. Ich nehme einen Schluck aus meiner Cola und in dem Moment, als der kühle süßlich prickelnde Saft meine Speiseröhre hinunterrinnt weiß ich wieder was mich am Gespräch mit Julius irritierte. Er duzte

48

mich – ich blieb beim Sie. Was kann das bedeuten? Deute ich vielleicht zu viel dort hinein? Wieder klingelt mein Telefon. Julius?

Ich sehe auf das Display, doch es ist nicht seine Nummer. Maik versucht mich zu erreichen. Ich nehme ab.

„Ja?"

„Auch ja. Wie wär's mal mit einer vernünftigen Begrüßung?"

„Du weißt doch wer dran ist."

„Ist das ein Grund weniger höflich zu sein?"

„Egal. Rate mal mit wem ich gerade telefoniert habe."

„Der große Unbekannte?"

„Sagen wir mal er ist nun nicht mehr ganz so unbekannt. Immerhin weiß ich jetzt, wie er mit Vornamen heißt."

„Und?"

„Julius."

„Klingt irgendwie schwul!"

„Ist das nicht irgendwie Nebensache?"

„Was wollte er?"

Ich sehe mich um. Wie frei kann ich hier eigentlich reden? Viel ist auf dieser Etage nicht los, doch hier und dort sitzt schon mal jemand und wenn man mich bisher auch nicht beachtete, so tut man es spätestens jetzt, da ich mich idiotischerweise so verhalte als hätte ich etwas zu verbergen. Ich stehe auf und begebe ich in Richtung Toilette.

„Er hat mich durch die Stadt gelotst. Anscheinend drohte ich irgendjemandem in die Arme zu laufen."

„Hast du diesen Jemand gesehen?"

„Eigentlich nicht."

„Aber du bist dir sicher, dass er dich nicht verarscht hat."

„Sicher bin ich mir nicht, aber was soll ich denn machen?"

Ich bin nun in der Herrentoilette, durchquere den Vorraum mit den beiden in Marmor eingelassenen Waschbecken und dem riesigen Spiegel und finde mich nach einer weiteren massiven Holztür in einem Raum mit mehreren Urinalen und drei Einzelkabinen wieder. Es ist niemand hier und auch die Türen zu den Kabinen sind nicht verriegelt. Ich begebe mich in eine von ihnen und schließe mich ein. Nun fühle ich mich ausreichend sicher, um ungestört über mein doch sehr gestörtes Leben zu sprechen.

„Sicher, ich weiß ja auch nicht, was du anderes machen kannst, aber mir gefällt die Art und Weise eurer Kontaktaufnahme ganz und gar nicht. Ich habe kein gutes Gefühl dabei."

„Ich ja auch nicht, aber der Kerl hat mir das Leben gerettet und mittlerweile kann ich nicht mal mehr mit Sicherheit sagen wie oft. Ich denke, ich werde ihm erstmal weiter vertrauen müssen. Warum rufst du an?"

„Ach so ja, also ich habe ein wenig über diese Firma Schockland in Erfahrung bringen können, oder auch nicht. Je nach dem wie man es sieht."

„Werde mal konkreter."

Zunächst muss ich dir was über diese Liste erzählen. Es sieht im Großen und Ganzen nicht so gut aus, wie du dir wahrscheinlich schon denken kannst."

49

„Was meinst du damit?"

„Also ich habe das nur stichprobenartig überprüft, aber anscheinend ist niemand, der auf dieser Liste mit dem Vermerk ‚Vollzugriff' oder auch ‚Teilzugriff' aufgeführt ist, zu erreichen. Die scheinen alle innerhalb der letzten zwei Tage verschwunden zu sein."

Das ist zumindest ein Zusammenhang, wenn auch bei Leibe kein beruhigender. „Und die Anderen?"

„Du meinst die, die unter ‚reiner Transfer' stehen? Die sind alle noch da – salopp ausgedrückt."

„Das ist Scheiße – salopp ausgedrückt. Was hat es denn mit dieser Zugriffssache auf sich?"

„Das weiß ich noch nicht. Aber es gibt wie ich schon sagte ein paar Neuigkeiten über Schockland."

„Lass mal hören."

„Die haben ihren Hauptsitz anscheinend hier in Oldenburg, allerdings steht das Gebäuden, in dem sie offiziell sitzen, in Wirklichkeit leer und ist kurz vor dem Abriss. Das wirkt auf mich wie eine Briefkastenfirma oder auch nur ein Scheingewerbe. Wie auch immer, auf jeden Fall ist das alles andere als Koscher."

„Wo ist denn dieser Sitz? Vielleicht sollte ich dort einfach mal vorbeischauen."

„Glaub mir, das kannst du dir sparen. Das ist eine Adresse im Stadtteil Donnerschwee und wie es der Zufall so will kenne ich das Haus. Ein ehemaliger Mitkommilitone wohnte mal direkt daneben. Das ist wirklich abbruchreif, da wohnt seit Jahren niemand mehr. Natürlich kann ich sie dir trotzdem geben, wenn du darauf bestehst. Hast du was zu schreiben bei dir?"

„Momentan nicht. Aber wenn du meinst, dass dort nichts ist... Was hast du sonst noch?"

„Also diese Firma, die ja einerseits vorgibt zu existieren, andererseits keinen wirklichen Sitz hat, hatte zumindest eine Internetseite."

„Immerhin. Und, was stand da?"

„Nichts."

„Du verarschst mich."

„Na ja, nicht direkt nichts, aber ich sage dir, ich habe noch nie einen Text gelesen der so geschickt um die eigentlichen Informationen herumredet. Die sollten Ghostwriter für Politiker werden oder Pastoren. Irgendwelche fadenscheinigen Datenverarbeitungen finden dort statt, aber was man sich genau darunter vorzustellen hat bleibt diese Homepage als Information schuldig."

„Also wieder eine Sackgasse."

„Normalerweise schon, aber wenn man hier und da ein paar Tricks kennt und anwendet, daaaann..."

Immer wenn er so komisch redet weiß ich, dass er irgendwas Unmögliches geschafft hat. Normalerweise eine Dummheit, aber heute sind es eben diese Dummheiten, die mich eventuell weiterbringen könnten.

„Dann was?"

„Habe ich eigentlich schon mal erwähnt wie glücklich du dich schätzen kannst, dass du mich kennst?"

„Tausend Mal in etwa und wenn es dich glücklich macht, dann zahl ich dir dafür auch die nächsten zehn Döner, aber jetzt wäre ich dir dankbar, wenn du einfach zur Sache kommen könntest."

„Na gut. Also offensichtlich hat Schockland noch drei funktionierende Server am Netz. In Berlin, Hamburg und München. Das nehme ich zumindest an, immerhin heißen die so."

„Wie?"

„Berlin, Hamburg und München. Das sind die Namen der drei Server. Ist ziemlich naheliegend, dass es sich um die jeweiligen Standorte handelt."

„Webserver? Eine Internetfirma?"

„Keine Webserver. Um ehrlich zu sein habe ich keine Ahnung um was für Server es sich handelt, aber immerhin wissen wir nun, dass es diese Firma in irgendeiner wie auch immer gearteten Weise noch gibt."

„Aber wenn es keine Webserver sind, was dann?"

„Na ja, es könnten FTP-Server sein oder auch irgendein Messenger, aber das ist auch nicht die richtige Richtung. Ich habe nicht den geringsten Schimmer um was es sich handelt. Keiner der mir bekannten Ports ist belegt und du kannst mir glauben, ich kenne ne ganze Menge, also habe ich einen Portscanner aktiviert und siehe da..."

„Moment, Moment! Du redest ohne Punkt und Komma, also noch mal für mich als Laien. Worum geht's?"

„Also: Wenn ein Computer am Internet hängt, dann gibt es verschiedene Ports mit denen er am Netz anliegt. Das musst du dir vorstellen wie verschiedene Türen und je nach dem welches Programm angesprochen wird, geht die Information durch eine andere Tür. Wenn zum Beispiel eine Internetseite aus dem Internet bei deinem Rechner ankommt, geht die durch die Tür mit der Hausnummer 8080 und landet dadurch sofort bei einem Programm, das diese Seite auch darstellen kann. Kapische?"

„Soweit ja, aber was ist nun das komische daran, dass die Ports zu waren?"

„Das bedeutet, dass keines der mir bekannten Programme auf diesen Computern zu laufen scheint. Offensichtlich nicht mal ein bekanntes Betriebssystem. Zumindest keines was ich kenne. Ich wundere mich, dass es so was überhaupt gibt."

„Und dann hast du was getan? Einen Port... einen Was?"

„Ich habe einen Portscanner laufen lassen. Das ist ein kleines Hackerwerkzeug, das so schnell wie möglich an alle Türen klopft um zu überprüfen ob jemand antwortet."

„Und es war niemand da."

„Nicht ganz. Ein Port war tatsächlich besetzt, allerdings habe ich keine Ahnung, welche Anwendung darunter arbeitet."

„Aber wenn der Port besetzt ist, dann muss sich doch auch zeigen was dahinter steht."

„Nicht unbedingt. In diesem Fall war das so, als würdest du an eine Tür klopfen und es öffnet sich eine kleine Klappe und ein übel dreinblickendes Augenpaar fragt dich nach der Parole, die du natürlich nicht kennst. Also weißt du, dass irgendwas hinter der Tür passiert, aber eben nicht was."

„Du brauchst also diese Parole."

51

„In meinem Fall nennt man das zwar ein Passwort, aber im Grunde hast du Recht."

„Also sind wir nichts weiter?"

„Ich bin mir nicht sicher. Da sitzen drei Rechner am Internet, die sich anscheinend durch nichts was mir bekannt wäre ansprechen lassen, allerdings auf irgendwas warten. Ich sag's dir ganz ehrlich: Allein mit diesen Informationen stehe ich erstmal vor einem Rätsel, aber ich gebe noch nicht auf."

„Das höre ich gern."

„Wenn ich es irgendwie schaffe in diesen Port zu kommen, oder einen anderen zu umgehen, dann könnte ich herausfinden, was sich hinter diesem Programm verbirgt. Ich kann nicht versprechen, dass ich es schaffe, aber ich hab da noch ein paar Tricks aus meinen Tagen als Aktiver in der Hinterhand. Und wenn ich das mal so sagen darf: Ich fühle mich von diesen beschissenen Servern auch ein wenig in meiner Ehre angegriffen."

Maik, so ist er nun mal. Du könntest stundenlang mit Brennnesseln auf ihn einpeitschen und er würde nur ‚au' sagen, aber versuche ihn von Deinen Daten fernzuhalten und er wird aggressiv.

„Okay, mach das, aber sei vorsichtig."

„Ich sitze an einem Computer, was kann mir schon passieren. Pass du lieber auf dich auf. Komm mir in einem Stück zurück."

„Ich werde mir Mühe geben."

„Tu das. Ich melde mich wieder."

„Bis dann."

Wir legen beide wieder auf. Ich stecke mein Handy weg und schließe die Tür meiner Kabine wieder auf. Seine Stimme hat mich irgendwie beruhigt. Nach diesem Telefonat mit Julius tat es gut wieder eine vertraute Stimme zu hören. Ich gehe an den Pissoirs vorbei und öffne die Tür zum Vorraum in dem man sich eigentlich die Hände waschen sollte. Und da steht er.

Er ist es. Der Kleinere der beiden Killer, die heute Morgen vor meiner Haustür standen. Ein paar seiner dunklen Locken fallen vor seine Augen, deren Pupillen sich mit einem Mal immens weiten. Er scheint genauso überrascht zu sein wie ich. Dann plötzlich bewegt sich seine Hand unter sein Sakko.

Zur Waffe.

9

Tausend Gedanken rasen gleichzeitig durch meinen Kopf. Wie hat er mich gefunden? Hat er mich überhaupt hier gesucht oder ist es Zufall? Allem voran allerdings steht der Gedanke an meinen Tod.

Aber der Killer ist überrascht! Ich muss das ausnutzen! Ohne groß nachzudenken schnellt meine Hand vor und bekommt sein Handgelenk fest zu fassen. Die Waffe hält er allerdings schon fest. Ungläubig schaut er mich an. Er hatte nicht damit gerechnet, dass ich zupacken würde. Nun zieht er seine Hand weg, doch mein Griff zieht sich fester zu. Dann nimmt er seine andere

Hand zur Hilfe. Gute Idee, ich tue es ihm gleich. Plötzlich setzen wir beide unser gesamtes Körpergewicht ein und kämpfen mit aller Gewalt um die Kanone. Ich sehe ihm direkt in die Augen und möchte fragen warum, doch er würde mir sowieso nicht antworten. Er ist ein Profi. Sein Blick ist kalt und gefühllos. Die Waffe erscheint mir ungewöhnlich lang mit dem aufgeschraubten Schalldämpfer, fast unhandlich.

Plötzlich löst sich ein Schuss. Es macht nur 'Pfft'. Die Kugel schlägt in den riesigen Spiegel ein, auf dem sich sofort ein netzartiges Gebilde aus Bruchkanten abzeichnet. Der Schreck über den Schuss lenkt mich für einen Moment ab und es gelingt ihm fast sie an sich zu reißen, doch ich merke es gerade noch rechtzeitig und reiße seine Hände wieder zu mir.

„Pfft! Pfft!"

Der Spiegel ist nun vollständig zerstört, und der Lärm des Klirrens erscheint mir unüberhörbar, allerdings weiß ich nicht, wie objektiv meine Wahrnehmung wirklich ist. Der Killer selbst gibt keinen Laut von sich. Offensichtlich will er nicht, dass jemand uns hört. Er löst eine Hand aus dem Gemenge und im nächsten Augenblick explodiert seine Faust in meinem Gesicht.

In meinem Mund schmeckt es nach Blut, doch mich beherrscht nur ein Gedanke: ‚NICHT LOSLASSEN!'

Er holt ein weiteres Mal aus, doch ich ducke mich rechtzeitig. Dann rammt er mit seinem Oberarm meine Schulter, dass ich mich nicht mehr auf den Beinen halten kann. Sein Handgelenk entweicht mir und ich strauchele rückwärts durch die Tür zurück in den Raum mit den Urinalen. Aus dem Augenwinkel erkenne ich, dass auch er taumelt, sich allerdings sehr schnell wieder fängt. Er kommt zwei Schritte auf die Tür zu und richtet den Lauf der Waffe auf mich. Ich stehe nicht einmal besonders fest auf dem Boden. Wenn mir jetzt nichts einfällt, ist es vorbei.

Meine Beine katapultieren mich in Richtung Tür und mit beiden Armen schmettere ich diese mit aller Kraft zu.

Volltreffer! Die Hand mit der er mich bedrohte gelangt genau zwischen Tür und Türrahmen. Ich glaube einen brechenden Knochen zu hören und dann endlich das erste wirkliche Lebenszeichen des Killers. Zwischen seinen Zähnen zieht er geräuschvoll die Luft ein und unterdrückt so einen Schmerzensschrei. Jawoll! Ich ziehe die Tür wieder einen Spalt breit auf und stemme mich noch mal mit aller Kraft dagegen. Wieder treffe ich die Hand. Diesmal lässt er die Waffe fallen. Ich reagiere für meine Verhältnisse erstaunlich schnell und trete sie mit meinem Fuß weg. Sie rutscht etwa vier Meter über den Boden gegen eine Wand und bleibt dort liegen. Das war eine gute Idee, denn im nächsten Augenblick habe ich das Gefühl, ein Bulldozer würde die Tür rammen. Mit seinem ganzen Gewicht wirft sich der Killer gegen die Tür und so fallen wir beide taumelnd tief in den Raum.

Ich schlage mir meinen Hinterkopf an einem Urinal, aber es schmerzt kaum. Der Killer hockt sich vor mich und beginnt mich mit beiden Händen zu würgen.

Verdammt tut das weh. Meine Kehle, mein Adamsapfel – die Schmerzen sind unerträglich. Ich versuche seine Hände wegzuziehen, doch die sind so

53

fest um mein Fleisch, dass sie wie eine stählerne Klammer wirken. Ich sehe ihm ins Gesicht und erkenne, dass die Eiseskälte einer brennenden Wut gewichen ist. Das könnte mich fast freuen, doch dafür habe ich keine Zeit. Wenn ich nicht sofort handle werde ich sterben. Dann – eine Idee. Entweder meine Beste oder meine Letzte, das wird sich zeigen. Ich strecke meine Arme zwischen seinen hindurch und spüre schon, dass sie sich beschwerlicher heben lassen als gewohnt. Außerdem verschwimmt zunehmend das Bild vor meinen Augen. Es kann nicht mehr lange dauern und es ist vorbei. Ich nehme sein Gesicht in beide Hände.

Jetzt!

Ich ramme ihm meine beiden Daumen mit den letzten Kräften in die Augen. Er unterdrückt wieder einen Schrei, doch diesmal tönt dieser leise durch seine Disziplin hindurch. Um mich herum wird es immer schwärzer, doch ich schaffe es meine Daumen noch ein kleines Stück tiefer zu versenken. Er quält sich, das höre und das spüre ich, doch der Schraubstock um meinen Hals gibt keinen Millimeter nach. Nur noch ein Wunder kann mir jetzt noch helfen. Ich drücke mit meinen Daumen noch ein letztes Mal nach. Endlich! Sein Griff lockert sich! Ich bekomme ein klein wenig Luft. Jetzt presse ich mit aller Gewalt, die mir noch übrig ist meine beiden Arme auseinander und schaffe es tatsächlich seinen Griff aufzusprengen. Das Bild wird wieder klarer und ich sehe, dass sich mein rechter Daumen bis hinter dem Knöchel in seine linke Augenhöhle gedrückt hat. Der Linke steckt etwas weniger tief. Dann reißt er sich meine Hände aus seinem Gesicht. Er kippt leicht zurück und sitzt nun vor mir auf dem Fußboden.

Für einen kleinen Augenblick herrscht Stille. Wir brauchen anscheinend beide ein paar Sekunden zur Orientierung. Er öffnet das rechte Auge und sieht mich an. Das linke fängt an zu Bluten. Es ist der Blick eines Stieres vor dem roten Tuch. Dann schaut er nach links zur Wand und mein Blick folgt seinem.

Die Waffe!

Wie explodiert springt er auf sie zu, aber ich schieße im gleichen Moment ebenso nach vorn, dass ich auf seinem Rücken lande und bei seinem Versuch sich noch die fehlenden Zentimeter zur Waffe heranzurobben über ihn hinüberrutsche. Ich kann es kaum Glauben, dass ich die Kanone als Erster zu fassen bekomme.

Ich versuche mich aufzurichten, zumindest hinzusetzen um ihn in Schach zu halten, doch in dem Augenblick in dem ich mich ihm zuwende stürmt er auf den Knien mit dem Kopf voran auf mich zu und rammt mir seine rechte Schulter in den Bauch. Es fühlt sich an, als würden sich meine Eingeweide gleich nach oben durch meinen Brustkorb quetschen, doch das Wichtigste ist, dass ich die Waffe immer noch in meiner Hand halte. Er rückt ein Stück von mir ab und rammt mich noch mal. Die Schmerzen sind der Wahnsinn, ich muss irgendetwas tun.

Plötzlich taucht vor meinem geistigen Auge eine Szene aus irgendeinem Actionfilm auf. Jemand schlägt mit dem Griff einer Waffe seinem Gegner in den Nacken und dieser fällt sofort in Ohnmacht. Keine Ahnung ob das funktioniert, aber ich versuche es und schlage zu.

Er stöhnt kurz auf, stößt mir dann aber ein weiteres Mal seine Schulter in den Bauch – diesmal höher. Noch ein kleines Stück und er zerbricht mir die Rippen. Ich schlage ein weiteres Mal mit dem Griff zu, doch die Wirkung ist nahezu nicht wahrnehmbar. Verdammt, wird man im Kino denn dermaßen verarscht? Er setzt noch mal an und in dem Moment in dem er hervor-schnellt, trifft mein Hieb ihn mit aller Kraft. Er knickt etwas ein, aber trifft dennoch mein Brustbein, dass mir die Luft wegbleibt und mir fast schon wieder schwarz vor Augen wird. Wenn das so weitergeht bin ich am Ende der Ohnmächtige. Als er wieder zurücksetzt schlage ich noch mal mit aller Kraft in seinen Nacken und ihm knicken die Beine weg. Jetzt habe ich ihn, den Punkt auf den es ankommt. Ich schlage ein weiteres Mal auf ihn ein und noch mal. Mehr und mehr schwindet seine Kraft und sein Stöhnen gleicht nun immer mehr einem Seufzen. Dann endlich, bricht er auf meinem Schoß zusammen. Endlich. Ich hämmere noch dreimal auf ihn ein, nur um ganz sicher zu gehen und dann lasse ich meinen Kopf nach hinten gegen die Wand und die Waffe auf den Boden fallen.

Geschafft!

Wie geht es jetzt weiter? Ich sitze hier in der Toilette eines Cafes mit einem bewusstlosen Killer. Was macht man in so einem Moment? Das ist leider keine Situation, auf die man sich jemals vorbereitet hätte. Mein Blick fällt auf eine der Toilettenkabinen. Ich stehe auf und merke jetzt bereits, wie sehr mir der Kampf und vor allem seine Schulterrammer zugesetzt haben. Mein ge-samter Rumpf schmerzt, doch die Schmerzen sind von der Art, wie man sie kennt und von denen man weiß, dass sie wieder weg gehen. Ich bin mir ziemlich sicher keine Brüche davongetragen zu haben und greife mir den Killer wie ich es vor unglaublich langer Zeit einmal beim Erste-Hilfe-Kurs gelernt habe – schleife ihn in die Kabine. Und nun? ‚Fesseln', geht es mir durch den Kopf, doch womit? Ich sehe seine Schuhe und ziehe sie sofort aus um an die Schnürsenkel zu kommen. Ich klappe die Klobrille hoch und bugsiere ihn so vor der Schüssel, dass sein Kopf über den Rand hineinhängt und ich seine Hände mit den Senkeln an dem Spülrohr festbinden kann. Oh man, sein Auge sieht wirklich übel aus. Ohne recht zu wissen wozu es gut sein soll, klappe ich Brille und Deckel wieder hinunter. Wichtig ist, dass er verhindert ist die Tür zu öffnen wenn er aufwacht. Dazu ist es eigentlich egal, ob sein Kopf in der Schüssel hängt oder nicht, aber es ist vielleicht eine Art Rache von mir, ihn in dieser demütigenden Haltung hier zu lassen. Dabei kann er eigentlich noch froh sein. Wenn er sich jetzt übergeben müsste, wäre seine akute Stellung optimal.

Ich verlasse die Kabine und schließe die Tür hinter mir. Ich benutze die Rückseite einer meiner Schlüssel am Schlüsselbund mit der ich von außen mittels des Schlitzes am Schloss, seine Kabine auf ‚Besetzt' stelle und möchte gerade den Raum verlassen, als mir etwas wieder einfällt.

Die Kanone!

Sollte ich sie mitnehmen? Ich habe noch nie eine Waffe besessen, ge-schweige denn abgefeuert. Eben im Kampf konnte ich feststellen, dass die Dinger doch um Einiges schwerer sind, als man es in diesen Actionfilmen gemeinhin annimmt. Dennoch scheint es mir gerade heute als durchaus

55

angemessen, bewaffnet zu sein. Wann, wenn nicht heute hatte ich es jemals nötig mich zu schützen?

Ich nehme mir die Handfeuerwaffe und schraube den immer noch lauwarmen Schalldämpfer ab, denn so wie sie jetzt aussieht ist sie schlichtweg zu klobig um von mir unbemerkt herumgetragen zu werden. Schließlich besitze ich keinen Halfter – ein Kleidungsstück, welches ich mir bisher zuzulegen einfach nicht für nötig hielt. Merke: Unbedingt im Internet Preisinformationen zu Halftern einholen! Ich lege den kleinen Hebel an der Seite der Handfeuerwaffe um, von dem ich aus ‚Lola rennt' weiß, dass er die Waffe sichert, dann stecke ich sie mir hinten in den Hosenbund. Ich hebe den Schalldämpfer auf, gehe in den Vorraum und nehme mir etwas Papier, womit man sich eigentlich die Hände abtrocknen soll um mir eine Blutspur aus meinem Mundwinkel zu wischen. Plötzlich merke ich, dass ein Backenzahn sich bedenklich gelockert hat. Ohne weiter darüber nachzudenken ziehe ich ihn mir mit Daumen und Zeigefinger heraus und lasse ihn in den Ausguss fallen. Komisch: Der ist nun für immer weg und ich habe dennoch nicht das Gefühl, dass ich ihn sonderlich vermissen werde.

Ich rolle den Schalldämpfer in einige Papiertücher und werfe ihn in den Papierkorb, damit niemand vorschnell Verdacht schöpft. Dann geht es endlich wieder raus aus der Toilette. Merke: Hier nie wieder Pissen – dann schon eher Nierenschaden in Kauf nehmen.

Auf dem Weg zu meinem Platz fängt mich die Bedienung ab. Ich laufe fast an ihr vorbei, so sehr bin ich mit den Gedanken bei dem, was ich eben erleben durfte.

„Da sind sie ja! Das hier ist eben für sie abgegeben worden."

Sie reicht mir einen braunen DIN A4 Umschlag auf dem in Großbuchstaben ‚WICHTIG!' geschrieben steht. Ich brauche eine Sekunde um das zu begreifen, dann schalte ich plötzlich blitzschnell.

„Wer hat das abgegeben?"

„Ein Mann unten an der Theke. Er ist gleich wieder gegangen."

Ich packe sie bei den Schultern und werde lauter.

„Welcher Mann? Wie sah er aus? Wann war das?"

„He, lassen sie mich los! War so ein Dunkelhaariger mit schwarzen Klamotten. Er ist gerade erst weg."

Ich renne zum Fenster und schau nach unten auf die Fußgängerzone. Zunächst erkenne ich nur ein wirres Durcheinander unterschiedlichster Menschen, aber schnell teilt mein Hirn das Bild in Segmente zu etwa zehn Personen ein, die nach schwarzer Kleidung durchsucht werden. Nach maximal drei Sekunden erkenne ich ihn: Mittelgroß, dunkelhaarig und entfernt sich mit großen Schritten. Ich drehe mich um und möchte schon die Stufen hinunterhasten, als mir der Umschlag wieder einfällt. Ich reiße ihn der Bedienung aus der Hand und renne los. Aufpassend, dass ich auf der Treppe nicht ins Straucheln gerate, höre ich die kleine Blonde irgendwelches unfreundliches Zeugs hinter mir herrufen, doch das interessiert mich nicht im Mindesten. Nach der Treppe sind es noch drei große Schritte und ich bin wieder draußen.

Ich blicke mich um, aber aus dieser Perspektive sieht alles leider schon wieder ganz anders aus. Eine unglaubliche Menge von Leuten schaut mir überrascht und ratlos ins Gesicht und ich sehe nicht mehr die geringste Chance den Boten wieder zu finden. Ich renne noch ein paar Schritte in den Tumult der Fußgängerzone hinein, doch es ist zwecklos. Vollkommen außer Atem und von Panik aufgewühlt, drehe ich mich um die eigene Achse, als mein Handy klingelt. Ohne nachzusehen wer es ist gehe ich rann – es ist Julius!

„Bist du wahnsinnig? Sie haben dich bemerkt! Sieh zu, dass du dort verschwindest! Schnell!"

Noch bevor ich antworten kann legt er wieder auf. Ich sehe nach rechts und erkenne sofort den adrett gekleideten Herrn, der aus cirka 200 Metern strammen Schrittes, mit fest an mir haftendem Blick, auf mich zukommt. Er drückt sich einen Finger ins Ohr, weswegen ich ein Head-Set vermute.

Ich drehe mich nach links. Noch jemand mit dem Finger im Ohr. Hier habe ich sogar noch weniger Spielraum. Der Killer aus dieser Richtung braucht maximal noch 150 Meter.

Das wird jetzt verdammt knapp.

10

Was soll ich tun? Was kann ich überhaupt tun? Wirklich klar ist nur: Ich muss etwas tun! Vor mir läuft eine Gruppe mit etwa acht jungen Mädchen vorbei. Glücklicherweise scheint die Jugend heute etwas größer zu sein als zu meiner Zeit und so brauche ich nur leicht in die Knie zu gehen und mich durch sie hindurchzuschlängeln und schon könnte ich in der kleinen Menge verschwunden sein. Ich schaue nach links und sehe, dass mich dieser Killer tatsächlich aus den Augen verloren hat. Zumindest macht es diesen Eindruck, denn er scheint zu suchen. In der anderen Richtung hatte ich offensichtlich nicht so viel Glück. Der Killer sieht mir immer noch ins Gesicht und spricht nun mit seiner Jacke. Diese Freisprecheinrichtungen lassen ihnen eine ganze Menge Freiraum mit den Händen, doch was soll er jetzt schon machen. Er legt noch einen Zahn zu und ist nun nur noch Hundert Meter von mir entfernt. Ich bewege mich also nach links, weiter Richtung Innenstadt. Na, wenn das mal eine gute Idee ist.

So schnell wie es gerade noch nicht auffällt schlage ich einen Haken um den Burger King, um dem Blick meines Verfolgers zu entkommen und es könnte auch funktionieren, doch zu welchem Preis? Wenn ich noch weiter in diesem Tempo voranhaste ziehe ich wieder die Aufmerksamkeit seines Partners auf mich. Ich sprinte zwei schnelle Schritte, um nicht dort zu sein, wo mich der Killer vermuten wird wenn er um die Ecke kommt.

Ich drossle mein Tempo und ziehe den Kopf ein – als ob das nicht auffallen würde. Ruhig und dennoch zügigen Schrittes bewege ich mich auf die Gabelung der Fußgängerzone zu. Wenn ich es schaffe mich ungesehen für eine der beiden Richtungen zu entscheiden, habe ich zumindest eine fünfzigprozentige Chance, was streng mathematisch natürlich nur ein sehr relativer Vorteil ist – bei zwei Verfolgern. Ich wage es nicht mich umzusehen und doch kribbelt es einfach in meinem Nacken, als könnte ich spüren wie sie fieberhaft nach mir suchen. Rechts von mir befindet sich ein Bekleidungsgeschäft und mir kommt spontan eine Idee. So nah wie möglich bewege ich mich daran vorbei und kann in einer schrägen Schaufensterscheibe einen gespiegelten Blick nach hinten werfen. Viel kann ich nicht erkennen, aber niemand scheint mir allzu dicht auf den Versen zu sein. Etwas Zeit scheint gewonnen.

Langsam muss ich mich für eine Seite der Gabelung entscheiden und es liegt einfach nur nahe die rechte Seite zu nehmen, da ich mich sowieso schon rechts befinde. Es ist sehr weitläufig hier was mir kurzfristig Sorgen macht, doch an so schönen Tagen wie diesen ist die Fußgängerzone stets gut besucht. In diesem Fall ist das für mich ein Vorteil. Ich sehe junge Familien, Kinder und Jugendliche. Punker, elegante Damen und Verkäufer, die ihre Mittagspause genießen so weit es ihr Arbeitsvertrag zulässt. Hier und dort sitzt mal ein Obdachloser in der Ecke, der von der guten Laune, die so ein Sommertag nun mal mit sich bringt, profitiert und dort – genau vor mir und vielleicht noch hundert Meter entfernt – ist wieder einer!

Langsam bekomme ich Übung darin sie zu erkennen. Dieser hier trägt einen hellblauen Anzug und eine Sonnenbrille mit kleinen Gläsern. Klein und unscheinbar und sich dennoch wie ein leuchtendes Hinweisschild in meine Netzhaut einbrennend: Der Knopf in seinem Ohr. Er sucht die Gegend ab und ich weiß sofort wonach beziehungsweise nach wem. Ich muss unbedingt die Straßenseite wechseln und den linken Weg nehmen, doch wie weit kann ich mich frei bewegen, wo irgendwo hinter mir noch die beiden Anderen sind?

Am linken Straßenrand befinden sich einige Punker und leeren in großen Zügen mehrere Bierdosen. Rechts sehe ich zwei ihrer bunten Gesellen, wie sie sich mit einer kleinen Schnorrerausbeute auf die Gruppe zu bewegen. Könnte ich als Schnorrer durchgehen? Als Punker? Sollte es sich vielleicht noch als glücklicher Zufall erweisen, diese modische Katastrophe von Maik zu tragen? Als die Beiden an mir vorbeischlurfen gehe ich sofort hinterher. Ich versuche nah genug zu sein um als einer von ihnen durchzugehen, aber genug Abstand zu halten um nicht ihre Aufmerksamkeit zu erregen. Mein Blick geht in den rechten Gang, den ich nun nicht mehr nehmen werde. Der Kerl sieht nicht zu mir sondern sucht offensichtlich hinter sich. Dann schaue ich in die Richtung aus der ich komme. Nach einigen Augenblicken erkenne ich die beiden Killer, wie sie miteinander reden. Sie gestikulieren verhalten, doch ich erkenne genau, wie viel Vehemenz in ihrer Ausdrucksweise liegt. Die Passanten um sie herum nehmen es nicht wahr, doch wenn man weiß worum es in ihrem Gespräch geht, erkennt man es überdeutlich. Sie schieben sich die Schuld für das Verlieren des Opfers gegenseitig in die Schuhe.

Ich bin nun weit genug links, um mich von meinen beiden Begleitern zu trennen, und verschwinde zwischen ein paar Kleiderständern, um kurz darauf im linken Teil der Gabelung wieder aufzutauchen. Zumindest diesen Teil habe ich geschafft. Mein verkrampfter Schritt lockert sich ein Wenig und ich gehe nun schnell, aber, wie ich hoffe, unauffällig weiter. Ich denke gar nicht darüber nach was ich tue, als ich mich nur kurz umdrehe und dabei direkt in seine Augen sehe. Mist!

Er muss durch eine der Passagen die Straße gewechselt haben. Der Typ aus der rechten Straße sieht mich an und beginnt sofort in seinen Kragen zu sprechen und loszulaufen. Jetzt brechen meiner Beherrschung die Dämme.

Ich renne los.

Überall sind Menschen und sie kommen mir vor wie eine Strömung, die sich mit einem Mal gegen mich wendet. Schnell werfe ich einen Blick über meine Schulter um zu sehen, dass mir der Kerl im hellblauen Anzug hinterher rennt. Auch bei ihm scheint es kein Halten mehr zu geben. Er ist keine fünfzig Meter von mir entfernt, doch ihm machen die Menschenmengen zu schaffen. In weiter Ferne, bei den beiden Anderen tut sich ebenfalls etwas, doch bevor ich Genaueres erkennen kann, ramme ich jemanden.

Eine ältere Dame. Sie schafft es gerade noch so auf den Beinen zu bleiben und schimpft auf mich ein, doch ich bin längst wieder außer Hörweite. Die Passanten fliegen nur so an mir vorbei und ich erkenne in meinem Tunnelblick nur noch die Farben ihrer Kleidung. Eine kleine Gruppe jüngerer Mädchen wird von mir halb umrundet, in eine größere Gruppe Banker tauche ich mit einem Köpper ein. Sie schimpfen und fluchen, schleudern mit ihrem Zorn nach mir, doch die wissen ja auch nicht, dass ich allen nur erdenklichen Grund für mein Verhalten habe. Wieder schaue ich nach hinten. Er folgt mir immer noch, doch er ist kaum näher gekommen. Und plötzlich stolpert er, fällt für einen kurzen Moment hin. Es dauert nicht mal eine Sekunde und er ist wieder auf den Beinen. Das darf mir auf gar keinen Fall passieren und so schaue ich wieder nach vorn. Nur mit Mühe kann ich einer Frau und ihrem Kind ausweichen. Dass der Kerl ins Straucheln kam ist ein Vorteil für mich, ich konnte cirka zehn Meter gut machen, wenn nicht sogar fünfzehn. Aber was sind schon fünfzehn Meter, wenn es um mein Leben geht? Es hat fast etwas von einem fliehenden Stellungskrieg – Kampf um jeden Meter!

Ein Herr mittleren Alters testet eine Sonnenbrille und betrachtet sich damit im Spiegel des Verkaufsständers. Direkt hinter ihm schlage ich einen Haken und ziehe meinen Kopf ein. Warum ich gerade hier denke, dass mir das helfen könnte, weiß ich nicht. Es ist nur eine Ahnung. Dann fällt mir die kleine Seitengasse ins Auge – nur zwei Meter entfernt. Kaum eine Sekunde später bin ich dort drin. Ich sprinte noch ein paar Schritte, dann erkenne ich einen Mauervorsprung hinter dem ich mich verstecke.

Ich kann jetzt nur hoffen, dass er mich aus den Augen verloren hat. Es gibt nicht einmal die Möglichkeit vorbei rennende Schritte zu hören, so belebt ist es hier, doch in dieser Gasse ist es ruhiger. War es ein Fehler hierher zu flüchten? Bin ich hier nicht vielleicht ein wesentlich bereitwilligeres Opfer? Oder ist die Flucht in die Stille so absurd, dass meine Verfolger dies schlichtweg für zu bescheuert halten? Sekundenlang passiert nichts – Sekunden, die mir wie Stunden vorkommen. Mit dem Rücken presse ich meinen Körper an die Wand und atme so flach und lautlos wie nur möglich, doch ich höre mich an wie ein altersschwacher Blasebalg.

59

Gegenüber von mir befindet sich eine Goldschmiede. Für einen kurzen Augenblick erinnere ich mich an ein Praktikum, das ich mal in einer Goldschmiede absolvierte. Die Arbeit hatte mir gut gefallen, doch man riet mir ab diesen Beruf zu erlernen. Man könne davon keine Familie ernähren. Diesen Rat zu befolgen war im Nachhinein eine dumme Entscheidung, habe ich doch trotz meiner dreißig Jahre immer noch keine Kinder. Außerdem wäre ich in dem Fall bestimmt nicht nach Oldenburg gezogen, hätte den Job bei Schockland nicht angenommen und müsste nun nicht um mein Leben rennen, aber hinterher ist man ja bekanntlich immer schlauer.

Langsam normalisiert sich meine Atmung. Wenn sie gesehen hätten wie ich hier einbog, hätten sie mich längst gefunden, da bin ich mir sicher. Dann wäre ich bereits tot. Ich hole so tief Luft wie vielleicht noch nie in meinem Leben und glaube fast zu spüren, wie der Sauerstoff sich mit aller Kraft in jede meiner von Panik gespannten Fasern drängt. Ich greife gedankenlos in meine Jackentasche und fühle etwas, das wie Papier anmutet.

Der Umschlag!

Ich hatte ihn in der Hast ganz verdrängt. Auch wenn es mir als äußerst unpassender Zeitpunkt erscheint, will ich jetzt wissen was da drin ist. Ich bin nicht wirklich neugierig. Ich will es einfach nur wissen – mein Hirn scheint danach zu schreien, den Umschlag aufzureißen, um zu sehen was er beinhaltet. Mit meinen immer noch zitternden Händen fummele ich an dem verklebten Verschluss herum, bis mir der Geduldsfaden reißt und ich einfach die komplette Lasche abreiße. Ich greife hinein und erkenne zunächst nur, dass es sich um Fotos handelt. Es sind drei Stück und ich ziehe sie heraus, um sie mir anzusehen. Sonst kommt nichts zum Vorschein – kein Schreiben, keine Karte – nichts.

Zunächst kann ich auf den Schwarzweißbildern nichts Wichtiges erkennen, als einfach nur Maschinen. Sie erinnern vielleicht an Turbinen, nur kleiner. Beim genaueren Hinsehen stelle ich allerdings fest, dass ich gar nicht genau beurteilen kann, wie groß diese Dinger sind. Sie befinden sich in Räumen in denen sonst nichts zu stehen scheint. Der einzige Bezug zur Größe ist an den Fliesen an den Wänden auszumachen. Die sind es auch, die mir zu erkennen geben, dass es sich um drei unterschiedliche Objekte handelt – sie haben unterschiedliche Fliesendesigns, auch wenn sie allesamt schon lange nicht mehr in Mode sein dürften. Die Geräte selber ähneln sich. Es sind liegende Röhren von etwa anderthalb Metern Länge und einem Meter Durchmesser. An jeweils einem Ende gibt es einen anmontierten Kasten etwa in der Größe eines Sarges, aus dem mehrere Kabel herausführen. Daran angebracht erkenne ich eine Art Steuerpult mit einigen Kippschaltern und altmodischen runden Messanzeigen.

Ich schaue genauer hin. Tatsächlich, es handelt sich eindeutig um ältere Geräte. Der Zylinder verliert teilweise schon Farbe, setzt an diversen stellen Rost an und auf einem der Fotos wirkt das Ding auch ein wenig verstaubt. Alles in Allem könnte es sich um Bilder aus einem Technikmuseum handeln, doch irgendetwas stört – passt einfach nicht dazu. Dann erkenne ich es: Die Kabel. Auch wenn ich nicht richtig sagen kann woran ich es erkenne, so kann

60

ich mich einfach des Eindrucks nicht erwehren, dass diese Leitungen nicht so alt und marode sind wie der restliche Kram auf den Fotos.

Ich wende die Bilder um zu sehen, ob mir vielleicht auf den Rückseiten eine Nachricht hinterlassen wurde und bin schon fast enttäuscht, als ich die kaum lesbaren winzigen Buchstaben sehe, die dort mit Bleistift geschrieben wurden. Auf jedem Bild ein Wort. Ich muss meine Augen zusammenkneifen um überhaupt eine Chance zu haben irgendetwas entziffern zu können, doch dann kann ich es lesen.

Hamburg – Berlin – München.

Sofort erinnere ich mich an mein Telefonat mit Maik. Hamburg, Berlin und München – das sind die Städte in denen die Schockland-Server stehen. Auch wenn ich nicht halb so viel von Computern verstehe wie Maik, so weiß ich doch, dass dies keine Server sind. Zu alt, zu groß und schlicht zu merkwürdig. Ich schaue mir die Bilder ein weiteres Mal an und kann nur feststellen, dass ich nicht die leiseste Ahnung habe worum es sich hier handelt. Hatte ich vor wenigen Augenblicken noch die Hoffnung nun endlich Einblick in die eigenartigen Umstände dieses Tages zu erhalten, so bin ich nun noch um Einiges ratloser. Es ist ja nicht nur so, dass ich nicht weiß, was diese Fotos darstellen, allem Anschein nach sollten sie mir auch irgendetwas verdeutlichen, was sich mir einfach nicht erschließen möchte. Wenn hier irgendwer auf meine Mithilfe hofft, muss ich diese Person leider enttäuschen: So wird das leider nichts! In meinen Gedanken vergraben lasse ich langsam die Bilder sinken und starre geradeaus, als plötzlich und unerwartet jemand um die Häuserecke wirbelt. Ich blicke geradewegs in einen Kanonenlauf und das Augenpaar dahinter. Es ist der Killer im hellblauen Anzug.

Für einen kurzen Moment denke ich an die Waffe, die ich seit ein paar Minuten bei mir trage, doch was auch immer ich damit ausrichten könnte – ich wäre nicht schnell genug.

Ich werde sterben. Gar keine Frage.

Es ist vorbei. Alles vorbei.

Ich schließe die Augen und erwarte das Unvermeidliche. Ich erwarte, dass das Leben an meinen Augen vorüberzieht, doch nichts dergleichen geschieht. Wo bleibt der Schuss? Wo der Schmerz? Worauf wartet er noch? Vorsichtig öffne ich wieder die Augen und sehe, wie er auf mich zukippt.

Reflexartig lasse ich die Bilder los und versuche ihn mit den Händen auf Abstand zu halten, stütze ihn zunächst an der Brust ab, doch sein Kopf kippt mit starrem Blick nach vorn, also greife ich danach und fasse an der rechten Schläfe in eine Faustgroße klaffende Wunde.

Mein Gott! Er ist tot! Unweigerlich zieht die Schwerkraft diesen, mit einem Mal entsetzlich vor sich hinblutenden, Leichnam auf mich zu. Unter meinen Fingern spüre ich das Knirschen mehrerer Schädelsplitter, als ich auch auf der anderen Seite des Kopfes ein Loch erkenne, wenn auch ein wesentlich Kleineres. Wahrscheinlich eine Eintrittswunde.

Ich vollziehe eine mehr oder weniger elegante Drehung und schaffe es irgendwie die Leiche – mein Gott, die Leiche! Wie komme ich nur dazu plötzlich einen Erschossenen in den Händen zu halten? – in die Ecke zu setzen, in der ich eben noch gestanden habe. Zitternd und irgendwie überfordert

61

schaue ich die Gasse entlang, in die Richtung aus der offensichtlich geschossen wurde, doch alles was ich sehe sind vorbeihuschende Menschen in Häuserschluchten.

Kann ich den Toten hier einfach so liegen lassen? Andererseits: Habe ich eine andere Wahl? Ich schließe seine Augen und drehe den Kopf so, dass die große Wunde nach hinten zeigt. Was soll ich mit der anderen machen? Ich greife nach meinem Totenkopf-T-Shirt und ziehe es so weit wie möglich aus der Jacke heraus. Mit der Innenseite nach außen säubere ich die Schläfe so gut es geht vom Blut und versuche danach auch meine Hände davon zu befreien, doch das klappt ungefähr so gut wie das verzweifelte Waschen nach einem Ölwechsel. Die Schläfe jedoch macht einen ganz passablen Eindruck. Solange sein Herz nicht plötzlich wieder zu schlagen beginnt, wird er nur zaghaft weiterbluten, was mir einen gewissen Vorsprung geben könnte, bis jemand ihn bemerkt. Vor mir liegt seine Waffe, doch noch eine kann ich nicht mit mir herumschleppen ohne dass sie mich behindert, also verstecke ich sie hinter seinem Rücken.

Er macht den peinlichen Eindruck eines Volltrunkenen im Vollrauschschlaf – sehr gut – mit einem kleinen Loch im Kopf – weniger gut, aber nicht zu ändern.

Als ich mich aus der Gasse entferne wird mir ein weiteres Mal bewusst, dass ich eben eine Leiche in den Händen hielt – zum ersten Mal in meinem Leben!

11

Nahezu kopfüber stürze ich mich wieder in die Menge. Irgendwo hier ganz in der Nähe muss er sein, der Schütze. Vielleicht ist es irgendeines dieser unendlich vielen Gesichter. Jemand hat mir das Leben gerettet, was heute schon fast zur Gewohnheit wird. Ich bin mir allerdings ziemlich sicher, wer dahinter steckt. Julius!

Es würde schon ins Bild passen. Er hat mich bereits einige Male vor dem Tod bewahrt, warum sollte er dann nicht auch zur Waffe greifen? Wenn ich bei meinem Telefonat mit ihm eines erfahren habe, dann, dass ich keine Ahnung habe wie groß diese Sache ist, in die ich da hineingeraten bin. Sicher ist, dass sie groß genug ist, um meine Ermordung zu rechtfertigen.

Zügig gehe ich weiter und schaue mir die Menschen um mich herum genau an. Mindestens zwei Killer sind noch in der Fußgängerzone übrig, doch mich beschleicht der Verdacht, dass es noch wesentlich mehr sind. Bereits vor Stunden habe ich den Überblick über die Dimensionen verloren. Ich komme mir immer mehr vor wie eine Marionette und kann nur hoffen, dass Julius weiß was er tut.

Ich komme an Softeisständen, Kleiderständern und Pappaufstellern diverser Mobilfunkbetreiber vorbei. Auch wenn die Mittagssonne mittlerweile erbarmungslos herabbrennt, spüre ich sie dennoch nicht wirklich auf meiner Haut. Mir ist gleichzeitig heiß und kalt.

62

Ich hatte eine Leiche in den Armen!

Wie oft hatte ich mir schon vorgestellt, wie es sich wohl anfühlen würde, tief in eine dieser Geschichten verwickelt zu sein, in denen gemordet und infolgedessen natürlich auch gestorben wird. Wie es wäre, wenn einer dieser Thriller und Actionfilme, die man sich so gedankenlos im Kino reinzieht, wahr werden würde. Das musste doch cool sein – keine Frage. Der Sebastian, der ich noch zu dieser Zeit war, den kann ich jetzt nur auslachen. Es ist alles Andere als cool, wenn man einen toten Körper in den Armen hält. Wenn einem das Blut aus der tiefen Schädelwunde die Arme hinabrinnt und man kleinste Schädelsplitter unter den eigenen Fingernägeln spürt. Ich bekomme einfach das Gefühl nicht mehr aus meiner linken Hand, wie sich die Finger blind ihren Weg ins Innere seines Kopfes bahnten und warme weiche Gehirnmasse ertasteten. Das war schockierend und ekelerregend.

Und absolut uncool.

Wie steht Julius solchen Situationen wohl gegenüber? Ob Mord und Totschlag normal für ihn sind? Er scheint eine gewisse Verbindung zum Terror zu haben und ich kann mir gut vorstellen, dass so etwas die Sichtweise ein klein wenig ändert. Je länger ich darüber nachdenke, desto sicherer bin ich, dass er es war der geschossen hat – von wo aus auch immer. Und die Fotos? Die kamen auch von ihm. Ganz klar, der Mann in schwarz, das war Julius.

Die Fotos! Verdammt!

Sie liegen nun unter einer Leiche, in der Gasse. Ob ich sie noch mal brauche weiß ich nicht, aber nun sind sie weg. Für einen Augenblick spiele ich mit dem Gedanken zurückzugehen und sie wieder an mich zu nehmen, doch dieser Gedanke ist schnell wieder verworfen. Wer weiß ob die Leiche nicht bereits entdeckt wurde. Sicher – ich habe mir alle Mühe gegeben, sie wie einen Trinker aussehen zu lassen, doch kann ich mich auf diese Täuschung verlassen? Das Risiko scheint mir zu hoch. Ich werde mich wohl oder übel damit abfinden müssen, nun ohne Bilder weiterzugehen.

Mit jedem neuen Schritt wächst mein Unbehagen. Werde ich bereits wieder beobachtet? Von Julius? Von den Killern? Von wem auch immer? Na ja, von den Killern wohl eher nicht, denn dann wäre ich wohl kaum noch am Leben. Hinter jeder Ecke könnte wieder einer stehen und doch macht sich eine Ruhe in mir breit, die ich nicht erklären kann. An jeder Kreuzung und Gabelung müsste mir das Herz bis zum Hals schlagen, aber so ist es nicht. Ich gewinne an Distanz. Gelassenheit hält Einzug und verschafft mir die Fähigkeit zu berechnen oder auch einfach nur ruhig zu bleiben. Plötzlich sehe ich die Leiche, die mir eben noch die Zähne zittern ließ, als etwas Schlichtes an. Sicherlich nicht gewöhnlich – so weit würde ich nicht gehen – doch bin ich nun der Meinung, dass ich mich in meiner momentanen Situation um solche Dinge nicht länger als unbedingt nötig kümmern kann. Es tut mir Leid für ihn, aber – nein! Es tut mir nicht Leid!

Egal wem ich meine Rettung in letzter Sekunde zu verdanken habe – dieser Kerl hätte mich andernfalls getötet. Es hieß er oder ich und dann doch lieber er.

Ich komme an einer Buchhandlung und einer Eisdiele vorbei und trete auf den Marktplatz. Eine Menge Studenten tummeln sich hier auf unbequemem

Kopfsteinpflaster. Gäste der anliegenden Bars und Cafes sitzen draußen und genießen den Sommer, doch ich nehme sie eigentlich nicht wirklich wahr. Ich lasse meinen Blick über den Platz schweifen und erkenne sofort die Gefahr: Am anderen Ende des Platzes ist wieder einer von ihnen.

Ich wende mein Gesicht ab – meine Kleidung wird ohnehin genug Aufmerksamkeit erregen. Ich sollte einfach wieder zurückgehen, doch in diesem Moment erkenne ich noch einen in der Richtung aus der ich gerade komme. Ich schaue wieder nach vorne, erblicke einen Weiteren und merke wie die Gelassenheit langsam wieder aus mir weicht. Die Situation wird zunehmend auswegloser, auch wenn ich bisher anscheinend noch nicht bemerkt wurde. Wieder steigt die Panik in mir hoch und stürzt mich in ein Wechselbad der Gefühle.

Verdammt! Ich blicke auffällig oft umher. Wieder bin ich mir nicht sicher, ob ich nicht meine Verfolger durch mein Verhalten überhaupt erst auf mich aufmerksam mache. Dann plötzlich scheint mir eine Lösung zum Greifen nahe.

Auf der linken Seite befindet sich ein großes Einkaufszentrum. Vor meinem geistigen Auge sehe ich Kleiderständer, Auslagevitrinen, Rolltreppen, Regale, unendliche Gänge und Verzweigungen. Das ist meine Chance. Ohne zu zögern gehe ich hinein.

Wie ein Hammer der Atemnot knallt mir die Parfumabteilung voll in die Nase. Was treibt manche Damen dazu sich so etwas immer wieder anzutun? Sicherlich duftet keine Frau so extrem wie diese Abteilung, aber bei einigen ist der Unterschied nur minimal. Ein dezenter Duft kann erotischer sein als jedes Dessous, doch was den Begriff ‚dezent' angeht, gehen die Meinungen häufig weit auseinander. Egal.

Ich gehe, ohne mich aufhalten zu lassen, zum Hinterausgang des Ladens, doch kaum zehn Meter vor meinem Ziel sehe ich wieder einen dieser Killer. Komisch, langsam habe ich das Gefühl, dass die Jungs immer jünger werden. Dieser hier mag vielleicht zwanzig, allerhöchstens fünfundzwanzig sein. Dennoch ist er wahrscheinlich nicht weniger gefährlich als seine älteren Kollegen. Auch er trägt einen Anzug und flüstert in den nahezu unsichtbaren Knopf an seinem Revers. Also ernsthaft: An ihrer Tarnung sollten die Jungs noch ein wenig arbeiten – aber vielleicht nicht unbedingt heute. Ich wende mich um in der Hoffnung, eventuell beim Seitenausgang mehr Glück zu haben, doch bereits nach wenigen Schritten erkenne ich auch hier wieder einen von ihnen, wie er sich der Tür nähert. Langsam spüre ich wieder ernsthafte Beklemmungen. Stocksteif fühlt sich meine Wirbelsäule an, als ich mich zur Rolltreppe begebe. ‚Locker sein' mahne ich mich immer wieder, doch der Erfolg ist eher mäßig. Im ersten Stock angekommen nehme ich gleich die nächste Rolltreppe in den Zweiten. Hier gibt es einen Übergang ins Parkhaus auf der anderen Straßenseite – anscheinend der letzte freie Ausgang! Nein! Fehlanzeige!

Auch hier wartet bereits jemand auf mich. Er schaut sich aufmerksam den Durchgangsverkehr an. Auf dem Absatz kehrtmachend kann ich nur hoffen dem Killer nicht aufgefallen zu sein. Auch dieser ist mit Sicherheit noch keine sechsundzwanzig. Wie kommt man in so jungen Jahren nur zu einem so unglaublichen Job?

Mit rasenden Gedanken nach einem Ausweg suchend, gehe ich planlos durch das Geschäft, wobei ich mich immer mehr hinter den Kleiderständern und Regalen verkrieche. Ich gehe nicht davon aus, dass sich meine Verfolger aufs reine Warten beschränken werden. Wahrscheinlich haben sie mich in den Laden gehen sehen und stellen ihn nun auf den Kopf.

Welche Optionen habe ich? Ich könnte versuchen mich aus einem der bewachten Ausgänge herauszuschleichen, während der jeweilige Killer vielleicht gerade nicht hinschaut, doch das ist zu riskant. Ein falscher Blick seinerseits und ich wäre Geschichte. Ich könnte es auch einfach mit rennen versuchen. In dem Fall müsste ich davon ausgehen, dass ich schlicht und ergreifend schnell genug bin. Nicht, dass dies vollkommen unmöglich wäre, doch was wenn sie über Funk jemanden verständigen, der mich nach wenigen Metern abfängt? Außerdem sind die Jungs bewaffnet!

Die Waffe!

Die hatte ich ganz vergessen! Eigentlich erstaunlich wenn man bedenkt, dass sich dieses klobige Ding unangenehm in meinen Rücken drückt. Im Kino machen diese Knarren immer einen so handlichen Eindruck, was für eine Farce. Dennoch – ihren Zweck würde sie schon erfüllen. Sollte ich mir meinen Weg einfach freischießen? Noch im Augenblick der Idee kommt sie mir einfach absurd vor. Das ist nun mal kein Kinofilm und außerdem sind diese Jungs geschult im Schießen – ich hingegen würde zum ersten Mal in meinem Leben überhaupt auf etwas Zielen. Keine Chance. Das kann ich auch abhaken.

Verdammt, konzentriere dich auf die Fakten. Eingekesselt im Kaufhaus – Stopp – alle Wege nach draußen sind dicht – Stopp – die Luft wird dünner – Stopp – Moment... Im Kaufhaus eingekesselt... Im Kaufhaus...

Plötzlich formt sich unerwartet eine Idee in meinem Kopf, die so verrückt ist, dass sie sogar funktionieren könnte. Alles was ich brauche ist irgendwo in diesem Gebäude vorhanden. Na ja, außer vielleicht einer Kilotonne unverschämten Glücks, aber hey – ich bin noch am Leben! Vielleicht trage ich eben dieses Glück bereits mit mir durch die Gegend? Eigentlich auch egal, denn eine andere Idee habe ich sowieso nicht, also auf diesem Wege oder gar nicht.

Natürlich beginnt mein Weg im Erdgeschoss – der Etage von der ich im Moment am weitesten entfernt bin. Warum einfach wenn es auch schwierig geht? Da Zögern meine Überlebenschancen nicht steigert, mache ich mich sofort auf den Weg. Um in den ersten Stock zu kommen, benutze ich noch die Rolltreppe, doch dann fällt mir auf, dass ich dort nicht die geringste Möglichkeit habe in Deckung zu gehen. Zum Glück bemerkt mich niemand, doch ich möchte Fortuna ungern überstrapazieren und so mache ich mich auf die Suche nach einer Treppe, die mich mein Tempo selbst bestimmen lässt. Es dauert eine wertvolle Minute, bis ich sie gefunden habe und feststelle, dass im abgetrennten Treppenhaus kaum Betrieb ist und ich somit eine wirklich gute Zielscheibe abgeben würde. Es gibt noch einen Fahrstuhl, allerdings kann ich mir nur allzu bildlich eine Situation vorstellen in der sich

65

unaufhaltsam die Türen öffnen und ich bereits auf der anderen Seite erwartet werde. Also wieder zurück zur Rolltreppe. Ich lasse mich ins Erdgeschoss befördern und habe ein mehr als nur ungutes Gefühl dabei, doch auch dieses Mal geht alles glatt. Lange muss ich mich nicht hier aufhalten, denn das Gesuchte finde ich bereits direkt neben der Treppe: Einen Ständer mit Lesebrillen. Als Nichtbrillenträger kenne ich mich mit den Dioptrienzahlen nicht aus, dass weniger besser ist erscheint mir allerdings logisch. Auf die Schnelle ist die niedrigste Zahl die ich finde +0,25. Das Gestell ist schwarz und arg postmodern. Ich nehme sie mit und bin schon wieder auf dem Weg nach oben.

Für mein weiteres Vorgehen fehlt mir die nötige Orientierung und so verharre ich einen Augenblick vor der Tafel mit der Aufteilung der Produkte und Abteilungen im Kaufhaus – ein Auge stets auf die Umgebung gerichtet. Augenscheinlich bin ich im Moment noch nicht in unmittelbarer Gefahr, doch wie schnell sich das ändern kann ist mir nur allzu bewusst. Offensichtlich muss ich in den dritten Stock und so verschwende ich keine Sekunde mehr als nötig. Auf der zweiten Etage werfe ich einen schnellen Blick zur Tür und vergewissere mich, dass der junge Typ immer noch am selben Platz steht. Sehr gut. Also weiter!

Oben angekommen habe ich fast ein Gefühl von Freiheit, denn da sich hier kein Ausgang befindet, ist zumindest jetzt höchstwahrscheinlich noch kein Killer hier. Natürlich ist auch das nur eine Frage der Zeit. Ich begebe mich in die Elektroabteilung und finde nach kurzem Suchen den Bereich mit den Rasierapparaten und Epiliergeräten. Ich entscheide mich für einen Reiselanghaarschneider. Das nenne ich mal wirkliches Glück, denn eigentlich war ich mir nicht einmal sicher ob es so was überhaupt gibt. Ich streife noch ein Wenig durch die Abteilung auf dem mehr oder weniger direkten Weg zu den Batterien, als mein Blick auf etwas Nützliches fällt. Eine Head-Set-Freisprecheinrichtung – passend für mein Handy! Keine Ahnung wofür, aber ich nehme es zunächst mal einfach mit. Ich versorge mich noch schnell mit Batterien und will schon wieder die Etage wechseln, als mir brühwarm noch etwas einfällt. Gab es hier nicht auch noch eine lächerlich kleine Heimwerkerabteilung? Tatsächlich. Ich überfliege kurz die, mehr als nur dürftige, Elektrikerecke und finde schnell einen Seitenschneider. Immerhin.

Nun muss ich wieder in den ersten Stock. Wie weit mögen meine Verfolger wohl schon vorgedrungen sein? Mit etwas Glück haben sie sich erst ausgiebig den Keller des Gebäudes vorgenommen – dort findet man Lebensmittel auf engem Raum dicht gestapelt. Es macht tatsächlich einen verlockenden Eindruck sich dort zu verstecken, aber um ehrlich zu sein, ist mir dieser Gedanke gar nicht gekommen. Wahrscheinlich ist es besser so. Im Ersten angekommen steuere ich sofort die Herrenbekleidungsecke an.

Cirka zwanzig Ständer mit unterschiedlichsten Anzügen umgeben mich und ich bin versucht ein wenig zu bummeln, um mir den Hübschesten herauszusuchen, doch dazu habe ich gewiss nicht die Zeit. Mir fällt ein Exemplar in die Hände, das hellgrau ist und dem ein Hauch von Bankangestelltentum anhaftet. Meine Finger blättern sich durch das Angebot des Ständers und ich fliege mit meinem Blick über die Größenangaben, bis ich bei der meinen

66

angekommen bin. Eigentlich ist so was nicht mein Stil, aber wer wird denn wählerisch sein. Dann begebe ich mich zu den eingepackten Hemden. Hier habe ich mehr Glück: Meine Größe liegt auf dem Stapel gleich oben auf. Weiß – wie spießig! Gerade richtig!

Ich bekomme langsam Schwierigkeiten all diese Dinge in meinen Armen zu halten, aber nun bin ich auch mit meiner besonderen Variante des Einkaufs fertig und gehe in Richtung Umkleidekabinen. Leider haben die Kabinen keine Türen, sondern nur Vorhänge – na wenn das mal gut geht! In dem Moment in dem ich meinen Vorhang zuziehe sehe ich einen der Killer die Rolltreppe hochfahren. Es wird nun also sehr eng und ich sollte keine Zeit verlieren!

Zunächst entkleide ich mich bis auf meine Unterhose wofür ich keine halbe Minuten brauche. Es macht satt ‚Plumps‘ hinter mir, was ich nur der Waffe zuschreiben kann, die sich immer noch in meinem Hosenbund befand. Jetzt muss ich überlegen wie ich am Besten vorgehe, will meinen: In welcher Reihenfolge ist es am sinnvollsten? Da ich ungern durch Haare auf meinen Schultern auffallen möchte, kümmere ich mich im fastnackten Zustand um meine Frisur. Ich packe den Langhaarschneider aus und öffne das Batteriefach. Was für ein Glück, dass ich daran gedacht hatte die Reisevariante zu wählen, wo hätte ich hier auch eine Steckdose herzaubern sollen. Schnell sind die vier Mignons eingelegt und es geht los. Ich erschrecke mich beim Einschalten des Gerätes, denn das Brummen scheint so laut zu sein, dass es fast die Kaufhausmusik übertönt. Ich kann nur hoffen, dass ich mir das in dieser Stresssituation nur einbilde. Wahrscheinlich. Außerdem – was soll's? Zurück kann ich jetzt sowieso nicht mehr. Ich wähle den Acht-Millimeter-Aufsatz, weil mir dies am Legersten wirkt und mich hoffen lässt, dass einem die weiße Haut unter solchen Stoppeln gerade noch verborgen bleibt, und lege los. Bahn für Bahn zieht sich über meinen Kopf und ich sehe wie sich Büschel von zwei bis sieben Zentimeter langen Haaren um meine nackten Beine verteilen. Meine Eltern würden sich freuen – endlich legt sich der Junge mal ne vernünftige Frisur zu. Egal wie alt du wirst – du bleibst immer ‚der Junge‘. Auch wenn ich nicht sonderlich an meinen Haaren hänge, ist es doch kein wirklich beruhigendes Gefühl mich nun so rigoros von ihnen zu trennen. Meine Frisur war mir eigentlich nie so richtig wichtig, weswegen sich mein Schädel auch gerne mal wie Kraut und Rüben ausnahm, doch eben dieser ‚Schlunzlook‘ kann einem auch ans Herz wachsen. Für Sentimentalitäten habe ich jetzt allerdings keine Zeit. Nach etwas mehr als vielleicht drei Minuten ist die Matte ab und es wird ungewohnt kühl auf meiner Kopfhaut. Ob ich alles auch gründlich erwischt habe kann ich nur ahnen, denn einen Spiegel sucht man hier drinnen vergebens.

Wie viel Zeit habe ich wohl noch? Wann wird ein Killer den Vorhang zur Seite reißen und ich mich mit dem Blick in die Mündung einer Waffe wieder finden? Ist es eigentlich tatsächlich realistisch, noch nicht gefunden worden zu sein? Bei Gedanken wie diesen steigt eine Paranoia in mir hoch, die ich im Moment wirklich nicht gebrauchen kann, also wende ich mich wieder den akuteren Problemen zu.

67

Normalerweise würde ich nun das Hemd und den Anzug anziehen, doch so einfach ist das nicht. Wenn ich wirklich unerkannt hier rauskommen möchte, kann ich es nicht gebrauchen, dass am Ausgang die Alarmglocken schrillen. Ich packe den Seitenschneider aus und suche den Anzug nach einem Stück Plastik ab. Da ist es auch schon. Ein beigefarbener Kunststoffteller von cirka sieben Zentimeter Durchmesser, durch einen Metallstift mit einem Pin auf der anderen Seite des Stoffes verbunden. Dieser Diebstahlschutz ist altmodisch und plump, verglichen mit den RFID-Chips die sich heutzutage auch einfach unter den Preisschildern verstecken lassen, doch eben dies passt mir sehr gut. Ich habe ein paar Probleme mit dem Kneifer überhaupt an den sehr eng anliegenden Stift heranzukommen, doch ein leises ‚Knack' signalisiert mir, dass ich es geschafft habe. Einen Augenblick später habe ich die Hose bereits entsichert. Beim Sakko habe ich weniger Schwierigkeiten, halte den gelösten Diebstahlschutz bereits nach wenigen Sekunden in der Hand. Ich ziehe das Hemd aus der Verpackung. Kein Schutz direkt am Stoff was nur bedeuten kann, dass sich hier einer der modernen Chips unter dem Preisschild befindet.

Beim Ankleiden entferne ich noch die Etiketten des Anzugs, unter Zuhilfenahme meiner Zähne. Merkwürdig, erst jetzt bemerke ich, dass der Blutgeschmack nicht mehr da ist. Offensichtlich hat sich mein Zahnfleisch um den herausgeschlagenen Zahn beruhigt – gut so.

Verdammt! Mir fällt auf, dass ich keine Schuhe besorgt habe. Es bleibt mir nichts anderes übrig, als einfach wieder die ausgelatschten Turnschuhe anzuziehen, mit denen ich schon hierher gekommen bin. Ich kann nur hoffen, dass ich auf diese Weise vielleicht als rebellischer Yuppie durchgehen kann, aber wirklich abkaufen würde ich mir das nicht.

Jetzt packe ich noch die Freisprecheinrichtung aus, stecke sie mir in die Innentasche und übernehme noch die wenigen Habseeligkeiten aus meiner alten Hose. Dann fällt mein Blick auf die Kanone, die dort auf dem Boden liegt. Für einen kurzen Augenblick spiele ich mit dem Gedanken, sie dort einfach liegen zu lassen, denn irgendwie widerstrebt es mir bewaffnet zu sein, doch dann stecke ich sie mir wieder in den Hosenbund. So fühle ich mich einfach besser – der Himmel weiß warum.

Mit einem kurzen Handgriff entferne ich noch den Preis der Lesebrille und setze sie mir auf. Mit den Füßen schiebe ich meine alte Kleidung, die Haare, die Preisschilder, Verpackungen und Schutzetiketten sowie den Haarschneider so weit es geht zusammen und ziehe den Vorhang auf. Mein Blick fällt auf einen Papierkorb, der eigentlich Bediensteten des Kaufhauses zur Verfügung steht. Ich greife mir mein kleines haariges Bündel verräterischer Beweismittel und versenke es darin. Dann gehe ich los in Richtung Rolltreppe.

Ich drehe mich noch einmal nach einem Spiegel um und inspiziere mein neues Ich. Nicht schlecht – wenn auch alles ein wenig verschwommen, so hinter der Lesebrille. Auf einen zweiten Blick mag man erkennen, dass meine Kopfhaut blass hindurchschimmert, hat man die Zeit dazu allerdings nicht, so macht das Gesamtbild durchaus einen stimmigen Eindruck – wären da nicht diese gottverdammten Schuhe! Beim Weitergehen schweift mein Blick noch einmal über die Kabinen und ich sehe wie sie von zwei Killern inspiziert werden. Einer der beiden dreht sich um und sieht mir für einen kurzen Moment über die Kleiderständer hinweg direkt ins Gesicht. Ich glaube zu spüren wie mein Herzschlag aussetzt. Dann jedoch schaut er sich einfach weiter um.

Nicht erkannt – Bewährungsprobe bestanden!

Ich komme in der zweite Etage an und begebe mich zum Übergang zum Parkhaus. Noch immer steht dieser bewaffnete Dreikäsehoch dort und kontrolliert die Kunden. Durch mein Erlebnis ein Stockwerk tiefer ermutigt, gehe ich mit unverminderter Geschwindigkeit auf ihn zu und an ihm vorbei, als ich bemerke wie sich sein Blick meinen Füßen zuwendet. Verflucht! Unten konnte man meine Turnschuhe nicht sehen, dort kam ich mit meiner Masche durch, aber hier? Aus dem Augenwinkel glaube ich zu erkennen, dass mein Freund hier neben mir durchaus irritiert ist, doch irgendwie schaffe ich es mir nichts anmerken zu lassen. Ich gehe einfach weiter durch den Übergang. Vor mir schließt sich nach einem Passanten, der mir entgegenkommt, eine Glastür in deren Spiegelbild ich sehe, dass sich der Killer regelrecht nach vorne beugt um mir nachzusehen. Kurz bevor ich die Tür öffne erkenne ich, wie er losgeht um mir zu folgen.

War es das? Mein schöner Plan – vollkommen das Ziel verfehlt? Wie soll ich jetzt noch entkommen? Wichtig erscheint mir jetzt nur eines: Weiterspielen! Ich begebe mich auf das Parkdeck. Zum Glück befindet sich mein noch zögerlicher Verfolger hinter mir, so kann er nicht erkennen wie mir langsam aber sicher die Gesichtszüge entgleisen.

Wir sind nicht alleine auf dem Parkdeck. Ein älteres Ehepaar packt große Mengen Konsumartikel in ihren Kofferraum und eine junge Dame mit blonden Haaren im beigefarbenen Sommerkleid kommt auf mich zu – wahrscheinlich um an mir vorbei ins Kaufhaus zu gehen. Sie sieht mir freundlich ins Gesicht, nicht ahnend, dass ich mich in einer ausweglosen Klemme, kurz vor meiner Entlarvung und Ermordung, befinde.

Und dann geschieht das Unfassbare: Sie breitet die Arme aus und begrüßt mich mit einer warmherzigen Umarmung.

„Da bist du ja! Ich hatte unten alles nach dir abgesucht!"

Vollkommen überfordert kann ich ihre Geste kaum erwidern, als sie mir links und rechts je ein Küsschen auf die Wange haucht. Dann höre ich ihr Flüstern.

„Spielen sie mit, dann kann ich sie rausholen."

Wie in Trance erwidere ich ihre Umarmung und lasse mich von ihr tiefer in das Parkhaus hineinführen. Sie spielt ihr Spiel weiter.

„Du hättest mir sagen müssen, dass wir uns hier treffen. Da hätte ich mich unten ja totsuchen können," sagt sie laut und fügt leise hinzu: „Ich glaube er hat's geschluckt. Da vorne steht mein Wagen."

Wir steigen in einen silberblauen Alpha Kombi, schnallen uns an und kommen beim Hinausfahren noch einmal gefährlich nah an dem jungen Typen vorbei. Ich schaue mir meine Retterin an und sehe in ein entsetzlich entwaffnendes, wenn auch immer noch arg verschwommenes, Lächeln.

„Wir sollten so tun, als ob wir uns angeregt über etwas äußerst Interessantes unterhalten."

69

„Ja, das sollten wir. Ja, das scheint mir auch eine gute Idee zu sein. Tun wir einfach so, als redeten wir miteinander."

Ich habe allerdings einen wesentlich besseren Einfall: Wir sollten uns tatsächlich über etwas äußerst Interessantes Unterhalten. Im Moment würden mir tausend Themen gleichzeitig einfallen!

12

Langsam und unauffällig gliedern wir uns in den Verkehr ein. Wir haben beide jeweils ein Lächeln aufgesetzt und zumindest ich habe nicht vor dieses aus freien Stücken wieder abzulegen, solange ich mir nicht sicher bin, wer uns vielleicht beobachtet. Trotz der schauspielerischen Glanzleistung von eben kann ich mich noch nicht ganz an den Gedanken gewöhnen, zunächst wieder ein wenig Entspannung zu haben. Es vergeht mindestens eine Minute bis mir auffällt, dass ich neben einer wildfremden Frau sitze, mich von ihr werweiß-wohin fahren lasse und noch nicht einmal nach dem Namen gefragt habe. Selbst jetzt, da ich meine Stimme wieder finde, ist das nicht meine erste Frage.

„Und wo geht es jetzt hin?"

„Erstmal weg von hier. Wir haben nicht wirklich die Möglichkeit wählerisch zu sein."

Ihre Stimme ist weich und warm und dennoch ein kleines bisschen quietschig. So als würde aus einer reifen Frau ein kleines Mädchen herausklingen. Ich greife nach meiner Brille, um mir meine Chauffeurin mit klaren Umrissen anzusehen.

„Die würde ich besser noch nicht abnehmen."

„Nicht?" Ich verharre.

„Ich glaube kaum, dass sie jemand hier in diesem Auto wiederentdecken würde, aber wir sollten kein unnötiges Risiko eingehen."

„Stimmt, das sollten wir nicht."

Leider kann ich sie so nicht richtig erkennen. Alles was ich feststellen kann ist, dass ihr Haar blond ist und sie ein eher blasser Hauttyp zu sein scheint.

Wir wechseln die Spur und steuern einen Kreisel an. Dann eröffne ich wieder das Gespräch.

„Also: Sagen sie mir wer sie sind und was sie mit mir zu tun haben oder soll ich raten?"

Sie schweigt. Nun ja, ich bin normalerweise nicht der Typ der gerne Druck macht, aber gerade heute geht mir diese Stille schnell unheimlich auf den Sack.

„Hallo? Irgendwer zu Hause?"

„Ich glaube es ist besser, wenn wir nicht so viel miteinander reden."

Ich fasse es nicht. Schon wieder diese Leier. Das hat mir schon bei Julius nicht gepasst und das ist immerhin eine Leiche und einigen Büscheln Haare her.

70

„Darf ich mal raten? Je weniger ich weiß, desto besser – liege ich da richtig?"

„Wenn sie es so ausdrücken wollen."

Ich könnte kotzen – also wenn ich etwas gegessen hätte. Vor uns springt eine Ampel auf rot um. Wir rollen langsam an die Haltelinie heran und bleiben dann stehen. Ich öffne die Tür und steige aus.

„Was um Himmels Willen tun sie da? Bleiben sie hier!"

Ich drehe mich um.

„Wozu? Sie können oder wollen mir nicht sagen was hier los ist und ob sie es mir glauben oder nicht: Mich interessiert es. Bei ihnen finde ich keine Antworten, also verschwende ich hier nur meine Zeit."

„Bitte, steigen sie wieder ein. Sie machen hier eine Szene, die sie im Moment beim besten Willen nicht gebrauchen können."

„Das macht den Kohl nun auch nicht mehr fett. Ich kann Vieles im Moment nicht gebrauchen." Ich schau auf meine, mit Blutkruste und angetrockneter Hirnmasse eingesauten, Nagelränder und zeige meine Hand. „Haben sie eine Ahnung was das ist? Wollen sie das wissen? Glauben sie mir, das wollen sie nicht, aber ich gebe ihnen einen Tipp: Die grauen Stückchen brauchte mal jemand zum Denken."

„Ich bitte sie, steigen sie wieder ein." Sie wird nun drängender, immerhin sind viele Fahrradfahrer und Fußgänger unterwegs, die meinen Ausführungen folgen könnten. Außerdem wird diese Ampel nicht ewig rot bleiben.

„Warum?"

„Weil es das Beste für sie ist."

„Warum?"

„Was meinen sie damit? Haben sie noch nicht gemerkt, dass man sie töten will?" Sehr witzig. Wie hätte mir das wohl entgehen sollen.

„Das meine ich nicht. Warum ist es das Beste für mich, wieder einzusteigen?" Ich hebe meine Arme und rede nun zu einer imaginären Menge. „Warum weiß auf einmal jeder was das Beste für mich ist, aber niemand kann mir erklären – nein", ich werde plötzlich richtig laut – der Himmel weiß wo ich den Mut – respektive Coolness – respektive Wahnsinn – hernehme, „niemand WILL mir erklären warum!"

„Hören sie auf zu schreien! Sie werden uns noch beide umbringen!"

Ich gehe nicht darauf ein. „Wer schickt sie? Julius?"

Erwischt! Sie versucht sich bei der Erwähnung dieses Namens nichts anmerken zu lassen, doch ich habe erkannt dass sie zusammenzuckt. Frauen – keine Disziplin! Dafür wird sie nun offensichtlich wirklich böse. Ich kann durch meine Lesebrille keine Gesichtszüge erkennen, aber grimmige Frauenstimmen habe ich in meinem Leben schon einige gehört.

„Steigen – sie – ein!"

„Was kriege ich dafür?"

„Bitte?"

„Wenn ich einsteige – was bekomme ich dafür? Ich will eine Antwort."

Die Ampel springt auf Orange um und wenn nicht gleich etwas passiert startet hier ein Hupkonzert. Wir stehen unter Druck, doch ich bleibe hart. Sie

71

ist so überrascht von meiner Kaltschnäuzigkeit, dass ihr die Sprache wegbleibt. Also gut, dann helfe ich ihr eben auf die Sprünge.

„Wie heißen sie?"

Es wird Grün und um uns herum heulen Motoren auf und die ersten Autos fahren los. Hinter unserem Alpha meldet sich die erste Hupe. Sie wird sichtlich nervös.

„Tabea!"

Ich steige wieder ein. Wir hatten einen Deal und ich halte mich daran. Außerdem ist dieses kleine Pokerspiel nicht ganz so unbemerkt an meinem Nervenkostüm vorübergegangen, wie ich vorgab. Wir fahren weiter und ein leichtes Lächeln schleicht sich auf meine Lippen.

„Angenehm. Ich bin Sebastian." Und ich habe gewonnen! Aber wem sage ich das.

Es herrscht Stille im Wagen und auch wenn ich mich das Eindrucks nicht erwehren kann, dass sie sich ärgert nachgegeben zu haben, ist die Stimmung doch irgendwie entspannter als noch vor ein paar Augenblicken. Auch wenn das nicht meine Absicht war, bin ich dennoch irgendwie froh darüber. Ob ich jedoch mehr aus der Sache herausholen kann, steht noch in den Sternen.

„Bekomme ich noch mehr zu hören oder muss ich mich noch mal auf die Straße stellen?"

Sie seufzt und schaut zu mir rüber. Langsam nervt es mich, dass ich nicht erkennen kann wie sie aussieht.

„Es ist wirklich besser wenn sie nicht wissen was hier abgeht."

„Du."

„Wie bitte?"

„Du sagtest dein Name wäre Tabea. Wenn wir uns beim Vornamen nennen, dann auch konsequent." Irgendwie bin ich von meiner rigorosen Vorgehensweise selbst überrascht.

„Na gut. Dann eben du."

„Mein Name ist übrigens Vogel. Also Sebastian Vogel, um genau zu sein, aber irgendwie glaube ich, dass du das bereits weißt."

„Kann schon sein", murmelt sie.

„Und nein – ich stimme nicht darin überein, dass ich besser nicht eingeweiht bin."

„Du verstehst nicht, worum es hier geht. Es ist wirklich nicht so, dass ich dir nicht sagen möchte was Sache ist, aber mit jedem Detail das du kennst wird es für dich gefährlicher."

„Um ehrlich zu sein halte ich das für unwahrscheinlich. Ich glaube eigentlich nicht mal, dass, auf den jetzigen Stand der Dinge, überhaupt noch was an Gefährlichkeit draufzusetzen ist. Die Polizei sucht nach mir und eine ganze Menge Killer versucht mir den Gar auszumachen. Himmel, ich weiß nicht einmal wie viele es sind, aber es scheint ihnen verdammt ernst zu sein."

„Oh ja, das ist es."

„Also werde ich auch hier nichts erfahren?"

„Ich kann nicht. Wirklich, das musst du mir glauben."

Was ich glauben muss und was nicht bleibt zunächst einmal mir überlassen – denke ich, aber sagen tue ich etwas anderes.

„Also gut. Dann erzähl mir einfach ein wenig über dich."

„Über mich? Was soll ich denn über mich erzählen?"

„Gute Frage, lass mich mal kurz nachdenken." Ich nehme eine übertriebene Denkerpose ein. „Ach ja, vielleicht erklärst du mir erst einmal, warum ich hier mit dir in einem Auto sitze, wobei ich dich doch gar nicht kenne. Oder du erklärst mir wieso du mich im Parkhaus abgefangen hast, obwohl ich dich – wie eben gesagt – nicht kenne. Oder wir fangen einfach damit an, dass du mich umarmt hast als wären wir alte Freunde und das obschon – ich weiß nicht ob ich's schon erwähnte – ich dich nicht kenne."

Sie schweigt, aber es ist kein ignorierendes Schweigen, es hat eher etwas Bedrängtes. Auch wenn ich nahezu gar nichts über diese Frau weiß – die Tatsache, dass sie nun hier unter Stress steht, sagt doch Einiges aus. Dann endlich macht sie den Mund auf.

„Ich habe mir das hier auch nicht ausgesucht."

„Kommt mir bekannt vor."

„Ich bin genauso in diese Sache hereingerutscht wie du. Ich habe hier eigentlich gar nichts zu suchen."

„Du stehst auch auf der Liste?"

„Die Liste..." Für einen Moment wirkt sie abwesend. Also helfe ich ihr nach.

„Die Schockland-Liste."

„Natürlich. Ja, ich stehe da auch drauf. Und wie du habe ich irgendwie den Zusatz ‚Vollzugriff' bekommen. Der Himmel weiß warum."

„Das heißt, dass du eigentlich auch nur irgendwelche Daten ausgewertet hast?"

„Ich hatte nicht einmal eine Ahnung davon, dass es überhaupt um eine Auswertung ging. Und plötzlich, gestern Abend, standen sie vor meiner Tür."

Vor meinem geistigen Auge sehe ich wieder die beiden Killer vor meiner Tür stehen, wie sie die Schalldämpfer auf ihre Pistolen schrauben.

„Beschissenes Gefühl was?"

„Verdammt beschissen."

„Und? Was hast du mittlerweile rausbekommen."

„Nichts, also fast nichts. Ehrlich gesagt bin ich hier rund um die Uhr auf der Flucht."

Auch wenn mir die scharfen Umrisse immer noch fehlen so erkenne ich doch, dass wir den Stadtkern mittlerweile verlassen. Wir bewegen uns nach Osten, in Richtung Hatten.

„Das kenne ich. Soll ich dir sagen was ich in Erfahrung bringen konnte? Es geht wahrscheinlich um Terrorismus. Ist'n Hammer was? Irgendwie steckt Schockland mit Terroristen unter der Decke. Oder es sind selber welche, das konnte ich noch nicht herausfinden. Oder es ist irgend so ein Agententending."

„Aber das darfst du nicht. Weiter nachforschen meine ich."

„Was heißt hier ich darf nicht. Immerhin schießen die mit Waffen auf mich, da werde ich ja wohl noch mal erfahren dürfen warum."

„Verstehst du den nicht? Sie jagen uns, weil sie meinen wir wüssten zuviel. Wir beide wissen, dass das nicht stimmt, aber wenn du weiter herumschnüffelst gibst du denen nur noch mehr Grund dich zu jagen."

73

„Ehrlich gesagt glaube ich eh nicht, dass sie sich noch davon abhalten lassen. Außerdem habe ich gar nicht herumgeschnüffelt. Die meisten Sachen die ich weiß, habe ich zugespielt bekommen."

Sie erschreckt sich – unter der leicht wackelnden Fassade. „Was meinst du damit?"

„Ich rede von Julius. Er versorgt mich mit Informationen. Es sind noch nicht viele, aber es würde mich nicht wundern, wenn noch was von ihm kommt."

„Julius." Sie spuckt den Namen fast aus.

„Er hat auch mit dir geredet nicht wahr?", frage ich ohne Hintergedanken.

„Nein."

„Also ganz so leicht lasse ich mich nicht verarschen. Du hast schon beim ersten Mal gezuckt, als ich seinen Namen erwähnte."

Sie wendet sich zu mir und versucht, mir in die Augen zu sehen. Das hätte sicherlich mehr Wirkung, wenn ich ihr Gesicht erkennen könnte. „Julius ist nicht der, der er vorgibt zu sein."

„Eigentlich weiß ich gar nicht wer er zu sein vorgibt. Ich weiß nur, dass er mich schon ein paar Mal vor den Killern gerettet hat."

„Du darfst diesem Mann nicht trauen."

Ich bekomme eine Gänsehaut, so wie sie das sagt. Ich höre aus ihrer Stimme heraus, wie ernst sie es damit meint.

„Ich... ich... warum nicht? Was weißt du über ihn?"

„Ich kann dir nur sagen, dass du dich vor ihm in Acht nehmen musst. Mehr darf ich dir nicht verraten."

„Tabea, muss ich noch mal aus dem Wagen steigen?" – mittlerweile im Grunde eine leere Drohung, denn wir haben die Stadt verlassen und bewegen uns nun über Landstraßen.

„Begreif doch. Das Problem bei der Sache, der Grund warum man uns töten will, ist, dass wir zu viel wissen. Je mehr wir tatsächlich wissen, desto mehr Energie werden die darauf verwenden, dass alles reibungslos klappt."

Moment. Habe ich das eben richtig gehört? Irgendwas soll reibungslos klappen. Es ist also irgendetwas geplant. Etwas, das gefährdet wäre, hätte man die Schockland-Daten auslesen können. Um uns herum sehe ich nur noch Grün und so halte ich es für vertretbar die Brille abzusetzen, um meiner nächsten Frage mehr Nachdruck zu verleihen. Ich schaue nun zum ersten Mal in ihr Gesicht.

„Dass WAS klappt?"

Sie ist schön. Das Erste was ich über sie denken kann ist dieser eine Satz. Sie ist wirklich schön. Dann erst registriere ich die Einzelheiten ihres Gesichts. Ihre Augen sind Mandelförmig und unglaublich grün. Ihre Lippen sind voll und auf die Schnelle würde ich sie sinnlich nennen. Zu einer anderen Zeit, an einem anderem Ort – wer weiß? Aber hier und jetzt sind diese Gedanke nicht einmal zweitrangig. Ihre Antwort auf meine Frage ist alles was mich interessiert, aber die kommt einfach nicht, also ergreife ich wieder das Wort und erschrecke mich fast über die logische Schlussfolgerung, die ich nun ziehen muss.

„Es geht um einen Anschlag, nicht wahr?" Die Antwort scheint ihr im Halse stecken zu bleiben, aber sie nickt. Kaum merklich, aber es ist ein Nicken. „Was weißt du über den Anschlag?"

Sie verringert plötzlich das Tempo und biegt rechts in einen Waldweg ein. Wir befinden uns irgendwo zwischen Oldenburg und Sandhatten – mitten im Niemandsland. Weit und breit ist kein Haus zu sehen.

„Es soll heute passieren."

Die Pausen in unserem Gespräch werden länger. Ich habe auf einmal das Gefühl, als würde sie mit jedem Satz leiden, doch ich habe noch so viele Fragen.

„Was soll heute passieren?"

Wir fahren den holprigen Sandweg eigentlich mit zu hoher Geschwindigkeit, doch der Alpha steckt es relativ gut weg.

„Ich weiß es nicht. Ich weiß nur, dass es kompliziert ist."

„Wo?"

„Es soll zeitgleich in mehreren Städten ablaufen."

Wir bleiben stehen, doch der Motor läuft weiter.

„Berlin, Hamburg, München", murmele ich. Sie sieht mich verwundert an.

„Woher..."

„Julius!" Sie muss nichts wissen über Maik. Ich bin mir sowieso nicht mehr ganz sicher, wie gut die Idee war, ihn hinzuzuziehen. Immerhin ist er mein Freund und das hier entwickelt sich zu einem ernsthaften Problem. Dennoch bleibt die Frage, die mich seit Beginn des Tages beschäftigt.

„Aber warum wir? Was machen wir für Probleme? Ich verstehe das nicht."

„Es hat mit dieser Liste zu tun." Sie redet vor sich hin, in die Armaturen hinein. „Auf ihr stehen alle, die an den Vorbereitungen zu den Anschlägen beteiligt waren. Es waren anscheinend eine ganze Menge Fachleute nötig, um alles durchzuziehen. Sie wollten allerdings das Risiko einer Enttarnung möglichst gering halten, deswegen haben sie zwischen den einzelnen Fachmännern unbedarfte Passanten gesetzt, die lediglich die Informationen zwischen den Rechnern hin und her schoben. Schockland musste nur darauf achten, dass die jeweiligen Daten am Ende auch immer beim richtigen Adressaten ankamen."

„Aber ich habe die Daten doch nicht nur weiter geschoben. Mein Rechner hat sie konvertiert. Er hat manchmal die ganze Nacht gebraucht."

„Er hat im Grunde nichts gemacht. Sicherlich hat er ein paar Nullen und Einsen hinzugefügt, aber die wurden dann bei der nächsten Station wieder entfernt. Der einzige Grund warum du und ich und all die Anderen für Schockland arbeiteten war der, dass sie uns als eine Art Datenwaschmaschine benutzt haben. Damit nicht versehentlich zwei Profis aufeinander treffen und damit das große Projekt enttarnen und gefährden."

Plötzlich wird mir etwas klar. „Die Profis. Die hatten Vollzugriff. Oder Teilzugriff. Hab ich recht?"

„Ich glaube so ist es. Und alle die zur reinen Datenwäsche benutzt wurden sind in der Liste unter ‚reinem Transfer' geführt."

„Aber ich stehe da unter ‚Vollzugriff'. Und du auch."

„Das muss ein Fehler sein. Das muss – ein – Fehler – sein."

75

„Das erklärt aber noch nicht, warum sie uns umbringen wollen."

„Doch, das tut es."

„Ich verstehe nicht."

„Schockland wollte kein Risiko eingehen und entschied sich alle Mitarbeiter, die über den reinen Transfer hinausgingen, zu liquidieren. Allerdings haben sie zwei vergessen – nämlich die beiden, die eigentlich zu unrecht auf ihrer Abschussliste stehen."

„Anscheinend sind wir noch nicht allzu lange befördert," sage ich nicht ohne Zynismus, „die Killer zumindest traf es offensichtlich überraschend. Immerhin sind all die Anderen bereits in den letzten Tagen erledigt worden."

„Das habe ich mir auch schon gedacht."

Plötzlich meldet sich mein Handy. Es ist Julius und instinktiv möchte ich das Gespräch annehmen, doch dann legt Tabea ihre Hand auf mein Handy. Ich tue nichts und sehe sie nur an.

„Bitte, geh nicht ran."

„Was weißt du über ihn?"

„Du musst mir einfach vertrauen, hörst du?"

„Das ist ein bisschen viel verlangt. Immerhin kenne ich dich kaum und er hat mir heute schon aus einigen miesen Situationen geholfen."

„Und habe ich das etwa nicht? Ich verstecke mich nicht hinter einem Telefon, also wem kannst du mehr vertrauen?"

Dieser Punkt geht an sie. Indem sie sich mir zeigt geht sie ein höheres Risiko ein. Ich bin gewohnt skeptisch, doch tief in meinem Innern spüre ich, dass ich ihr vertrauen sollte und schalte mein Handy aus. Dennoch spreche ich meine letzten Bedenken aus.

„Ich weiß, dass du mir nicht alles sagst was du weißt. Du verheimlichst mir etwas und ich sage dir ganz ehrlich: Das gefällt mir nicht."

„Sieh es einfach als kleine Gegenleistung dafür, dass ich dich aus dem Parkhaus geholt habe."

Ich denke nach, erinnere mich. In dem Parkhaus wäre meine Tarnung mit Sicherheit aufgeflogen, wenn sie nicht da gewesen wäre. Ich schulde ihr was. Angespannt versenke ich mein Gesicht in beide Handflächen, reibe mir die Stirn und schaue dann wieder auf.

„Okay. Ich frage nicht weiter nach. Das sagt mir aber immer noch nicht, wie es nun weitergeht."

„Es geht eigentlich gar nicht weiter. Du machst am besten gar nichts mehr."

„Wie meinen?"

Sie nickt mit dem Kopf in Richtung Beifahrerfenster und ich schaue hinaus. Etwa dreißig Meter tiefer im Wald, in dem wir uns im Moment befinden liegt eine Holzhütte. Sie macht einen verlassenen Eindruck – fast so als hätte man schlicht vergessen sie abzureißen.

„Am besten ist es, wenn du dich dort versteckst und wartest bis ich dich wieder abhole."

„Wieder abholen? Wo willst du denn hin?"

„Ich muss noch ein paar wichtige Dinge erledigen."

„Und du wirst mir natürlich nicht sagen, um was für wichtige Dinge es sich dabei handelt?"

Sie macht einen vielsagenden, gequälten Gesichtsausdruck, der bei ihr auf merkwürdige Art und Weise hübsch aussieht.

„Und wann in etwa darf ich dann mit meiner Rückkehr in die Zivilisation rechnen?"

„Das weiß ich nicht genau, aber morgen müsste alles wieder seinen gewohnten Gang gehen."

„Du glaubst allen Ernstes, dass es nach diesem Tag noch einen gewohnten Gang geben wird?"

„Ich kann es nur hoffen."

„Und wenn ich mich weigere?"

„Tu es. Bitte."

Ich sehe ihr tief in die Augen und erkenne, dass ich jetzt nicht mehr erfahren werde. Es sind schöne Augen – sie strahlen eine Ruhe aus, die ich zwar erst seit einem halben Tag vermisse, die ich momentan allerdings nötiger habe, als jemals zuvor in meinem Leben. Wie in Trance greife ich nach dem Türgriff und steige aus. Nachdem ich die Tür zugeschlagen habe legt Tabea den Rückwärtsgang ein und rast so schnell sie kann den Waldweg zurück in Richtung Straße.

Ich werfe einen Blick zur Hütte. Für einen kurzen Augenblick frage ich mich ob wohl bewaffnete Killer in diesen vier Wänden auf mich warten, doch dann erinnere ich mich wieder an die Aktion im Parkhaus. Was für einen Sinn würde es machen, mich erst zu retten und dann auszuliefern? Ich sehe wieder ihr nach. Sie hinterlässt eine Schwade aus aufgewirbeltem Staub, doch noch immer ist ihr Wagen zu sehen. Da fährt sie hin. Meine erste richtige Möglichkeit an Informationen zu kommen. Eine Frau die mir viel erklärte, aber immer noch Geheimnisse für sich behielt. Jemand der wie ich in diese Katastrophe hineinstolperte, sie jedoch offensichtlich grandios meistert. Ich dagegen stehe hier – bereit mich zu verstecken. Bereit den Kopf in den Sand zu stecken. Sie ist anders. Sie nimmt die Dinge in die Hand. Sie ergreift die Initiative.

Tabea ist nun fast wieder auf der Landstraße als plötzlich und wie ein Blitz ein Gedanke durch mein Hirn zuckt.

Ich will das nicht!

Ich will nicht aufs Abstellgleis gestellt werden. Ich habe ein gottverdammtes Recht zu erfahren, um was es hier geht. Ich bin einfach nicht bereit mich zu verstecken. Verdammt noch mal – es ist mein Leben!

In cirka hundertfünfzig Metern Entfernung sehe ich, wie sie auf die Straße setzt, den Vorwärtsgang einlegt und in Richtung Oldenburg wieder wegfährt. In diesem Moment renne ich den Sandweg entlang.

Ihr hinterher.

13

Also Rennen ist die eine Sache – Rennen wenn es um etwas geht, eine ganz andere. Ich bin mir ziemlich sicher, dass es sich hier um kaum mehr als hundertfünfzig Meter handelt, aber bereits nach einem Drittel der Strecke spüre ich einen Blutgeschmack in meinem Mund, der mich daran erinnert, dass Sprint nicht unbedingt meine Stärke ist. Auch meine Lunge meldet sich, dass ich glaube jedes einzelne Lungenbläschen zu spüren. Das kann allerdings auch an dem Staub liegen, der hier immer noch in der Luft umherschwebt. Wie muss sich erst ein starker Raucher bei so einem Spurt fühlen?

Ich habe etwa die Hälfte der Strecke hinter mir, als mir einfällt, dass ich keine Ahnung habe was ich eigentlich tun möchte, wenn ich wieder auf der Landstraße bin. Tabea ist längst weg, soviel ist schon mal klar. Und ich werde wohl kaum die gesamte Strecke nach Oldenburg zurücklaufen. Wozu auch – um mich abmurksen zu lassen? Vielleicht ist es eine unendlich dumme Idee, sie nicht einfach ziehen zu lassen. Vielleicht ist es tatsächlich das Beste, mich so lang wie nur irgend möglich versteckt zu halten. Vielleicht... vielleicht...

Ach verdammt! Scheiß drauf! Ich habe es endgültig satt mir vorschreiben zu lassen, was ich tun soll. Ich will keine Marionette mehr sein. Ich habe ein verfluchtes Recht auf die Wahrheit!

Ein paar letzte Meter hetze ich noch, dann schieße ich quasi auf die Straße – den Blick ihr nach. Der silberblaue Alfa ist nur noch ein glänzender Punkt in der Ferne. Ich stehe ratlos mitten auf der Fahrspur und keuche was das Zeug hält. Ein stechender Schmerz erinnert mich an meine Schulzeit und die verhassten Bundesjugendspiele: Seitenstechen! Ich beuge mich nach vorn und stütze mich mit den Armen auf den Knien ab. Das hat auch damals schon nichts gebracht, aber immerhin taten das alle. Auch die, die etwas sportlicher waren und die mussten es ja wissen.

Mist. Hier stehe ich nun. Mitten im Nirgendwo mit einer vor sich hinzuckenden Lunge und ohne Plan wie es weitergehen soll. Zu allem Übel hat auch meine Zahnlücke wieder zu bluten begonnen. Ich bin ja mal gespannt was sich mein Zahnarzt dazu einfallen lässt. Der wird sowieso Augen machen, wenn ich ihm erzähle, wie es dazu kam.

Ich presse gerade meine Augen zu und spüre einen Schweißtropfen, der sich einen Weg durch mein Gesicht bahnt, als es hinter mir laut Hupt. Ich drehe mich um und sehe wie ein roter Golf widerwillig sein Tempo verlangsamt. Natürlich geht er davon aus, dass ich spätestens jetzt, da ich ihn bemerke, den Weg frei machen werde, doch in diesem Augenblick schießt mir eine Erinnerung durch den Kopf. Eine Erinnerung an etwas, das in meinem Leben so ungewöhnlich ist, dass ich mir nicht erklären kann wieso ich es immer wieder vergesse. Und das, wobei es sich mir im Auto eben permanent schmerzlich in den Rücken presste.

Ich drehe mich schwungvoll, ziehe die Kanone und richte sie auf den Golf.

Sofort tritt der Fahrer mit aller Kraft auf die Bremse. Wow – was für eine Reaktion. Vielleicht sollte ich häufiger Waffen im Straßenverkehr einsetzen.

78

Mit quietschenden Reifen kommt der Golf knapp drei Meter vor mir zum Stehen. Mein Lauf richtet sich direkt auf das Gesicht des Fahrers, dem sofort jeder Ausdruck entweicht.

„Aussteigen!" schreie ich mit aller Kraft. Ich habe die Sache angefangen, nun muss ich da auch hart durchgreifen.

Zögerlich öffnet sich die Fahrertür und ein gedrungener Herr mit gräulichem Vollbart steigt aus. Ohne, dass er aufgefordert werden müsste streckt er die Arme in die Höhe. Mittlerweile konnten sich seine Gesichtszüge auf Panik einigen und er tut mir fast ein wenig leid, also versuche ich bestimmend, aber nicht unhöflich zu sein.

„Ich brauche ihren Wagen. Dringend."

Er antwortet nicht, als ich schnellen Schrittes auf die Tür zugehe und mich hineinsetze.

Ich möchte den ersten Gang einlegen und zwinge dem Getriebe ein lautes Kreischen ab. Wenn man lange genug selber nicht gefahren ist, vergisst man schon mal die Kupplung, da kann man nichts machen. Ich schaue dem Herrn ins Gesicht, der immer noch mit erhobenen Händen neben dem Fahrzeug steht und mir entfleucht ein „Entschuldigung", da ich erkenne, dass das drangsalieren seines Autos ihm fast körperliches Leid zufügt. Bin ich vielleicht zu nett für solche Sachen?

Dann setzt sich das Auto langsam in Bewegung und ich lege mindestens zwanzig Meter hinter mich, als mir brühwarm etwas einfällt. Also rein in die Bremse und noch mal den Rückwärtsgang eingelegt. Wenige Augenblicke später stehe ich wieder neben dem, jetzt sehr verwirrt schauenden Herrn, und kurbele die Scheibe runter.

„Tut mir leid, aber ich kann sie hier eigentlich nicht mit einem Handy zurücklassen. Sie wissen schon, so wegen Polizei rufen und so, also wenn ich bitten darf." Lässig schwenke ich dabei meine Kanone hin und her und nehme dann das Gerät entgegen. „Danke." Ja. Ich bin eindeutig zu freundlich für so was. Wie um mir selber das Gegenteil zu beweisen trete ich das Gaspedal nun voll durch und lasse die Kupplung fliegen. Quietschend und qualmend mache ich mich aus dem Staub. Hoffentlich entspricht wenigstens das dem Klischee.

Viel Zeit, um mich mit dem Fahrzeug vertraut zu machen, bleibt mir nicht. Immerhin gilt es einen neuen Alfa Romeo einzuholen und das mit einem Fahrzeug, welches sich mindestens im Teenageralter befindet. Die Schaltung ist kantig und der Schleifpunkt der Kupplung schreit nach einem Wechsel der Scheiben. Keine Ahnung wie viel PS mir hier zur Verfügung stehen, aber viel ist es nicht. Den Blick in der Ferne komme ich zu dem Ergebnis, dass nur Vollgas mir weiterhelfen kann. Es ist kaum noch zu erkennen, dass dort überhaupt ein Fahrzeug auf der Straße ist, geschweige denn welcher Typ. Doch ich bin mir ziemlich sicher, dass es sich immer noch um Tabea handelt, denn hier ist es ehrlich gesagt dermaßen weit ab vom Schuss, dass es schlichtweg unmöglich ist, dass sich noch ein Fahrzeug zwischen uns geschoben haben könnte. Der Motor des Golfs kreischt sein Glück aus und ich schalte schmerzhaft spät hoch, um die bestmögliche Beschleunigung zu erreichen. Einen Gefallen tue ich ihm damit bestimmt nicht, aber erstens ist es ein Notfall und zweitens nicht mein Auto. Wird schon gut gehen. Nach einiger Zeit bin ich im fünften Gang und drücke nur noch hemmungslos aufs Gas. Ich darf Tabea nicht verlieren – das ist die einzige Maxime! Die Tachonadel zieht recht schwungvoll bis hundertvierzig hoch, doch dann geht es nur noch mühsam weiter. Komme ich dem Alfa näher? Es scheint so, doch auf diese Entfernung ist das nur schwierig zu sagen. Es wird richtig laut, was mich daran erinnert, dass ich das Fenster noch heruntergekurbelt habe. Instinktiv möchte ich es schließen, aber dann merke ich, dass der Schweiß bereits in Strömen rinnt und dass dies vielleicht meine Chance zur Abhilfe ist. Der Wagen rast mittlerweile mit hundertsiebzig über die Landstraße und ich habe das Gefühl, dass nicht viel mehr zu erwarten ist. Auch die Straße macht auf mich nicht den Eindruck für diese Geschwindigkeit gemacht worden zu sein, werde ich doch schon arg hin und hergeschüttelt. Der Wagen gerät zeitweise gefährlich ins Schaukeln. Offensichtlich sind die Stoßdämpfer auch nicht mehr die Besten, aber immerhin scheint sich das Risiko zu lohnen – ich hole tatsächlich auf. Es ist bereits wieder der Farbton des Alfas zu erkennen! Einige Augenblicke später der Schock: Sie biegt an einer Kreuzung in Richtung Oldenburg ab! Sicher, das war zu erwarten gewesen, doch nun verliere ich sie bis zu dieser Kurve aus dem Blick, wodurch ich sie vielleicht nicht mehr wieder finden kann.

„Scheiße Scheiße Scheiße!" brülle ich in den Wagen, in dem ich wohlweißlich ganz alleine bin. Nach zwanzig Sekunden bin ich der Kreuzung so nah, dass ich stark bremsen muss um rechtzeitig zum Stand zu kommen und stelle mit einem Augenblick des Schreckens fest, dass auch die Bremsen schon bessere Tage gesehen haben. Mit Hängen und Würgen und einem dezenten Quietschen komme ich fast zum Stand, erkenne dass die Kreuzung frei ist und setze meine Hetzjagd nach dem Abbiegen fort. Sofort erfasst mich für einen Moment Panik, denn das Auto das ein paar hundert Meter vor mir fährt ist grün. Habe ich sie verloren? Verdammt! Ich habe bereits wieder über hundert Sachen drauf und rase auf den Unbekannten zu. Von Vorne kommt ein Lkw, doch ich bin mir ziemlich sicher noch ausreichend Platz für ein Überholmanöver zu haben und so schieße ich vorbei und auf den Lastwagen zu. Im letzten Moment schaffe ich es den Wagen wieder rum zu reißen und fahre nun unter wütendem Fanfarengeleit des Brummis weiter. Ich möchte schon wieder fluchen, als ich bemerke, dass auch das nun vor mir fahrende Auto nicht der Alfa ist, doch dann erkenne ich ihn, wie er zwei Fahrzeuge weiter vorausfährt. Vielleicht ist es gar nicht so schlecht etwas gemeines Volk zwischen mir und Tabea zu haben, immerhin ist das ja so eine Art verdeckte Aktion von mir. Also lasse ich mich ausrollen, um ein moderateres Tempo zu erlangen und somit vielleicht unauffällig im Verkehr unterzugehen, um die Verfolgung fortzusetzen. Es geht nun langsamer voran, was nicht zuletzt daran liegt, dass wir uns wieder der Stadt nähern. Vor einem Bahnübergang kommt die Kolonne kurzfristig ganz zum stehen. Dann biegt eines der Fahrzeuge zwischen uns ab. Ich habe nun noch einen Puffer von zwei Wagen. Das ist gut – sehr gut sogar. Weit genug um unauffällig zu sein und doch ausreichen nah um sie nicht zu verlieren. Es geht einige Zeit so weiter, bis wir in den Stadtkern einfahren – hier wird es haarig. Ich muss das richtige Maß finden, um kein Misstrauen zu wecken, denn hier sind die Straßen mehrspurig und ich könnte mich schnell mal versehentlich an einer Ampel neben ihr befinden. Das wäre jetzt die schlimmste anzunehmende Katastrophe! Wir fahren gerade nach einer Rotphase wieder an, als neben mir ein Handy klingelt. Es ist das des Fahrzeughalters. Reflexartig gehe ich ran.

„Ja?“

„Erwin?“, meldet sich eine Frauenstimme fortgeschrittenen Alters.

„Nein, wieso?“

„Aber das ist doch Erwins Nummer.“

„Ähm...“

„Wer ist denn dort?“

„Ein... ähm... Freund. Sozusagen.“

Der Verkehr wird drängender und ich muss nun wirklich aufpassen.

„Kann ich Erwin sprechen?“

„Das ist gerade ganz schlecht.“

„Wo ist er denn?“

„Er muss sich die Beine vertreten.“

„Sind sie sicher, dass sie ein Freund sind?“

Ich muss stark bremsen, um dem Vordermann nicht aufzufahren. Dieses Telefonat lenkt mich zu sehr ab.

„Sicher bin ich mir nicht, aber er hat mir immerhin seinen Wagen geliehen. Muss übrigens dringend gewartet werden die Mühle.“

Mit diesen Worten beende ich das Gespräch und entledige mich des Handys durch das Fenster. Im selben Moment zucke ich zusammen. Wenn das nun jemand bemerkt hat, habe ich mich verraten. Es ist ja nicht normal plötzlich ein Telefon aus einem fahrenden Auto zu werfen. Gleich danach der nächste Schock. Diese Frau weiß nun, dass dieses Auto gestohlen wurde – zumindest wenn sie eins und eins zusammenzählen kann. Und die Polizei? Mein Gott! Verdammt. Ich habe mich zu einer bodenlosen Dummheit hinreißen lassen!

Plötzlich springt eine Ampel ein paar Wagen vor mir auf Orange um. Ich erkenne gerade noch, dass Tabea rüber fährt, als vor mir die Bremslichter angehen. Das Steuer nach rechts reißend zwänge ich den Golf irgendwie zwischen die beiden Fahrspuren durch die Bremsende Masse hindurch und schaffe dies wie durch ein Wunder ohne die Anderen zu berühren. Es wird gehupt und als ich die mittlerweile rote Ampel überquere macht der Starrenkasten ein Foto von mir. Vor mir befindet sich ein schwarzer Volvo, davor fährt sie. Ich versuche nicht in ihr Blickfeld zu fahren – verstecke mich hinter dem schwedischen Fabrikat. Wir fahren kurz in den Pferdemarktkreisel und verlassen ihn sofort wieder Richtung Donnerschwee. Noch immer habe ich den Volvo als Puffer vor mir. Plötzlich biegt sie links in eine kleine Seitenstraße ab. Der Volvo fährt geradeaus und so muss ich nun direkt hinter ihr herfahren. Das ist knifflig – zu knifflig für meinen Geschmack. Gleich bei der ersten freien Parkbucht halte ich an und warte ab. Nach einigen Sekunden haben sich über hundert Meter Freiraum gebildet und ich sehe wie sie wieder abbiegt. Ich fahre weiter und tue es ihr gleich. Kurz darauf wiederholt sie die Prozedur. Es kann schlichtweg nicht sein, dass ich Tabea nicht auffalle, doch da sie immer noch die einzige Spur ist, der ich momentan nachgehen kann, tue ich genau dies.

Es geht ständig so weiter und so wie wir hier im Zickzack durch die Siedlungen Donnerschees kurven, habe ich nun nicht mehr die geringste Ahnung wo ich mich befinde. Für einen Moment kommt mir der Gedanke, dass sie versucht mich abzuhängen, doch dafür fährt sie nicht schnell genug. Es macht tatsächlich den Anschein, als hätte sie mich noch nicht bemerkt. Und dann – plötzlich und unvermittelt – stellt sie sich seitlich in eine Parkbucht. Noch bevor ich an ihr vorbeifahren muss biege ich in eine Seitenstraße ab und parke ebenfalls. Als ich aus dem Wagen steige nehme ich meine Habseligkeiten, die die ganze Zeit neben mir auf dem Beifahrersitz lagen, wieder an mich: Mein Handy und meine Kanone.

,Meine Kanone' – wie das klingt...

Ich schleiche mich um die Ecke und erkenne einige Häuser weiter den Alfa zwischen diversen parkenden Pkws. Ich weiß nicht ob sie bereits ausgestiegen ist, doch wenn dem so ist habe ich ein Problem, denn woher soll ich wissen in welchem Haus sie sich befindet? Zügig und ohne mir etwas anmerken zu lassen gehe ich von hinten auf ihren Wagen zu, als ich plötzlich erkenne, dass sie noch im Fahrzeug sitzt.

Ich hechte in eine Einfahrt um nicht von ihr gesehen zu werden. Verdammt, das war knapp. Ich frage mich wo wir hier sind und was vielleicht noch wichtiger ist: Was macht sie hier? Ich sammle mich einen Moment und schaue um die Ecke. Sie macht keine Anstalten den Wagen zu verlassen und hält sich irgendetwas vor das Gesicht. Nachdem ich so genau wie nur möglich hingesehen habe, erkenne ich dieses Ding als Fernglas, also schau ich in welche Richtung sie sieht. Das Zielobjekt scheint auf der anderen Straßenseite zu liegen, doch welches Grundstück sie nun genau anvisiert kann ich nicht erkennen. Ich sehe mir die Häuser genau an und erkenne sofort, dass eines aus der Reihe sticht.

Eine kleine Villa bei der der Putz an mehreren Stellen fehlt und deren Rasen offensichtlich seit Jahren nicht mehr gemäht wurde. Wäre der Zaun nicht ausgiebig zerstört hätte man vielleicht noch annehmen können, dass Alternative, Lehrer oder auch alternative Lehrer dort wohnen, so allerdings ist klar, dass dieses Haus verlassen ist. Ich schau noch mal nach Tabea. Die Richtung in die sie späht könnte stimmen, außerdem passt dieses Gebäude so wenig in diese Gegend, dass ich mir fast schon sicher bin, das Objekt der Überwachung gefunden zu haben. Nur: Was ist so interessant daran? Ich kenne nur einen, der mir das eventuell beantworten kann. Ich schalte mein Handy wieder ein und rufe Maik an. Er hebt nach einem Klingeln ab.

„Hallo Seb.“

„Hi!“ Ich flüstere. „Wie kommst du voran?“

„Nicht gut, Junge, nicht gut. Alles was ich bis jetzt herausfinden konnte ist, dass sich tatsächlich irgendwelche Dateien auf der anderen Seite befinden, aber das war mir irgendwie auch vorher klar. Und bei dir?“

„Wie man's nimmt.“

82

„Na, dann bring mich mal auf den aktuellen Stand der Dinge. Scheint ja brenzlig zu sein, wenn du so flüsterst."

Eigentlich Unsinn, diese Flüsterei, denn Tabeas Autofenster sind eh zu und sie könnte mich auf diese Entfernung nicht hören. Trotzdem erscheint es mir irgendwie angebracht und ich behalte es bei.

„Das ist im Moment nicht so gut, ich habe ehrlich gesagt nicht wirklich viel Zeit. Ich rufe an, weil ich mal deine Hilfe brauche."

„Okay, schieß los."

„Wenn ich dir ne Adresse nenne, kannst du dann herausfinden wer dort wohnt?"

„Augenblick, ich muss mal eben sehen ob ich das Proggi aufe Pladde hab."

„Bitte?"

„Ich muss mich erkundigen ob bei mir die nötige Software installiert ist", wiederholt er übertrieben deutlich. Manchmal gehen Computerfreaks einem unheimlich auf den Sack! „Sieht schlecht aus."

„Mist!"

„Moment. ‚Sieht schlecht aus‘ ist nicht das Selbe wie ‚Unmöglich‘. Ich muss mir dann die Daten irgendwie aus dem Netz besorgen, was vielleicht ein wenig länger dauern könnte."

„Wie lang?"

„Ein paar Minuten ungefähr." Sehr präzise. Egal – Alternativen sind sowieso gerade Mangelware.

„Na gut, das muss reichen."

„Also dann. Straße und Hausnummer?"

Ich finde ein paar Meter weiter ein Schild mit dem Straßennamen und kann mir aufgrund der Hausnummer eines Nachbarn schnell die richtige Nummer der Ruine erschließen. Dann gebe ich die Adresse durch.

„Das ist einfach, das kann ich dir sofort sagen."

„Ehrlich? Wie das?"

„Das ist der getürkte Firmensitz von Schockland. Das ist doch dieser leer stehende Schuppen von dem ich dir erzählt habe." Sehr interessant. Der Kreis beginnt sich zu schließen.

„Ja, das Ding sieht schon recht heruntergekommen aus, allerdings..." Erst in diesem Moment fällt mir auf, dass da etwas in der zugewachsenen Einfahrt schwarzmetallic vor sich hinglänzt. Auch ohne viel Pkw-Wissen erkenne ich hier einen neuen Porsche.

„Wie kommst du eigentlich da hin?"

Plötzlich sehe ich jemanden die Straße entlang kommen.

„Das ist ne längere Story, erzähl ich dir später. Ich muss nun Schluss machen."

„Okay, aber ich nehm' dich beim Wort."

„Kannst du. Ach und noch eine Sache."

„Ja bitte?"

„Nenn mich nicht ‚Seb‘ – ich hasse das."

„Okay Gringo, du bist der Boss."

83

Mit diesen Worten legt er auf. Mittlerweile kann ich erkennen, wer dort einen unbescholtenen Passanten mimt. Er macht den Anschein, als genieße er nur seinen Nachmittagsspaziergang, doch mich täuscht er nicht.

Es ist einer der Killer – ich kenne ihn aus der Fußgängerzone.

14

Der Schock den ich bekam als ich ihn vor einer Sekunde erkannte, ist schnell wieder gewichen. Er hielt nicht sonderlich lange an, was daran liegt, dass im Moment nicht einmal ich mich wieder erkennen würde. Es ist nicht so als würde ich mich in Sicherheit wiegen, doch sollte mir meine kleine Maskerade noch ein wenig helfen. Moment – was, wenn der Mann, dem ich das Auto entliehen habe, die Polizei bereits verständigen konnte? Was, wenn meine Gegner bereits von ihm in Kenntnis gesetzt worden sind, dass sie jetzt nach einem Yuppie mit Stoppelschnitt suchen müssen? Kann es sein? Ich bin mir nicht sicher. Natürlich ist es äußerst unwahrscheinlich, dass sie diesen Zusammenhang erkennen können – immerhin haben sie mich mitten in der Innenstadt aus den Augen verloren und meine kleine Carjackingaktion fand nur wenig später weit draußen in ländlicheren Gefilden statt, doch ein gewisses Restrisiko bleibt. Nur eines ist wirklich sicher: Sollte er mich sehen, wie ich mich hier in einer Einfahrt zu verstecken versuche, wird das bei ihm die Alarmglocken schrillen lassen. Also rauf auf die Straße oder zumindest auf den Gehweg!

Ich tue so, als käme ich aus dem Haus, in dessen Auffahrt ich mich versteckt hielt, und möchte gerne die Straße entlang gehen – natürlich nicht in seine Richtung. Leider wird mir plötzlich bewusst, dass ich in diesem Fall an dem Alfa vorbei muss. Ich gehe zwar nicht davon aus, dass Tabea meine Tarnung auffliegen lassen würde – sonst wäre ihre Rettungsaktion im Parkhaus absurd gewesen – doch wenn sie mich erkennt, verspiele ich meine Möglichkeit sie zu beschatten und damit auch meine Chance auf Antworten.

Kurzerhand entscheide ich mich die Straßenseite zu wechseln und bin regelrecht stolz auf mich, wie vollkommen beiläufig ich dies für jeden Unbeteiligten aussehen lasse. Kein Zweifel – ich bekomme Übung darin! Ich kann nur hoffen, dass ich ebenfalls Übung im Umgang mit Stresssituationen bekommen habe, denn in diesem Augenblick erkenne ich einen weiteren Killer, der aus der anderen Richtung auf mich zukommt. Er sieht mich nicht an, was ich mal so deute, dass ich bisher noch nicht entlarvt wurde, doch ich gebe mich keinen Illusionen hin, was die Gefahr betrifft – sollte er mir noch näher kommen. Mir lang und breit Gedanken über Möglichkeiten zu machen würde nur kostbare Zeit verschwenden und so tue ich das Naheliegendste, biege in einen privaten Gehweg ab und gehe auf den Seiteneingang eines der Häuser zu. Ich habe noch keine Ahnung wie ich hier weiter verfahren soll, doch für den Moment habe ich Zeit gewonnen und bin mir sogar einigermaßen sicher, dass auch Tabea mich nicht gesehen hat. Auch wenn ich noch nicht weiß, was sich in der mysteriösen Ruine befindet, so steht nun außer Frage, dass es etwas mit der Sache zu tun hat, denn wenn sich die Mörderquote in einem unbescholtenen Stadtteil dermaßen erhöht ist eindeutig etwas im Busch.

Bei der fremden Haustür angekommen werfe ich einen kurzen Blick über meine Schulter um mich zu vergewissern, dass ich nicht mehr zu sehen bin und gehe dann einfach geradeaus und an dem Haus vorbei. Über ein schmales Wiesenstück komme ich in den Garten hinter dem Gebäude. Ich gehe um die Häuserecke und kann nun nicht mehr von der Straße aus gesehen werden. Mir ist natürlich klar, dass ich nun den Tatbestand des Hausfriedensbruchs erfülle, doch eigenartigerweise macht mir das überhaupt nichts aus. Ich verharre einen kurzen Augenblick um mir zu überlegen wie es nun weitergehen soll. Das Wort ‚Flucht' huscht mir für den Bruchteil einer Sekunde durch den Kopf, doch es macht dort keine längere Pause. Den ganzen Tag schon renne ich davon und nun habe ich es bis zu dieser mysteriösen Ruine geschafft. Das habe ich nicht erreicht um nun unverrichteter Dinge einen langen Schuh zu machen. Nein, die Antwort auf die Frage der weiteren Vorgehensweise liegt so klar auf der Hand, dass ich gar nicht erst in ernsthafte Versuchung komme sie als den Wahnsinn zu erkennen, den sie darstellt.

Ich muss in diese Bruchbude!

Ich rufe mir noch mal das Bild der Straße ins Gedächtnis. Ich befinde mich zwei Grundstücke weiter links vom Ziel. Da ich nun schon mal hinter diesem Gebäude stehe spricht eigentlich einiges dafür, mich auch weiterhin hinter den Häusern entlang zu bewegen. Es wäre der direkte Weg, wer immer sich in der Ruine befindet sähe mich nicht kommen und nicht zuletzt bräuchte ich mir keine Gedanken über die beiden Kerle da vorne zu machen. Die Rückseite ist meine Chance – ich werde sie nutzen!

Sicherlich könnte ich langsam und vorsichtig durch diesen fremden Garten kriechen, damit mich die Besitzer nicht sehen, aber das würde nur unnötig viel Zeit verschwenden, denn je schneller ich dieses Grundstück verlasse, desto geringer ist das Risiko entdeckt zu werden. Also mache ich mich gleich auf den Weg. Über das ein oder andere Beet hüpfend bricht meine gute Erziehung zum Vorschein. Wenn ich den Garten schon als Durchgang missbrauche kann ich zumindest darauf achten, dabei nichts kaputt zu machen. Sprachs und zertrat ein Stiefmütterchen. Na gut, der Kampf gegen den Terror fordert Opfer!

Am Ende des Grundstücks angekommen, klettere ich über einen Jägerzaun auf das Nächste. Hier finde ich eine große Wiese vor, auf der ein Kinderspielgerüst steht. Es ist schon ziemliches Glück, dass auch hier niemand im Garten ist, denn bei so gutem Wetter habe ich als Kind immer gerne draußen gespielt. Allerdings gab es zu meiner Zeit auch keine Spielkonsolen. Na ja, es gab sie zwar, aber sie stellten nur ein paar Pixel dar – das war kein Genuss. Heute wäre auch ich der geborene Stubenhocker. Ich bewege mich schnellen Schrittes auf die andere Seite und stehe nun nur noch vor einem Lamellenzaun, der mich von der Ruine trennt. Ich spähe durch zwei Lamellen hindurch und sehe nichts, als altes Gemäuer und Unmengen von Unkraut. Für einen kurzen Moment lasse ich mir meinen Plan, der eigentlich gar keiner ist, noch mal durch den Kopf gehen. Im Grunde genommen habe ich nicht die geringste Ahnung was ich hier tue, aber wenigstens tue ich etwas und das ist doch schon mal eine ganze Menge mehr als ich von dem ganzen bisherigen Tag behaupten kann. Während ich mir bisher lediglich wie eine wandelnde Zielscheibe vorkam und zeitweise mich selber schon als aufrechte Leiche sah, fühle ich mich nun plötzlich erstaunlich aktiv. Mehr noch – ich fühle mich lebendig!

Mit einem schwungvollen Satz springe ich über den Zaun und wundere mich selbst über meine neu entdeckte Sportlichkeit. Dann verharre ich für einen kurzen Augenblick wie ein Vogel, der eine Katze in der Nähe vermutet. Nichts deutet darauf hin, dass mich jemand gesehen hätte, deswegen schaue ich mich vorsichtig um.

Ich befinde mich etwa vier Meter hinter dem Porsche im schulterhohen Unkraut. Mir war gar nicht bewusst wie hoch das Zeug wachsen kann, wenn man es nur lässt. Neben mir ragt die Villa in die Höhe und verströmt eine Ahnung von Anmut, den sie einmal hatte. Nach wenigen Schritten, die mir mit einer Machete wesentlich leichter fallen würden, befinde ich mich auf der Rückseite des Gebäudes. Hier sieht der Garten noch um Einiges schlimmer aus. Es hat etwas von einem Dschungel, mit vielen Bäumen, Sträuchern und meterhohem Gras. Ich schau mir das Haus an. In den meisten Fensteröffnungen finden sich dünne Scheiben in Holzrahmen. Einige sind mit Brettern vernagelt. Ich sehe etwas, dass sich wie eine Tür ausmacht, doch bei genauerem Hinsehen ist es nur eine Sperrholzplatte, die man mit zwei Scharnieren und einer Klinke versehen hat. Per Definition könnte man es eine Tür nennen, doch das wäre schon sehr weit interpretiert. Während ich mich auf diesen Durchgang zu bewegen frage ich mich noch einmal, ob dies wirklich der Sitz von Schockland sein kann, doch im Grunde traue ich dieser Firma alles zu. Außerdem sprechen die Indizien eine eindeutige Sprache: Tabea beschattet dieses Gebäude, die Killer bewegen sich hier in der Nähe und nicht zuletzt spricht die Eintragung der Firma dafür. Ich greife nach der Klinke und drücke sie hinunter.

Es ist nicht abgeschlossen.

Ich ziehe die Tür auf und stelle erstaunt fest, wie leicht dies geht. Wäre ich noch vor einer Sekunde jede Wette eingegangen, dass dieser Durchgang bestimmt seit Monaten wenn nicht Jahren nicht mehr benutzt wurde, so steht nun für mich fest, dass irgendjemand die Scharniere wartet und ölt. Ich werfe einen Blick hinein.

Der Flur in den ich sehe spiegelt das Bild wieder, das die Villa nach außen hin abgibt: Verlassen! Es hängen keine Tapeten an den Wänden und es gibt auch keine Möbel. Der Boden ist vor Jahrzehnten mit Mosaikfliesen gestaltet worden. Plötzlich fällt mir etwas auf.

Der Boden!

Er ist nicht schmutzig. Es findet sich lange nicht so viel Staub wie es der Rest der Situation vermuten ließe. Hier ist auf jeden Fall gefegt worden und das vor nicht allzu langer Zeit. Ich gehe hinein.

Als ich die Tür hinter mit schließe merke ich, dass es um mich herum dunkler wird, was daran liegt, dass es hier im Flur keine Fenster gibt. Zum Glück fehlen die Türen – zumindest alle bis auf eine hinten links. So dringt immer noch genügend Licht hinein damit ich mich zurechtfinden kann. Ich will gerade losgehen, als ich etwas höre. Eine Stimme!

Ich höre noch einmal genauer hin und stelle fest, dass es tatsächlich nur eine Stimme ist, die irgendwo hier im Haus spricht. Die Sätze klingen kurz und abgehackt. Ich erkenne diese Art der Kommunikation genau: Jemand telefoniert. Zunächst habe ich den Eindruck, dass die Stimme aus dem Raum hinter der Tür kommt, doch dann bin ich mir nicht mehr sicher – es könnte auch der Raum sein, der diesem gegenüber liegt.

Die Vorsicht schreit mir ins Gehirn ich sollte schleunigst verschwinden, doch die Neugierde bedient sich meiner Beine und lässt mich unbeirrt weiter schleichen. Ich komme an zwei Türrahmen vorbei, hinter denen sich leere Zimmer befinden. Auch hier sind keine Tapeten an den Wänden, doch zumindest scheint dies hier irgendwann einmal anders gewesen zu sein. Einige Fetzen hängen noch vereinzelt am Putz. Von den Decken baumeln Lampenfassungen. In einer steckt noch eine zerbrochene Birne, die andere ist leer.

Ich gehe noch drei nahezu lautlose Schritte weiter und bin nun am Ende des Flurs. Zu meiner Linken befindet sich die geschlossene Tür, zur Rechten der offene Rahmen. Die Stimme dringt tatsächlich zu gleichen Teilen aus beiden Richtungen. Ich kann nun Wortfetzen vernehmen, doch sie lassen sich nicht zu sinnvollen Sätzen zusammensetzen. „Ganz bestimmt", „Niemals" und „Fehler" sind Worte die an meine Ohren dringen. Dann bemerke ich mit einem mal ein weiteres Geräusch. Es ist ein Surren – ähnlich einem alten Rasierapparat – gefolgt von einem Rascheln. Danach für wenige Sekunden Stille, bevor es sich wiederholt. Dann noch einmal. Es geht fortwährend so weiter.

Ich muss mich für eine der beiden Seiten entscheiden. Da ich mein Glück nicht herausfordern möchte in dem ich ein weiteres Mal auf geölte Scharniere vertraue, entscheide ich mich für rechts. Langsam setze ich meinen Weg fort.

In diesem Zimmer ist es wesentlich heller als in allen bisherigen. Das Licht ist ausgeschaltet, allerdings gibt es wirklich großzügige Fenster hier. Das bedeutet jedoch nicht, dass es hier wohnlicher wäre – die gleichen ramponierten und abgelebten Wände. Lediglich ein stabiler Holztisch befindet sich in der Mitte. Ich verharre.

Die Stimme ist nun klar und deutlich, als käme sie genau aus diesem Raum. Links neben der Tür geht es um die Ecke, dort muss die Quelle sein. Ich möchte nachsehen, was oder wer sich dort befindet, doch kommt mir das nicht unbedingt wie eine wirklich gute Idee vor, also beschränke ich mich zunächst aufs Lauschen.

„Das mag sein, aber so läuft das nicht."

Stille.

„Ich glaube kaum, dass ich darauf eingehen kann. Ach, was sage ich – ich will darauf nicht eingehen."

Surren.

„Natürlich nehme ich dich ernst, aber du kennst mich. Ich bin ein Freund des Risikos."

Rascheln.

„Ich bitte dich. Das hätte dir von Anfang an klar sein müssen."

Wieder ein Surren. Dann höre ich, wie sich gemächliche Schritte langsam entfernen. Es ist kein Davongehen. Es ist das typische herumschlendern, wie ich es selbst manchmal bei einem Telefonat tue. Wenn ich jetzt nicht nachsehen kann, dann nie. Ich recke meinen Kopf um die Ecke, als es wieder raschelt.

Ich sehe einen mittelgroßen Mann im schwarzen Anzug. Das Gesicht kann ich nicht sehen, denn er geht in Richtung Fenster. Offensichtlich waren dies Mal zwei Räume bei denen es einen Durchbruch gegeben hat. Ich habe nicht die Zeit mich besonders ausgiebig mit seinem Äußerem zu beschäftigen, aber zumindest scheinen die Haare noch nicht grau zu sein. Ich erkenne außerdem einen Tisch auf dem sich einige Blätter Papier befinden und einen Papierkorb mit aufgesetzten Aktenvernichter, was das stetige Surren und Rascheln erklärt. Der Typ macht Anstalten sich wieder umzudrehen und so ziehe ich ruckartig meinen Kopf wieder zurück. Er lacht laut auf.

„Hahaha! Das ist nicht dein Ernst! Hältst du mich für dermaßen bescheuert?" – wieder ein Rascheln, dann nach kurzer Stille surrt es wieder – „Es ist ja nicht so, dass ich mich über dich lustig machen wollte. Mumm hast du, das hast du bewiesen. Ich dachte wirklich du bluffst, da bin ich ganz ehrlich, aber jetzt..." – er jagt ein weiteres Blatt durch den Vernichter – „... Hättest du tatsächlich nur versucht mich für dumm zu verkaufen, wäre das für uns beide einfacher gewesen. Ich hätte dich entlarvt, du hättest dich entschuldigt oder auch nicht und wärst irgendwo in ein kleines Rattennest verschwunden. Nach meinen neuesten Informationen hast du dich allerdings ein wenig zu weit aus dem Fenster gelehnt mein Lieber. Soll ich dir mal sagen wie ich die Sache sehe?" – er tigert wieder durch den Raum. Ich kann nur hoffen, dass er sich nicht plötzlich gedankenverloren in das Nebenzimmer begibt – „Nein, jetzt wirst du mir mal zuhören! Es ist nämlich nicht nur so, dass ich nicht auf deine Forderung eingehen werde – nein, ich werde mich nun auch noch damit befassen müssen, dich los zu werden und das ein für alle Mal! Du schüchterst mich nicht ein! Du nicht!"

Der Wutausbruch kam plötzlich und unerwartet. Genauso unerwartet senkt er nun die Stimme und spricht fast im Flüsterton weiter.

„Und das Eine sag ich dir: Niemand wird mich davon abhalten, es durchzuziehen. Niemand. Und wenn morgen die Sonne aufgeht..." Die Stimme wird immer leiser und verschwörerischer. Ich habe fast schon Probleme, sie zu verstehen.

„... dann wird es diese Städte nicht mehr geben. Auf Wiederhören."

Ich begreife zunächst nicht, was ich eben gehört habe, bemerke nur eine Reaktion meiner Beine, die sich entscheiden mich nicht mehr so ohne Weiteres zu tragen. Mit Mühe halte ich mich aufrecht.

‚Dann wird es diese Städte nicht mehr geben' hallt es in meinem Kopf wieder. Wie ein Echo schlägt dieser Satz von einer Schädelwand zur anderen und wieder zurück. Mein Gott, in was bin ich da nur hineingeraten? Ich will mich setzen, doch ich weiß nicht wohin. Ich bin so sehr mit dem eben Gehörten beschäftigt, dass ich ihn gar nicht verstehe. Wie durch Watte dringt plötzlich diese Stimme an mein Ohr, die von direkt hinter mir kommt.

„Wen haben wir denn da?"

Ich schaue mich um und sehe zwei Killer, die mir keine zwei Meter entfernt ins Gesicht schauen. Den einen erkenne ich sofort wieder – er stand mit dem Kleineren heute Morgen vor meiner Tür. Für den Bruchteil einer Sekunde erinnere ich mich daran, was ich mit seinem ehemaligen Partner in der Grand Cafe Toilette veranstaltet habe und so fällt mir auf die Schnelle keine bessere Antwort ein als:

„Du findest aber schnell neue Freunde."

Dann explodiert seine Faust förmlich in meinem Gesicht.

Ich brauche einen Moment um mich an die neuen Umstände zu gewöhnen, welche da wären: Entdeckt, entlarvt, am Boden und ein rhythmisches Pochen im Jochbein. Erst dann stelle ich fest, dass dieses Pochen ein wenig weh tut, aber ich nehme es eigentlich nicht so sehr wahr, wie ich mir einen Schwinger in mein Gesicht immer vorgestellt hatte. Nun gut, es war ja auch nicht mein erster heute, dennoch – als mehr oder weniger praktizierender Pazifist werde ich mich daran in diesem Leben wohl nicht mehr gewöhnen. Verlangt ja auch keiner von mir. Na ja, vielleicht auch doch.

Als ich meine Augen wieder öffne sehe ich wie die beiden Killer in aller Seelenruhe ihre Kanonen rausholen und auf mich richten, doch sie schießen nicht. Dann kommt der Typ der sich eben noch einem Stapel unerwünschter Akten widmete, auf mich zu. Das Erste was mir auffällt ist seine makellos reine Haut. Sie wirkt wie absolut faltenfrei gespannte Seide und die Augenbrauen sind eindeutig gezupft. Ich gehe jede Wette ein, dass der Kerl sich auch schminkt, aber er beherrscht das so gut, dass man es nicht erkennt. Das ganze Gesicht ist absolut glatt rasiert. Ich muss unweigerlich an einen Aal denken.

„Da schau her, Sebastian Vogel. Na wenn das nicht ein glücklicher Zufall ist."

Ich versuche wieder auf meine Beine zu kommen, doch einer der beiden Killer tritt mir gegen die Brust. Dann redet der Aal wieder.

„Machen sie sich keine Mühe. Ich kann ihnen gar nicht sagen wie sehr ich mich freue sie zu sehen."

„Sagen sie es mir ruhig, ich kann's vertragen."

„Schön, dass sie ihren Humor behalten haben. Ihr neuer Look scheint ihnen gut zu bekommen. Fast schon schade, dass sie sich nicht allzu lange daran werden erfreuen können."

„Also ich hatte nicht vor meinen Typ in der nächsten Zeit ein zweites Mal zu wechseln." Natürlich weiß ich wie er das meint, aber aus irgendeinem Grund scheint mir das Egal. Wenn ich schon abtrete, dann zumindest cool!

„Sie ahnen ja gar nicht, wie viel Kopfzerbrechen sie mir heute schon gemacht haben." Er dreht sich um und begibt sich wieder zu seinen ungeliebten Akten. „Schön, dass dies nun ein Ende hat. Meine Herren, sie wissen was sie zu tun haben."

Die Waffen sind auf mich gerichtet und die beiden Kerle stellen sich gerade hin um einen sicheren Stand zu haben. Ich könnte versuchen nach der Waffe in meinem Hosenbund zu greifen, doch ich habe nicht den Hauch einer Chance, sie schnell genug in Position zu bringen und abzufeuern. Ich würde nicht mal einen von ihnen erwischen. Mit erstaunlich leerem Kopf schließe ich die Augen und erwarte meine Hinrichtung.

Plötzlich ein Knall mit einem darauf folgenden Klirren.

Ich öffne die Augen und sehe wie sich die beiden Männer hinter der Tür in Sicherheit bringen. Es kreischt ein lautes Rattern los und überall platzt Putz von den Wänden. Durch den Staub der Luft sehe ich wie auch der Aal sich in Sicherheit bringt und hinter einen Mauervorsprung hechtet. Das Vorderfenster ist zerborsten.

Was ich jetzt tue geschieht so automatisch, dass ich mir fast von außen dabei zusehe. Ich springe hoch und über den Tisch, während ich diesen dabei auf die Seite reiße – um mich dahinter zu verstecken. Das laute Rattern verstummt für einen Moment und ich höre mehrmalig das Fluppen von Schüssen, die mit Schalldämpfern abgegeben werden, sowie das Brechen von Holz und weiß instinktiv, dass sie versuchen mich durch die Tischplatte hindurch zu erschießen. Plötzlich springt jemand durch das Fenster und landet neben mir im sicheren Stand auf den Füßen. Zunächst sehe ich nur wallendes schwarzes Haar und ein sehr kurzes Maschinengewehr, das ich aus diversen Filmen als Uzi erkenne. Dann wird mir klar wer dort im beigefarbenen Sommerkleid neben mir steht.

Tabea!

Sie feuert weiter in die Richtung der beiden Killer, als ich sehe, wie von der Seite der Aal um die Ecke blickt und eine Kanone auf uns richtet.

„Pass auf!"

Sie dreht sich zu ihm und dann ist es still – für den Bruchteil einer Sekunde scheint die Welt still zu stehen, bis ich ihn flüstern höre.

„Du..."

Es klingt so viel Hass aus diesen zwei Buchstaben. Tabea drückt ab und wieder spuckt die Uzi Blei und Feuer, doch der Aal kann schnell genug in Deckung gehen. Sie richtet das Maschinengewehr wieder auf die beiden Anderen, doch als sie abdrückt macht es nur ‚Klick'. Keine Munition mehr. Sie geht neben mir in die Hocke und reißt das Magazin aus dem Ding. Aus einem Gefühl heraus, dass ich irgendetwas tun müsse, greife ich nach meiner Waffe und strecke sie ohne nachzusehen über den Rand der Tischplatte hinweg, vage in Richtung Killer, doch als ich schießen will lässt sich dieser verdammte Hahn nicht durchdrücken. Das Mistding scheint zu klemmen. Ich ziehe meine Hand zurück und einige Male ertönt wieder das Fluppen und das Holzsplittern. Zweimal fliegen sogar Holzbröckchen aus meiner Seite der Platte heraus. Ich schau verzweifelt auf meine Waffe, dann sehe ich wie Tabea ein weiteres Magazin in die Uzi steckt. An ihr vorbei glaube ich zu erkennen, wie der Aal irgendetwas am Tisch macht. Wahrscheinlich sichert er sich einige Akten. Dann legt Tabea einen Hebel an der Seite meiner Kanone um und mir fällt es wie Schuppen von den Augen. Der Ballermann war ja noch gesichert! Vielleicht hätte ich doch zum Bund gehen sollen.

Sie steht wieder auf, richtet ihre Waffe wieder auf den Türrahmen hinter dem die Killer stehen und wartet. Auch ich schau nun um den Tisch herum was geschieht. Eine Sekunde lang passiert nichts, dann springt einer heraus und zielt auf sie, doch sie ist schneller. Die Uzi brüllt los und fünf bis zehn

90

Kugeln durchsieben das Sakko, das Hemd und alles was sich an lebendigem Fleisch noch darunter befindet. Zitternd taumelt der Körper bis an die Wand hinter ihm und sackt dann leblos in sich zusammen.

Unvermittelt erscheint der Kopf des zweiten Kerls um sich ein Bild von der Lage zu verschaffen, doch sie reagiert so schnell am Abzug, dass der Schädel zerplatzt bevor er ihn zurückziehen kann. Dann kippt auch dieser Mann leblos in den Raum.

Sie ruckt sofort in Richtung Aal, doch da ist niemand.

„Ich glaube…", will ich einen Satz beginnen, dessen Ende mir noch unbekannt ist, doch ihre Hand macht eine abwimmelnde Bewegung zu mir, ohne dass sie den Mauervorsprung aus dem Visier lässt. Dann geht sie vorsichtig mit leisen Schritten darauf zu. Die Sekunden scheinen sich wie Stunden dahin zu ziehen, bis sie endlich hinter die Ecke sehen kann, doch in dem Moment in dem mir klar wird, dass er sich bestimmt schon durch die dort verborgene Tür nach hinten aus dem Staub gemacht hat, ertönt wie zur Bestätigung der Start eines Sportwagens ganz in der Nähe. Ich schau aus dem Fenster und auch Tabea sieht wie der Porsche sich rasant entfernt.

Mit aller Kraft schleudert sie die Uzi auf den Boden und kreischt ein lautes „Mist!" in den Raum hinein. Ich bin mir nicht sicher, ob ich es ihr gleich tun sollte, entscheide mich aber dann doch lieber dafür meine Kanone wieder zu sichern und ein weiteres Mal hinter meinem Rücken zu verstauen. Als ich Tabea wieder ansehe funkelt sie mich wütend an und das Einzige was ich zu denken in der Lage bin, ist, dass ihr dieses unendlich lange schwarze Haar bis zu den Hüften viel besser steht, als die Perücke, die sie offensichtlich im Auto trug.

„Bist du eigentlich vollkommen bescheuert oder was?"

Sie ist richtig hübsch.

„Ich meine, was denkst du dir eigentlich dabei?"

Fast schon niedlich, wenn sie sich so aufregt.

„Mein Gott, du hast doch wirklich gar keine Ahnung um was es hier geht!"

Schade, dass ich ein bisschen unter dem Einfluss von Erinnerungen stehe, wie sie gerade zwei Menschen zu Klump geschossen hat!

„Habe ich dir nicht gesagt, du sollst die verstecken?"

„Jetzt hab ich aber die Schnauze voll!", brülle ich sie an und es vergeht eine merkwürdige Sekunde der Stille in der ich mich erst einmal sammeln muss, um mich mit dem plötzlichen Verlust meiner guten Kinderstube anzufreunden. Aber nun habe ich schon mal angefangen, also werde ich nicht wieder verstummen! „Du hast mir vielleicht gesagt, was ich machen soll, doch ob ich mich danach richte oder auch nicht, das steht auf einem ganz anderen Blatt! Ob es dir besser gefallen hätte, wenn ich mich den Rest des Tages in der Hütte verkrieche, geht mir am Arsch vorbei! Ich habe es so satt, verstehst du?" Ich gehe um den Tisch herum in Richtung der Akten, die immer noch auf dem anderen Tisch liegen. Sie hingegen umkreist mich und sieht mich weiterhin mit unverhohlenem Zorn an. „Ich habe ein Recht darauf etwas zu tun! Ich habe ein Recht darauf die Wahrheit zu erfahren und ich habe ein Gottverdammtes Recht auf Selbstbestimmung!"

91

„Ich glaube ich hör' nicht richtig!" Sie beginnt wieder zu zetern, während ich mir ansehe was auf dem Tisch zu finden ist. Es dauert keine drei Sekunden und mir ist klar, dass mir all diese Unterlagen nichts sagen werden. Ich sehe nur unzusammenhängende Zahlenreihen, Codes und einige Zeilen, die ich aus meiner Erinnerung an einige äußerst fruchtlose Informatikvorlesungen als irgendeine Programmiersprache erkenne. Neben diesem Haufen Blätter liegt ein kaputtes Gerät. Ich nehme es in die Hand und schau es mir ausführlich an, dann erkenne ich es. Es ist das Handy des Aals. Es scheint einer dieser Minicomputer zu sein, ein PDA mit dem man auch telefonieren kann. Ein Smartphone. Zumindest konnte man das, bevor dieses Gerät offensichtlich von einem Querschläger der Schießerei getroffen wurde. Es sieht fast so aus, als hätte man einfach eine Ecke herausgebissen. Konsequent gehen die Brüche durch Kunststoff, Metall und diversen Schichten elektronischer Bauteile.

„Hörst du mir überhaupt zu!", kreischt sie mich an, dass ich zusammenzucke und in ihr mittlerweile rot angelaufenes Gesicht schaue. Ich könnte zurückbrüllen, aber ich hasse das. Ich habe alles gesagt, was ich zu sagen habe – jedes weitere Wort wäre vergebens, also stecke ich aus einem Gefühl heraus das defekte Handy ein und widme mich wortlos wieder dem Tisch. Tabea legt nun noch ein gehöriges Maß an Lautstärke zu, womit ich fast schon gerechnet habe. Meine Art auf solchen Diskussionen mit Schweigen zu reagieren, hat schon so manche Frau aus meiner Vergangenheit zur Weißglut getrieben. Aber so bin ich halt.

Ich wende mich dem Papierkorb zu und gehe in die Hocke um zu schauen ob sich vielleicht aus den Schnipseln irgendetwas zusammenreimen lässt, doch das ist zwecklos. Der Vernichter hat ganze Arbeit geleistet.

„Du redest von Selbstbestimmung?", schreit sie weiter, „du hast nicht den Hauch einer Ahnung womit wir es hier zu tun haben!" Ich möchte mich gerade wieder erheben, als mein Blick unter der Tischplatte haften bleibt. Irgendetwas klebt dort. Ich gehe etwas näher ran. „...Wenn ich dich aus allem heraushalten möchte, dann kannst du mir glauben, dass ich einen verflucht guten Grund dazu habe..." Ich erkenne eine graue Masse, die mich an Knete erinnert – etwa so viel wie drei Packungen Butter. Dort heraus ragen mehrere Drähte, die in einen kleinen schwarzen Kasten von Zigarettenschachtelgröße führen. „...Ich tue hier mein Bestes, aber wie soll ich..." auf dem Kästchen befinden sich ein Taster und ein kleines Lämpchen.

„Tabea?"

„...das alles hinbiegen, wenn hier niemand auf mich..."

Das Lämpchen blinkt und treibt mir den Schweiß auf die Stirn.

„Tabea!"

„Was ist?"

„Ich glaube das solltest du dir mal ansehen." Sie kommt zu mir, hockt sich ebenfalls hin und schaut sich meinen höchst beunruhigenden Fund an. „Das ist doch wohl keine..."

„RAUS HIER!"

92

Wir hasten in Sekundenbruchteilen zum zerborstenen Fenster und springen hindurch. Auf der Wiese geraten wir ins Straucheln, rennen weiter und dann, kurz vor dem Zaun, bricht die Hölle hinter uns los.

15

Zeitgleich mit dem Knall, der so laut ist, dass meine Ohren versagen, schleudert mich die Druckwelle nach vorn. Ich fühle mich, als würde mir jemand einen Vorschlaghammer ins Kreuz schlagen und sehe in meinem Flug nur noch den Zaun auf mich zukommen, als ich es gerade noch schaffe die Arme vor das Gesicht zu schlagen. Die Wucht meines Aufpralls bricht einige Latten aus der Verankerung, bevor ich wieder einen halben Meter zurückgeschleudert werde, wobei mir etliche Holz-, Glas- und Betonfragmente entgegenkommen und sich mühelos durch Stoff und Haut schneiden. Noch bevor ich endlich wieder festen Boden unter mir habe, spüre ich die Hitzewelle über mich hinwegfegen. Es ist lange nicht so heiß wie erwartet, denn Hitze steigt nun mal nach oben und ich liege mittlerweile am Boden. Alles um mich herum ist so laut, dass mein Gehör nun vollends die Flügel streckt. Ich kauere mich nur noch in die Wiese, presse meine Augen zu und lasse alles – Staub, Schutt, Dreck – über mich ergehen. Irgendwann, nach unendlich scheinenden Sekunden, öffne ich wieder die Augen und richte mich vorsichtig auf.

Ein Bild der Verwüstung. Es sieht aus wie im Krieg, doch in dieser Stadt, so mitten im friedlichen Westeuropa, irgendwie surreal – ein echter Dali auf Speed!

Die Luft ist milchig weiß von Staub. Ich erkenne einige Pkws, die immer noch ein wenig wackeln – alle ohne Scheiben. Ein Paar von ihnen schicken nervöse Huptöne in den Himmel. Alarmanlagen. Die Straße ist voll von Brettern und Dreck. Gegenüber wie auch bei allen anderen Häusern die ich auf die Schnelle ausmache sind die Fenster zerborsten. Die Reste eines Wintergartens wirken wie ein schlecht erhaltenes Sauriergerippe, eine umgestürzte Straßenlaterne hat einem Wagen das Dach zerschmettert. Hinter mir hat die Ruine nicht nur ihre Fenster eingebüßt, auch die Wände haben beunruhigende Risse bekommen. Unter einem der Fenster hat es die Wand herausgedrückt und ein Heizkörper drängt sich durch die Öffnung, wie eine auf der Flucht erschossene Raupe. Erst jetzt bemerke ich die gespenstische Stille der Szene. Ich brauche einen Moment bis ich erkenne, dass meine Ohren – hoffentlich vorübergehend – ihren Dienst nahezu völlig quittierten. Dann fällt sie mir wieder ein.

„Tabea!", rufe ich. Ich gehe eigentlich fest davon aus, dass auch sie mich nicht hören kann, doch in einem Moment wie diesem siegt die Gewohnheit über das Chaos. Wahrscheinlich ein Schutzmechanismus.

„Tabea!"

Unfähig eine Antwort zu hören, so sie denn überhaupt da ist, mache ich mich auf die Suche und werde sofort fündig. Hinter einem Wagen, bei dem

93

sich irgendwie der Kofferraum geöffnet hat, sehe ich wie sich ein liegender Körper langsam bewegt. Die schwarzen Haare erkenne ich auch in diesem total verstaubten Zustand. Es muss sie über das Auto geschleudert haben, was einen ziemlich harten Aufprall hinterher vermuten lässt. Ich steige über den Zaun und versuche ihr aufzuhelfen. Plötzlich kommt mir der Gedanke, sie könne verletzt sein, und ich möchte sie schon wieder behutsam zurücklegen, als sie selbst ausreichend Kraft findet, um sich auf den Beinen zu halten. Ohne mich anzusehen begibt sie sich zu ihrem Alfa, doch das ist nicht so leicht, wie sie sich das vorstellt. Ihr Bein scheint was abbekommen zu haben und so ist es eher ein Hinken als Gehen.

„Tabea!"

Sie nimmt mich gar nicht wahr. Das ist vielleicht auch ihrem Unvermögen zu hören zuzuschreiben, doch ich halte unter diesen Umständen auch einen Schock für möglich. Weil ich nichts Besseres zu tun weiß, folge ich ihr. Sie öffnet die Fahrertür, setzt sich hinter das Steuer und greift nach den steckenden Schlüsseln, um den Motor zu starten.

„Tabea! Du kannst so nicht losfahren!"

Ihre Hand verharrt einen Augenblick und sie starrt das Lenkrad an. Keine Ahnung was sie dort zu sehen hofft. Dann schaut sie mir ins Gesicht. Ihr Blick spricht Bände. ‚Was ist hier eigentlich los? In was für einen Film bin ich hier geraten? Ist da eben tatsächlich eine Bombe in meinem Rücken explodiert?' Ihr Blick ist kalt, glasig und verwirrt. Man muss kein Experte sein um hier einen Schock zu diagnostizieren. Da sie mich mit Sicherheit nicht hören kann, fuchtele ich übertrieben mit den Armen durch die fehlende Seitenscheibe und die halb herausgerissenen Fronscheibe um ihr zu signalisieren, dass sie sich mit diesem Fahrzeug auf gar keinen Fall auf der Straße sehen lassen kann. Wie ein Kind dem man zum ersten Mal einen laufenden Spielzeughund vorführt, betrachtet sie wie gebannt das Spiel meiner Hände und steigt langsam und apathisch aus. Dann höre ich Sirenen.

Das kann nicht sein. Bin ich nicht eigentlich taub? Natürlich bin ich das! Ich schließe meine Augen und konzentriere mich. Nein, da ist nichts, aber das was ich zu hören glaubte ist das wovor mich mein Unterbewusstsein warnen will und so versuche ich zu Tabea durchzudringen. Ich nehme sie bei den Schultern und schaue in ihr immer noch aschfahles Gesicht.

„Wir müssen weg hier! Zu Fuß!", schreie ich sie an in der Hoffnung, dass sie vielleicht von meinen Lippen liest oder zumindest den Ernst der Lage erkennt. „Hier ist es zu gefährlich! Die Polizei wird jeden Augenblick hier sein!" Ich schüttle sie etwas und ihr Kopf schleudert von rechts nach links und wieder zurück. Als sich unsere Blicke wieder treffen steht ihr zwar die Panik ins Gesicht geschrieben, doch irgendwie wirkt sie weniger abwesend, was ich mal optimistisch als Fortschritt verbuche. Dann brüllt sie mir etwas zu, das nur als entferntes Flüstern zu mir durchkommt, aber ich glaube zu erkennen, dass sie mir im Großen und Ganzen Recht gibt und so nicke ich so heftig, dass mir mein eh schon leicht angeschlagener Nacken schmerzt. Dann rennen wir los.

Nach fünfzig Metern bin ich alleine und drehe mich um weil ich mich frage wo Tabea bleibt. Sie kann nicht so schnell rennen mit ihrem Bein. Ich

94

kehre um und greife ihr unter die Arme, nehme sie an die Seite und versuche sie so gut es geht zu stützen. Auf diese Weise kommen wir erstaunlich gut voran – legen ein ganz passables Tempo vor, doch dann sehe ich am Ende der Straße einen Polizeiwagen einbiegen. Mit aller Kraft stoße ich uns beide in eine Seitengasse und manövriere uns zwischen zwei parkende Autos. Die Bullen rasen ungebremst an uns vorbei und ich atme auf. Anscheinend beschränken sie sich zunächst auf die Explosion – soll uns nur recht sein. Wir gehen weiter. Das Rennen haben wir ziemlich schnell aufgegeben und uns für ein langsameres aber viel sturzunempfindlicheres zügiges Gehen entschieden. Wohin wir gehen weiß ich nicht und um ehrlich zu sein interessiert es mich auch nicht. Ich will nur weg von dort. Mein innerer Kompass, auf den ich als Herr der Schöpfung so stolz bin (ich hab mal gelesen wir Männer hätten so was), murmelt etwas Unverständliches vor sich hin was ein klein wenig wie ‚Westen' klingt, aber ich bin mir da nicht so richtig sicher.

Minutenlang humpeln wir durch Straßen und Gassen, die mir bestenfalls schemenhaft bekannt vorkommen. Wir reden nicht viel, was zum einen daran liegt, dass wir zu sehr damit beschäftigt sind uns gegenseitig zu stützen, zum anderen daran, dass wir taub sind. Irgendwann kann ich wie aus weiter Ferne – wie vom anderen Ende einer Werfthalle – den Verkehr um mich herum hören, was mich schon sehr beruhigt. Mein Gehör muss einfach wiederkommen. Wenn man mal davon ausgeht, dass der heutige Tag so weitergeht wie bisher ist es mit Sicherheit nicht dienlich taub zu sein.

Einige Passante sehen uns merkwürdig an, was ich ihnen nicht verübeln kann, immerhin ist unser beider Kleidung dreckig und voller Risse. Die Frisuren haben ebenfalls gelitten – von den Kratzern und Blutergüssen will ich gar nicht erst reden. Man kann sich halt Schöneres vorstellen als von einer Schuttdusche durch die Gegend gepustet zu werden. Vor der Polizei habe ich im Moment gar nicht mal so viel Schiss, denn die wird sich wohl um den Trümmerhaufen kümmern müssen. Die sind beschäftigt.

Nach etwas mehr als einer halben Stunde entdecke ich eine blickdichte Betonbushaltestelle. Da ich mir nicht sicher bin, wie lange wir noch so weitergehen können, ziehe ich Tabea hinter diesen Unterstand, damit wir von der Straße aus nicht mehr gesehen werden können. Kaum aus dem Blickfeld der Öffentlichkeit heraus, bricht sie mir auch schon aus den Armen heraus zusammen und ich bekomme einen Schock, der aber nur für eine Sekunde anhält. Sie lehnt sich gegen die Rückwand und verschnauft. Ich tue es ihr nach. Kaum einen halben Meter von Tabea entfernt kann ich sie atmen hören, was eindeutig ein akustischer Erfolg ist. Ich kann nur hoffen, dass es ihr ähnlich ergeht und so halte ich dies für den geeigneten Zeitpunkt ein längst überfälliges Gespräch zu führen.

„Ich glaube du bist mir die ein oder andere Erklärung schuldig."

„Hä?" Vielleicht war ich doch noch zu leise. Ich rede lauter, doch es gibt Grenzen die man nicht überschreiten sollte, wenn man sich hinter einem öffentlichen Unterstand befindet.

„Ich sagte, du musst mir ein paar Dinge erklären."

Sie schaut nur weg, als wollte sie sagen, das wüsste sie selber, aber wie solle sie mir dieses Chaos zu etwas Sinnvollem zusammenbasteln?

95

„Wer war das da eben in dem Haus?"

Ich merke wie der Widerstand mir nichts zu sagen langsam bröckelt und dann – eher als ich erwartet hätte – bricht er vollkommen.

„Er heißt Felix."

„Felix? Wie weiter?"

„Das weiß ich nicht. Einfach nur Felix. Er ist der Boss."

„Der Boss? Wovon, von Schockland?"

„Ja. Er zieht die Fäden."

Nun wird es interessant.

„Was für Fäden?"

„Er plant die Anschläge."

„Das habe ich mir fast gedacht. Verkauf mich bitte nicht für blöd. Was sind das für Anschläge? Ich habe ihn sagen hören, dass es diese Städte morgen nicht mehr geben wird. Wie hat er das gemeint? Tabea, ich bitte dich, was weißt du?" Sie sinkt total in sich zusammen, aber ich bin plötzlich viel zu aufgekratzt um darauf Rücksicht zu nehmen. „Sprich mit mir verdammt noch mal! Ich habe Fotos von irgendwelchen merkwürdigen alten Apparaten gesehen. Was sind das für Dinger? Was geschieht hier?"

„Es ist ne lange Geschichte."

„Ich weiß nicht wie viel Zeit wir haben, aber ich werde hier nicht eher weitergehen, bevor ich weiß was du weißt. Was hast du herausgefunden?"

Sie setzt sich gerade hin und atmet tief durch, sodass ich sofort merke, dass mich ein längerer Vortrag erwartet. Nun denn, ich bin bereit.

„Wie gut bist du in Geschichte?"

„Nicht so dolle, warum?"

„Also dann mal ganz von vorne. Alles beginnt Ende des zweiten Weltkrieges. Hitler ist am Ende und von allen Seiten fallen die Alliierten ein. Sie kommen aus allen Himmelsrichtungen und decken deutsche Großstädte mit Bombenteppichen zu. Dresden wird fast dem Erdboden gleich gemacht und viel besser ergeht es auch Berlin nicht. Mit unglaublichen Massen an militärischem und menschlichem Material zwang man Nazideutschland in die Knie und Hitler in den Selbstmord. Eine Kapitulation hätte vielleicht auch funktioniert, aber wie wir alle wissen war Adolf kein Freund des Aufgebens. Lieber jagte er sich am 30. April 1945 eine Kugel durch seinen ohnehin schon vergifteten Schädel. Ein paar Tage später war es dann so weit. Deutschland war besiegt, sein Volk war am Boden. Kaum einer wusste wie viel Glück sie dabei hatten. Weißt du was etwa drei Monate später, am 16. Juli, geschah?"

„Keine Ahnung."

„Die Amerikaner zündeten die erste Atombombe. Nicht einmal einen Monat danach warfen sie jeweils eine über Hiroshima und Nagasaki ab und erreichten eine sofortige bedingungslose Kapitulation. Diese Vorgehensweise war wesentlich eleganter und effektiver als Dresden. Es gab in den Reihen der Siegermächte einige Stimmen die es bedauerten, dass die Bombe nicht eher fertig war. Es gibt Gerüchte, dass man niemals eine Atombombe auf Deutschland geworfen hätte aus Angst einen Blindgänger fabriziert zu haben der den Nazis nur die Forschung an der eigenen Kernwaffe vereinfacht hätte, aber das ist Quatsch. Wenn man einen derartigen Feind und eine solche

Waffe hat, dann macht man davon auch Gebrauch. Das meinte ich mit ‚Glück'. Wir müssten uns heute mit weiträumig verstrahlten Gebieten rumschlagen. Missgeburten und so Sachen. Das wäre wirklich nicht schön. Dann doch lieber eine Vollzeitbeschäftigung für die Trümmerfrauen."

Ihr Blick senkt sich. Ehrlich gesagt hätte ich ihr so viel Sarkasmus gar nicht zugetraut.

„Der Krieg war auf jeden Fall zu Ende und man musste sich überlegen wie es weitergehen sollte. Der Kuchen wurde unter den Siegermächten aufgeteilt und die Russen entschieden sich ihren Teil der Sache sozialistisch zu handhaben. Der Kalte Krieg kündigte sich langsam an und so kam man im Westen auf die Idee das gebeutelte Europa – allen voran Deutschland – aufzubauen und zu unterstützen. Es ging dabei zum Einen darum, der boomenden amerikanischen Wirtschaft einen Absatzmarkt zu schaffen, zum Anderen, den Russen einen grandios funktionierenden Kapitalismus direkt vor die Tür zu setzen. Sozusagen als Prestige."

„Darf ich dich mal unterbrechen?"

„Ja?"

„Kommen wir noch zu dem Teil der wichtig ist oder habe ich den schon verpasst?"

„Willst du es nun wissen oder nicht?"

„Ja ja, mach weiter."

„Also ich kürze das hier mal ein Wenig ab. Amerika hat uns entscheidend unter die Arme gegriffen."

„Ich erinnere mich, das mal gelernt zu haben. Der Marshallplan."

„Was du wahrscheinlich nicht gelernt hast – obwohl das fast schon selbstredend ist – ist die Tatsache, dass nicht alle Führungskräfte in Amerika von dieser Entwicklung begeistert waren. Ich meine, stell dir das mal vor: Ein Staat greift nach der Weltherrschaft, benimmt sich wie die Axt im Wald, schlachtet Unmengen von Menschen ab und kaum ein Jahrzehnt später pumpt man nur so das Geld dort hinein. Dass man so was nicht gerne sieht ist nicht nur eine Frage der Missgunst – es hat auch ganz logische Beweggründe. Immerhin sind innerhalb von nicht einmal drei Jahrzehnten zwei Weltkriege von diesem Land ausgegangen. Wer wollte seine Hand dafür ins Feuer legen, dass sich dies nicht wiederholen würde? Und das alles mit dem eigenen Geld?"

„Glücklicherweise hat man diese Bedenken ignoriert."

„Und genau das ist es was alle denken sollten."

„Bitte? Wie meinst du das?"

„Diese Bedenken wurden keinesfalls ignoriert. Man hat sie sogar sehr ernst genommen. Hinter verschlossenen Türen wurde zeitgleich zum Marshallplan ein paralleler Plan entworfen und abgesegnet. Kaum jemand wusste davon. Er nannte sich M2."

„M2?"

„So wie ‚Marshall 2' was ziemlich dreist ist, wenn man bedenkt, dass George Marshall ebenfalls nichts darüber wusste und auch sicher nicht sein Okay gegeben hätte, doch das war egal. Das Kind musste einen Namen haben."

97

„Und was beinhaltete dieser M2?"

„Er war so etwas wie eine Notbremse. Etwas, das man aktivieren konnte, sollte sich Deutschland wider allen Erwartungen ein drittes Mal dazu entscheiden einen Weltkrieg zu starten. Eine allerletzte – dafür allerdings absolut sichere Option. Eine Möglichkeit Deutschland im Notfall sofort in die Knie zu zwingen. Und welche Taktik böte sich da mehr an, als etwas das bereits bewiesen hat, wie effektiv es arbeitet."

„Und das wäre?"

„Hast du es noch nicht begriffen?" Sie sieht mir direkt in die Augen. „Berlin, Hamburg und München stehen jeweils auf einer Atombombe."

16

Was dieser letzte Satz tatsächlich beinhaltet, was er bedeutet, kriecht nur langsam in mein Bewusstsein, so wie ein Telefonat in dem man erfährt, das soeben ein Panzer über das erste eigene Auto gerollt ist. Zunächst erscheint einem das Gehörte nicht weiter spektakulär – es sind ja nur Worte, aber dann rieselt unaufhaltsam, wie der Sand einer Eieruhr, die Tragweite nach und überdeckt die Leichtigkeit des Tages. Als meine persönliche Sanduhr in dieser Sache etwa zur Hälfte durchgelaufen ist, kriecht mir ein „du verarschst mich" über die Lippen.

„Ich wünschte es wäre so, aber es ist wahr."

„Und wo sollen die dort sein?"

„Sie befinden sich zwischen zwanzig und vierzig Metern unter der Erde, im jeweiligen Zentrum der Stadt. Sie sollten im Optimalfall niemals gezündet werden und so ist es dann ja auch gekommen, allerdings gab es noch eine kritische Phase im Kalten Krieg. Wäre es jemals zu einem dritten Weltkrieg zwischen Amis und Russen gekommen, so hätte dieser vorrangig auf europäischem Boden stattgefunden. Da wäre es im Falle einer Besetzung Westdeutschlands durch die Sowjets eine willkommene Option gewesen."

„Gib zu, du ziehst mich durch den Kakao."

„Was würde mir das bringen?"

„Was ist denn jetzt mit den Bomben?", frage ich.

„Mit dem Zerfall des Ostblocks schwand auch das Interesse an M2. Als sich der Amerikaner dann aus Deutschland Stück für Stück zurückzog und andere Feindbilder sich in seinen Focus schoben, erlosch es ganz. Das war der Moment in dem Schockland auftrat."

„Schockland ist ein Amerikanisches Unternehmen?"

„Nein, Schockland gehört keiner Regierung an. Wenn man so will ist es eine deutsche Firma, was aber nur bedeutet, dass ihr Boss deutscher Bürger ist."

„Felix."

„Genau. Er tat alles was nötig war, um M2 aus dem Blickfeld der Amerikanischen Behörden zu rücken. Dabei griffen ihm die Ereignisse des 11. Septembers sehr unter die Arme. Er brauchte nur hier und dort ein paar

98

Unterlagen verschwinden lassen und den richtigen Leuten bei ihrem Ableben behilflich zu sein. Spätestens mit dem Beginn des Krieges gegen den Terror – wie Bush es nannte – vergaßen sie die Existenz der Bomben völlig. Danach war es für Felix nur noch eine technisch-logistische Herausforderung, diese Bomben aus der Ferne unter seine Kontrolle zu bekommen."

Ich erinnere mich an die Fotos, die ich im Grand Cafe bekommen hatte. Plötzlich ergeben sie einen Sinn. Diese Symbiose aus uralter Technik und nagelneuen Kabeln. Was die Bilder zeigten waren modifizierte Atombomben. Felix hatte es irgendwie geschafft, eine Verbindung zu ihnen aufzubauen und hatte nun die Macht, die drei größten deutschen Städte dem Erdboden gleichzumachen. Allein bei dem Gedanken daran fangen meine Hände zu zittern an.

„Aber warum? Was hat er davon?"

„Was weiß ich? Vielleicht wird er dafür bezahlt, vielleicht will er sich profilieren oder er ist einfach nur eine Art religiöser Fanatiker. Was tun Männer nicht alles, wenn sie nicht genug Schwanz haben!"

Oha, diese Ausdrucksweise... Doch in Anbetracht der Umstände will ich mal darüber hinwegsehen.

„Und diese Leute auf der Liste", beginne ich.

„Haben alle in irgendeiner Weise an dem Projekt mitgewirkt", beendet Tabea meinen Satz. „Sie haben Kabel verlegt, Rechner aufgebaut, Programme geschrieben, Geheimgänge zu den Bomben zubetoniert, und und und. Jetzt, kurz vor dem Zünden der M2-Sprengzätze, muss Felix sie alle beseitigen, damit man ihm hinterher nicht auf die Schliche kommt. Natürlich kann er nicht alle umbringen lassen, die jemals an der Datenwäscheaktion beteiligt waren, doch das muss er ja auch nicht. Es reicht wenn es alle die trifft, die Voll- oder Teilzugriff hatten. Alle Anderen wissen eh von nichts."

„So wie wir eigentlich auch." Ich will schon sagen, dass ich von den Servern weiß, die ans Internet angeschlossen sind, doch dann wird mir bewusst, dass sie wahrscheinlich fragen würde wohe. Ich will Maik ihr gegenüber nicht erwähnen. Es ist ja nicht so, dass ich ihr nicht trauen würde – immerhin hat sie mir heute schon zweimal den Arsch gerettet – aber was wenn man sie finden und – was weiß ich – wären diese Typen in der Lage sie zu foltern? Wahrscheinlich würden sie sie schlichtweg töten, aber man weiß ja nie. Es war ein Fehler, Maik in diese Sache mit hineinzuziehen. Es war im Grunde sogar ein Fehler, selber jemals in diese Geschichte hineingeraten zu sein, aber so hatte ich mir meinen kleinen Nebenjob ja auch nicht vorgestellt. Als ich mich entschied meinen Computer Daten für ein paar Kröten durchrasseln zu lassen, hatte ich mit Sicherheit nicht geplant an einem wahnwitzigen Terroranschlag mit Millionen von Opfern beteiligt zu werden. Aber so sehr ich mir auch wünschte Maik niemals heute besucht zu haben, muss ich doch eingestehen, dass ich mich mit seinem Knowhow in der Hinterhand auf eine unerklärliche Weise sicherer fühle. Was genau das bedeutet kann ich nicht sagen, es ist nur so, dass ich diesen Weg nicht ganz alleine gehe, solange es einen Mitwisser gibt, dem ich voll und ganz vertraue. Er ist mein Trumpf – mein Ass im Ärmel, über dessen Potential und Wichtigkeit ich mir im Moment nur noch nicht voll und ganz im Klaren bin. Und so eine Sicherheit setzt man nicht leichtfertig aufs Spiel. Tut mir Leid Tabea, aber in diesem Punkt werde ich dich nicht ins Vertrauen ziehen – noch nicht.

„Fakt ist, dass er M2 nicht aktivieren wird, solange wir beide noch am Leben sind. Wir sind potentielle Sicherheitslücken", sagt sie.

„Und was werden wir nun tun?"

„Kann ich dich immer noch nicht dazu überreden dich zu verstecken?"

„Wirst du dich verstecken?" Was für eine Frage. Ich habe die Frau in Aktion gesehen. Ich brauche sie gar nicht näher zu kennen um zu wissen, dass sie sich niemals für den passiven Weg entscheiden würde.

„Ich glaube kaum. Es kann nicht sein, dass die Menschen in den Städten nur überleben, wenn wir uns bedeckt halten. Ich meine wie lange soll das denn so gehen? Ich habe mich entschieden etwas zu tun."

„Und das wäre?"

Fast schon resignierend lässt sie ihr Gesicht in ihre Handflächen sinken.

„Ich weiß es nicht. Ich muss irgendetwas tun, aber was genau weiß ich nicht. Ich habe mit dem Gedanken gespielt Felix einfach zu erschießen, aber weiß ich denn ob er die Zündung selber initiieren wird? Was wenn dann jemand anders die Zügel in die Hand nimmt? Ich weiß nicht mehr was zu tun ist. Ich weiß es einfach nicht. Aber aufgeben? Bei dem was auf dem Spiel steht?"

Das kann sie nicht. Und ich? Bin ich dem Gewachsen? Einer solchen Aufgabe? Ich habe keine Ahnung, aber eines weiß ich: Ich kann mich dem nicht entziehen. Es geht nicht mehr nur um mich. Es geht um... mein Gott. Die Dimensionen dieser Sache steigen mir dermaßen über den Kopf, dass ich schreien könnte.

„Auf jeden Fall sollten wir uns trennen", sage ich.

„Stimmt. Wir müssen uns den Söldnern nicht gerade im Doppelpack auf dem Präsentierteller anbieten."

„Söldner?"

„Die Killer die hinter uns her sind, sind bezahlte Menschenjäger. Sie haben eigentlich keinen Kontakt zu Schockland. So hält Felix die Anzahl der Mitwisser so gering wie möglich. Es ist durchaus denkbar, dass einige von ihnen Verwandte und Freunde in den Städten haben zu deren Zerstörung sie beitragen würden, aber das wissen sie nicht."

„Denkst du man könnte mit ihnen darüber reden?"

„Du bist ihnen doch schon begegnet. Du würdest nicht einmal ein Wort an sie richten können, bevor sie dir ganz professionell eine Kugel in den Kopf und zwei in den Bauch verpassen würden. Sie tun wofür man sie bezahlt – verhandeln ist da nicht drin."

„Du hast recht."

„Leider."

„Also trennen sich unsere Wege hier wieder."

„Danach sieht es aus. Weißt du schon wo es jetzt für dich hingeht?"

„Keine Ahnung."

Was für eine Lüge. Ich muss dringend mit meinem Ass reden!

100

17

Ich war gar nicht so weit vom Carls entfernt. Nachdem ich Maik angerufen und mit ihm ein spontanes Treffen ausgemacht hatte, stellte ich schnell fest, dass ich die Gegend in der ich mich befand doch wieder erkannte, wenn auch eigentlich nur aus dem Busfenster. Erstaunlich, dass alles etwas anders aussieht, wenn man nur eine andere Perspektive hat. Oder auch nur, wenn einem eben ein leeres Wohnzimmer um die Ohren geflogen ist. Ich hatte ihm in etwa erklärt wo wir nach der Explosion langgingen und er gab einen Tipp ab wo er vermutete, dass ich mich im Moment aufhalten würde. Er lag ziemlich gut, wenn auch eine Straße daneben. Aber in Anbetracht der Tatsache, dass ich nicht einmal den blassesten Schimmer hatte, keine schlechte Leistung. Von der Explosion und dem ganzen Rest habe ich zunächst noch nichts erwähnt – ich wollte ihn am Telefon nicht überfordern. Er schlug dann das Carls als Treffpunkt vor, da er sowieso eine Kleinigkeit essen wollte und es ungefähr von uns Beiden in der gleichen Zeit zu erreichen sein musste. Zur Hälfte aus seiner Wegbeschreibung, zur Hälfte aus meinem geschundenen Gedächtnis, fand ich den Weg. Als ich durch die Eingangstür trat, saß er schon am Tisch. Seine ersten Worte waren „Wie siehst du denn aus?" Ich fasste mir sofort kontrollierend ins Gesicht und stellte Schmerzen beim Druck auf das Jochbein fest. Allerdings meinte er weniger mein blaues Auge als vielmehr meinen neuen Look: Kurz geschorene Haare und ein grauer Anzug welcher über und über mit Schutz, Löchern und Rissen überdeckt war. Eigenartiger Weise hat mich mein auffälliges Äußeres meinen gesamten Weg hierher nicht gekümmert.

Er bestellte sich etwas zu Essen und obwohl ich keinen wirklichen Appetit hatte, spürte ich wie mein Magen nach etwas Festem verlangte, also tat ich es ihm gleich. Die Zeit die das Essen brauchte nutzte ich um eine Kurzfassung dessen zu liefern, was mir in den vergangenen Stunden passiert war. Ich wusste zunächst nicht womit ich anfangen sollte, wollte eigentlich alles auf einmal erzählen und doch im Grunde nichts, denn ich war mir nicht sicher wie weit ich meinen besten Freund noch in diese Sache hineinziehen wollte. Dann begann ich mit dem Kampf in der Toilette von dem ich mich erinnern konnte, dass er direkt nach unserem letzten wirklich ausgiebigen Telefonat stattfand. Maik staunte nicht schlecht, als ich ihm vorsichtig die Kanone zeigte, die ich immer noch bei mir trug. Ich achtete peinlich genau darauf, dass niemand sonst sie sehen konnte. Danach erzählte ich von meiner Verfolgungsjagd durch die Fußgängerzone und dem Moment in dem ich dachte, alles sei vorbei, als mich der Kerl in der Seitengasse fand. Ich sprach über seinen Tod (auf die Details mit der Hirnmasse und den Knochensplittern ging ich im Hinblick auf die bevorstehende Malzeit nicht weiter ein), meiner Verwandlung im Kaufhaus, über Tabea, die Hütte in der Einöde, das Carjacking, die Ruine, die Schießerei und die Explosion. Dann kam unser Essen. Maik fing sofort damit an, seine Spagetti zu vertilgen, während ich nichts anrührte und die Ausführungen Tabeas über M2 zu Besten gab. Es ist mir ein Rätsel, wie Maik nun hier vor mir sitzen und seine Pasta in sich reinschlingen kann, während ich ihm von dem bevorstehenden Untergang dreier Millionenstädte berichte. Allerdings wirkt er auf mich im Moment auch wie jemand, der sich gedankenlos eine Tüte Popkorn reinzieht, während auf der Kinoleinwand Leatherface jemandem ein Bein mittels Kettensäge abtrennt. So geht er nun mal mit den Grausamkeiten der Welt um.

„Und, ist sie scharf?"

„Bitte? Wer?"

„Diese Tabea."

„Hast du mir überhaupt zugehört?"

„Warum?"

„Ich habe dir eben erklärt, dass das Leben von Millionen von Menschen am seidenen Faden hängt und das Einzige was dir dazu einfällt ist nach der Schnitte zu fragen?"

„Ha! Du nennst sie ‚Schnitte'! Also ist sie scharf!"

„Entschuldige bitte mal, aber die Dame hat vor meinen Augen zwei Männer mit einer Maschinenpistole dahingemetzelt. Was wäre das denn für ein merkwürdiger Fetisch wenn ich darauf abfahren würde?"

„Na ja, immerhin war es mal deine Vorstellung von Romantik mit der Frau deiner Träume ein paar Banken auszurauben, und im finalen Gefecht im Kugelhagel der Polizei draufzugehen."

„Mag sein, dass ich so was mal gesagt habe, aber erstens hatte ich da den einen oder anderen Liter Alkohol intus, zweitens hatte ich zu dem Zeitpunkt auch noch keine durchsiebte Leiche gesehen und drittens: Wie kommt es, dass du dir solche Sachen merken kannst, aber wenn ich dir Kohle leihe, fehlt dir am nächsten Tag jegliche Erinnerung?"

„Hey, mach mal halblang. Vergiss nicht, dass ich dir heute Morgen fünfzig Kröten gegeben habe. Da fällt mir ein – brauchst du noch was?"

Verdammt! Plötzlich erinnere ich mich, dass ich mein ganzes Geld in der anderen Hose gelassen habe. Da wird sich im Kaufhaus aber jemand freuen, wenn er den Müll trennt.

„Ich weiß nicht. Vielleicht. Gib mir einfach nachher das Wechselgeld", sage ich und lasse meinen Kopf in meine stützenden Hände fallen. „Weißt du was das Schlimmste an der ganzen Sache ist?"

„Keine Ahnung, aber ich würde mal sagen, die Bomben."

„Das Schlimmste ist, dass ich beim besten Willen nicht weiß, was ich nun machen soll."

„Auf jeden Fall dürfen die dich nicht bekommen – egal was kommt – denn dann sind die Städte dran." Er hat die unglaubliche Gabe, Offensichtliches auf den Punkt zu bringen, wenn man es am wenigsten hören möchte.

„Das ist mir durchaus bewusst, aber soll ich mich für den Rest meines Lebens verstecken? Das kommt nicht in Frage. Eine andere Lösung fällt mir im Moment allerdings nicht ein. Gibt es denn was Neues von deiner Seite?"

„Also ich habe diese Server mit einer ganzen Reihe von Hackerprogrammen angegriffen, doch es scheint keines der gängigen Systeme dahinter zu stehen."

„Also ist es unmöglich."

„Einen Augenblick. Unmöglich ist schon mal gar nichts auf diesem Gebiet. Ich habe nur noch nicht das richtige Werkzeug gefunden. Jeder Schutz im weltweiten Netz ist von Menschen geschaffen worden und kann auch von Menschen geknackt werden – das ist der Standpunkt auf dem ich stehe. Eine ganz andere Frage ist: Sollte man in diese Server überhaupt eindringen?"

„Wieso nicht?"

„Denk doch mal nach. Sie stehen aller Wahrscheinlichkeit nach in Berlin, Hamburg und München. Dort wo sich auch die Bomben befinden. Liegt nicht der Verdacht nahe, dass diese Rechner die Zündmechanismen überwachen? Was, wenn ich tatsächlich dort hineinkomme und dann versehentlich die falsche Prozedur initiiere? Es gehört nicht zu meinen großen Zielen aus Versehen eine Metropole von der Landkarte zu radieren."

„Zu meinen auch nicht, das kannst du mir glauben", murmele ich.

„Möchtest du deine Spagetti nicht?"

Ich sehe auf meinen Teller und bin überrascht, dass ich ihn bisher noch nicht angerührt habe. Das sieht mir nicht im Geringsten ähnlich. Auch wenn Maik einer der schnellsten Esser unter der Sonne ist – ich bin stets schneller. Und auch wenn ich spüren kann, wie sehr mein Bauch nach etwas Genießbarem verlangt, fühlt sich mein Hals doch an wie zugeschnürt. Es nutzt nichts. Niemandem ist geholfen, wenn ich hier plötzlich aus den Latschen kippe, und so nehme ich meine Gabel und versenke sie in die angenehm duftende Pasta, um lustlos darin herumzurühren.

Ich versuche weiterhin meine Gedanken zu ordnen, doch ich kann mir nicht vorstellen, dass ich irgendetwas übersehen habe, was mir in meiner Situation helfen könnte und doch – in einer Ecke meines Hirns die sich nicht genau lokalisieren lässt, schreit etwas danach bemerkt zu werden. Ein Tipp, ein Hinweis, nicht mehr als eine Nuance der Wahrheit aber dennoch etwas, dass sich zu verfolgen lohnt.

„Also ich finde du solltest was essen. Die Kinder in Amerika..."

„Afrika Maik, es sind die Kinder in Afrika. Weißt du, irgendetwas habe ich übersehen. Irgendwo gibt es einen Punkt über den ich noch nicht nachgedacht habe. Etwas Wichtiges. Das spüre ich."

„Und du glaubst nicht, dass dein Magen besser denken kann, wenn er etwas zu verdauen hat?"

„Vielleicht denke ich ja mit meinen Händen, die sich besser konzentrieren, wenn sie etwas zu rühren haben."

Das Gespräch mit Tabea... Berlin, Hamburg, München... Söldner – überall Söldner... M2... Shockland... Felix... Viel Vorbereitung... Reiner Transfer... Städte werden nicht mehr existieren... Vollzugriff... werden nicht mehr existieren... Blut und Trümmer – überall... nicht mehr existieren...

Nicht mehr existieren...

Ich bin ganz nah dran. ‚Morgen werden diese Städte nicht mehr existieren' – das waren Felix Worte am Telefon. Worum ging dieses Telefonat eigentlich? Ich versuche Worte und Sätze so gut es geht in meinem Kopf zu rekonstruieren, was nicht leicht ist, da ich sie kaum verstehen konnte und mich die Ereignisse danach doch schon ziemlich in Anspruch genommen hatten.

103

Einzelne und unzusammenhängende Sätze stolpern über meine Hirnwindungen.

‚Das ist nicht dein Ernst'... ‚Ich bin ein Freund des Risikos'... ‚Nein, jetzt wirst du mir mal zuhören'... ‚Du schüchterst mich nicht ein'... ‚Es ist nicht nur so, dass ich nicht auf deine Forderungen eingehen werde'... ‚Auf deine Forderungen eingehen werde'

„Auf deine Forderungen eingehen", murmle ich vor mich hin.

„Wie meinen?", fragt Maik.

„Auf deine Forderungen eingehen", sage ich nun lauter, „wonach klingt das für dich?"

„Was, dieser Satz?"

„Genau. Das kann doch eigentlich nur..."

„Das ist eine Erpressung."

„Hört sich wirklich so an, nicht wahr?"

„Wie kommst du da drauf?"

„Felix hat diese Worte am Telefon benutzt."

„Er hat das so zu seinem Gegenüber gesagt?"

„Er sagte: ‚Es ist nicht nur so, dass ich nicht auf deine Forderungen eingehen werde'."

„Was für Forderungen?"

„Ich hab keine Ahnung."

„Und was noch viel wichtiger ist: Wessen Forderungen?"

„Das ist eine wirklich gute Frage. Ich meine, wer erpresst jemanden, der haufenweise gnadenlose Söldner an der Hand hat und ganz nebenbei ganze Städte in Schutt und Asche legen kann?"

„Entweder einer der nicht mehr alle Tassen im Schrank hat oder jemand mit einem verdammt guten Druckmittel."

„Vielleicht ist irgendwer in der Lage das Attentat zu verhindern, aber wie?"

„Ein Hacker? Jemand, der besser ist als ich oder zumindest schon länger an dieser Sache dran und deswegen erfolgreicher."

„Vielleicht, aber kannst du dir vorstellen, dass du dich mit Leuten von Felix' Kaliber anlegen würdest?"

„Nicht solange ich am Leben hänge, nein."

„Ich auch nicht – zumindest nicht, wenn ich es mir hätte aussuchen können."

„Also müsste es eine Person sein die mindestens so wahnsinnig wie Felix ist."

„Jemand, der die ganze Sache auffliegen lassen kann?"

„Aber wie soll das gehen, wenn Felix die Unterlagen mit diesem Haus in die Luft gesprengt hat?"

Gute Frage. Wie kann man Felix das Handwerk legen? Wo ist die schwache Stelle in seinem Plan? Was um alles in der Welt könnte diesen Wahnsinnigen in seinem Tun aufhalten? Was fürchtet Felix? Plötzlich kommt mir ein Gedanke, den ich kaum fassen kann. Eine Idee, was es sein könnte.

„Sag mal Maik, hast du dein Notebook und die CD mit der Schocklandliste dabei?"

„Natürlich. Das ist mein Baby, das Ding!"

„Gibt es eine Möglichkeit herauszufinden ob die Datei verändert wurde?"

„Eigentlich nicht. Das Format gibt solche Informationen leider nicht Preis."

„Mist."

„Allerdings..." Maik bekommt wieder dieses Funkeln in den Augen, unterstützt davon, dass er sein Besteck fallen lässt und sofort das Notebook und die CD aus seiner Tasche holt. Während er mir etwas zu erklären versucht baut er seine Welt auf und legt den Datenträger ein. „Sollte es sich um eine einfach beschreibbare CD handeln und dabei eine Multisession verwendet wurde, kann ich auf eine ältere Session zugreifen. Das setzt ein wenig Sorglosigkeit voraus, aber wer weiß?"

„Entschuldige bitte, aber was hast du eben gesagt? Ich bin mir nicht sicher ob das meine Sprache war", hake ich nach.

„Also", setzt er zu Erklärungen an, bei denen ich mir jetzt schon sicher bin, dass ich ihnen eh nicht folgen kann, „du weißt doch, dass es einfach beschreibbare CDs und mehrfach beschreibbare gibt. Von den Einfachen lässt sich für gewöhnlich nichts mehr runterlöschen. Was du einmal draufgebrannt hast, das bleibt dort auch. Leider waren die mehrfach Beschreibbaren zu Beginn ihrer Markteinführung sehr teuer und so entwickelten die Hersteller der Brenner-Software einen Trick. Anstatt die Daten zu löschen legten sie bei der jeweiligen CD-Rom nur ein neues Inhaltsverzeichnis an."

„Was für ein Inhaltsverzeichnis?"

„Pass auf: Jede CD besitzt ein Inhaltsverzeichnis, damit das CD-Rom Laufwerk auch weiß wo welche Daten auf der CD zu finden sind. Den so genannten Multisession Disks kann man ein neues Inhaltsverzeichnis verpassen, auf dem Daten, die auf der CD gespeichert sind, nicht mehr genannt werden und somit nicht mehr vom Laufwerk gefunden werden. Wenn man zum Beispiel eine Datei aktualisieren möchte wird nicht die alte Variante überspielt, wie man das von Daten auf der Festplatte kennt, sondern lediglich ein neues Inhaltsverzeichnis erstellt, welches nun auf die neue Datei verweist. Die alte Version ist dann noch da, aber du kannst sie einfach nicht mehr sehen."

„Aber müsste das nicht bedeuten, dass der Speicherplatz auf so einer CD immer weniger wird?"

„Du bist ein schlaues Kerlchen. Tatsächlich wird das Fassungsvermögen geringer, aber bei kleineren Dateien fällt das kaum ins Gewicht. Und unsere CD hier ist...", Er blinzelt einmal kurz um sich der Informationen auf seinem Bildschirm auch wirklich sicher zu sein, „eine Multisession."

„Gut, und das bedeutet... was?" frage ich, da ich den Faden irgendwo verloren habe.

„Noch bedeutet das nichts, aber wenn ich mal den einen oder anderen Trick anwende kann ich sehen, auf welche Dateien man eigentlich nicht mehr zugreifen sollte, wenn es sich denn so verhält."

„Ich will nicht behaupten, dass ich weiß was du da im Moment machst, aber lass dich nicht aufhalten."

„Viola! Da haben wir's!"

„Was?"

„Es gibt eine ältere Version der Schocklandliste."

„Und? Ist etwas verändert worden?“

„Natürlich hat man etwas verändert. Warum sonst sollte man die alte Variante durch eine Neuere ersetzen.“

„Und was ist anders?“

„Das kann ich so nicht sagen, aber das war auch nicht deine Frage oder? Du wolltest wissen ob an der Liste etwas verändert wurde. Die Antwort lautet: Ja.“

„Kannst du dir die alte Liste ansehen?“

„Kein Problem.“

„Und?“

„Und was?“

„Na was schon. Such nach mir, nach meinem Namen.“

„Ach ja, natürlich. Einen Moment...“ Er blinzelt wieder seinen Bildschirm an und lässt mich beunruhigend lange warten, bis... „Oh.“

„Was ‚Oh‘?“

„Da schau her. ‚Reiner Transfer‘.“

„Dann haben wir's“, sage ich und lasse mich entspannt in meinen Sitz sinken, obwohl mir klar ist, dass dies nun wirklich kein Grund zur Entspannung sein sollte.

„Was haben wir?“, fragt Maik.

„Verstehst du denn nicht? Dass ich in der Liste unter ‚Vollzugriff‘ geführt werde ist kein Versehen. Jemand hat absichtlich meinen Status geändert. Wahrscheinlich hat jemand, nachdem bereits alle Risikofaktoren, sprich alle Vollzugriffler, beseitigt waren, noch ein paar Weitere dazugebastelt in dem er einfach die Liste hier und da etwas ‚frisiert‘ hat.“

„Du meinst dieser Jemand erpresst Felix. Und das Druckmittel...“

„Bin ich!“

„...Bist du.“

Es entsteht eine viel- und gleichzeitig nichtssagende Stille. Ich bin ein Druckmittel. Das ist es. Darum geht es hier den ganzen Tag, darum der ganze Rummel um meine Person. Sekunde für Sekunde verstreicht, bis ich es für angebracht halte das Schweigen zu unterbrechen.

„Stolz bin ich darauf nicht, das kannst du mir glauben.“

„Ja ja, das glaube ich dir sofort“, setzt er schnell nach, als könne ich auf den Verdacht kommen er wäre anderer Meinung. Dann wird es wieder ruhig. Diesmal ist Maik es, der das Wort ergreift, wenn auch eines, das ich für etwas unangebracht halte.

„Wow.“

„Gut. Ich weiß jetzt also was Sache ist. Aber was bringt mir das?“

„Ich weiß nicht aber... ich meine... Wow.“

„Das sagtest du bereits.“

„Ja, aber ich meine, ist dir eigentlich bewusst was das heißt? Der einzige Grund weswegen die Menschen in den Städten weiterleben werden bist du. Man, wird dir da nicht ganz anders bei?“

„Wenn du versuchst mich zu beruhigen muss ich dir leider sagen, dass dir dies nicht wirklich gut gelingt.“

„Entschuldige bitte, aber das ist alles so... so... abgefahren!“

„Ja. Abgefahren. Das ist das richtige Wort. Können wir uns jetzt vielleicht wieder der Lösung meines kleinen Problemchens widmen? Ginge das? Das wäre echt nett", werfe ich schnell ein, um Maik wieder auf den Boden der Tatsachen zurückzuholen. Ach, wem mache ich hier etwas vor – ich bin es, der auf den Boden kommen muss. Leider ist das nicht so einfach, wenn man die Verantwortung für Millionen von Menschenleben trägt.

„Also, wie geht's jetzt weiter?"

„Wenn ich das wüsste. Was soll ich denn jetzt machen?"

„Erwischen dürfen sie dich auf keinen Fall, dann machen sie diese Städte platt."

„Erwischen lassen hatte ich auch bevor ich von den Atombomben wusste nicht vor. Immerhin wollen die mich umbringen, was wir bei aller Liebe zu den deutschen Millionenstädten mal nicht vergessen wollen."

„Nein, so habe ich das doch auch gar nicht gemeint."

„Weiß ich doch", schiebe ich schnell ein. Maik weiß natürlich, dass mir heute nicht ganz wohl ist in meiner Haut. Er ist eben einfach Maik wie er leibt und lebt und so muss man ihn eben nehmen. Immerhin hat er mir heute schon um einiges weitergeholfen, wofür ich ihm mehr als einfach nur ein Dankeschön schulde.

Plötzlich fällt mir etwas ein. Maik hat mir weitergeholfen? Natürlich! Felix' PDA-Handy! Ich krame kurz in meiner Hosentasche und lege es auf den Tisch. Einige Plastikbröckchen krümeln von dem Gerät ab, aber alles in Allem macht es eine recht solide Figur, dafür, dass ihm eine komplette Ecke fehlt. Ohne ein Wort zu sagen schau ich Maik fragend an.

„Was ist das?", fragt er.

„Felix' Handy."

„Es ist kaputt."

„Ach nein. Du bist ein Fachmann, das merkt man sofort. Die Frage ist, kann man damit noch was anfangen?"

„Was willst du damit denn noch machen? Das sieht aus wie ein angebissenes Elektroniksandwich."

„Es muss bei der Schießerei was abbekommen haben. Ich dachte mir, vielleicht gibt es darin so ne Art Chip oder so, aus dem man irgendwas an Daten herausholen könnte. Vielleicht hat er ja eines seiner Gespräche aufgezeichnet, oder seine SMS. Oder... das ist doch so ne Art Minicomputer. Könnte doch sein, dass da noch irgendwelche Daten über den Anschlag gespeichert sind."

„Das mag ja alles sein, aber wenn dem so ist, dann sind die Daten im Moment wohl kaum verfügbar."

„Aber du bist doch Profi in diesen Dingen. Kannst du den internen Speicher nicht irgendwie auslesen oder so?"

„Ich will nicht sagen, dass das nicht möglich ist, aber dazu bräuchte ich die nötige Software und das Gerät müsste sich zumindest einschalten lassen was ich in diesem Zustand mal ganz stark bezweifle. Wenn es nicht mehr einzuschalten ist könnte man eventuell den Speicher ausbauen und mittels eines geeigneten Lesegerätes auslesen, aber das braucht Zeit und ebenfalls die richtigen Programme. Das alles ließe sich sicherlich irgendwo auftreiben, aber das dauert auch seine Zeit und wird mit Sicherheit heute nicht mehr zu bewerkstelligen sein. Und das Alles geht noch von den beiden nicht unwesentlichen Fakten aus, dass erstens der Chip unbeschädigt ist und zweitens sich überhaupt verwertbare und vor allem wichtige Daten darauf befinden."

„Also auch eine Sackgasse."

„Sieht ganz so aus."

„Schade. Ich war fast schon irgendwie stolz auf meine Geistesgegenwart das Ding mitzunehmen."

„Vielleicht...", murmelt Maik mit einem mal und greift nach dem Gerät um sich an seiner Rückseite zu schaffen zu machen. Er entfernt den Akku und friemelt die kleine Plastikkarte heraus, auf der sich der SIM-Chip befindet. „Das hier könnte dir unter Umständen weiterhelfen"

„Die SIM-Karte? Inwiefern?"

„Die SIM-Karte ist die Identität des Handys – sozusagen die Seele. Sie sagt dem Telefon unter welcher Nummer es zu erreichen sein sollte und wie es sich bei einem Anruf bei dem anderem Teilnehmer identifizieren soll."

„Speichert sie auch Gespräche oder Dateien?"

„Eher nicht."

„Was soll mir das dann weiterhelfen?"

„Einige Leute speichern ihre privaten Telefonbücher auf der SIM-Karte. Damit können sie die Kontakte in ein neues Handy übernehmen."

Ich schaue ihm ins Gesicht. Gar nicht so dumm, denke ich noch und ärgere mich, dass ich auf diesen nahe liegenden Gedanken nicht selber gekommen bin. Ich nehme den Akku aus meinem eigenen Handy und entferne meine SIM-Karte um danach Felix' einzusetzen. Dann montiere ich wieder den Akku und schalte das Gerät ein. Der Moment ist für mich an Spannung nicht mehr zu Überbieten. In wenigen Sekunden erhalte ich Einblick in den Freundeskreis des Mannes, der mich bereits den ganzen Tag jagt und im Begriff ist, mehrere Millionen Menschen umzubringen. Dann ist mein Handy hochgefahren und ich wechsele sofort zum Telefonbuch und...

...bin enttäuscht.

„Da sind keine Namen."

„Wie, keine Namen? Ist kein Telefonbuch gespeichert?"

„Doch, durchaus. Zweiundzwanzig Einträge, aber sie haben keine Namen. Sie sind nur durchnummeriert." Wie um das Gesagte zu unterstreichen wende ich das Display meines Handys Maik zu, um ihn einen Blick darauf werfen zu lassen. Er beginnt zu lächeln.

„Wie geschickt."

„Warum das? Was nützt einem ein Telefonbuch, wenn man nicht weiß, wer sich hinter den Nummern verbirgt?"

„Ich denke mal Felix weiß wer hinter den Nummern steht. Wenn er allerdings einen Anruf von einer Person aus seinem Telefonbuch erhält kann jemand, der ihm dabei vielleicht zufällig über die Schulter sieht damit nichts anfangen. Eines muss man diesem Kerl lassen: Er tut alles was nötig ist um seine Sache abzusichern."

Ich suche mir blindlings eine Zahl aus und sehe mir die Nummer an, ohne dass ich sagen kann, was es mir bringen soll, denn ich weiß nun mal nicht wem diese Nummer, welche im Buch unter ‚14' steht, gehört. Ich kenne die

108

Nummer nicht, was ja wirklich nicht verwunderlich ist, aber mir kommt die Idee, mir vielleicht alle Nummern kurz anzusehen – und sei es nur um ganz sicher zu gehen, dass ich wirklich nicht das Geringste mit dem Terror dieses Wahnsinnigen zu tun habe. Bei ‚1' beginnend sehe ich mich nur bestätigt, denn die Zahlen, die auf dem Display erscheinen sagen mir gar nichts. Fast schon abwesend schaue ich mir die zweite Nummer an. Plötzlich jedoch läuft es mir kalt den Rücken hinunter.

„Die kenne ich."

„Wen kennst du?"

„Die Nummer hier, die kenne ich! Das ist Julius!"

„Der Typ, der dich warnt?"

„Ja."

„Und er steht dort drin?"

„Ja! Hier gleich unter zwei!"

„Wenn die Kontakte nach Wichtigkeit sortiert sind, ist das ganz schön weit oben. Ruf an."

Ungläubig sehe ich Maik an, „Meinst du? Was soll das bringen?"

„Keine Ahnung, aber vielleicht kann er dir sagen, was er im Telefonbuch eines Terroristen zu suchen hat."

„Aber Julius hat gesagt, dass ich ihn nicht erreichen kann. Wir haben das doch schon mal ausprobiert. Wenn ich ihn anrufe geht er nicht ran."

„Das mag sein, aber du bist nun nicht mehr du. Zumindest wird er das denken. Du telefonierst mit Felix' SIM-Karte, damit ist es streng genommen sein Handy und auch seine Nummer, die bei Julius angezeigt wird. Julius wird das Gespräch annehmen, weil er denkt, dass Felix am anderen Ende ist."

„Du denkst, dass er mit Felix in Kontakt steht?"

„Warum sonst sollte er in diesem Telefonbuch auftauchen?"

„Das macht Sinn", murmele ich noch und lasse meinen Daumen wie in Zeitlupe auf den ‚Anrufen'-Knopf gleiten. Ich verharre einen Moment, um noch einmal zu Maik zu sehen, der mir aufmunternd zunickt. Dann schaue ich wieder auf das Handy und erteile mit einem sanften Druck auf die Taste den nötigen Befehl. Auf dem Display erscheint die Botschaft: ‚Verbindung wird aufgebaut'. Im Telefon ertönt nach wenigen Augenblicken das Freizeichen. Einmal – zweimal – dann tut sich etwas am anderen Ende und plötzlich ist da wieder seine Stimme.

„Und? Sind wir uns einig?"

Mit einem mal wird mir flau im Magen und alles um mich herum dreht sich. Die fünf Worte, die ich eben hören durfte, kreisen durch meinen Schädel und wollen nicht so recht Anschluss finden. Irgendwo ganz hinten in meinem Hirn weiß ich was das bedeutet, doch ich bin nicht in der Lage es richtig zu erfassen. Wie in Trance antworte ich Julius.

„Ich glaube nicht."

Stille

„Sebastian."

Er spuckt den Namen förmlich aus und ich unterbreche die Verbindung keine Hundertstelsekunde später. Maik spricht mich an. Es klingt für mich als wären meine Ohren voller Watte.

„Was ist los? Man, du siehst aus als hättest du mit einem Geist gesprochen!"

„Es ist Julius."

„Was ist mit ihm?"

„Er ist der Erpresser."

Maik schaut mich ungläubig an, doch so richtig wahrnehmen tue ich ihn nicht. Die Bilder die meine Augen zu meinem Hirn senden möchten bleiben an einem Wall aus Erinnerungen hängen. Ich sehe die erste SMS dieses Tages und die beiden Killer vor meiner Tür. Die Nachricht mit dem Hinweis auf das Schließfach, dann die mit der Warnung vor dem Bahnhof. Ich erinnere mich an meinen ersten Blick auf die Liste. Mein Kopf zieht eine vage Verbindung zu einem Satz von Felix – *...hast du dich allerdings ein wenig zu weit aus dem Fenster gelehnt...* – ich sehe die Fotos von den Bomben, erkenne den Umschlag vor meinem inneren Selbst als läge er gerade jetzt vor mir – *...werden diese Städte nicht mehr existieren* – ich sehe den Mann, der mir den Umschlag zukommen lassen hat, hinter einer Ecke verschwinden – *...bist du wahnsinnig?*

Ich stehe auf und richte meine Kleidung, so gut es eben geht.

„Was passiert jetzt?", fragt Maik.

„Hör zu. Hätte ich gewusst in was ich da reingerutscht bin, hätte ich dich wahrscheinlich nicht mit in diese Sache reingezogen, aber nun ist es leider geschehen und vielleicht ist es auch ganz gut so. Du bist mein bester Freund und es tut mir leid, dass ich dich mit so etwas belasten muss, aber das habe ich mir auch nicht ausgesucht. Also: Du musst wieder ins Rechenzentrum gehen und dich mit Allem was du kannst diesen drei Servern widmen. Du musst sie irgendwie abschalten, umschalten oder zum Absturz bringen. Tu irgendwas – egal was – damit sie die Bomben nicht aktivieren können."

„Ist dir eigentlich klar, was du da von mir verlangst? Das ist fast so als würde ich einen Haufen Pakete nacheinander durchschütteln, um herauszufinden in welchem sich das Nitroglyzerin befindet. Woher weiß ich denn dass die Dinger nicht hochgehen, wenn die Rechner abstürzen?"

„Ich weiß es doch auch nicht besser, aber irgendwas musst du tun. Du bist außer Felix der Einzige, der überhaupt von diesen Servern weiß."

„Vielleicht noch außer dir und der Kleinen."

„Stimmt, aber ich bin nicht vom Fach. Außerdem werden die Dinger, wenn es nach Felix geht, heute Nacht sowieso hochgehen. Du kannst also nicht verlieren."

„Du hast leicht reden. Es sind ja nicht deine Finger, die vielleicht den roten Knopf drücken."

Ich nehme ihn bei den Schultern und sehe im durch das Gesicht in seine Hackerseele.

„Wirst du es für mich tun?"

Er lässt seine Gedanken laufen und ich glaube fast erkennen zu können, wie sie verzweifelt nach einem Fluchtweg aus seinem Gehirn suchen.

„Verdammt, okay. Ich versuch's. Aber sei mir nicht böse, wenn ich dabei versehentlich einen Massenmord begehe."

„Ich weiß, dass ich mich auf dich verlassen kann", lächle ich und drehe mich zum gehen um.

„Warte noch einen Moment!"

„Was ist?"

„Ich muss dich erreichen können, wenn es nötig ist. Kannst du mir mal eben Eine SMS schicken, damit ich die neue Nummer deines Handys habe?"

„Geht klar", antworte ich und schicke ihm mittels flinker Daumen einen Smiley. Die Empfangsbestätigung seines Telefons folgt mit einem leichten Tuten auf dem Fuße. Maik kontrolliert sein Display, während ich mich auf den Weg zur Tür mache.

„Also, das hätten wir auch. Was machst du jetzt?"

„Ich werde mich mit meinem ganz speziellen Freund treffen."

Ich begebe mich zum Ausgang und habe schon den Türgriff in der Hand als mir noch etwas einfällt, was ich ihm einfach durch das volle Lokal zurufe.

„Bevor ich's vergesse – ja, sie ist scharf!"

Er hebt die Faust wie zum Strike beim Bowling.

„Ich wusste es!"

18

„Ich hatte deinen Anruf bereits erwartet."

„Lügner."

„Ich war überrascht, als man deine Leiche nicht in der Ruine gefunden hat."

„Vielleicht hast du mich unterschätzt."

„Hast du das förmliche ‚sie' aufgegeben?"

„Das spar ich mir für jemanden auf, der mich nicht verfüttern möchte."

„Ziemlich harte Vorwürfe an jemanden, der einem heute bereits einige Male den Arsch gerettet hat."

„Keine Kunst, wenn du mir die ganze Scheiße eingebrockt hast."

„Du lehnst dich ganz schön weit aus dem Fenster."

„Und ich gehe noch weiter. Wir werden uns treffen."

„Und warum sollten wir das tun?"

„Weil ich wissen will, welches Gesicht zu der Stimme gehört. Ich will den Mann kennen lernen, der sich mal eben so meines Lebens bedient um ein paar Euro zu erpressen."

„Alleine der Ausdruck ‚paar Euro' zeigt mir, dass du dir der Ausmaße immer noch nicht richtig bewusst bist. Für mich bist du dein Gewicht in Gold wert."

„Sehr schön, dann kann ich ja davon ausgehen, dass du zu unserem kleinen Treffen auch erscheinen wirst."

„Und wenn mir nicht danach ist?"

„Es ist nicht so, dass du eine Wahl hättest."

„Drohst du mir etwa?"

„Nenn es wie du willst. Fakt ist, dass ich etwas dabei haben werde, von dem du bestimmt nicht möchtest, dass es in die falschen Hände gerät."

„Ach, da bin ich aber mal gespannt. Was sollte das wohl sein."

111

„Ich."

„Das ist doch ein Witz."

„Marktplatz an der Lambertikirche in einer Stunde. Wenn du nicht da bist verlierst du mich an Felix."

Ich lege auf bevor er antworten kann und schalte das Handy aus. Meine Drohung zergeht mir noch einmal auf der Zunge. Ich fühle als trüge ich einen Sprengstoffgürtel – eine Stunde bevor ich hochgehe.

19

Da bin ich wieder – am Marktplatz. Als ich vor ein paar Stunden hier war, floh ich vor Killern, die es auf mich abgesehen hatten, in ein Kaufhaus, um dort eine magische Metamorphose meines Selbst vorzunehmen. Aber die Zeiten der Flucht sind nun vorbei! Es ist hier so belebt am späten Nachmittag, dass ich fast lächeln muss bei dem Gedanken, dass mein Weg mich ausgerechnet hierhin treibt. Aber es ist gerade die Öffentlichkeit, die ich brauche um meinen Plan zu vollziehen. Ich werde Julius treffen – ob er will oder nicht. Ich bin nicht mehr bereit mich nach seinen Richtlinien zu bewegen und werde ihn nun nach meiner Nase tanzen lassen. Sicherlich gehe ich ein Risiko ein, so lange ich mich hier aufhalte, aber alles was ich aufs Spiel setze ist mein Leben, denn da ist ja noch Tabea, die ebenfalls aus dem Weg geräumt werden müsste, damit man ungestraft die Bomben hochgehen lassen kann. Ob, und in wie weit sie sich in Sicherheit befindet weiß ich nicht, aber sie ist eine Frau die bereit ist notwendige Schritte zu gehen, das hat sie bewiesen. Klar – eine Lösung für die momentane Situation habe ich hier nicht anzubieten, aber der Weg den ich nun gehe wird von mir – nur mir und sonst niemandem kontrolliert.

Julius ist mehr als nur ein Erpresser. Er muss mehr über Schockland wissen, als das was er mir zugespielt hat. Er ist ein Insider! Das beweist allein seine Nummer in Felix' Telefonbuch. Wenn ich mit ihm in Kontakt trete finde ich vielleicht auch einen Weg das Grauen aufzuhalten. Es ist nur eine kleine Chance, aber sie ist real und das alleine zählt! So sehr ich auch dieser Kerl dem ich all die Scherereien des heutigen Tages zu verdanken habe verabscheue – wenn ich etwas gegen den Anschlag tun möchte, muss ich ihn treffen. Und das werde ich – und wenn es das Letzte ist, was ich mache. Ich werde dabei leider das Gefühl nicht los, dass es tatsächlich das Letzte sein könnte. Komischerweise bin ich beim Gedanken an diese Möglichkeit unglaublich ruhig und gelassen. Die Todesangst, die ich eigentlich bei meinem Plan verspüren möchte ist einem Gefühl gewichen, das ich nur als Abscheu beschreiben kann. Ach, was sage ich – Hass! Hass gegenüber diesem Mann, der mein Leben benutzt um sich selbst zu bereichern. Er bediente sich einer Sache, die mir und nur mir gehört.

Mein Leben.

Und jetzt ist der Zeitpunkt gekommen es für mich zu nutzen. Es gegen ihn einzusetzen.

Ich lassen meinen Blick über den Platz gleiten. Mehrere Lokale haben an diesem schönen Sommertag ihre Außensitzgarnituren gut besucht. Es sitzen Pärchen und Geschäftsleute vor ihren Erfrischungsgetränken, ihren Cafe Lattes oder ihren Milchshakes. Hier und da sehe ich jemanden essen, was sich um diese Uhrzeit mit etwas gutem Willen unter Abendbrot verbuchen lässt. Gegenüber den Bars ragt die Lambertikirche in die Höhe. An ihrem Fuße lungern in paar Punks und Gruftis herum. Sie verhalten sich angenehm friedlich, von gelegentlichen semianarchistischen Ausrufen einmal abgesehen. Ich stehe in der Mitte des Platzes und um mich herum gehen einige Passanten mit ihren Einkäufen. Eilig hat es an so einem Tag niemand was mir ein angenehmes Gefühl von Ruhe gibt. Ruhe vor dem Sturm. Die Fußgängerzone trifft hier von zwei Seiten gegenüber der Kirche auf den Platz und führt rechts und links von ihr wieder herunter. Ansonsten ist der Platz von der Größe eines halben Fußballfeldes umgeben von hohen Gebäuden die – wenn sie keine Lokalitäten beinhalten – kleinere Geschäfte vorzuweisen haben. Eine Ausnahme bildet da nur das Kaufhaus zu meiner Linken, das ich heute ja schon einmal betreten habe. Um mich zufriedenzustellen fehlt nur noch einer: Julius!

Nicht da, die feige Sau!

Aber damit hatte ich fast schon gerechnet.

Zum ersten Mal am heutigen Tag bin ich fast schon so etwas wie gut vorbereitet und greife lächelnd in meine Innentasche, um die Freisprecheinrichtung hervorzuholen. Nach sorgfältiger Überlegung kam ich zu dem Schluss, dass das leicht zerrissene Jackett ein kleines bisschen weniger auffällig ist als das ebenso zerrissene Hemd mit den eingetrockneten Blutflecken weswegen ich es trotz der schwülen Abendwärme trage. Kurzerhand klemme ich mir das Gerät ins Ohr und schalte ohne hinzusehen mein Handy in der Hosentasche ein. Ursprünglich wollte ich in diesem Moment Julius anrufen, doch das wäre nicht richtig. Es wäre das falsche Signal – rein psychologisch. Natürlich will ich mit ihm einen Deal abschließen, aber so läuft die Sache nicht. Er hat nun etwas von mir zu wollen und nicht umgekehrt. Es wird Zeit in meine neue Rolle zu schlüpfen. Ich setze das süffisanteste Lächeln auf, zu dem ich im Stande bin, und drehe mich um die eigene Achse, um meinen Blick über den Platz schweifen zu lassen.

Er ist hier. Ich weiß es. Ich spüre es. Er muss hier sein. Er wird es nicht wagen mich zu ignorieren. Er braucht mich!

Komm schon. melde dich!

Plötzlich ist es soweit – mein Telefon klingelt.

Jetzt kommt mein Lächeln auch von innen. Es wird Zeit den Erpresser zum Erpressten zu machen. Ich lassen es noch drei unbarmherzige Male klingeln, dann drücke ich blind den Knopf um das Gespräch anzunehmen.

„Wie ich sehe bist du pünktlich", begrüßt Julius mich.

Er kann mich sehen - er ist irgendwo hier!

„Was man von dir nicht behaupten kann. Ich warte."

„Denkst du wirklich so könnte die Sache laufen? Niemals. Ich glaube du vergisst wer hier am längeren Hebel sitzt. Nicht ich bin das Ziel der Killer."

113

„Falsch. Felix will mittlerweile unser beider Köpfe, und das weißt du. Allerdings hat nur einer von uns den Mumm sich in der Öffentlichkeit zu zeigen." Ich suche die Gesichter um mich herum ab, doch es ist niemand da der telefoniert oder sich mit einem Knopf an seinem Revers unterhält.

„Das hat nichts mit Mumm zu tun. Wie mutig ist es schon sich einfach über den Haufen ballern zu lassen? Ich habe dir einen besseren Vorschlag zu machen."

„Lass mich raten: Du willst dich nicht hier mit mir treffen", bemerke ich.

„Wie du bereits so treffend bemerkt hast, stehen wir beide auf der Abschussliste, also erscheint es mir nur sinnvoll wenn wir uns an einem weniger belebten Ort treffen."

Bingo - er hat Schiss!

„Und was wenn mir nicht danach ist? Was wenn ich von diesem Versteckspiel die Schnauze voll habe?"

„Dann bist du ein toter Mann. Das weißt du."

„Genau. Und du bist um ein Druckmittel ärmer."

Julius schweigt. Ich kann seine kreisenden Gedanken förmlich hören. Er braucht Zeit bis er sich wieder gefangen hat.

„Du bluffst", flüstert er wenig überzeugend.

„Tue ich das?" Langsam bekomme ich Spaß an der Sache.

„Warum kommen wir beide nicht wieder auf den Boden der Tatsachen zurück und benehmen uns wie Erwachsene?" Das muss er gerade sagen.

Zeit einen Gang höher zu schalten.

„Sie wissen bescheid."

„Wie meinen?"

„Ich habe sie kontaktiert. Die Killer sind auf dem Weg. Es kann sich nur noch um Minuten handeln und sie sind hier auf dem Platz um mich hinzurichten. Dann wird es eng für dich. Dann bleibt dir nur noch Tabea!"

„Ha!" Er lacht laut auf, klingt irgendwie ein wenig wahnsinnig. „Jetzt hast du dich etwas zu weit aus dem Fenster gelehnt. Du hast niemanden kontaktiert! Schon vergessen, dass ich einen heißen Draht in die Netzwerke der Telefonnetzbetreiber habe? Ich sag dir was: Du willst sie kontaktiert haben? Einen Scheiß hast du. Du willst mich unter Druck setzen? Dass ich nicht lache. Du bist armselig! Kannst mir nicht das Wasser reichen. Also Kleiner – wir haben alle mal herzlich gelacht und nun wirst du hübsch brav wieder in der Versenkung verschwinden, bis ich mir mein Geld geholt habe. Zugegeben, du gibst dir Mühe das Spiel der Großen zu spielen, aber sieh es ein: Du bist einfach nicht gut genug. Das ist nicht deine Liga, Kleiner!"

Er hat Recht und ich könnte mich ohrfeigen, dass ich diese Möglichkeit nicht in Erwägung gezogen habe. Er hat irgendwelche Kontakte in die Mobilfunkebene, das war mir bereits heute Morgen klar als sich herausstellte, dass seine Nummer angeblich nicht vergeben war. Ich habe zu hoch gepokert und verloren. Und er lacht mich aus. Ich spüre mein Lächeln von meinem Gesicht verschwinden und antworte ohne Sinn.

„Ich habe sie benachrichtigt. Ob du es glaubst oder nicht."

„Weißt du was einen guten Spieler ausmacht? Dass er erkennt, wann er verloren hat!"

114

Er verhöhnt mich – macht sich über mich lustig. Er, der sich einfach an meiner Freiheit bedient hat, der mich benutzt hat und der bereit ist mich zu opfern, wenn es sich nur lohnt, lacht mich aus. Ich spüre ein Gefühl wie nie zuvor in mir. Es ist eine Hitze in meinem Bauch, ein Pochen hinter meinen Augäpfeln, ein Brennen das durch meine Hauptschlagader in meinen Kopf kriecht. Eine direkte Reaktion auf sein Lachen. Es ist etwas wovon ich nicht wusste, dass ich es zu empfinden dermaßen im Stande bin.

Blinder Hass!

Dieser Mann, dieser Kerl! Ich hasse ihn! Er hat mich vorgeführt, hat mich wie eine Marionette tanzen lassen! Ich möchte meine Hände um seinen Hals legen – und sei es nur um zu wissen wie sich das anfühlt! Selbst jetzt, da ich ihn hierher bestellt habe um den Spieß herumzudrehen, macht er mir einen Strich durch die Rechnung. Er durchkreuzt meine Pläne und amüsiert sich königlich auf meine Kosten. Ich höre ihn lachen und japsen. Er bekommt kaum noch Luft in seiner Freude darüber, mich besiegt zu haben.

Aber noch liege ich nicht am Boden! Wenn du denkst ich bin am Ende, dann hast du dich geschnitten. Du Arsch!

Ich atme tief durch denn das was ich jetzt tue wird mein Leben verändern. Dieser Moment ist einer von denen die alles verändern. Ich entledige mich meines Jacketts – spüre gar nicht, wie ich es einfach zu Boden fallen lasse.

„Du kannst mich sehen nicht wahr?", frage ich so ruhige wie möglich, als wüsste ich es nicht bereits.

„Ich sehe dich genau." Seine Stimme klingt mit einem Mal hochkonzentriert. Er weiß dass ich etwas vorhabe. Er weiß nur noch nicht was.

Ich sehe einen Punk, der mich nachdenklich anstarrt. Ihm scheint auf diesem Platz als Erstem aufzufallen, dass mein Hemd blutverkrustet ist – auch wenn er offensichtlich die Situation noch nicht richtig einschätzen kann. Ich sehe ihn an und unsere Blicke treffen sich. Er ist wie hypnotisiert weil er den Hass sieht, der nun jede einzelne Faser meines Körpers durchzieht.

„Dann pass jetzt mal gut auf", murmele ich Julius zu. Ich greife hinter mich und hole die Kanone hervor, die ich bereits seit einigen Stunden mit mir herumtrage. Ich wiege sie in meinen beiden Händen und sehe sie mir genau an.

„Steck sie weg", zischt Julius mich an. Jetzt bin ich am Zug. Ich lege den kleinen Hebel zum entsichern um. „Steck sie weg und gehe ohne Aufsehen von Platz, oder..."

„Oder was?" Ich hauche es mehr, als dass ich es ausspreche. Wieder schaue ich zu dem Punk, der bereits erkannt hat, was ich hier in der Hand halte und aufgeregt seinen Kumpels signalisiert, dass es besser ist, wenn sie sich hier ganz schnell aus dem Staub machen. Dann sieht er zu mir rüber und unsere Blicke treffen sich. Ich merke wie sich mein Gesicht zu einer diabolischen Fratze verzieht. Er hat Angst.

Sehr gut.

Ich recke meinem rechten Arm mit der Kanone senkrecht in die Höhe und blicke noch einmal in die Menge.

Dann drücke ich ab.

115

Der Rückschlag fühlt sich an als würde mir ein Hammer aufs Gelenk schlagen. Er wird von meiner Schulter abgefedert. Der Knall klingt wie eine Mischung aus Silvesterknaller und Peitsche. Vor Allem aber ist er eines: Laut! Für den Bruchteil eines Augenblicks friert das Universum ein. Dann bricht die Panik auf dem Platz los.

Menschen rennen durcheinander und zunächst lässt sich keine Richtung erkennen. Ich feuere zwei weitere Male und es verfehlt seine Wirkung nicht. Sie rennen und schreien und der leere Kreis um mich herum wird rasch größer. Menschen in Sommerkleidung und Anzügen. Jugendliche, Geschäftsmänner, Mütter, Kinder, Punks, Bankangestellte, Bedienungen, Gäste – alle sind sie Eins. Eine Masse der Panik, ein Pulk von Fürchtenden, die kreischen und fliehen. Ich drehe mich um die eigene Achse und schieße wieder in die Luft. Julius brüllt mir etwas durch den Ohrhörer zu, was ich aber einfach nicht verstehen will. Ich verbreite Chaos! Nicht nur mit der Waffe – ich zelebriere es förmlich mit meinem Geist. Die Schüsse sind laut, doch nichts im Vergleich zum Rauschen des Blutes in meinen Ohren. Das ist ein ganz besonderer Trip!

Ich gehe einige Schritte auf die Stühle und Tische der Bars zu, feuere dabei weiter in die Höhe. Als hier alle vor mir geflohen sind und eine wüste Landschaft umgekippter Möbel hinterließen, beginne ich mit der Kanone zum ersten Mal zu zielen. Mein Opfer ist ein Schaufenster. Ich feuere in ihr oberes Viertel und sofort wird sie durchzogen von tausenden und abertausenden von Rissen. Hinter mir herrscht immer noch das Chaos, doch die Schreie entfernen sich wie auch die Schritte. Wie hypnotisiert vom Effekt der zerborstenen Scheibe drehe ich mich um und schieße zweimal in zwei verschiedene Kirchenfenster. Geil wie das klirrt, nachdem der Knall die zähe Sommerluft durchschnitten hat.

Noch einmal gehe ich zur Mitte des Platzes. Es sind kaum noch Menschen hier, nur noch vereinzelt laufen einige junge Leute herum und sind sich nicht sicher wo ihnen am wenigsten Gefahr droht. Ich reiße den Arm ein letztes Mal in die Höhe und feuere nun in schneller Folge einen Schuss nach dem Anderen ab. Es ist absolut befreiend. Ich hämmere meinen Hass in die Welt, schlage meine Verzweiflung in die Luft, schleudere dem Universum meinen Zorn entgegen. Bis die Schüsse verhallt sind und nur noch ein leises Klicken ertönt.

Keine Munition mehr. Ich lasse die Arme hängen und die Waffe fallen.

Stille.

Ich bin allein auf dem Platz.

Mein Herz rast.

Zeit mit Julius zu reden.

„Was schätzt du wie lange sie brauchen um hier zu sein?"

„Sie werden dich töten!" Sein Zorn ist fast greifbar.

„Stimmt. Also: Wirst du dich nun zeigen oder opferst du mich?" ,Er hat noch Tabea! Du bist verzichtbar. Es ist ein verdammt gefährliches Spiel', warnt eine Stimmt aus der hintersten Ecke meines Hirns, doch ich interessiere mich nicht für sie. Ich weiß, dass er mich nicht aufgeben will. Er kann es nicht. Ich spüre es in jedem Wort, dass er sagt.

„Sieh an dir runter."

Ich schaue nach unten. Was ich sehe hatte ich zwar nicht erwartet, doch es überrascht mich auch nicht. Fast schon gleichgültig nehme ich den kleinen rot leuchtenden Punkt auf meinem Hemd wahr.

Er zielt auf mich. Er sitzt als Scharfschütze in irgendeinem der Häuser und hat mich im Visier.

„Das wagst du nicht", zische ich.

„Versuche mich nicht. Das ist eine ernst gemeinte Warnung."

„Du wirst schon herauskommen müssen um mich hier wegzuholen."

„Ich warne dich."

„Ach komm schon – du brauchst mich!"

Der Punkt verschwindet und für eine Sekunde geschieht gar nichts. Dann kracht es ein paar Meter weiter und ich sehe wie die Rückenlehne eines Stuhls zerberstet. Danach ist der Punkt wieder da.

„Geh vom Platz." Er betont jede Silbe einzeln. In der Ferne höre ich Polizeisirenen.

„Du enttäuscht mich Julius", lache ich ihn aus.

Wieder verschwindet der Punkt. Diesmal erwischt es eine Laterne direkt neben mir. Scherben regnen auf mich herab. Er will mich einschüchtern. Aber in meinen Adern fließt nun pures Adrenalin

„Du wirst langsam lästig."

Das hoffe ich!

Direkt neben meinem Fuß knallt es auf dem Pflaster. Staub und Bröckchen lösen sich. Ich habe nur ein leises Lächeln übrig.

Genug jetzt! Ich reiße mir den Hörer aus dem Ohr und nehme mein Handy aus der Tasche um beides gut sichtbar auf den Boden fallen zu lassen. Dann hebe ich beide Arme – strecke sie zu beiden Seiten von meinen Körper und drehe mich auf dem leeren Platz. Ich habe ein Lächeln auf meinem Gesicht. Meine Lungenflügel füllen sich mit so viel Luft wie nur reingeht und dann brülle ich es hinaus.

„ICH HABE KEINE ANGST!!!"

Der Einschlag in meinen Oberkörper reißt mich von meinen Beinen.

20

Mein Körper schleudert so herum dass sich die ganze Welt dreht und ich schlage hart mit dem Brustkorb auf das Kopfsteinpflaster. Ich bekomme kaum Luft, doch irgendwie ahne ich, dass dies nur der Schock ist. Für einen kurzen Augenblick lassen mich meine Muskeln im Stich und mein Gesicht sinkt auf den Stein. Dann erst spüre ich den Schmerz. Zunächst tut mir alles weh, dann konzentriert es sich immer intensiver auf meine rechte Schulter. Ich spüre wie sich das Hemd dort mit einer warmen Flüssigkeit tränkt. Spätestens jetzt wird es mir klar.

Er hat es getan!

117

Julius hat wirklich auf mich geschossen. Dieser Hurensohn! Die Erkenntnis schmerzt fast genauso sehr wie das Loch, das nun in meiner Schulter klafft. Ohne es zu sehen fühlt es sich mindestens so groß wie eine Ofenrohröffnung an. Aber das Schlimmste ist, dass mich dieser Kerl hat Dreck fressen lassen! Dieser verfluchte Mistkerl.

Jede Faser meines Körpers, die nicht zu hundert Prozent mit Schmerz beschäftigt ist, schreit danach sich nicht unterkriegen zu lassen. „Widerstand" scheint jede einzelne Zelle zu rufen und so versuche ich mich mit aller mir verbliebenen Kraft zu bewegen. Egal wohin, egal wie, alles – nur nicht resignieren! Über meine noch intakte Schulter drehe ich mich auf den Rücken, doch dabei wird mir mein Schmerz erst richtig bewusst. Es ist als ramme mir jemand einen weiß glühenden Eisenstab durch mein Fleisch und so merke ich gar nicht, wie ich es aus mir herauskreische. Mein unmenschlicher Urschrei zerschneidet die Stille des leeren Platzes wie ein Skalpell eine bleiche Bauchdecke. In der hinterher einkehrenden Ruhe höre ich wieder die Sirene – dieses Mal wesentlich näher! Sie können nur noch wenige Straßenecken entfernt sein, diese Freunde und Retter, die doch nur meinen Tod bedeuten. Es ist vorbei. In wenigen Momenten ist alles vorbei. Ich schaue in den blauen Himmel und das Wort ‚Endlich' schleicht sich in mein Hirn, aber ich kann nicht sagen warum.

Doch dann höre ich noch ein weiteres Geräusch. Ein Klappern – Schuhe, die über das Kopfsteinpflaster gehen – näher kommen. Meter für Meter. Und dann, ganz plötzlich und unerwartet, verstummt das Geräusch direkt neben mir und eine schwarze Gestalt beugt sich über mich und schaut mich an.

In Sekundenbruchteilen gewöhnen sich meine Augen an den Kontrast und lassen die Figur weniger dunkel erscheinen. Die Konturen formen sich zu Kleidung und einem Gesicht. Ein gebräunter jüngerer Mann – maximal dreißig – mit schmalen Gesichtszügen und einem ernsten Ausdruck schaut mich an. Ich erkenne seine schwarzen Haare und den schwarzen Anzug wieder. Er war es, der mir im Grand Cafe den Umschlag hatte zukommen lassen. Das ist er!

Julius.

Ich beginne unkontrolliert zu lachen, wobei ich jeden einzelnen Jauchzer wie den Stich eines Messers in meiner neuen Wunde empfinde. Ich bin so überschwänglich am Lachen, dass ich mich Verschlucke und nur mühsam ein Husten verhindern kann, als ich ihn anspreche.

„Ich habe gewonnen Bastard. Du bist auf dem Platz." Es war nur ein Machtspiel, aber ich bin Sieger.

Julius wendet den Blick von mir ab und richtet ihn auf den Weg rechts neben der Kirche. Noch ist dort nichts zu sehen, doch die Polizeisirene ist kaum noch hundert Meter entfernt.

„Sag mal Sebastian, hast du jemals einen Polizisten erschossen?"

Jetzt erscheint ein Streifenwagen in der Straße und zeitgleich erhebt Julius ein Gewehr, das ich erst jetzt bemerke. Es ist schwarz und lang und der aufgeschraubte Schalldämpfer gibt ihm noch einige beeindruckende Zusatzzentimeter. Der Wagen bleibt mir quietschenden Reifen stehen, doch Julius hat bereits das Feuer eröffnet. Das Gewehr macht puffende und zischende

Geräusche. Er schießt in schneller Folge mehrere Salven ab und dem Polizeiwagen zertrümmert es die Windschutzscheibe. Ich glaube große rote Flecken von innen auf der Fahrerseite zu entdecken. Dann öffnet sich die Beifahrertür und ein Polizist springt heraus, versucht sich hinter der Tür zu verstecken. Julius zerfetzt ihm seinen Knöchel, der unter der Tür hindurchschaut, und der Mann kippt schreiend neben die Tür. Ein weiteres Mal eröffnet Julius das Feuer und mindestens drei Projektile durchschlagen den Brustkorb des Beamten, bevor er leblos liegen bleibt.

„Ich meine bloß so", sagt der Dreckskerl noch zu mir, „denn wenn der heutige Tag vorbei ist, werde ich das hier wohl dir anhängen müssen."

Und ich habe nicht einmal Zweifel daran, dass er das irgendwie hinbekommt.

Ich wünschte ich hätte eine ausreichend flapsige Bemerkung zur Hand um ihm zu zeigen, dass ich mich nicht einschüchtern lasse. Irgendetwas wie... ja wie... Ach verdammt! Mir will einfach nichts einfallen. Immer noch ist mein Gehirn mit dem eben Erlebten beschäftigt. Er hat auf mich geschossen und dann vor meinen Augen zwei Polizisten getötet. Natürlich hätten diese beiden Gesetzeshüter über Umwege meinen sicheren Tod bedeutet, aber das war ja nicht ihre Absicht. Sie kamen hierher weil sie meinen simulierten Amoklauf verhindern wollten. Sie hatten nicht geplant mich zwecks meiner Ermordung auf die Wache mitzunehmen. Sie wollten die unschuldigen Bürger vor einem schießwütigen Irren schützen.

Jetzt sind sie tot. Julius hat sie erschossen – einfach so. Dass er mir die Sache in die Schuhe zu schieben plant ist mir dabei fast schon egal. Ich hege mittlerweile eh starke Zweifel daran eine hohe Lebenserwartung zu haben.

„Und? Würde der Herr sich jetzt vielleicht dazu bequemen aufzustehen, damit wir uns ein gemütlicheres Plätzchen suchen können?"

Der Sarkasmus, der förmlich aus seinen Worten trieft, reißt mich wieder in die Realität. Er gibt mir ausreichend Distanz, um auf sein Niveau zu rutschen.

„Irgendwer hat mich eben angeschossen, schon vergessen?" Ich funkele ihn so wütend an, wie ich nur kann.

„Es ist nur deine Schulter, was hindert dich daran zu gehen?"

„Vielleicht ist es die Unmenge an Blut, die ich verliere? Vielleicht die Tatsache, dass ich medizinische Hilfe benötige? Dass eine Schlagader oder ein Knochen getroffen sein könnte?" Oder auch, dass ich keinen Wert auf die Gesellschaft eines Polizistenmörders lege?

Er fasst meinen Zustand mit einem Blick zusammen, greift nach meinem linken Arm und versucht mich auf die Beine zu ziehen.

„Bisher hast du maximal einen Viertelliter Blut verloren. Bei jeder Blutspende gibst du mehr. Und deine medizinische Notversorgung übernehme zunächst einmal ich. Sämtliche Schlagadern und Knochen sind im Übrigen unversehrt."

Beim Aufstehen zieht der Schmerz durch die rechte Seite meines Rumpfes, sodass ich meine Antwort mehr zische als ausspreche.

„Bist du auch noch Arzt? Mit Röntgenblick?"

119

„Nein. Ich bin ein guter Schütze und wie du so treffend bemerkt hast nutzt du mir tot gar nichts. Ich weiß wohin ich zielen muss."

Er stützt mich einen kurzen Moment ab. Als er erkennt, dass ich auch alleine stehen kann verlässt er mich kurz, kommt dann aber wieder um mir Halt zu geben, damit wir auf der linken Seite neben der Kirche den Platz verlassen können. Ich wehre mich nicht, denn sowohl der Schock, der mir immer noch in den Gliedern steckt, als auch das Loch in meiner Schulter schwächen meinen Willen stärker als ich mir selbst eingestehen möchte. Um ehrlich zu sein bin ich momentan fast willenlos. Aus dem Augenwinkel erkenne ich nun, warum er mich eben für einen Moment alleine ließ. Er hat mein Handy – das mit Felix' SIM-Karte – und meine leergeballerte Waffe mitgenommen. Natürlich darf beides nicht gefunden werden. In diesem Moment wird mir klar, dass er tatsächlich plant mich nach der Erpressung auszuliefern. Wenn es dann zu der Detonation der Atombomben kommt soll niemand eine Spur finden. Deswegen dürfen auch diese Indizien nicht hier liegen bleiben.

Julius zerrt mich unsanft durch die Straße. Er ist nicht besonders groß und sein Kampfgewicht ist in keinster Weise beeindruckend, doch ich weiß, dass ich ihm in meinem jetzigen Zustand kaum gewachsen bin. Sollte er nun noch über Kampfsportkenntnisse verfügen, was ich ja nicht ausschließen kann, brauche ich an einen Fluchtversuch gar nicht erst zu denken. Da ist es schon fast besser, dass ich im Moment eh nur mit meinen Schmerzen beschäftigt bin, die zu unterdrücken fast meine gesamte Aufmerksamkeit erfordert.

„Hast du wirklich gedacht, du könntest mich herumkommandieren? Dachtest du allen Ernstes, du hättest das Heft in der Hand?" Er versucht sich nichts anmerken zu lassen, doch seinen Zorn vollständig zu unterdrücken, dazu ist er nicht in der Lage.

„War es nicht so?"

„Sieh dich an. Du bist verletzt und ich zerre dich durch die Gegend. Wenn du das einen Sieg nennst, will ich mal sehen wie du verlierst."

„War es von Anfang an dein Plan auf mich zu schießen?"

„Bescheuerte Frage. Natürlich nicht."

„Dann habe ich gewonnen."

Irgendwie schafft er es mir in unserer augenblicklichen Lage den Ellenbogen in die Seite zu rammen. Es tut höllisch weh – fast so als hätte er damit meine Schulter noch weiter aufgerissen. Trotzdem zwingt mich mein Stolz mir ein Ächzen zu verkneifen.

Wir kommen auf einen vollen Parkplatz und er bugsiert mich zwischen zwei Wagen um mich an Einen anzulehnen und den Anderen aufzuschließen. Es ist ein silberner Audi, eine große Karre. Ich glaube sie aus einem Testbericht auf einem Sportkanal wieder zu erkennen – ein A6 wenn ich mich nicht irre. Und, soweit mir mein Gedächtnis keinen Streich spielt, nicht gerade billig. Er öffnet die Fondtür, zieht mich vor und stößt mich auf die Rückbank. Dann verschwindet er für ein paar Sekunden aus meinem Blickfeld und ich höre, wie er sich am Kofferraum zu schaffen macht. Als er wieder da ist hält er mir einen Erste-Hilfe-Koffer hin.

„Mach dir einen Druckverband, kannst du das?" Ich bin verdutzt. Sorgt er sich oder pflegt er nur sein Druckmittel? „Hey? Kannst du das oder nicht? Hast du mal einen Erste-Hilfe-Kurs besucht, für einen Führerschein vielleicht?"

„Ja klar."

„Na dann", sagt Julius und wirft mir das Ding entgegen, so dass ich es gerade noch fangen kann. Er wendet sich ab und will gerade die Tür schließen, als er sich noch einmal umdreht. „Und komm nicht auf dumme Gedanken."

Während er das sagt sieht er an mir vorbei in den Fußraum. Erst jetzt bemerke ich, dass dort eine Kiste mit mindestens zwanzig Kilo Plastiksprengstoff wie dem aus Felix' Anwesen, samt Zünder steht. Als ich Julius wieder anschaue muss er mir ansehen können, dass seine Warnung auf mich nicht den erhofften Effekt hat. Ich bin ‚dummen Gedanken' momentan durchaus nicht abgeneigt, also nimmt er sich mich noch einmal vor.

„Das da", er deutet auf die Kiste, „ist in der Lage mich, dich und alles im Umkreis von mindestens 200 Metern in Schutt und Asche zu legen. Und ganz nebenbei würdest du Felix damit die Arbeit abnehmen." Sprach's und knallte die Tür zu, um hinter dem Lenkrad Platz zu nehmen. Gut, okay. Dann lass ich eben die Finger davon. Schade.

Vorsichtig und nicht zu hastig setzen wir uns in Bewegung. Mittlerweile ertönen wieder Sirenen. Mehrere dieses Mal. Wir verlassen den Parkplatz und setzen uns in Richtung Norden in Bewegung. Die Schmerzen in meiner Schulter machen sich nun in pulsierenden Schüben bemerkbar. Ich schaue nach und stelle fest, dass dies auch der Rhythmus ist, in dem das Blut heraustritt. Es fließt zwar nicht gerade in Strömen, aber ich bin mir nicht sicher wie lange ich mein Bewusstsein aufrecht erhalten kann, wenn das so weitergeht, also öffne ich den Rettungskasten in der Hoffnung, dass sich etwas Verwertbares dort findet. Ich krame einige Mullbinden hervor und etwas Watte. In meiner Hast versuche ich zunächst meine Wunde mit der Watte zu reinigen.

„Verhalte dich ganz ruhig." Ich hatte nichts anderes geplant, doch ein Blick auf die Straße zeigt mir, warum diese Forderung gerade jetzt kommt. Ein Konvoi von fier Polizeiwagen fährt mit Blaulicht an uns vorbei.

„Und, wie geht es nun weiter?", frage ich Julius ganz nebenbei während ich erfolglos versuche die Haut unter meinem total versauten Hemd zu reinigen. „Ich gehe mal nicht davon aus, dass du mich töten wirst."

„So steht es zumindest nicht auf meinem Plan. Das ist die Aufgabe von Felix' Schergen. Es wird das Beste sein uns zunächst einmal aus der Schusslinie zu bringen." Er sagt das ganz ruhig, als würde es ihm nichts ausmachen mal eben zwei Polizisten über den Haufen zu schießen und sich dann wieder dem Tagesgeschehen zuzuwenden.

„Du bist einer von ihnen nicht wahr?"

„Von ‚ihnen'?", lacht er auf, „du weißt doch nicht einmal wer ‚die' sind."

„‚Die' sind ein Haufen Irrer, die Millionen von Menschen töten wollen. Mehr brauche ich nicht zu wissen."

„Ich hätte nicht damit gerechnet, dass du das ohne mich in Erfahrung bringen würdest."

121

„Und es könnte wirklich nicht sein, dass du mich unterschätzt hast?" Ich weiß, dass er das anders sieht. Zumindest würde er lieber einen Arm opfern als das zuzugeben.

„Das glaube ich kaum. Du hattest Glück – nicht mehr und nicht weniger. Mal ganz nebenbei – hast du dir eigentlich schon mal Gedanken darüber gemacht, warum dieser Anschlag stattfinden wird?"

„Warum? Ist das nicht egal? Was brauchen Leute wie ihr schon für Gründe. Ihr seid Wahnsinnige. Fanatiker. Tut ihr es für irgendeinen Sektenführer? Für eine Religion?"

„Weder noch. Felix lässt sich vom ältesten Motiv aller Zeiten lenken. Er ist da nicht anders als ich."

Ich verharre einen Augenblick und schaue Julius im Rückspiegel in seine Augen.

„Geld?"

„Geld. Habgier ist eine unglaublich treibende Kraft, die alles Andere in den Schatten stellt."

Ich wende mich wieder meiner Verletzung zu. Mit einem Ruck reiße ich mein Hemd auf und ziehe es aus um besser an die Wunde zu kommen. Immer wieder tupfe ich die Haut um das Loch herum ab, doch es blutet ständig nach, bis ich feststelle, dass die Blutung verhindert wird sobald ich Druck auf das Loch ausübe. Das soll also ein Druckverband bewirken. Ich nehme mir eine der Mullbinden und wickle sie ab.

„Aber wie wird man reich durch Massenvernichtung? Ist es irgendeine perverse Spekulation, die dahinter steht? Ist es das? Wollt ihr euer Insiderwissen über die bevorstehende Katastrophe an der Börse zu Geld machen? Oder habt ihr einfach nur Schulden bei Banken in diesen Städten?"

„Ich für meinen Teil komme – wie du ja weißt – durch Erpressung an meinen Teil, aber bei Felix ist es noch wesentlich profaner. Er wird für seinen Dienst bezahlt."

Wieder muss ich kurz meinen fruchtlosen Versuch mich selbst zu verbinden unterbrechen, um in Julius' Gesicht nach einem Scherz Ausschau zu halten, doch er meint es wirklich ernst.

„Du meinst es gibt tatsächlich jemanden, der für diese Perversion bezahlt?", frage ich ungläubig.

„Hast du auch nur die leiseste Ahnung davon über welche Summe wir hier reden?"

„Lass hören."

„Wozu? Was interessiert es dich? Du wirst es nicht verhindern und morgen um diese Zeit wird die Welt damit beschäftigt sein, den Schock ihres Lebens zu verarbeiten. Irgendwo wird eine ganze Menge Kohle ihren Besitzer wechseln, aber das wird niemanden mehr interessieren wenn alle damit beschäftigt sind, in den Trümmern nach Überlebenden zu suchen. Ob und wie viel Kohle hier im Spiel ist macht dabei keinen Unterschied."

„Das mag vielleicht sein, aber es interessiert mich durchaus wie viel für dich dabei abfällt. Immerhin bin ich das Druckmittel. Also los. Rück schon raus mit der Sprache. Was bin ich wert? Wie hoch wird mein Herzschlag gehandelt? Tu mal ein bisschen was für mein Ego. Hunderttausend? Eine

122

Million? Zwei?" Er verlässt den Kreisel des Pferdemarktes weiter in Richtung Norden ohne etwas dazu zu sagen, also stichele ich weiter während ich an dem Druckverband verzweifle. „Vier? Fünf? Komm schon. Immerhin hab ich es geschafft dich mit mir als Druckmittel auf den Marktplatz zu zitieren. Also, wie hoch war dein Leidensdruck als du mich dort stehen sahst, wenige Sekunden vor dem Eintreffen der Polizei. Zehn? Sind es Zehn Millionen? Na los, sag schon ich wäre Zehn Millionen wert. Da hätte ich ja einen richtigen Grund stolz zu sein!"

„Fünf."

„Fünf? Fünf was?"

„Milliarden."

„Das ist ein Scherz."

„Das ist die Hälfte dessen, was Felix bekommt."

Stille hält Einzug. Es geht um zehn Milliarden Euro. Zehn Milliarden. Das ist eine Summe die ich mir nicht einmal vorstellen kann. Zehn Milliarden. Soviel Geld kann man getrost als unermesslichen Reichtum umschreiben, das wäre nicht übertrieben. Dafür ist man bereit so einiges zu tun. Manche täten dafür sogar das Unsagbare. Es war bestimmt nicht schwer Felix zu überzeugen.

„Wer?"

Julius lächelt. „Das braucht dich nun wirklich nicht mehr zu interessieren." zum zwanzigsten Mal hintereinander rutscht mir der Verband von der Schulter, als ich versuche etwas Watte so auf der Wunde zu platzieren, dass sie ausreichend Druck ausübt. Meine Finger sind schon ganz glitschig vom Blut.

Wir biegen auf die Nordtangente in Richtung Osten. Ich habe nie verstanden warum diese Schnellstraße so heißt. Es muss ein Scherz eines sarkastischen Städteplaners gewesen sein, eine Straße nach einem Begriff aus der von mir so verhassten Analysis der Mathematik zu benennen.

Julius wendet sich kurz zu mir um.

„Was machst du da hinten eigentlich. Ich sagte du sollst dir einen Druckverband anlegen. Kannst du denn gar nichts richtig machen?"

„Tut mir leid, dass ich so unfähig bin, aber es ist nicht leicht medizinische Präzisionsarbeit zu leisten – mit nur einem Arm!"

Für ein paar Augenblicke sind die einzigen Geräusche im Auto der Motor und mein Ächzen beim Kampf mit dem Verbandszeug. Dann nehme ich die Diskussion wieder auf.

„Warum ich?"

„Zufall. Es hätte jeden aus der Liste erwischen können. Mittlerweile wünschte ich es hätte tatsächlich jemand Anderen erwischt."

„Du lügst. Du hast mich gewählt, weil du wusstest – oder zumindest hofftest – dass ich die Zusammenhänge herausfinden würde."

„Mach dich nicht lächerlich."

„Du hast meinen Status auf der Liste von ‚Reinem Transfer' in ‚Vollzugriff' umgewandelt und Felix mitgeteilt, dass es noch jemanden zu eliminieren gibt bevor er bedenkenlos die Bomben zünden kann, da er ja alle die zuviel wissen noch aus dem Weg räumen wollte. Danach hast du mich vor

123

Felix' Killern gewarnt damit sie mich nicht erwischen. Bei Allem hast du stets darauf geachtet, dass du wusstest wo ich bin und meine Jäger mich nicht bekamen. Wenn du mich mal aus den Augen verloren hattest, brauchtest du mich lediglich wieder auf die Straße zu locken, zum Beispiel als du mir geschrieben hast, dass ich mich besser auf der Straße aufhalten sollte, weil bewegliche Ziele schwieriger zu treffen seien. Das war ein Trick, um mich wiederzufinden. Schließlich hast du Felix gesteckt, dass du es bist der mich beschützt und dass er mich erst finden und töten können würde, wenn du deinen Anteil an der Kohle bekommst."

„Felix ist die Wände hochgegangen, als ich ihm deinen Preis nannte", gibt er nun zu, „das kannst du mir glauben." So wie er das sagt klingt es wie eine lieb gewonnene Erinnerung aus Jugendtagen.

„Aber das reichte nicht, oder? Du wusstest, dass Felix früher oder später herausfinden würde, dass ich im Grunde gar nichts weiß, dass ich gar keinen Vollzugriff hatte und somit gar keine richtige Gefahr darstellen würde. Also musstest du mich mit Informationen füttern. Zunächst war es nur die CD mit der Schocklandliste. Nicht viel für den Anfang, aber immerhin. Es hatte außerdem noch den kleinen Nebeneffekt mich neugierig zu machen und am Ball zu halten. So war die Gefahr geringer, dass ich mich einfach irgendwo in irgendeinem Bau verkrieche, denn du musstest ja wissen wo ich bin, falls Felix tatsächlich auf deine Forderungen eingehen würde. Dann hättest du mich ausgeliefert und den Dingen ihren Lauf gelassen. Um dann noch einen draufzusetzen hast du mir die Fotos der Bomben zukommen lassen. Für dich muss es ein Geschenk des Himmels gewesen sein, als man die Fotos bei der Leiche in der Seitengasse fand. Jetzt wusste Felix, dass ich die Fotos gesehen hatte und damit eine echte Gefahr darstellte. Oh ja, den Typen quasi in meinen Armen zu erschießen war en echter Husarenstreich. Alle Achtung."

„Du denkst wirklich, dass ich..." Er dreht sich um und schaut mich an. „Was machst du denn da? Du saust mir meine ganze Karre ein!" Er bremst etwas zu stark und hält in einer Parkbucht, dann steigt er aus und öffnet die Fondtür um mich unsanft herauszuzerren und sich einige Verbandsutensilien zu nehmen. Sofort verbindet er mir die Schuler und steckt mir jeweils eine weitere Mullbinde unter den Verband an den Stellen an denen die Kugel ein- und austrat. An die Austrittswunde hatte ich bei all meinen Versuchen gar nicht gedacht. Er hat Recht – ich habe ihm wirklich seine komplette Rückbank verschmiert.

„Eines allerdings will mir nicht so recht klar werden", nehme ich den Faden wieder auf. „Warum bin ich so wichtig, wenn du immer noch SIE hast?"

"Sie?"

„Tabea. Du bist auf Nummer sicher gegangen und hast den gleichen Scheiß zweimal durchgezogen – hast auch ihren Status auf der Liste geändert. Warum also musstest du mich unbedingt aus der Schusslinie holen als ich dort auf dem Platz stand. Du hättest mich opfern und mit ihr weiterarbeiten können."

Ich höre ihn hinter mir kichern während er sich an einen Knoten macht um sein Werk zu vollenden.

124

„Ist es das, was sie dir erzählt hat? Dass sie auch nur ein unschuldiges Mädel von der Schocklandliste sei?" Er ist fertig mit dem Verband und auch wenn ich es in meiner Schulter noch pulsieren spüre, so komme ich mir doch erstaunlich gut versorgt vor. Julius dreht mich um und sieht mir mit einem Lächeln ins Gesicht, das ich in nur wenigen Minuten zu hassen gelernt habe. „Lass mich dir mal eine Frage stellen: Warum hast du, als du dort alleine auf dem Platz standest, das gesamte Magazin leergefeuert? Wäre es nicht sinnvoller gewesen sich mindestens eine Kugel aufzusparen, um mich abzuknallen? Dann hättest du dich sofort wieder mit Felix abgeben können, hättest ihm sagen können, dass du nun das Heft in der Hand hältst. Warum hast du das nicht getan?"

„Ich weiß nicht, irgendwie kam mir die Idee nicht."

„Nein. Der einzige Grund, warum du es nicht getan hast ist, dass du mich nicht hättest töten können. Denn das unterscheidet uns beide. Du bist kein Mörder! Ich schon."

„Was willst du mir damit sagen?"

Er schaut mir tief in die Augen.

„Hat es dich nicht gewundert wie dieses unschuldige Mädchen eiskalt zwei ausgebildete Killer abknallt?"

Er schiebt mich zurück auf die Sitzbank, knallt die Tür zu und setzt sich wieder hinter das Steuer um weiterzufahren Ich bin indes mit meinen Gedanken alleine.

Der verarscht mich doch. Tabea ist ein Opfer, so wie ich. Weshalb sonst hätte sie mir helfen, sich mit mir austauschen sollen? Was hätte sie davon gehabt mich zu retten, wenn sie da selber irgendwie mit drin stecken würde? Allerdings wäre ja auch gar nicht unbedingt gesagt, dass sie auf der Seite der Terroristen steht. Sie könnte zum Beispiel eine Art Agentin sein, die ihnen auf die Schliche gekommen ist. Dennoch – sie wirkte so überfordert, so mitgenommen, dass ich es mir einfach nicht vorstellen kann, sie sei Beruflich mit solchen Dingen beschäftigt.

Und doch ist sein Argument nicht von der Hand zu weisen. Sie wusste genau, wie sie mit der Uzi umzugehen hatte. In der Schule lernt man so was nicht. Und der Papa bringt einem das auch nicht bei.

„Ich will dir mal ein kleines Geheimnis verraten Kleiner. Der Schuss der den Killer außer Gefecht setzte als du in der Gasse feststecktest, der kam nicht aus meiner Waffe. Dreimal darfst du raten, wer ihn auf dem Gewissen hat."

„Das ist doch alles Blödsinn."

„Ist mir eigentlich egal ob du mir glaubst. Kannst du halten wie du willst." Julius fädelt sich wieder in den Verkehr ein und tritt nun etwas stärker aufs Gas, ohne dabei auffällig zu rasen. So frisch verbunden kann ich mich nun etwas mehr auf meine Umgebung konzentrieren. Hier hinten sitze ich nun, mit einer schmutzigen, zerrissenen Hose bekleidet, auf einer mit Blut vollgesauten Rückbank. Neben mir im Fußraum befindet sich eine große Menge Plastiksprengstoff mit Zünder. Dass ich damit nichts anfangen kann ist mir sofort klar. Erstens weiß ich nicht damit umzugehen und zweitens wäre niemandem damit geholfen, wenn ich uns beide nun einfach in die Luft

125

sprenge. Ich setze mich in die Mitte, um Julius über die Schulter zu blicken. Neben ihm, im Fußraum des Beifahrerplatzes, steht an die Sitzfläche gelehnt das Scharfschützengewehr mit dem er mich angeschossen und die beiden Polizisten umgebracht hat. Auf dem Sitz selber liegt mein Handy das er mitgenommen hat und meine leere Kanone.

Vielleicht sollte ich mir einfach das Gewehr nehmen und es ihm an den Kopf halten. Dann hätte ich ihn zumindest schon mal in meiner Gewalt. Wie es dann weiterginge könnte ich mir immer noch überlegen. Andererseits ist das Ding viel zu groß und zu sperrig um es im Innenraum dieser Limousine schnell an sich reißen, herumzudrehen und in Position bringen zu können. Außerdem würde Julius sich mit Sicherheit wehren, es würde ein Handgemenge entstehen währenddessen er schlimmstenfalls die Kontrolle über das Fahrzeug verlieren könnte. Bei cirka 110 km/h, die wir im Moment drauf haben kann das übel ins Auge gehen. Kein guter Plan. Jetzt bereue ich tatsächlich, dass ich die Kanone nicht hier hinten bei mir habe – natürlich geladen.

Ich bemerke etwas Ungewöhnliches und kann zunächst nicht sagen was ich dort im Augenwinkel mitbekommen habe, als es sich plötzlich wiederholt. Es geschieht im Rückspiegel. In schneller Folge hat ein Wagen hinter uns zwei Fahrzeuge überholt. Ein großer schwarzer Wagen – mehr kann ich nicht feststellen. Dann plötzlich tut es ihm ein ebenso großer Roter nach. Dieses Mal hat auch Julius es bemerkt. Ich schau mir seine Augen im Innenspiegel an. Es ist kaum eine Änderung im Ausdruck zu erkennen, doch die Art wie er mit einem Mal unglaublich oft nach hinten blickt sagt mir, dass er ähnlich denkt wie ich. In meinem Fall handelt es sich um nur vier Worte:

Das ist nicht gut.

Wir rasen bereits auf die Abzweigungen zur Autobahnauffahrt Oldenburg-Ohmstede zu und Julius macht keine Anstalten die erste Auffahrt Richtung Hafen zu nehmen. Offensichtlich soll es weiter nach Norden gehen. Ich sehe die Hinweisschilder für die erste Abfahrt mit über hundert Sachen auf uns zu und in Gedanken bereits an uns vorbeiziehen, als sich wieder etwas im Rückspiegel tut. Beide Geländewagen überholen wieder und ziehen nun an mehreren Fahrzeugen gleichzeitig vorbei. In der Ferne glaube ich noch einen weiteren dunklen Wagen zu erkennen der es ebenfalls sehr eilig hat. Ich öffne meinen Mund um dieses Schauspiel zu kommentieren, entscheide mich allerdings doch dagegen. Was gibt es auch großartig zu sagen? Plötzlich haben es die beiden ersten Verfolger geschafft, scheren einige Hundert Meter hinter uns ein und rasen mit unverminderter Geschwindigkeit auf uns zu. Ich drehe mich auf der Rückbank um, um mit sie besser sehen zu können. Sie müssen mindestens zweihundert auf dem Tacho haben und in wenigen Augenblicken wird ihr Aufprall unvermeidlich sein. Links neben uns erscheint die Abbiegespur zur ersten Auffahrt und gerade als ich mich frage wie hart wohl der Einschlag unserer Verfolger werden wird, tut Julius das in meinen Augen Schlimmste was er tun kann.

Er steigt voll in die Bremse.

Die Reifen kreischen rhythmisch und das dafür verantwortlich ABS rüttelt uns nach allen Regeln der Kunst durch. Auch hinter uns tut man alles um

126

einen Zusammenstoß zu vermeiden. Obwohl auch die Räder der Verfolger nicht blockieren erzeugen die Bremsimpulse eine menge Qualm. Der hintere Rote muss ausweichen um seinem Vorderwagen nicht aufzusitzen und es macht beiden sichtlich Mühe die Situation unter Kontrolle zu halten. Ich für meinen Teil muss mich mit aller Kraft an den beiden Vorderlehnen festhalten, um durch die starke Verzögerung nicht zwischen den beiden Vordersitzen hindurchgedrückt zu werden. Wir stehen noch immer nicht, befinden uns meiner Schätzung nach bei etwa siebzig Stundenkilometern, als Julius noch im Bremsen das Steuer nach links reißt. Ich schleudere rechts gegen die Tür und verliere für einen Augenblick die Orientierung. ‚Wir müssen ins schleudern geraten sein', denke ich, doch ein Blick aus dem Fenster und mein zweifelhaftes Gefühl für Physik und Technik zeigen mir, dass ABS, ESP, und alles was in dieser Karosse sonst noch drei Buchstaben hat, alles geben um den Wagen astrein in der Spur zu halten. Unter Quietschen, kreischen und ächzen des Materials nehmen wir nun doch die erste Auffahrt in Richtung Hafen und das mit dem höchstmöglichem Tempo. Um uns herum hupt und blendet es, denn wir haben uns offensichtlich einen feuchten Kehricht für den entgegenkommenden Verkehr interessiert, aber das ist nun erst mal zweit- bis zwölftrangig. Ich blicke wieder nach hinten. Der erste Geländewagen hat die Kurve nicht gekriegt, der zweite schafft es auch nur mit Hängen und Würgen – aber er schafft es und nun erscheint auch der ehemalige Erste, der Schwarze wieder – einige Meter dahinter. Gerade, als ich die beiden durch die Kurve der Auffahrt aus den Augen verliere bekomme ich noch mit, dass der Dritte im Bunde – auch ein schwarzer Wagen – ebenfalls auf die Auffahrt biegt.

Kaum auf der Geraden des Beschleunigungsstreifens angekommen, tritt Julius voll aufs Gas. Der Audi brüllt seine Pferdestärken in den Innenraum und es drückt mich in den Sitz. Es lässt sich ein Blick auf die Tachonadel erhaschen und ich sehe, dass wir innerhalb weniger Sekunden die zweihunderter Marke erreichen, als er plötzlich wieder stark bremsen muss. Ein LKW schert aus um einen Anderen zu überholen.

„Sch...", entweicht es Julius und ich spüre wie mein Puls rast beim Gedanken daran, dass er offensichtlich langsam die Kontrolle über die Lage verliert. Ich schaue mir wieder seine Augen im Spiegel an. Wie mit einem Rasiermesser geschnittene Fältchen an den Rändern deuten auf tiefste Konzentration hin. Er fährt fast wie in einem Wahn. Hinter uns erscheinen nun die drei Geländewagen wieder. Immer noch führt der Rote vor den beiden Schwarzen. Julius zieht den Wagen schroff nach rechts und überholt das Elefantenrennen auf dem Standstreifen. Hinter uns schießen uns unsere Verfolger hinterher und holen dabei beunruhigend stark auf. Für den breiten Audi ist die Standspur zu schmal und so schrammen wir mit lautem Kreischen an der Leitplanke entlang. Dem roten Boliden ergeht es nicht anders. Um dies nicht zu wiederholen, ziehen wir nach den LKWs wieder nach links und beginnen im Slalom so schnell wie möglich an den anderen Verkehrsteilnehmern vorbeizukommen, doch ein Blick nach vorn zeigt eine stark befahrene Autobahn die in den Himmel zu ragen scheint. Das ist die Auffahrt zur Huntebrücke welche sich in dreißig Metern Höhe über den Fluss spannt. Es ist so als würde man direkt ins Blaue fahren. Fast schon romantisch, wenn man kurz darüber hinwegsieht, dass wir uns hier in diesem Fahrzeug gerne gegenseitig an die Gurgel gehen würden und dabei von mindestens drei Irren in monströsen Geländewagen verfolgt werden.

Die Autos fliegen in allen bekannten Regenbogenfarben an uns vorbei und nahezu alle verfallen in wilde Hupkonzerte. Oftmals erschrickt jemand, der gerade die Spur wechseln möchte und uns übersieht. Ich werde hin und her geworfen. Die Schmerzen in meiner Schulter habe ich gerade vergessen, als ich bemerke, dass genau die mich am festen Halt hindern. Beim Versuch mich an einem der Vordersitze festzukrallen zieht ein überaus unangenehmes Stechen durch meinen Brustkorb. Ich werfe wieder einen Blick nach hinten und erkenne ein echtes Problem unserer Fahrt. Alle verschreckten Verkehrsteilnehmer ziehen instinktiv mit ihren Pkws zur Seite, sobald sie uns bemerken. Oft ist das nur sehr kurz vor dem Zusammenstoß und so ist Julius immer wieder gezwungen zu bremsen. Hinter uns allerdings ist die Bahn dann frei, was zur Folge hat, dass die Geländewagen schnell aufholen. Wir sind nun fast auf der Spitze der Brücke.

„Vielleicht noch hundert Meter", rufe ich Julius zu und meine damit die Entfernung des heranschießenden Geländewagens, „Tendenz verringernd. Wie sieht unser Plan aus?"

„Das wird sich zeigen", zischt er durch die Zähne, während er einer Hausfrau im gelben Kleinwagen ausweicht. Langsam aber sicher freunde ich mich mit dem Gedanken an, dass wir dort wo Julius ursprünglich hin wollte vielleicht nicht mehr ankommen werden.

„Fünfzig!"

Links am grünen Lieferwagen vorbei, dann voll auf einen blauen BMW zuhalten.

„Fünfundzwanzig! Also ungefähr!"

Rechts am BMW vorbei.

„Zehn! Achtung!" Ich gehe fest von einem Einschlag aus und will mich gerade Ducken, als die beiden vorderen Geländewagen links und rechts ausweichen und beidseitig an uns vorbeischießen. Ich versuche in ihren Innenraum zu sehen, aber es geht einfach zu schnell. Genau vor uns machen sie die Lücke zwischen sich zu und legen eine absolut synchrone Vollbremsung hin. Auch Julius steigt voll in die Eisen. Dann löst er das Pedal und gibt wieder Vollgas. Wir steuern wieder auf die Standspur zu – versuchen rechts an dem Roten vorbeizukommen. Wieder brüllen Unmengen von PS in den Innenraum und wir sind fast vorbei, als das monströse, rote Gefährt ebenfalls nach rechts zieht und uns mit aller Kraft rammt.

Das Heck des Audis bricht rechts weg und prallt gegen die Leitplanke. Dann katapultiert es zurück und wir schleudern laut kreischend um unsere eigene Achse. Um uns herum verschwimmen alle Farben zu einem alles durchdringenden Bunt. Wie ein Kreisel schießen wir mit fast zweihundert über die Bahn und schlagen dabei abwechseln in beide Seiten in die Leitplanken. Die hinteren Seitenfenster zerbersten als Erste, dann trifft es die Frontscheibe. Julius und ich sind viel zu geschockt um zu schreien. Sekunden ziehen dahin und ich lasse mich nun wie einen nassen Sack einfach durch den

128

Wagen werfen. Es grenzt an ein Wunder, dass wir uns nicht überschlagen. Immer wieder knallt es im Innenraum, wenn wieder einer der Airbags seinen Dienst für nötig hält. Immer mehr weiße Säcke schießen uns aus allen Richtungen entgegen, der Audi füllt sich mit weißem Rauch. Und dann – mit einem Mal – ist es vorbei. Wir stehen – zumindest für eine halbe Sekunde. Dann schlägt der blaue BMW seitlich in unsere Front und reißt uns noch eine weitere Vierteldrehung herum. Ich höre wie auch er zum Stehen kommt.

Stille.

Scherben.

Rauch.

Ich liege längst auf der Rückbank und nach einem unendlich lang erscheinenden Augenblick meldet sich Julius mit vom Rauch aufgerauter Stimme wieder unter den Lebenden.

„SCHEISSE!"

21

Nach dem Unfall brauche ich einige Sekunden, um mich zu sammeln. Eigenartiger Weise bemerke ich meine verletzte Schulter dabei gar nicht mehr. Es ist alles eine Frage der Aufmerksamkeit. Das war ein Crash der uns eigentlich das Leben hätte kosten müssen. Jetzt noch atmen zu können lässt einen auch schon mal ein Loch in der Schulter vergessen. Als langsam alles wieder ein klein wenig aufklart, richte ich mich auf.

Sämtliche Scheiben sind zerborsten, auch wenn sich die Windschutzscheibe immerhin noch irgendwie im Rahmen hält. Alle Airbags scheinen ausgelöst zu sein und liegen nun als schlaffe weiße Säcke aus ihren verschiedenen Öffnungen heraus, wie die Gedärme aus einem überfahrenen Igel. Die rechte Vordertür hängt aufgesprungen in ihren Angeln, bei der linken Hintertür hat es die Innenverkleidung heraus gebrochen. Unter meinem Hintern höre ich das Knirschen der Glasscherben. Ich schaue zu Julius.

Er hustet und kämpft sich ebenfalls aufrecht, wenn er auch damit etwas länger zu brauchen scheint. Er ist offensichtlich noch sehr mit sich selber beschäftigt, wodurch ich kurz darüber nachdenke, ob er wohl irgendwelche inneren Verletzungen haben könnte. Dann erkenne ich, dass die Qualen die seine Gesichtszüge darstellen von mir nur fehlgedeutet werden. Es sind keine Schmerzen. Es ist Zorn!

Ich möchte die Tür öffnen, aber mit der Verkleidung hat es leider auch den Griff erwischt, also versuche ich sie mit einem kräftigen Tritt aufzubrechen. Der erste Versuch misslingt wie auch der Zweite, erst als ich all meine Kraft einsetze, springt die Tür auf und klappt knirschend bis zum Anschlag auf. Dann krabbele ich aus dem Audi und fühle mich mittlerweile wie ein vollgerotztes, zerknülltes Taschentuch. Um mich herum nehme ich als erstes die Stille wahr die nur vom Motorengeräusch der Gegenfahrbahn leise untermalt wird. Danach erst erfasst mein Blick das Chaos. Überall liegen Blechteile und Scherben. Weiter in Fahrtrichtung, in etwa zehn Metern Entfernung, steht der BMW quer zur Fahrbahn, ist um etwa einen halben Meter kürzer und erinnert vorne an zerdrückte Alufolie. Dahinter – maximal fünfzig Meter weiter – erkenne ich durch die Rauchschwaden, die der Motor des zerstörten BMWs von sich gibt, den roten Geländewagen, der es während unserer Pirouetten irgendwie an uns vorbeigeschafft haben muss. Er steht mit der Schnauze zu uns, also gegen die Fahrtrichtung. Hinter uns erkenne ich zunächst nur Blech, wenn auch erst in einiger Entfernung. Nach etwa hundert Metern freiem Asphalt scheinen mehrere Autos ineinander gerast zu sein. Aus dem bunten Haufen verbeultem Blech ziehen ebenfalls einige Dampffahnen herauf. Nach hinten sperrt ein quergerutschter LKW das Chaos ab. Einige Menschen öffnen ihre Türen und schälen sich aus ihren Karossen, werden sich langsam dessen bewusst was ihnen eben widerfahren ist. Dann fallen mir die beiden höheren schwarzen Fahrgastzellen auf die aus dem Blechgewirr herausragen.

Nun richte ich meine Aufmerksamkeit auf unser Auto. Es steht wieder in Fahrtrichtung. Ein Wrack. Vorne wie hinten jeweils einen halben Meter eingedrückt, rundum verbeult und verschrammt, lässt sich beim besten Willen nicht mehr erkennen, um was es sich mal gehandelt haben könnte. Und dann fällt mir auf, dass Julius anscheinend den Moment der Lethargie hinter sich gelassen hat. Er lädt sein Gewehr durch und steckt sich hektisch mehrere Handfeuerwaffen in den Hosenbund. Dann sieht er mich schockiert an.

„Was tust du da?!", brüllt er mich an, doch ich höre ihn gar nicht. Ich fühle mich inmitten dieses Chaosses irgendwie in Plüsch gepackt – lasse wie ein Tourist die Umgebung auf mich einwirken.

Die Aussicht ist hübsch hier auf der Spitze der Huntebrücke. Ein wunderschöner Sonnenuntergang nimmt meine Aufmerksamkeit für den Bruchteil einer Sekunde in Anspruch. Es wird langsam Abend und die Sonne scheint in der Stadt zu versinken. Die Schönheit dieses Moments ist im wahrsten Sinne des Wortes atemberaubend.

„Komm zurück!" Julius brüllt mich mit allem was ihm an Luft zur Verfügung steht an. Ein paar Meter weiter steigt nun auch der Fahrer des BMWs aus und schaut entgeistert den Schaden an seinem Fahrzeug an. Dann öffnen sich wie in Zeitlupe die Türen des großen Roten. Jemand steigt vom Beifahrersitz und richtet sofort eine Waffe auf mich.

Ich Idiot!

Mit einem Hechtsprung katapultiere ich mich zurück auf die Rückbank unseres Blechhaufens und sehe dabei gerade noch, wie sich die Schussbahn dadurch mit dem BMW-Fahrer kreuzt, welcher sofort von mehreren Kugeln durchschlagen wird und schüttelnd zu Boden sinkt.

Jetzt reißt Julius die Tür auf und richtet sein Gewehr auf den Schützen. Mit der Tür als Schutzschild feuert er in schneller Folge eine Salve ab. Auch wenn ich weiß, dass es besser für mich ist in Deckung zu bleiben, schaue ich mich doch durch das zerstörte Rückfenster um. Nun öffnen sich auch die Türen der beiden anderen Geländewagen. Mindestens drei Männer pro Fahrzeug steigen aus und erheben ohne zu zögern ihre Waffen.

„Julius! Von hinten!"

Er dreht sich um, versteckt sich nun hinter der noch aufstehenden Hintertür und schießt sofort weiter. In der Menge bricht Panik aus. Einige Menschen versuchen zu fliehen, wissen aber nicht wohin. Einem explodiert plötzlich und unvermittelt der Kopf. Sein Körper sackt senkrecht zusammen. Die Meisten machen es meiner Meinung nach richtig und setzen sich zurück in die Autos um sich zu ducken. Julius wendet sich wieder der ersten Killergruppe zu und erledigt zwei durch Kopfschüsse. Mindestens einer, wenn nicht sogar ein Weiterer befinden sich noch auf dieser Seite, aber er muss sich noch einmal umdrehen, um die zweite Gruppe in Schach zu halten. Zwei Kugeln der Killer zischen knapp über meinem Kopf hinweg und ich ducke mich.

„Ihr Mistkerle!" Ich glaube nicht, dass sie Julius hören können, aber das hält ihn nicht davon ab sie anzuschreien.

Wieder einen Blick riskierend sehe ich einen Schützen umkippen. Wieder ein Treffer! Plötzlich kommt nur noch ein Klicken aus Julius Waffe. Fast zeitgleich knallt hinter ihm eine Kugel in die A-Säule – wieder vom vor uns stehenden Geländewagen. Julius sieht mich an, aber sein Blick ist leer – kalt und doch brennend – er sieht rot.

Er zieht die beiden Handfeuerwaffen aus seinem Hosenbund, dreht sich um und rennt schreiend auf die beiden verbleibenden Schützen des roten Wagens zu. Sie wirken irgendwie überrascht durch diese Aktion und bleiben wie angewurzelt stehen. Mit beiden Waffen erschießt Julius sie gleichzeitig mit mehreren Schüssen in ihre Oberkörper. Er ist so in Rage, dass es nicht den Anschein macht als würde er merken, wie er dabei über den Kofferraum des im Weg stehenden BMWs springt. Dann schlagen mehrere Projektile in die Seite des blauen Fahrzeugs ein. Er hat die zweite Gruppe von Killern im Wahn schlicht und einfach vergessen und jetzt da es ihm wieder einfällt kann er nur hinter dem Bayrischen Fabrikat in Deckung gehen. Sofort lugt er wieder über die Gepäckklappe und schießt. Die Schützen in dem weit entfernten Blechhaufen hatten mittlerweile genügend Zeit sich zu verschanzen. Sie feuern aus allen Rohren. Überall flammt Mündungsfeuer auf. Einer der Passanten verliert die Nerven, steigt aus und springt über die Leitplanken und den Mittelstreifen auf die Gegenfahrbahn. Durch die Schießerei sind leider die dortigen Schaulustigen wieder dazu übergegangen schnell weiterzufahren und so hört man quietschende Reifen und sieht danach seinen Körper durch die Luft fliegen. Drei Kugeln fliegen knapp über mich hinweg, und so zucke ich und kauere mich auf der Rückbank zusammen.

Hier werde ich sterben – eine andere Möglichkeit gibt es nicht!

Ich riskiere einen Blick zu Julius, der sich wieder hinter den Wagen zurückgezogen hat. Zwei Magazine werden von dort weggeworfen was mich vermuten lässt, dass er seine Kanonen nachlädt. Dann erscheinen seine bewaffneten Hände wieder, diesmal über der zerklüfteten Motorhaube, und feuern weiter. Ich ducke mich wieder.

Das ist das Ende!

Ich sitze in einem Wrack mitten im Kugelhagel zwischen einem Haufen Killern, die mir ans Leder wollen, und einem Typen, der mich für Kohle verhökern möchte. Er ist alleine und wird unter keinen Umständen gegen diese Armada gewinnen können. Und selbst wenn das Unmögliche geschehen sollte, wird er mich an Felix verscheuern und spätestens dann bin ich Geschichte. Und mit mir Berlin, Hamburg und München!

Ich werde sterben und mit mir Millionen unschuldiger Menschen. Es gibt keine Chance! Es ist vorbei. Ich höre Schüsse. Kugeln zischen überall um das Wrack herum, durchschlagen Blech, zertrümmern Asphalt.

Ich will nicht sterben!

Ich darf nicht sterben!

Plötzlich sehe ich sie – DIE Möglichkeit!

Die Hunte!

Ich öffne die Fondtür auf der rechten Seite und sehe die Leitplanke und den Zaun nur vier Meter vor mir. Ich bin mir ziemlich sicher, dass wir uns über dem Fluss befinden, dennoch – selbst dann geht es hinter dieser Stahlbarriere dreißig Meter senkrecht in die Tiefe. Ich habe mal in einem Fernsehbericht etwas über Klippenspringer in Schweden gesehen. Es hieß, bei siebenundzwanzig Metern wird das Wasser hart wie Beton. Nur ein perfektes Eintauchen kann einen Genickbruch abwenden. Als Kind hatte ich Angst vor dem Dreier – als Erwachsener ändert sich daran nichts. Die zehnfache Höhe ohne Garantie, dass sich der Fluss überhaupt direkt unter mir befindet, ohne Kenntnis von dessen Tiefe und in der relativ festen Überzeugung, dass es mich umbringen wird – das sind nicht die besten Aussichten!

Aber die Alternative ist im Kugelhagel zu sterben. Ich habe eine Wahl die keine ist!

Ich schaue noch mal zu den Killern. Sie geben immer noch ein Bild des Krieges ab. Dann sehe ich zu Julius. Der einsame Wahnsinnige hält wacker die Stellung, fletscht im Kampfwahn seine Zähne. Danach wandert mein Blick aus irgendeinem Grund auf den Beifahrersitz und das Bild meines Handys brennt sich in meine Netzhaut. ‚Du wirst es brauchen' ruft es aus der hintersten Ecke meines Kopfes und so greife ich es mir, entferne die immer noch eingesteckte Freisprecheinrichtung und stecke mir das Telefon in die Hosentasche. Jetzt lege ich mich auf den Rücken, richte mich nur soweit auf, dass ich über meinen verbundenen Oberkörper, meine abgenutzte Hose und die Turnschuhe gerade noch so die Leitplanke und hinter ihr das gold schimmernde Oldenburg sehen kann.

Ich kann das nicht überleben. Wenn ich das tue ist alles vorbei! Der Selbsterhaltungstrieb meldet sich und krallt sich in meinen Oberarmen ein um mich auf der Rückbank zu halten. Als jedoch wieder zwei Projektile durch den Innenraum zischen, lassen die Klauen mich plötzlich los und ich bin frei.

Meine Arme stemmen mich hoch und mit dem Schwung dieser Aktion schleudere ich meinen Körper aus dem Fahrzeug. Es sind nur drei Schritte maximal, aber überall fliegen Kugeln umher und ich weiß, dass meine Chancen lebend am Abgrund anzukommen nicht besonders gut sind. Aus den hintersten Ecken meines Körpers mobilisiere ich die allerletzten Kraftreserven und lasse sie in meine Beine strömen. Nach einem Schritt passiert noch nichts. Der Zweite bleibt ebenfalls ohne Folgen. Der Dritte und Letzte auf dem Asphalt wird plötzlich vom Pfeifen einer Kugel begleitet, die mich jedoch verfehlt. Ich reiße mein Bein so hoch ich kann und platziere es auf der Leitplanke. Zwei weitere Schüsse der Killer verfehlen mich. Noch einmal reiße ich das nächste Bein hoch, visiere das Geländer an und hebe meinen Schwerpunkt über die Kante hinaus.

Ich stoße mich mit allerletzter Kraft ab, um so weit wie möglich hinauszuspringen und breite meine Arme aus wie ein Vogel, der zum Flug ansetzt.

Mein Körper erhebt sich ein letztes Mal in ein Meer aus Kugeln und hinter mir höre ich Julius.

„NEIN!"

Doch.

In diesem Moment ist die vor mir liegende Stadt im Sonnenuntergang der schönste Anblick meines Lebens.

Umgeben vom Nichts.

Jetzt zu sterben scheint mir okay zu sein.

Dann, mit einer Gewalt die nur die ursprünglichste Kraft des Universums haben kann, setzt sie gnadenlos ein.

Die Schwerkraft!

22

Kaulquappen ziehen über meine Füße hinweg, die dort knöcheltief im See stehen. Es kribbelt irgendwie und ich fände das lustig, wäre ich nicht zu fasziniert von dem Treiben, diesem Schauspiel welches sich mir hier bietet. Ich trage eine kurze Hose und es ist Sommer und ich bin glücklich. Irgendwo hinter mir ruft mein Kumpel nach mir, will irgendetwas von mir, doch ich höre gar nicht so genau hin. Wie hypnotisiert schaue in das schwarze Gewimmel unter mir. Meine Füße sind klein und ich weiß – ich bin ein Kind. Ich bin fünf, sechs – vielleicht sieben Jahre alt und verbringe meine Ferien mit meinem besten Freund beim Ferienhaus seiner Eltern. Das ist lustig. Hier gibt es einen See, viele Bäume zum klettern und es gibt hier Nudeln mit Fischstäbchen. Und es gibt Kaulquappen! Sie ziehen am Rand des Sees immer in eine Richtung und ich frage mich warum sie dies tun. Ist ihnen denn nicht klar, dass sie nur im Kreis schwimmen? In einem großen Kreis? Wie lange wird einer von ihnen brauchen, um wieder dort angelangt zu sein, wo er gestartet ist? Zehn Stunden? Einen Tag? Oder auch zwei? Wird er bereits Beinchen haben, wenn er wieder hier vorbeikommt? Hat er dann noch einen Schwanz? Ich weiß, dass der sich zurückbilden wird. Er wird immer kürzer und kürzer, bis er schließlich gar nicht mehr zu sehen ist. Mein Vater hat es mir erklärt, als wir mal welche im Fernsehen gesehen haben. Diese hier, die aus irgendeinem Grund versuchen in meine Füße hineinzukriechen, sehen nicht anders aus als die, die wir damals im TV sahen. Allerdings ist es tausendmal faszinierender, wenn es echt ist. Live. Mit allen Sinnen.

Plötzlich ein Sprung.

Ich stehe an unserem Esszimmertisch und zerreiße buntes Geschenkpapier. Um mich herum – meine Familie. Da draußen scheint die Sonne und da ich der einzige bin der auspackt, muss es mein Geburtstag sein. Ich bin mir nicht sicher wie alt ich werde, bis ich plötzlich einen nagelneuen Rasierapparat in den Händen halte. Ich bin also sechzehn und seit dem letzten Sommer wachsen meine Barthaare wie blöde. Endlich kann ich etwas

133

dagegen unternehmen – das wurde aber auch Zeit! Ich blinzele zum nächsten Geschenk und freue mich schon darauf, dieses deutlich größere Paket auszupacken, denn ich weiß genau was da drin ist: Mein erster Mantel – wie cool!

Wieder ein Sprung.

Es ist dunkel um mich herum, doch schnell erkenne ich die Konturen des Ortes an dem ich mich befinde. Beigefarbene Stoffe und Plastik umgeben mich in meinem ersten eigenen Auto. Es ist abends und ich stehe auf einem Parkplatz hinter meinem Lieblingscafe. Eine Laterne leuchtet in den Innenraum und ich warte auf irgendwas, als ich plötzlich bemerke, dass ich nicht alleine hier bin. Neben mir auf dem Beifahrersitz lehnt sich ein Mädchen zu mir rüber, schließt die Augen und visiert meinen Mund an. Es ist weich, warm und ein wenig feucht auf meinen Lippen. Im ersten Moment bin ich schockiert, doch dann lerne ich es zu genießen. Es ist mein erster Kuss. Im ersten eigenen Auto. Ich bin achtzehn. Eigentlich ziemlich spät.

Und wieder geht es weiter.

Ich sitze in einem Saal mit vielen Menschen. Alle sind sie das was man ,junge Erwachsene' nennen könnte. Niemand sieht den Anderen direkt an. Jeder ist irgendwie gehemmt. Der Saal fällt nach vorne hin steil ab, sodass man von jedem Platz aus gut auf die Tafel schauen kann. Wir alle sind nervös, denn es ist unsere erste Vorlesung. Als endlich der Professor reinkommt und sich zur Tafel begibt um seinen Namen anzuschreiben wird mir plötzlich bewusst, was hier passiert.

Ich habe davon gelesen, dass Menschen die kurz vor dem Tode stehen ihr eigenes Leben noch mal im Schnelldurchlauf durchleben. Irgendwie hatte ich mir das anders vorgestellt. Mehr wie eine Art Vorspulen als dieses Stichprobenartige. Mit einer Bestandsaufnahme am Ende, einem Fazit, einem Resultat. Wo dies hier hinführen soll kann ich beim besten Willen nicht absehen. Dieser Film, der hier vor meinem inneren Auge abläuft, hat offensichtlich keinen roten Faden. Wo soll das hinführen?

Plötzlich bin ich wieder ganz klein. Ich trage einen einteiligen Anzug aus Frottee. Meine Finger sind klein und im Verhältnis zu dick. Dort wo Knöchel auf dem Handrücken sein sollten sehe ich nur Grübchen. Ich höre mich selber schreien – bin ein Kind. Dann fällt es mir wieder ein. Das ist sie! Die erste Erinnerung meines Lebens! Die erste grausame Ungerechtigkeit meiner jungen Tage, die mir im Gedächtnis haften blieb. Das doofe Mädchen aus der Nachbarschaft! Sie hat das Lenkrad meines Bobby-Cars abgebrochen. Zum ersten Mal in meinem Leben verspüre ich ein Gefühl, das so kräftig und elementar ist, dass sich ausgerechnet dieser Moment tief in meine Seele brannte.

Hass!

Wieder hole ich tief Luft und schreie es mit aller Kraft aus mir heraus, als dieses Mädchen plötzlich etwas sagt, das so gar nicht zu einem vierjährigen Mädchen passen möchte.

„Du bist noch nicht tot!"

23

Ein unglaublich intensiver Wind strömt mir entgegen. Es ist so als würde mich ein Sturm durch das Universum fegen. Ich öffne die Augen und sehe dem Wasser entgegen, wie die Oberfläche unaufhaltsam und mit steigender Geschwindigkeit auf mich zurast. Ich habe die Hälfte der Höhe hinter mir und bin bereits so schnell, dass ich diesen Aufprall nicht überleben kann – so schätze ich es zumindest ein. Ich rase der Erde immer noch mit ausgebreiteten Armen entgegen. Wie ein Fallschirmspringer. Wie ein Idiot! Ich muss senkrecht eintauchen, wenn ich überhaupt eine Chance haben möchte. Meine Arme mit aller Kraft dicht an meinen Körper pressend, die Beine gespreizt hoffe ich, dass sich genug Luft in meiner Hose verfängt um mich in die Senkrechte zu bringen. Noch etwa zehn Meter zur Erde neigt sich mein Körper und nimmt noch mal merklich an Tempo zu. Die Luft reibt auf meiner Haut als würde ich bei über hundert Sachen den Arm aus einem fahrenden Auto strecken. Den Kopf im Nacken sehe ich das Unvermeidliche auf mich zukommen. Den Kopf im Nacken – im Nacken? Es wird mir das Genick brechen, wenn ich so eintauche – denke ich noch und versuche dabei meine Halswirbelsäule so gerade wie möglich zu strecken. Ich schaue nun verkehrt herum unter der Brücke durch, sehe Wasser, grüne Wiesen und Bäume. Weniger als drei Meter vor dem Wasser reiße ich meine Arme nach oben, also eigentlich unten, weil ich das so aus dem Fernsehen vom Turmspringen kenne. Ich muss eine gerade Einheit sein, eine aalglatte Säule, die ohne jeglichen Probleme eintauchen kann. So wenig Angriffsfläche wie möglich. Meine Hände ballen sich zu Fäusten, die Unterarme spannen sich und jeder Muskel meines Körpers erhärtet sich aufs Extremste. Wieder einmal zuckt ein Schmerz durch meinen Oberkörper, ausgehend von der Wunde in meiner Schulter. Maximal einen Meter noch. Ich schließe die Augen, presse die Augenlider wie auch die Lippen so fest es geht aufeinander. Mein letzter Gedanke ist: ‚Ich Idiot! Ich hätte mit den Füßen voran springen sollen!‘ Dann zertrümmern meine Fäuste den Beton des Wassers.

Ich spüre nicht wie ich eintauche. Von einem Moment auf den anderen bin ich von Wasser umgeben das mich umströmt. Es reißt an meiner Kleidung, meinen Schuhen, meiner Haut – fühlt sich an als würde jemand meinen Körper durch einen Container mit Stahlwolle ziehen. Auch wenn ich merke, wie es langsam nachlässt, schieße ich immer noch durch das nasse Element dem Boden zu und ich frage mich wann ich endlich aufschlage und mir dabei alle Knochen breche. Ich breite meine Arme wieder aus, um mein Sinken zu verlangsamen, und kaum eine Sekunde später bin ich endlich abgebremst und was am wichtigsten ist: Ich bin noch am leben!

Wie lange das noch so sein wird hängt in diesem Moment allerdings stark davon ab, wie schnell ich es wieder en die Oberfläche schaffe, denn in all der Hasst habe ich kaum Luft mit in die Tiefe genommen. Beim Versuch nach oben zu tauchen merke ich, wie nah ich dem Boden wirklich war, denn hierbei graben meine Hände für einen Augenblick im Schlamm. Ich öffne meine Augen, doch das Wasser ist so trübe, dass kaum ein Lichtstrahl sich zu mir verirrt. Es gibt nichts, aber auch wirklich gar nichts zu sehen. Jetzt tauche ich mit langen und ausgiebigen Zügen an die Oberfläche, wobei ich den Schmerz aus meiner Schulter schon fast nicht mehr als solchen wahrnehme. Es ist eher eine Art Signal meiner Schulter – als sage sie: ‚Also irgendwas stimmt hier nicht, aber kümmere dich ruhig erstmal um Wichtigeres. Ich kann warten.‘

Nach zwei Zügen wird es merklich heller um mich herum und mit dem Dritten durchstoße ich endlich die Oberfläche. Unmengen von Luft füllen meine Lungenflügel und noch einmal kann ich nur eines denken – ich lebe! Dann sehe ich mich um und erkenne, dass ich tatsächlich mitten in der Hunte gelandet bin. Plötzlich höre ich wieder die Schüsse und sehe nach oben. Es lässt sich kaum etwas erkennen und dann plötzlich bewegen sich zwei weitere Körper ein paar Meter weiter Richtung Norden über die Brüstung. Einer springt mir nach, ein zweiter ist anscheinend gegen seinen Willen gestoßen worden. Zappelnd und strampelnd rast er nach unten, während sich der Erste auf ein sauberes Eintauchen vorbereitet. Leider hat er sich in der Eile etwas verschätzt was die Position des Flusses angeht, denn er schlägt mit dem Kopf hart auf die am Ufer liegenden Steine auf, was ihm den Schädel platzen und den Hals in den Brustkorb rammen lässt. Der Zweite landet zwar auf dem Wasser, durch seinen unkoordinierten Flug allerdings knallt er mit der Seite auf die Oberfläche und ich kann deutlich sein Genick brechen zu hören. Eine Sekunde später taucht sein lebloser Körper mit dem Gesicht nach unten auf.

Das hätte mir auch passieren können – nicht darüber nachdenken!

Ein ohrenbetäubender Knall reißt mich wieder zurück in die Realität. Ich richte meinen Blick nach oben. Ein riesiger Feuerball drängt sich an beiden Seite über den Rand der Brücke. Sofort erscheint vor meinem inneren Auge das Bild von den unglaublichen Mengen Plastiksprengstoff, die Julius bei sich hatte. Dann allerdings fordert die Explosion wieder meine volle Aufmerksamkeit, große Mengen Beton brechen aus der Brücke und irgendwelche großen Gegenstände schieben sich an allen möglichen Enden über den Rand des Bauwerkes. Als ich einen dieser Gegenstände auf mich zufallen sehe, trifft mich die schockierende Erkenntnis: Das sind Autos!

Um nicht von den blauen BMW erschlagen zu werden versuche ich die Flucht nach unten, tauche noch mal ab. Schräg in irgendeine Richtung bewegend vernehme ich ein lautes „Skrumsch!" hinter mir. Der BMW ist eingetaucht und sein Blech berührt zwar noch meinen Schuh, verfehlt mich allerdings größtenteils. Einige Male zischt es um mich herum, was ich für Steine und Betonbröckchen halte, allerdings treffen sie mich nicht oder werden durch das Wasser so stark abgebremst, dass sie mir keinen ernsthaften Schaden zufügen. Ich versuche so lange wie möglich unter Wasser zu bleiben und dabei so weit es geht von der Brücke wegzutauchen. Irgendwann war ich mal fähig über dreißig Meter zu tauchen, aber das ist lange her und ich war mit Sicherheit damals besser in Form. Allerdings ging es damals nicht um mein Leben was vielleicht meine jetzige Leistung noch ein wenig beflügeln könnte. Eine Art psychischer Vorteil!

Als ich wieder auftauche könnten es vielleicht wirklich über dreißig Meter sein die ich hinter mich gebracht habe. Allerdings hätte es meine Lunge auch keine Sekunde länger dort unten ausgehalten. Auf der Brücke scheint Ruhe eingekehrt zu sein – wenn man ein totales Chaos und Vernichtung ‚Ruhe' nennen kann. Ich sehe überall Rauchfahnen und herabhängendes Geländer. Vereinzelt erkennt man auflodernde Feuer. Mindestens drei Autos befinden sich noch an den Kannten und könnten herabfallen. Mehr kann ich aus

136

meiner momentanen Perspektive nicht erkennen, aber ich bin überzeugt, dass es dort oben wie nach einem Krieg anmutet. Für mich wird es nun Zeit aus dem Wasser zu kommen. Nach kurzem Überlegen entscheide ich mich ohne wirklichen Grund für das nördliche Ufer. Am Rand angekommen klettere ich unbeholfen über die dort liegenden Steine und bleibe auch als ich die Wiese erreiche noch auf allen Vieren. Erst auf dem Asphalt des Radwanderweges, welcher unter der Brücke hindurchführt, versuche ich aufzustehen. Endlich aufrecht kommt es mir vor, als wollten mir meine Beine wegknicken, doch ich schaffe es mittels Konzentration die nötige Kraft aufzubringen.

,Gehen' kann man das was ich nun tue nicht nennen – es ist mehr ein Torkeln. Dennoch – ich komme vorwärts und das ist es was zählt. Vor mir liegt Oldenburg – mein Ziel!

Dieser Tag ist wirklich das, was man einen Scheißtag nennen muss, aber mich kriegt er nicht klein.

Mich nicht!

Nichts.
Leere.
Null.

In meinem ganzen Leben war mein Kopf noch nicht dermaßen leer. Würde man jetzt an meinem Ohr vorbeipusten gäbe es wahrscheinlich ein ähnliches Geräusch wie bei einer leeren Flasche – ,fuuu'. Ich bin einfach so ausgelaugt, so fertig mit allem was ich in den letzten Stunden erlebt habe, dass allein die Fortbewegung mich so sehr in Anspruch nimmt, dass ich zu keinem vernünftigen Gedanken in der Lage bin. Ich nehme meine Umwelt zwar wahr, doch es ist eher so als würde ich mir nach einer durchzechten Nacht in einem Museum ein Gemälde ansehen. Da ist der Radwanderweg unter mir, der Sonnenuntergang vor mir und irgendeine Art von Chaos hinter mir. Ich selber bewege mich irgendwie vorwärts, doch das geschieht eher automatisch. Als würde ich nicht wirklich mit meinem Körper verbunden sein, nehme ich mich wahr. Meine klatschnasse Hose, meine Schuhe die bei jedem Schritt ein schmatzendes Geräusch von sich geben, meinen durchnässten und von getrocknetem – beziehungsweise wieder aufgeweichtem – Blut durchtränktem Verband, welcher langsam von meiner rechten Schulter rutscht. Und nicht zuletzt mein tropfendes Gesicht. Mit dem blauen Auge. Dem fehlenden Zahn. Dem absolut leeren Hirn.

Meter für Meter ziehen unter mir dahin und ich begegne Menschen, die mich eigenartig anstarren. Sie scheinen nicht so recht zu wissen, wie man mit so einer Situation umzugehen hat und das ist mir auch ganz lieb. Es sind Schaulustige. Ihre Blicke sind fast alle auf die Brücke gerichtet. Ab und zu ringt sich jemand dazu durch mir helfen zu wollen, aber ich kann das nicht gebrauchen – will alleine gelassen werden. „Da hinten braucht es mehr Hilfe", antworte ich ihnen oder aber „sieht schlimmer aus als es ist." Die Meisten lassen mich dann weitergehen weil sie keine Ahnung haben, was man mit einem Schockpatienten am besten macht. Die Wenigen, die sich nicht so leicht abschütteln lassen, schicke ich an den Fuß der Brücke, wo ich ihnen von einem weiteren Verletzten berichte, der dringend versorgt werden muss.

137

Die werden ziemlich blöd gucken, wenn sie dort den Typen ohne Kopf finden. Hoffentlich schockiert sie das Bild ausreichend, um in Ohnmacht zu fallen und mich nicht weiter zu belästigen.

Je weiter ich gehe, desto mehr Passanten begegne ich und desto fassungsloser ist die Menge über das Bild das sich ihr bietet. Ihre Stimmen dringen nicht so richtig zu meinem Gehirn durch. Es ist fast so als trüge ich einen Gehörschutz. Von Ferne nehme ich Sirenen wahr. Erst eine, dann zwei, dann werden es weit mehr als ich zählen kann. Je näher ich dem bewohnten Gebiet Donnerschwee komme, desto mehr häufen sich die Menschen. Und je dichter die Menge wird, durch die ich mich drängen muss, desto weniger nehmen sie mich wahr, weil sie wie gebannt das Schauspiel auf der Brücke verfolgen. Irgendwann komme ich dort an wo der Wanderweg endet und nur noch ein paar hundert Meter Industriegebiet mich von den ersten Wohnsiedlungen trennt. Hier ist fast kein Durchkommen mehr, so dicht gedrängt ist die Menge hier. Ich muss mir den Weg regelrecht freikämpfen. Sie stehen immer dichter und dann – von einem Moment zum Anderen – kann ich nicht mehr. Ich drehe mich um und schaue mir ebenfalls noch einmal die Brücke an, die nun fast zwei Kilometer entfernt ist.

Brocken von Stahlbeton hängen an zerfetzten Geländerteilen und wirken wie Girlanden. An mehreren Stellen befinden sich Brandherde und ziehen Rauchfahnen gen Himmel. Etwas weiter links – also nördlich – scheinen mehrere Fahrzeuge übereinander zu liegen. Die Explosion scheint die ineinandergefahrenen Wagen zu einem Haufen Schrott zusammengeschoben zu haben. Personen sind aus dieser Entfernung nicht leicht zu erkennen, aber ich glaube ein paar Leute zu sehen die ziellos über die Brücke laufen. Sie erinnern mich an meinen eigenen Schock. Ich weiß wie ihr euch fühlt. Aber solltet ihr zu den Killern gehören, dann kann ich euch nur auslachen – ich lebe noch! Ha!

Ich schaffe es nicht ganz mein Lächeln zu unterdrücken und wende mich um. Vielleicht komme ich jetzt endlich weiter. Und plötzlich steht sie direkt vor mir.

„Sebastian?"

„Maria."

„Was... wie... warst du da oben?", fragt sie und zeigt mit zitternden Fingern zum Schlachtfeld Brücke.

„Ich... ähm... also...", stammle ich vor mich hin, noch immer total perplex davon plötzlich mit jemandem konfrontiert zu sein, den ich noch aus meinem anderen – meinem ‚normalen' Leben kenne. Und dann kommen mir nur zwei Worte über die Lippen von denen ich beim besten Willen nicht sagen kann, in welcher Ecke meines so geschundenen Ichs sie sich versteckt hielten und weswegen sie mir nun so plötzlich und ganz ohne mein Zutun über die Lippen kommen.

„Hilf mir."

24

Endlich Ruhe. Stille. Entspannung. Ich liege auf Marias Sofa, die Augen geschlossen. Nichts könnte mich in diesem Augenblick von meinem Vorhaben mich total zu entspannen ablenken. Maria ist im Bad und sucht irgendwas für meine Wunde. Ich liege nur hier und lausche dem Treiben da draußen. Immer wieder höre ich Polizeisirenen. Ich versuche mir nicht vorzustellen, wie die Rettungsmannschaften eintreffen und verzweifelt versuchen Ordnung in das Chaos zu bringen. Was sie vorfinden werden ist nichts, was man gerne sieht. Trümmer, Schrott, Vernichtung und zwischen all dem – Leichen! Sie werden auf dem Boden verstreut sein oder auch aus vollkommen zerstörten Fahrzeugen heraushängen. Sie werden in einem Stück oder nur ein Haufen abgerissener Körperteile sein. Sie werden bereits tot sein oder aber in den Armen der machtlosen Retter sterben. Egal wie viel Mühe ich mir gebe diese Bilder nicht vor Augen zu haben – sie sind einfach da.

Kurz nachdem ich Maria um ihre Hilfe gebeten hatte drohte ich zusammenzubrechen, woraufhin sie mir Halt gab und mich durch die Menge hindurch bis zu ihrer Wohnung brachte. Wir redeten in dieser Zeit kaum da sie irgendwie spürte, dass es in diesem Moment wichtiger war in Sicherheit zu sein. Vielleicht lag es daran, dass sie als Frau einen zusätzlichen Sinn für Unausgesprochenes hat. Ich weiß es nicht. Als wir einen unbeschrankten Bahnübergang überquerten und damit das Industriegebiet verließen, erinnerte ich mich wieder daran, dass sie gleich hier um die Ecke wohnt. ‚Unterm Berg' nennt sich die Straße – ich werde nie verstehen warum. Es gibt hier keine Berge – Basta! Erst als sie mich dann hier auf ihrer Couch abgelegt hatte, fand sie ihre Stimme wieder.

„Du bist verletzt und... schon verbunden... zumindest irgendwie..." Sie wusste diese Informationen offensichtlich nicht richtig einzuordnen, gab sich aber alle Mühe die richtigen Schlussfolgerungen zu ziehen – vergeblich. „Das ist auf jeden Fall... also... dieser Verband muss neu!" Mit diesen Worten verschwand sie ins Bad und ließ mich mit meinen Gedanken zurück. Ich habe gar nicht mitbekommen, wie ich mich dann einfach selber der nassen Sachen entledigte und mich unterhalb der Gürtellinie mit einem herumliegenden Badetuch bedeckte. Ich handelte anscheinend vollkommen automatisch.

Dieser Tag – dieser verfluchte beschissene Tag! Ich hätte gar nicht aufstehen sollen! Ich hätte mich einfach noch mal umdrehen sollen und weiterschlafen. Vielleicht hätten die Söldner meine Tür aufgebrochen. Vielleicht hätten sie mich im Bett erschossen, aber dann hätte ich mit der ganzen Scheiße wenigstens nie etwas zu tun gehabt. Dann wäre ich immerhin gestorben ohne eine Leiche in den Armen gehalten zu haben. Ohne Zeuge zu werden wie gestandene Männer von Kugeln durchsiebt werden. Ich wäre von der Welt gegangen ohne jemals eine Waffe abgefeuert zu haben und im Kreuzfeuer einer Schießerei gewesen zu sein. Ich wüsste nicht wie es aussieht wenn ein Mensch aus dreißig Metern Höhe einen Köpper auf Fels macht. Wie klang doch gleich noch das Geräusch – ‚Knack-Glitsch!'?

Allerdings hieße das wahrscheinlich auch den Tod für Millionen von Menschen.

Maria kommt wieder aus dem Bad und hat eine Schale mit warmem Wasser, einige Handtücher und Mullbinden dabei. Sie schiebt mit dem Fuß den Couchtisch zur Seite, um besser an mich heranzukommen, und stellt dann alles darauf ab.

„Kannst du dich etwas aufrichten? Ich möchte dir den Verband abnehmen." Ich setze mich aufrecht hin und habe eigentlich gar nicht das Gefühl von Schmerz, an das ich mich in der letzten Stunde schon fast gewöhnt hatte. Außer einem leichten Tuckern meines eigenen Pulses spüre ich nichts. Maria macht sich daran den stark verrutschten Verband vorsichtig abzuwickeln und man merkt sofort, dass sie sowas gelernt hat. Ihre Zeit als OP-Schwester ist natürlich nicht spurlos an ihr vorübergegangen. „Vielleicht kannst du mir mal sagen, was los ist. Warst du dort oben, bei der Explosion? Wie bist du da runter gekommen? Und vor Allem: Warum bist du schon verbunden?"

„Also erstens: Als es knallte war ich schon nicht mehr da. Zweitens bin ich in die Hunte gesprungen und drittens hatte ich den Verband schon vorher."

„Du bist da oben runter gesprungen?"

„Jepp."

„Alle Achtung. Und was ist das hier für eine Verletzung?"

„Lass dich überraschen", sage ich und lasse meinen Kopf nach hinten Kippen. Es tut gut in der Nähe von jemand ‚normalem' zu sein.

„Aber heute Vormittag auf dem Campus warst du doch noch ganz normal. Außerdem hattest du noch nicht diesen widerlichen Harrschnitt und dieses... Mein Gott, was ist das für ein unglaubliches Veilchen?"

„Und das ist noch nicht alles. Nen Zahn habe ich heute auch schon eingebüßt."

„Was um alles in der Welt ist denn los?"

„Das ist eine lange Geschichte."

„Also ich habe Zeit. Am besten fängst du ganz vorne... Himmel." Sie erstarrt plötzlich für eine Sekunde zu einer Statue. Ihr Blick haftet auf der Vorderseite meiner Schulter. Dann sieht sie sich die Rückseite an. „Das ist eine...", stottert sie und wendet sich wieder meiner Front zu. Dann sieht sie mir wieder ins Gesicht. „Das ist eine Schusswunde."

„Es ist eine lange – unbequeme – Geschichte." Maria braucht einen Moment um sich vom Schock zu erholen. Dann beginnt sie die Wunde zu reinigen.

„Ich trau mich ehrlich gesagt gar nicht danach zu fragen."

„Ich würde dir ehrlich gesagt auch lieber nicht davon erzählen." Maik habe ich schon in diese Sache mit hineingezogen. Freundschaft heißt auch mal Geheimnisse zu haben, wenn es zum Wohle des Anderen ist. Sie verharrt einen Augenblick und sieht mir ins Gesicht und dabei fast bis in die Seele.

„Bist du in Schwierigkeiten?"

„Du hast ja keine Ahnung."

„Da ist nichts genäht und so...", murmelt sie vor sich hin, als sie sich wieder der Wunde zuwendet, „das hat noch kein Arzt gesehen oder?"

„Nein, da bin ich noch nicht zu gekommen."

„Dann sollten wir dich unbedingt in ein Krankenhaus bringen."

„Nein!" Ich fahre geschockt hoch. Maria drückt mich vorsichtig zurück auf die Couch.

„Aber das könnte sich entzünden. Außerdem hast du bestimmt ne Menge Blut verloren."

„Blutet es denn noch?"

„Im Moment nicht."

„Dann mach einfach was deine Hausapotheke und dein ehemaliger Job hergeben."

„Und wenn du nun schwerwiegende innere Verletzungen hast?"

„Ich glaube nicht, dass das so ist."

„Und was bringt dich zu dieser Ansicht?"

„Der Kerl, dem ich dieses Loch hier zu verdanken habe. Er sagte er wollte mich nicht töten."

„Du kennst den Mann, der dir das angetan hat?"

„,Kennen' ist vielleicht ein wenig übertrieben. Wir stehen – pardon, stan-den seit heute Morgen in telefonischem Kontakt."

„Mensch, da musst du was tun! Zur Polizei gehen oder so!"

„Maria. Was glaubst du warum ich nicht ins Krankenhaus kann? Die Poli-zei kann mir nicht helfen. Die suchen mich wegen eines Verbrechens."

„Dich? Was hast du denn getan?"

„Mindestens zwei Polizisten umgebracht", sage ich gedankenverloren und spüre plötzlich, wie sie zusammenzuckt. „Aber das habe ich nicht wirklich getan, ehrlich", versuche ich sie zu beruhigen, was mir nur unwesentlich gelingt. „Das Problem ist nur, dass ich mich nicht stellen kann, weil das meinen sicheren Tod bedeuten würde."

Sie geht traumverloren wieder ins Bad. „Vielleicht hast du Recht. Vielleicht ist es besser, du erzählst mir nichts weiter über diese Sache."

Ein langes Schweigen tritt ein und es dauert einige Zeit bis sie mit einer Flasche Jod wieder ins Wohnzimmer kommt. Sie sieht die ganze Zeit auf den Boden, traut sich nicht mir direkt in die Augen zu schauen. Das ist das erste Mal, dass Maria auf mich einen eingeschüchterten Eindruck macht. Das ist so ungewohnt, dass es mir Angst macht. Ich wollte sie nicht verschrecken, es geht mir doch nur darum sie zu schützen. Als sie sich zu mir setzt und gerade wieder mit dem Verarzten fortfahren möchte, drehe ich mich zu ihr um, halte sie an den Schultern fest und versuche ihr in die Augen zu sehen.

„Maria, sieh mich an. Bitte." Langsam, wie ein Kind dem man eingebläut hat, es solle sich nicht mit Fremden unterhalten, hebt sie den Blick und versucht dem Meinen Stand zu halten. „Maria, du musst mir glauben, dass ich nichts, aber auch wirklich gar nichts Schlimmes gemacht habe." – Außer vielleicht den falschen Nebenjob anzunehmen – „Du kennst mich jetzt schon über fünf Jahre. Du weißt doch dass ich niemals einer Menschenseele etwas zu leide tun könnte." Sie starrt mich ungläubig an. Irgendwie komme ich mir fremd vor. Ich kenne sie, aber sie scheint mich nicht mehr wieder zu erken-nen. „Weißt du das? Vertraust du mir?" Immer noch keine Reaktion. Plötz-lich halte ich die Situation nicht mehr aus und stehe auf. Das Handtuch fällt zu Boden, doch was interessiert in so einer Situation noch die eigene Scham?

141

„Es war ein Fehler mit zu dir zu gehen. Du kannst nichts dafür und ich will dich auch nicht da mit hineinziehen." Gerade als ich selber wie ein Außenstehender feststelle wie ernst es mir damit ist, zieht sie mich zurück auf das Sofa und bedeckt mich wieder mit dem Badetuch.

„Entschuldige. Natürlich weiß ich das alles", murmelt sie und löst sich dabei irgendwie aus ihrer Trance. Als ich wieder sitze versucht sie die gesamte Schulter mit Jod einzureiben. „Also kein Krankenhaus. Ich geh dann jetzt davon aus, dass da wirklich nichts Schlimmeres mit deiner Schulter ist als ein Loch, das von vorne bis hinten durchgeht."

An ihrer Betonung merke ich, dass dies ein letzter Versuch war, mich von der eigentlichen Schwere dieser Verletzung zu überzeugen, aber das ist eigentlich gar nicht nötig. Ich bin mir durchaus bewusst, dass man eine Schussverletzung nicht auf – respektive in – die leichte Schulter nehmen sollte. Nur habe ich keine andere Wahl.

Maria beginnt mit dem Einbinden der Wunde und möchte mir gerade den Arm an den Oberkörper binden, als ich sie gerade noch davon abhalten kann. Sie versucht meinem Wunsch nach einem freien Arm bei dem Verbinden nachzukommen, wird aber nicht müde mir immer wieder zu erklären, wo die erheblichen Risiken bei dieser Art des Verbandes liegen. Ich nicke nur und mache ein schuldbewusstes Gesicht. Auf Frauen wirkt so was irgendwie, sie kommen sich dann wie Mütter vor, die sich mit einem unverbesserlichen aber dennoch geliebten Problemkind herumschlagen müssen.

Und dann beginnt sie zu reden. Einfach so, als wäre dies ein Tag wie jeder andere. Sie erzählt mir davon wie ihr Tag war, was sie heute für Vorlesungen hatte und wen sie dabei alles getroffen hatte. Wie sehr sie sich im Straßenverkehr über die Anderen geärgert hat und was sie wieder für Ärger mit dem Vermieter hat. Im ersten Moment halte ich das alles für unheimlich unpassend und trivial, doch dann genieße ich es. Gerade WEIL es trivial ist. Es ist alles so... normal. Sie sitzt da und spricht von Heizkosten und ich würde alles dafür geben in dieser Situation nicht an die herausgebrochene Heizung der Ruine nach der Explosion zu denken. Sie fragt sich was denn nur im Kopf dieses unmöglichen Vermieters vorgeht und ich spüre wieder das weiche warme Hirn unter meinen Fingern und wie sie so weiterredet glaube ich zu merken, dass diese Erinnerung langsam verblasst. Wie das alles ganz langsam, aber so unaufhaltsam wie ein davonziehendes Gewitter, von mir genommen wird. Schüsse, Explosionen, Leichen – alles entfernt sich auf wundersame Weise und lässt mich hier mit Maria allein. Als sie fertig ist öffnet sie eine Kiste und sucht nach einigen Kleidungsstücken, die ihr Ex ihr nach der Trennung wieder zurückgegeben hat da er es für unpassend hielt, ihre Geschenke zu behalten. Sie fragt mich ob ich irgendwelche Wünsche bezüglich der Kleidung hätte, was ich verneine. Sie kommt ganz von selber auf die Idee, dass ich wahrscheinlich besser etwas gebrauchen würde womit ich mich in irgendeiner Weise verstecken könnte. Ich nicke nur und sie wirft mir Shorts im Retro-Look, eine dunkelgrüne Stoffhose im Workerstyle und einen braunen Kapuzenpulli mit dem Logo irgendeiner Band, von der ich noch nie etwas gehört habe, entgegen. Die Hosen ziehe ich sofort an, da ich mir so

142

nackt mittlerweile irgendwie unpassend vorkomme, den Pulli lasse ich zunächst liegen. Mir ist so schon warm genug.

„Willst du was trinken? Vielleicht einen Tee?"

„Tee? Bei diesen Temperaturen? Hast du Cola da?"

„Moment, ich muss mal eben nachsehen."

Sie geht in die Küche, die ich aus meiner Position durch die Tür problemlos überblicken kann, und mir fällt zu ersten Mal heute ihre gute Figur auf. Sie trägt eine hautenge Jeans und ein rotes Spagettiträger-Oberteil. Dieser Aufzug deutet gnadenlos alles an und das ist gut, wenn man so aussieht wie sie. Ihre roten Haare trägt sie nicht mehr so lang wie noch vor einigen Monaten, aber ihre neue Frisur – es reicht nun immerhin noch bis in den Nacken – schmeichelt ihrem schlanken Hals. Normalerweise trägt sie Kontaktlinsen, aber dieses Treffen ist natürlich nicht normal und so habe ich sie nun zum ersten Mal mit Brille gesehen, was mir wirklich gefällt. Das verleiht ihr eine Seriösität, die an diesem durchtrainierten Körper sehr sexy wirkt. Als sie kurz mit dem Oberkörper im Kühlschrank verschwindet lasse ich meinen Blick kurz über ihre Wohnzimmereinrichtung gleiten.

Es ist so etwas wie oberflächliche Ordnung zu finden. Sicherlich liegen hier und da ein paar CDs und Zeitschriften herum, aber eben nur hier und da und auch immer nur eine Schicht. Wenn ich da an meine Bude denke... Ich meine ich würde schon alleine deswegen nicht aufräumen, weil ich Schiss davor habe was ich alles finden könnte. Manche Dinge bleiben besser unentdeckt – das ist meine Überzeugung! Hier ist das anders. Besser. Der ganze Raum ist in Gelb- und Orangetönen eingerichtet. Teppich, Polstergarnitur und Vorhänge strahlen eine Gemütlichkeit aus, die man bei mir vergebens sucht. Manche Menschen sagen, die Augen wären der Spiegel der Seele. Ich glaube eher, dass die Wohnung diesen Zweck erfüllt und sollte ich Recht behalten, dann handelt es sich bei ihr um ein angenehmes Wesen. Je länger ich hier sitze und die Wohnung auf mich einwirken lasse, desto mehr stelle ich mir die Frage, was mich eigentlich damals von ihr abhielt. Warum lehnte ich sie ab, als ich sie haben konnte?

„Also hier habe ich keine Cola, aber irgendwo habe ich noch welche, das weiß ich genau. Ich geh mal eben in den Keller und sehe dort nach. Da staunst du was? Ich habe hier einen eigenen Keller, na wenn das keine Superwohnung ist was? Weißt du denn was für eine Cola du willst? Ohne Zucker? Oder mit Cherry? Ach weißt du was, ich bring einfach mit, was ich finde. Wenn ich was finde. Eigentlich dachte ich, sie wäre im Kühlschrank, aber da habe ich wohl falsch gedacht."

Ach ja, das war der Grund weswegen ich mich dagegen entschieden hatte. Sie kann der netteste Mensch auf der Welt sein und einem dabei trotzdem total auf den Zeiger gehen. Sicherlich liebenswert, aber auf Dauer nicht auszuhalten. Schade, wirklich schade. Seit Jahren kenne ich sie nun und war dabei nie in ihrer Wohnung. Ich werde das Gefühl nicht los, dass ich irgendwas verpasst habe.

Ich lasse meinen Gedanken freien Lauf und erinnere mich an die Vergangenheit. Daran, wie ich Maria kennen lernte. Wie ich versuchte sie mit antifeministischen Argumenten zu foppen und sie sich beim besten Willen nicht

143

klein kriegen ließ. Wie sie mich danach mit jedem Treffen herzlicher begrüßte und auch bei weiteren Diskussionen sich immer dichter an mich heranwagte, je schlimmer meine Standpunkte waren. Nächtelange Diskurse in den einschlägigen Studentenkneipen in denen wir uns immer näher kamen und dann doch nicht zueinander fanden, weil ich es nicht wollte. Ich kann nicht abstreiten, dass ich sie mag, sehr sogar, aber in einer Beziehung bräuchten wir mindestens einmal die Woche ein komplett neues Sortiment an Geschirr. Das wäre nicht gut gegangen. Wirklich nicht.

Ich schließe meine Augenlider, die sich unendlich müde anfühlen und auf deren Innenseite sehe ich Marias Gesicht. Sie lächelt mich an – ein warmherziges Lächeln, das man einfach erwidern muss. Ihre braunen Augen erinnern mich auch durch die Brille an Kakao, ihr Haar glänzt wie poliertes Kupfer. Und plötzlich wachsen ihre Haare. Sie werden länger, einfach so, fallen ihr über die Schultern und verdunkeln sich bis ins Schwarze. Sie werden etwas welliger und dann erkenne ich wie ihre Brillenränder immer dünner werden, bis die Sehhilfe plötzlich ganz verschwunden ist. Ihre Augenfarbe ist nun Grün. Es ist nicht die Art von Grün wie man es in der Natur findet – so beruhigend – auch wenn ich nicht sagen kann, was es davon unterscheidet. Diese Farbe hat etwas Hartes – Kaltes. Die Wangenknochen heben sich ein Wenig heraus und Das Gesicht wird immer mehr so etwas wie eine hypnotisierende Maske. Geheimnisvoll, undurchschaubar und irgendwie... erotisch. Die Verführung schlechthin. Und dann – ganz plötzlich – erkenne ich sie.

Tabea! Und sie ist sehr ernst.

Noch bevor ich mein Innerstes erforschen kann, warum ich diese eigenartigen Assoziationen mit ihr verbinde nimmt ihr Hintergrund Formen an. Ich erkenne einen Horizont in dem eine Sonne versinkt und dann heben sich Gebäude ab. Es sind Hochhäuser, fast schon Wolkenkratzer. Dann sind es Gebäude die ich kenne. Ich erkenne den Berliner Fernsehturm und das Kanzleramt. Die Hamburger Speicherstadt und die Köhlbrandbrücke. Die Münchner Frauenkirche und die Allianzarena. Und dann, gerade, als ich alles ausreichend deutlich erkennen kann, hüllt sich das Bild in gleißendes Weiß. Es wird so hell, dass Tabeas Konturen unscharf werden. Es tut fast schon weh in den Augen. Als die Helligkeit endlich wieder abnimmt ist, nichts mehr von den Bauwerken zu sehen. Alles was ich erkennen kann sind drei riesige feuerrote Pilze. Atompilze. Ich vernehme ein leises Grummeln und weiß, dass es die Druckwelle ist, die mit ihrer unaufhaltsamen Wucht heranrast. Tabea verzieht keine Miene. Nicht als das Grummeln immer lauter wird und auch nicht, als ihre Haare beginnen mir entgegen zu wehen. Sie zuckt nicht einmal, als sich mit einem Ruck Haut und Fleisch von Schädel reißen und mir ins Gesicht klatschen.

Ich sitze aufrecht und mit rasendem Herzschlag wieder auf Marias Couch. Sie ist noch immer im Keller. Es muss so eine Art Sekundenschlaf gewesen sein, verbunden mit einem... gibt es so was wie einen Sekundentraum? Oder aber es war eine Vision, eine Vorsehung. Ich muss es wissen, muss in Erfahrung bringen, ob das Undenkbare geschehen ist. Ob die Städte noch stehen. Auf dem Couchtisch liegt eine Fernbedienung mit der ich sofort das TV-Gerät einschalte.

144

Es dauert zwei Sekunden bevor ein Bild zu sehen ist, da es sich um ein älteres Gerät handelt, doch dann erscheint auf dem Bildschirm ein Kochtopf. Es ist eine Kochsendung. Ich bin auf einem der öffentlich Rechtlichen gelandet und es läuft anscheinend eine Kochsendung. Mein Herz beruhigt sich. Es ist nicht geschehen. Berlin, Hamburg und München gibt es noch. Auf jeden Fall hätte man das Programm für solch eine Meldung unterbrochen – wenn überhaupt noch ein Programm möglich wäre. Viele Sendeanstalten haben Sitze in diesen Städten und ob der Totalausfall der drei größten deutschen Metropolen technisch so einfach zu verkraften wäre ist fraglich. Sicher ist: Sie stehen noch. Keine Ahnung wie lange es noch so sein wird, aber noch scheint nicht alles verloren. Ich weiß nicht wie es weitergehen soll, aber es GEHT immerhin weiter. Ich will gerade wieder das Gerät abschalten als mir eine Laufschrift am unteren Fernsehrand auffällt. Es läuft nur langsam und so muss ich mich in Geduld üben – nicht meine Stärke.

‚MEHRERE EXPLOSIONEN IN OLDENBURG! – Mehrere Explosionen und Schießereien fanden in den vergangenen Stunden in Oldenburg (Niedersachsen) statt – Die Zahl der Opfer ist noch unklar – Schätzungen gehen von über 30 Personen aus – Die meisten von ihnen fielen einer schweren Explosion auf einer Autobahnbrücke zum Opfer – Auch in der Innenstadt hat es Kämpfe und Anschläge gegeben – Täter und Motive sind noch nicht bekannt – Die Polizei geht von einem eskalierenden Bandenkrieg aus, wie er in Deutschland noch nie stattgefunden hat – Weitere Einzelheiten in einer anschließenden Sondersendung'

Oha. Ich bin nicht wirklich überrascht, dass die Ereignisse dieses Tages einen Weg in die Medien fanden und auch nicht darüber, dass es den gebührfinanzierten Sendern eine Eilmeldung und eine Sondersendung wert ist. Immerhin hat es ordentlich geknallt da oben über der Hunte und ich möchte nicht wissen wie viele Unschuldige es dabei getroffen hat. Allerdings ist es etwas ganz anderes diese Dinge selber zu erleben, als im Fernsehen darüber zu lesen. Das gibt dem Ganzen irgendwie noch eine neue Qualität. Es wirkt plötzlich viel realer, wenn es eine Meldung wert ist. Fast so, als wüsste ich erst jetzt mit Sicherheit, dass ich mir das alles nicht nur eingebildet hatte. Ich schalte einen Kanal weiter, um zu sehen wie die anderen Sender darauf reagieren. Etwa die Hälfte aller Kanäle hat eine Laufschrift mit ähnlichem Text laufen. Eigentlich sind lediglich die Sport-, Shopping- und Musiksender ohne Zusatzinformation. Dann endlich erreiche ich einen Nachrichtensender. Zunächst brauche ich ein wenig Zeit um mich auf dem Fernsehschirm zurechtzufinden, da es gleich drei Bilder im Splitscreen gibt. Am rechten Rand des Bildes sieht man oben wie weißgekleidete Männer den Vorgarten der geborstenen Ruine in Donnerschwee unter die Lupe nehmen. Sie sammeln irgendwelche Teile von der Wiese, haben überall kleine Aufsteller mit Nummern hinterlassen und sind emsig am Fotografieren. Ich glaube im Hintergrund zwei Zinksärge zu erkennen, bin mir aber nicht sicher. Darunter erkennt man in der Dämmerung die weit entfernte Brücke. Besonders viel sieht man hier nicht, was auch durch dieses postkartengroße Bild zustande kommt. Lediglich einige, von Rettungskräften aufgestellte, Flutlichtstrahler und hier

145

und dort ein paar pulsierende Blaulichter. Die meiste Fläche nimmt halb links bis mittig ein Reporter ein, der sich momentan anscheinend vor dem Polizeigebäude befindet. Offensichtlich wusste man nicht, wo man ihn am medienwirksamsten positionieren konnte, ohne, dass er im Weg steht und so fiel die Wahl halt auf die Zentrale der Gesetzeshüter, die nun ganz deutlich sehr beschäftigt sind. Hinter dem Mann herrscht reges Treiben. Immer wieder gehen und rennen Leute hin und her und viele Einsatzfahrzeugen kommen und fahren wieder davon. Einige Male muss der Berichterstatter seine Sätze unterbrechen, da zum Beispiel ein Polizeiwagen seine Sirene anwirft. Aus dem Off nimmt dann immer eine Stimme das Gespräch wieder auf.

„Die Lage dort direkt bei der Oldenburger Polizei scheint mir extrem angespannt zu sein. Können sie das bestätigen?"

„So sieht es wohl aus. Bisher hat die Polizei noch keine Stellungnahme zu den heutigen Ereignissen abgegeben, was allerdings schlicht und ergreifend daran liegen kann, dass sie bisher noch nicht genau wissen, wie es zu dieser unglaublichen Anhäufung krimineller Gewalttaten kommt. Daher ist natürlich auch noch nicht klar, ob nicht eventuell noch die Gefahr weiterer Anschläge oder Morde besteht."

„Nach unseren letzten Informationen hat sich noch niemand zu diesen Taten bekannt, hat sich dahingehend etwas Neues ergeben?"

„Auch uns wurde hier nichts gesagt, was auf ein Bekennerschreiben oder etwas Ähnliches schließen ließe, was ebenfalls ein Grund ist weswegen stark davon ausgegangen wird, dass der oder die Täter mit dem, was auch immer sie vorhaben, noch nicht am Ende angekommen sind."

„Unsere Meldungen sind nicht ganz eindeutig, was die genaue Anzahl der Krisenherde angeht. Da ist von mehreren Leichen, Polizistenmorden und zwei, vielleicht auch drei Explosionen die Rede. Können sie uns Genaueres sagen?"

„Definitiv nicht. Anscheinend wurde bereits heute Mittag ein Toter in einem abgelegenen Winkel der Oldenburger Fußgängerzone gefunden. In der explodierten Ruine wurden ebenfalls zwei Leichen entdeckt, die unbestätigten Quellen zufolge bereits vor der Explosion erschossen wurden. Mit wirklicher Sicherheit weiß man nur von einem Amoklauf in der Innenstadt am Abend, zwei ermordeten Polizisten im direkten Anschluss daran und von einem heftigen Feuergefecht auf der Autobahnbrücke der A29 kurz vor der schlimmen Explosion welche eine noch unbekannte Anzahl von Toten forderte."

„Seit ein paar Minuten gehen Meldungen über eine dritte Explosion ein, können sie das bestätigen?"

„Nun, auch hier hat man von den Gerüchten gehört, aber von offizieller Seite gibt es da noch keine Information."

„Würden sie denn sagen, dass die Polizei die Situation zumindest im Ansatz unter Kontrolle hat?"

„Auf gar keinen Fall. Hier ist man mehr als überrascht worden von diesem Hammer der Gewalt und hat nun alle Hände voll damit zu tun, zumindest Schadensbegrenzung zu betreiben. In einer Art Notfallplan wurden sämtliche verfügbaren Polizisten gerufen um der Situation zumindest irgendetwas entgegenzusetzen, doch das ist bei weitem nicht genug. Zwar wurden Einheiten aus dem Umland angefordert, doch dort tut man sich schwer mit der Unterstützung, da nicht sicher ist wie weit sich dieses Phänomen noch ausbreiten wird. In diesem Fall möchte natürlich niemand mit dem Rücken zur Wand stehen. Eines wird zumindest hier direkt vor der Hauptwache klar: Die Nerven liegen spätestens seit der Ermordung der beiden Kollegen in der Innenstadt blank. Ich gebe damit fürs Erste zurück zur Zentrale."

Der Sprecher erscheint adrett gekleidet an einem imaginären Schreibtisch sitzend im Bild.

„Ich danke Horst Kleinmann vor Ort, wir werden später noch mal zu ihm rüberschalten um den aktuellen Stand der Dinge zu erfahren." Er räuspert sich kurz und man sieht ihm erstaunlich deutlich an wie er etwas abliest, was sich offenbar direkt neben der Kamera befindet. „Und soeben erreicht uns eine neue Meldung über die Anschlagswelle in Oldenburg. Die Information über die dritte Explosion ist nun bestätigt worden. Sie ereignete sich vor etwa zehn Minuten im Westen der Stadt in einem Stadtteil namens Wechloy. Betroffen ist offensichtlich ein Gebäude des Oldenburger Hochschulkomplexes."

Alles außerhalb des Bildschirms wird mit einem Mal schwarz, das Bild entfernt sich immer weiter von mir und ich nehme die Stimme nicht mehr wahr. Das eben Gehörte war klar und deutlich und doch kommt es mir so vor als versuche es wie eine Fliege vor dem Fliegengitter verzweifelt zu mir zu dringen. Wechloy! Explosion in Wechloy! Hochschulkomplex! Der Mann im Fernsehen mag ratlos sein. Ich nicht! Hochschulkomplex in Wechloy – das bedeutet: Rechenzentrum.

Das Bedeutet: Maik!

„Maria!", schreie ich aus voller Kraft, schalte dabei den Fernseher aus und will gerade aufstehen, als sie um die Ecke kommt mit irgendeiner Flasche in der Hand.

„Was ist los?"

„Ich... ich...", was soll ich nun tun? Irgendetwas muss ich tun, aber was? Maik ist in Schwierigkeiten, aber welcher Art sind diese? Lebt er noch? Wenn ja: Wo ist er? Plötzlich habe ich eine Idee. Ich stürze auf meine abgelegte nasse Kleidung, die Maria in einem Wäschekorb deponiert hat, und durchwühle die Taschen meiner Hose nach meinem Handy. Ja! Da ist es. Stolz halte ich es nass in den Händen und mache mich sofort daran, die SIM-Karte zu entfernen, denn dieses Gerät lässt sich leider nicht mehr verwenden. Nach wenigen Augenblicken halte ich sie in der Hand.

„Ich brauche mal dein Handy."

„Wozu?"

„Bitte, gib es mir einfach. Es ist wichtig."

Sie reicht mir ihr Klapphandy in kitschigem Rosa. Ich hätte mehr Geschmack von ihr erwartet, aber niemand ist perfekt. Nach wenigen Handgriffen ist die Karte eingelegt, das Gerät ist eingeschaltet und findet ein Netz. Und dann, kaum fünf Sekunden später bekomme ich eine SMS.

„SIE HABEN EINE NACHRICHT AUF IHRER MAILBOX!"

147

Verdammt! War er es? War es Maik, der versucht hatte mich anzurufen, während ich damit beschäftigt war mich im Brückensprung zu üben? Es ist möglich. Ich rufe meine, beziehungsweise Felix' Mailbox an. Diese Karte ist immer noch seine. Gut, dass Maik nach der Nummer fragte als wir uns das letzte Mal trennten.

„Sie haben eine neue Nachricht. Zur sofortigen Abfrage der Nachricht drücken sie jetzt die eins."

Ich folge der Anweisung. Dann vernehme ich zunächst nur ein Rauschen, bevor jemand beginnt zu reden – zu flüstern. Es ist Maik. Mein Schock muss mir ins Gesicht gemeißelt stehen, denn Maria sieht mich an wie ein frisch entdecktes Unfallopfer nach einem fünffachen Überschlag.

„... Seb? Verdammt, scheiße, dass du nicht da bist. Seb, ich stecke in Schwierigkeiten. Ich glaube, die haben mich entdeckt. Ich war gerade neues Druckerpapier besorgen und als ich zurück wollte sehe ich da mindestens fünf Typen hektisch in den Computerraum gehen und die waren bewaffnet. Dann hörte ich Schreie. Ich glaube, die haben sie umgebracht..." Schweigen. „Da waren neben mir noch vier weitere Studenten da und die haben sie eiskalt abgeknallt... Das ist nicht... Das ist... Es ist verdammt ernst hier. Ich bin dann auf jeden Fall erstmal weitergeflüchtet und bin nun auf der Toilette, habe mich auf einer Einzelkabine eingeschlossen. Ich hoffe das war eine gute Idee. Ich konnte an den Servern leider nichts machen, aber ein paar Informationen konnte ich über die dort laufenden Programme herausfinden. Leider sind die fast alle in dem Raum geblieben wo die Typen gerade waren. Nein, nein warte..." Es raschelt. „Hier, das erste Blatt, das habe ich mir auf dem Weg zum Papierholen durchgelesen und das habe ich hier bei mir. Ich weiß nicht ob man damit was anfangen kann, aber es ist das Einzige, was ich habe... tut mir echt leid, Mann..." Wieder wird es für ein paar Sekunden still. „Ich glaube die suchen nach mir. Scheiße, deswegen werde ich das Blatt mit den Daten verstecken. Du weißt doch noch, wie ich mein Zeug immer versteckt hatte, als ich noch kiffte. Falls sie mich finden, denn dann... dann werden die... werden die wahrscheinlich... verdammt..." Es ist wieder still. „Das haben wir uns immer gewünscht nicht wahr? Dass irgendwas Cooles passiert. Etwas, dass so ist wie in einem Actionfilm. Was Fetziges. Und nun ist es soweit und es ist irgendwie gar nicht so cool. Verdammt..." Er ringt mit seiner Fassung und seinem Kreislauf. Ich kann ihn förmlich schwitzen hören. „Ich habe Angst. Okay? Ich mach mir da gar nichts vor. Hör zu, vielleicht ist das jetzt zu dramatisch, aber was auch passiert... Also egal was... ach, ich weiß auch nicht... Mach dir einfach keine Vorwürfe, okay? Und gib nicht auf, mach sie fertig. Verdammt, ich glaube sie kommen. Bis dann Seb." Aufgelegt.

Ich haste mit meinen Fingern über die Tasten, versuche ihn anzurufen, aber eine elektronische Frauenstimme sagt mir, dass er im Moment nicht zu erreichen ist. Das ist nicht gut. Gar nicht gut!

„Was ist los?"

Ich erschrecke mich. Maiks Worte haben mich so mitgenommen, dass ich Maria ganz vergessen hatte. Dann greife ich mir den Kapuzenpulli und stecke mir das Handy ein.

„Sorry, aber kann ich das für heute behalten?"

148

„Eigentlich brauche ich das, aber es scheint ja wichtig zu sein."
„Danke. Ach und da wäre noch etwas."
„Ja?"
„Ich brauche dein Auto."

25

Wie genau ich es bis hierher geschafft habe kann ich im Nachhinein gar nicht sagen. Es heißt immer Männer wären nicht Multi-Task-Fähig, doch ich denke das habe ich nun widerlegt, denn immerhin saß ich eben noch hinter dem Steuer des Wagens, der mich einmal quer durch die Stadt nach Wechloy brachte. Während dessen lief mein armes geschundenes Hirn auf Hochtouren. Maik! Verdammt Maik, was ist los mit dir? Lebst du noch? Maria hatte nicht lange gezögert. Auch wenn sie keine Ahnung hatte was los war, musste sie mir irgendwie angesehen haben, dass es hier um mehr geht als nur um ein günstiges Fortbewegungsmittel. Sie muss einfach gespürt haben, dass etwas Schlimmes passiert ist. Ohne zu fragen rückte sie den Schlüssel ihres alten, roten Polos raus und gerade als ich sie fragen wollte, hob sie bereits die Hand zum Zeichen, ich könne fürs Erste ihr Handy behalten – ich würde es dringender benötigen. Ohne allzu dreist klingen zu wollen: Da hat sie mit Sicherheit Recht. Auf der Fahrt konnte ich dann an nichts anderes als an Maik denken. Mein Gott, was ist geschehen? Ich musste mich immer wieder bremsen um nicht durch zu schnelle Fahrweise aufzufallen, allerdings glaube ich kaum, dass sich die Polizei an einem Tag wie diesem mit Verkehrssündern rumschlagen würde. Die haben heute wahrlich Wichtigeres zu tun. Ein ums andere Mal versuchte ich Maik übers Telefon zu erreichen – vergeblich! Dennoch dauerte es keine Minute und ich versuchte es erneut. Etwas war ganz gewaltig schiefgegangen. Was auch immer er am Rechner tat, hatte irgendeinen Alarm ausgelöst und ihn verraten. Und was auch immer das war, hatte er meinetwegen getan. Weil ich ihn darum gebeten hatte. Mein Gott! Wenn ihm etwas zugestoßen ist – ich würde es mir mein Leben lang nicht verzeihen. Auf der Mailbox klang es, als kämen sie ihm am Ende des Gespräches gefährlich nahe. Ich weiß, dass die das wirklich können – gefährlich sein! Es sind Killer – durch und durch!

Ich brauchte nicht einmal zehn Minuten um anzukommen, was wirklich erstaunlich ist, aber die Straßen sind jetzt wie leergefegt. Die Menschen dieser Stadt sitzen zu Hause vor den Fernsehern und verfolgen fassungslos das Geschehen. Ich weiß, dass sie nicht begreifen was hier um sie herum geschieht, dass ihnen nicht bewusst ist, dass sie nur die Spitze eines Eisberges erkennen. Ein Eisberg dessen eigentliche Masse von mehreren Millionen Menschen unter der Wasseroberfläche versteckt ist. Die wenigen Personen, die auf den Bürgersteigen sind, schauen mich misstrauisch und erschrocken an. Es ist die nackte Angst in ihren Augen. Gerade diese letzte Explosion war es, die ihnen den sicheren Boden unter den Füßen wegzog. Die Presse war da, die Medien begannen bereits ihr Spiel zu spielen und dennoch geht eine weitere Bombe hoch. Wer auch immer für diese Anschläge verantwortlich war – er lässt sich nicht von der Berichterstattung der Massenmedien beeindrucken. Das böse Fremde kennt keinen Respekt vor der Öffentlichkeit – das ist neu! Das macht Angst! Ich begreife und verstehe das. An einem Tag wie diesem würde ich auch keinen Fuß vor die Tür setzen. Leider bin ich ein Teil dieser ganzen Katastrophe, weswegen mir diese Möglichkeit leider nicht bleibt.

Am Ort des Geschehens angekommen bin ich zunächst überrascht. Keine Absperrungen? Jeder Schaulustige könnte den Rettungskräften nach Belieben im Weg rumstehen? Was ist das denn für eine Organisation? Erst jetzt merke ich, dass die Retter mit der Situation hoffnungslos überfordert sind und erkenne auch gleich den Grund dafür: Es ist nicht die Oldenburger Feuerwehr die hier wie eine Gruppe aufgescheuchter Hühner durch die Gegend rennt. Es sind mehrere Kräfte und Wagen aus den umliegenden Ortschaften. Freiwillige Feuerwehr. Nicht schwer zu erkennen, dass die Befehlsstruktur ungeklärt ist, aber die Oldenburger Feuerwehr befindet sich leider zu hundert Prozent auf der Brücke.

Es erscheint fast schon beruhigend, dass es eigentlich nichts Nennenswertes mehr zu retten gibt.

Es scheint nur das Gebäude mit den Rechnern erwischt zu haben, dieses dafür aber auch richtig. Das Dach und alle Etagen über dem Erdgeschoss gehören der Vergangenheit an. Die Explosion ist nicht ausreichen stark gewesen, um auch die Mauern im Parterre niederzustrecken, aber sie muss tragende Teile zerborsten haben, wodurch es zu Einsturz kam. Alles was nach diesem Zusammenbruch noch intakt gewesen sein mochte, fällt nun dem Feuer zum Opfer, dem die Rettungsmannschaften einfach nicht mehr Herr werden. Als ich mich mit hochgezogener Kapuze durch sie hindurchschlängle – was überraschender Weise von niemandem ernsthaft bemerkt wird – höre ich wie man erwägt einfach dieses Gebäude kontrolliert herabbrennen zu lassen. Meinetwegen. Was auch immer Maik im Internet über die Server gefunden hatte ist entweder von den Söldnern mitgenommen worden oder aber längst den Flammen zum Opfer gefallen. Hier gibt es nichts mehr zu retten – zumindest in diesem Punkt sind sich die Männer einig. Und ich bin ganz ihrer Meinung.

Ich begebe mich in das Foyer des Komplexes und muss mich dabei an einigen Feuerwehrmännern vorbeischleichen. Niemand stellt mir irgendwelche Fragen oder versucht mich aufzuhalten – kann mir eigentlich nur recht sein, denn mir ist nicht danach irgendwas zu beantworten. Und aufhalten lasse ich mich jetzt schon mal gleich gar nicht!

Mir ist sofort klar wo ich hin muss. Auf der Mailbox sagte Maik, dass er sich auf einer Toilette verstecken würde und dass er das erste Blatt der Informationen, die er in Erfahrung bringen konnte, dort versteckt hatte, wo er seine Haschpakete auch gerne deponierte. Wie der Zufall es so will befindet sich dieses Versteck meiner Erinnerung nach auch auf einer Toilette. Schnell bin ich eine Etage höher und durch einige Gänge gehastet. Hier befindet sich niemand mehr. Keine Bediensteten, keine Feuerwehrleute – Niemand! Das Einzige was hier ist bin ich und ein beißender Gestank nach verschmortem

150

Plastik, der durch das Treppenhaus aus dem Brandherd dringt. Und dann, viel schneller als ich es mir eigentlich gewünscht hätte, stehe ich vor der Tür zu den Toiletten. Für einen Moment frage ich mich ob die Söldner wohl hinter der Tür auf mich lauern, doch das ist offensichtlich Quatsch. Sie werden die Explosion kaum initiiert haben während sie noch hier sind. Mit der Vernichtung ihrer Wirkungsstätte schließen sie eine Akte – nur das macht Sinn, wenn man sich ungern mit den Rettungsleuten abgeben möchte. Ich fasse mir ein Herz und öffne die Tür, indem ich die Klinke mit dem Handrücken herunterdrücke. Diese Geste geschieht so automatisch, dass es mich selber erschreckt. Mein Gott! Ich erwarte regelrecht ein Verbrechen hinter dieser Tür. Mein Unterbewusstsein scheint mich daran zu erinnern keine Fingerabdrücke zu hinterlassen. Schlau, aber erschreckend.

Im Vorraum wie auch im Dahinterliegenden mit den Urinalen und den Einzelkabinen brennt Licht und nichts deutet auf ein Verbrechen hin. Ich gehe langsam in den Hinterraum, kontrolliere die erste Kabine. Dann die zweite. Jede Kabine öffne ich, indem ich sie mit meinem Fuß aufstoße. Immer wieder das gleiche Bild: Eine leere Schüssel mit Brille und Deckel. Ich bin gerade an der vorletzten Tür angekommen, als mir die letzte ins Auge fällt. Etwas ist anders – es ist der Griff! Er ist abgebrochen. Der gesamte Verschlussmechanismus hängt schief in seiner Verankerung und das Holz darum herum ist gerissen und gesplittert.

Hier hat sich jemand gewaltsam Zutritt verschafft. Was auch immer ich zu finden – oder besser nicht zu finden hoffe, ist hinter der Tür dort! Ich stelle mich davor und stoße so vorsichtig die Tür auf, dass sie nur langsam den Blick auf den Inhalt der Kabine freigibt.

Plötzlich knicken meine Beine weg und ich sinke auf die Knie.

Blut! Überall ist Blut!

Und links unten neben der Schüssel sitzt er.

Seine toten Augen sehen direkt in mein Gesicht.

26

Maik ist tot. Es ist vorbei. Ich bin zu spät. Ich war schon zu spät, als ich seine Nachricht abgehört habe. Sein Blick fragt ‚wo warst du?'. Warum musste er sterben? Ist das meine Schuld? Er sieht mich an, schaut mir direkt ins Gesicht und obwohl ich weiß, dass es nur ein lebloser Körper ist habe ich das Gefühl er könnte jeden Moment zwinkern und mir sagen alles sei nur ein Scherz. Er selber hätte sich die beiden Löcher ins T-Shirt geschnitten und es in Blut getränkt und er habe sich einen Scherzartikel besorgt, der wie eine täuschend echte Schusswunde in die Stirn wirkt. Ich würde tief durchatmen und dann zusammen mit ihm herzhaft lachen. Doch das wird nicht geschehen. Das Blut, das hier überall auf dem Boden liegt, das in weitreichenden Spritzern die Wände ziert, das sich aus der klaffenden Wunde in seiner Stirn über sein ganzes Gesicht verteilte und nun einen ranzigen Schorffilm bildet – all das Blut ist sein eigenes. Ich lasse mich fallen, rutsche an die Wand und schließe die Augen. Ich will weinen, ich muss weinen, aber ich kann nicht. Warum es nicht passieren will weiß ich nicht, aber es sind einfach keine Tränen da.

Warum nur? Warum musste ich ihn in diese Sache mit hineinziehen? Konnte ich meinen Mist denn nicht alleine ausbügeln? Musste es so weit kommen, dass ein Anderer – Maik – sein Leben für diese Sache lassen musste? Hätte es einen Weg herum gegeben? Für ihn? Für die Studenten im Rechenzentrum? Für die Menschen auf der Brücke? Tod – überall wo ich hinsehe breitet er sich aus und ich bin der Bote, der ihn verbreitet. Ich ziehe eine Spur des Chaos und des Grauens hinter mir her. Wer in mein Fahrwasser gerät ist hoffnungslos verloren. Und jetzt hat es ihn erwischt. Maik. Meinen Freund. Meinen besten Freund. Vielleicht meinen Einzigen. Er gab sich alle Mühe mir zu helfen. Ich entließ ihn in sein Verderben.

Es ist meine Schuld.

Ein Schluchzen kommt aus meiner Kehle, aber auch das ist trocken. Dieser Tag, dieser gottverdammte Sommertag hat mich ausgetrocknet, mir die Tränen geraubt, mich hart gemacht. Auch ein Grund ihn zu hassen.

Mein Blick geht an Maik vorbei, zum Spülkasten. Jemand hat den Deckel abgenommen. Die Söldner wollten auf Nummer sicher gehen und suchten nach ihrem Mord an Maik nach irgendetwas, das er vielleicht versteckt hatte. Sie waren dabei von dem üblichen Versteck aus Krimis und Romanen ausgegangen. Ich frage mich, wie lange sie hier wohl gesucht haben. Wahrscheinlich haben sie sich einfach damit zufrieden gegeben, dass nichts da war und gingen dann davon aus, dass es auch nichts zu finden gab – dass Maik eben doch nichts bei sich hatte, was den großen Plan gefährden konnte. Ich schaue höher und in fast zwei Metern Höhe sehe ich den vor sich hinsummenden Entlüftungsventilator. Ich quäle mich wieder auf die Beine, klettere auf den Rand er Schüssel und kralle meine Finger in das Lüftungsgitter. Die Erinnerung an den Tag, als Maik mir voller Stolz sein Versteck präsentierte, ist mir noch gut im Gedächtnis. Er wollte einen kleinen Kiffvorrat an jeder Ecke des Unikomplexes deponieren, falls ihn mal die Lust auf einen Joint überkommt und er gerade nichts zu rauchen bei sich hat. Es kam fast nie dazu, denn er hatte eigentlich immer etwas bei sich und irgendwann war seine Grasphase dann auch vorbei. Dennoch gab er sich Mühe überall Verstecke zu finden. Ich hatte immer den Eindruck es ginge eher um den sportlichen Aspekt in der Angelegenheit: Findet sich wirklich in jedem Bereich der Uni ein ausreichend gutes Versteck um eine kleine Tüte Gras für mehrere Wochen dort unbemerkt zu platzieren? Er war gut in diesem Spiel, denn kaum eines der Verstecke wurde je entdeckt. Sogar heute noch – ein Jahr nachdem er dem Kiffen abgeschworen hatte, weil er mit klarem Kopf effektiver am Computer arbeiten konnte – sogar heute noch liegen mindestens fünf Päckchen Gras in der Uni verteilt. Er schaute letzten Monat aus reiner Neugier noch mal nach. Sie waren noch da – seine Verstecke waren gut. Nun würde er nie wieder nachsehen. Sein Vermächtnis an die Nachwelt – der schnelle Kiff zwischendurch für die Studenten der Zukunft – wenn sie es denn finden. Viel Glück!

Das Gitter lässt sich mitsamt Gebläse vorsichtig aus dem Schacht ziehen. Der Laie mag denken, Maik habe nur die Schrauben herausgedreht, aber so

Stumpf ging er nicht vor. Um die perfekte Illusion zu schaffen klebte er vier abgesägte Schraubenköpfe wieder in die Vertiefungen, um jemandem der etwas genauer hinsah den Eindruck zu vermitteln, alles sei in Ordnung. Er war Perfektionist. Die Welt ist ärmer ohne ihn. Endlich das Gebläse in der Hand kann ich es einfach an den Kabeln der Stromversorgung herabbaumeln lassen. Ich lange hinein und ertaste viel Staub und natürlich einen kleinen Beutel. Und dann – ganz hinten, so tief wie es nur geht hineingeschoben – ein zusammengefaltetes Blatt Papier. Ich ziehe es heraus und springe wieder von der Schüssel.

Sofort falte ich es auseinender und bin verwirrt und enttäuscht. Alles was ich sehe sind Zeilen voller Zahlen und Buchstaben, die für mich auch nicht den Hauch eines Sinns ergeben. Nicht, dass ich nun die Wahnsinnserleuchtung erwartet hätte, aber so ganz in einer fremden Sprache entbehrt es für mich jeder Logik. Meinen Geist so stark konzentrierend, wie es jemandem dessen bester Freund tot und blutüberströmt neben ihm liegt möglich ist, versuche ich dennoch etwas zu erkennen. Anscheinend hatte Maik die Zeiten mitnotiert, wann er was tat, zumindest steht auf der linken Seite zu jedem Abschnitt eine genaue Uhrzeit. Dann lese ich Namen unterschiedlicher Programme. Ich lese Worte wie ‚BACKDOOR' und ‚WALLBREAKER'. Am Ende jedes Abschnittes findet sich jedoch stets ein ‚FAILED'. Endlich beginne ich zumindest im Ansatz zu begreifen, was ich dort sehe: Maik versuchte die Server mit verschiedenen Hackertools zu attackieren, was ihm jedoch nicht gelang. Hier hielt er nur schriftlich fest mit welchem Werkzeug er bereits gescheitert war und wann. Tja, guter Freund. Das ist wirklich nett, bringt mir allerdings herzlich wenig. Eine schlichte Auflistung von Erfolglosigkeiten bringt mich nicht weiter.

Moment!

Wenn er diese Seite mitnahm um sie genauer zu studieren, dann muss sich doch hier etwas finden. Ich meine warum sonst hätte er einen weiteren Blick darauf werfen sollen, wenn er eh wusste, dass dies alles Fehlversuche waren? Ich schaue mir die Absätze noch mal genauer an, doch alle enden immer noch mit ‚FAILED'. Plötzlich fällt mir eine längere Zeile in der Mitte des Blattes auf. Auch hier finden sich nicht näher zu deutende Zahlen und Ziffern, doch dann, mitten im undurchsichtigen Gewusel sticht mir ein Wort ins Auge: ‚NAME'. Ich nehme das Blatt etwas näher an meine Augen beim Versuch genauer erkennen zu können, was sich dort befindet. Dann erschließt sich mir der ganze Satz:

#PROGPICK_2.8_START#NAME_OF_PROG.>IGNATUM_CLIEN
T_1.1.3_@_V38VL#ENT.>FAILED#

Ich versuche mich zu konzentrieren, denn diese Zeile ist anders als die Anderen. Irgendetwas unterscheidet sie. Dann fällt es mir auf: Sie ist in drei Blöcke unterteilt. Während die anderen Zeilen alle nur zwei Blöcke beinhalten – den Namen des hackenden Programms und den zu verzeichnenden Erfolg – gibt es hier einen dritten Block. Irgendeine Form von Information. Ich führe mir die Zeile noch mal zu Gemüte. Zunächst der erste Block. Er unterscheidet sich nicht von den anderen. ‚PROGPICK' scheint der Name des Hackertools zu sein mit dem versucht wurde die andere Seite zu attackieren. ‚2.8' erinnert mich an die Versionsangabe eines ganz normalen Programms, wie ich sie auch immer wieder zu Hause benutze. Es scheint also die 8. Überarbeitung der 2. Version von PROGPICK zu sein, die Maik hier verwendet hat. ‚START' wird wohl nichts Anderes heißen, als dass es schlicht und ergreifend gestartet wurde. Nun schaue ich mir den letzten Block an. ‚FAILED' ist eine klare Aussage. PROGPICK konnte gegen das Programm auf der anderen Seite nichts ausrichten. Nach kurzem aber angestrengtem Nachdenken komme ich für mich selber zum Schluss, dass ‚ENT' die Abkürzung für ENTRANCE sein wird. ‚Eingang fehlgeschlagen' lautet also die Information des letzten Blockes. Bleibt nur die Mitte. Der Teil, der sich so oder auch nur ähnlich in keiner anderen Zeile findet.

NAME_OF_PROG.>IGNATUM_CLIENT_1.1.3_@_V38VL

'NAME_OF_PROG'. – Bedeutet das, was ich denke, das es bedeuten soll? Konnte dieses Tool, dieses PROGPICK, tatsächlich herausfinden, wie das Programm auf der anderen Seite heißt? Anders lässt sich diese Zeile nicht deuten. Wenn es stimmt, wenn ich mit meiner Vermutung nicht vollkommen falsch liege, dann ist dies der Name des Programms, das auf den Rechnern unter Berlin, Hamburg und München läuft. Jenem Mordinstrument, das für die Steuerung der Atombomben verantwortlich ist. IGNATUM_CLIENT_1.1.3_@_V38VL – die Wurzel allen Übels. Steuerung des Grauens und der Vernichtung. Das ist tatsächlich etwas, das sich zu wissen lohnt. Bleibt nur die Frage: Was bringt mir das? Was fange ich mit dieser Information an? Ich bin ratlos. Noch einmal schaue ich auf das Blatt in der Hoffnung, dass die Lösung vielleicht einfach aus dem Namen herausspringt, mir ins Gesicht und mich wachrüttelt um mir zu sagen, was ich tun soll. Je länger ich mir den Namen ansehe, desto mehr glaube ich sogar, dass dieser Gedanke gar nicht so abwegig ist. Irgendetwas steht da, womit ich tatsächlich etwas anfangen kann, aber was und wo ist es? Ich kann mir nicht helfen, aber irgendeine Information steckt in dieser Zeile. Etwas Wichtiges, doch ich kann es nicht greifen. Es ist fast so, als sei mein Blick getrübt, als würde ich die Worte durch Pergamentpapier lesen und gerade der Teil der Botschaft der wichtig ist, dringt nicht zu mir durch. Ein letztes Mal lasse ich meinen Blick über die Worte huschen.

‚IGNATUM' scheint der Eigenname des Programms zu sein, da bin ich mir ziemlich sicher. Auch der Begriff ‚CLIENT' kommt mir bekannt vor. Soweit ich mich erinnere deutet dies darauf hin, dass es sich nur um einen Teil des Programms handelt. Sozusagen ein, von einer Zentrale gesteuertes, ausführendes Organ. Mit ‚1.1.3' wird es sich ähnlich verhalten wie bei PROGPICK – es ist halt eine ganz bestimmte Version des Programms. Aber ‚@_V38VL'? keine Ahnung. Vielleicht eine interne Ziffer zur Logistik? Unsinn. Es sind gerade mal drei Bomben, da sollte es noch keine logistischen Probleme geben. Diese Menge kann man auch so überblicken. Es muss etwas Anderes sein, aber was? Je länger ich darüber nachdenke, desto sicherer bin ich mir, dass die Information, die mir so wichtig erscheint genau in diesem Teil zu finden ist.

Ich lasse das Blatt sinken und starre gedankenlos in die Ecke – genau in Maiks Gesicht. Armer Maik. Er wollte nur helfen, wollte mir an diesem unendlich schweren Tag beistehen, doch er hat es nicht geschafft. Sie haben ihn erwischt. Mich wollten sie, ihn haben sie bekommen. Ich gehe in die Knie und streiche ihm eine blutverkrustete Strähne aus der Stirn. Dann schließe ich ihm die Augen, wie ich es mal in einem Kriegsfilm gesehen habe. Ich muss nun gehen, doch es tut mir in der Seele weh, ihn hier so liegen zu lassen. In seinem eigenen Blut. Neben der Kloschüssel. Im Gestank einer Toilette. Ich wünschte ihm ein würdigeres Bild – er hätte es verdient, aber ich habe keine Zeit, um mich darum zu kümmern. Ich muss weg. Keine Ahnung wohin, aber weg! Ich stehe auf und hebe bereits den Fuß zum gehen. Mir bleibt nur eines noch zu sagen.

„Danke."

Danke für Alles.

Mein Freund.

27

Ich bin wieder auf der Straße. Wieder in Marias altem Polo. Die Straßenbedingungen werden von mir schon sehr überbeansprucht. Ich vergewaltige das Auto eher, als dass ich es steuere. Mein Fahrstil ist nicht von Vernunft oder Verantwortung geprägt. Alles was mich in diesem Moment lenkt und steuert ist Wut. Zorn. Hass! Auf diesen verfluchten Tag, der mich nun meinen Freund gekostet hat. Dieser Tag, der mir die Schuld für seinen Tod in die Schuhe geschoben hat. Ich habe zu verantworten was mit Maik passiert ist, aber dennoch ist es dieser verdammte Dreckstag, der mich überhaupt in eine Situation wie diese gebracht hat.

Scheiße.

„SCHEISSE!"

Wohin ich fahre? Ich weiß es nicht. Es interessiert mich auch nicht. Ich will nur in Bewegung bleiben. Von Zeit zu Zeit nehme ich irgendwie neben mir ein Verkehrsschild wahr, was mir dann vage bekannt vorkommt, doch die Information dringt nicht wirklich in mein Bewusstsein. Sie legt sich lediglich wie klebriger Honig von innen gegen meine Schädeldecke, ohne tiefer in meinen Kopf einzudringen. Zentrum, Bahnhof, Weser Ems Halle – alles Begriffe, die es nicht weiter in meinen Kopf schaffen, als bis direkt hinter meine Augen. Tief in meinem Innern mahnt mich eine Stimme, doch besser langsamer zu fahren, doch ich kann das nicht. Es ist fast so als hätte ich nicht die nötige Kontrolle über mich. Ich rase haltlos und vollkommen unkontrolliert durch die Straßen und vertraue einfach auf mein Glück, nicht von der Polizei bemerkt zu werden. Die sind beschäftigt. Sie haben genug mit dem zu tun was heute so alles abgegangen ist und das war nicht wenig.

155

Ich erreiche den Pferdemarktkreisel aus irgendeiner Richtung und begebe mich hinein. Kreisel sind gut um sich zu Konzentrieren. Das ist es was jetzt her muss – Konzentration! Ich brauche einen Plan! Einen Guten! Oder auch einen Schlechten – mir egal, aber es muss etwas geschehen! Ich übersehe eine rote Ampel, fahre einfach weiter in den Kreis. Die nächste Ampel erkenne ich sofort, sehe auch dass sie rot ist, aber ich ignoriere sie. Dann die Dritte – ob sie grün oder rot ist interessiert mich gar nicht mehr. Ich fahre einfach weiter und werde immer schneller. So ziehe ich Runde um Runde zunächst mit dreißig Sachen, dann mit vierzig und schließlich so schnell, dass ich keinen Blick mehr frei habe für den Tachometer. Ich sehe Maik vor meinem inneren Auge, wie er in seinem eigenen Blut liegt. Die Reifen fangen zu quietschen an, als ich den Feuerball noch mal von der Brücke aufsteigen sehe. Unangeschnallt wie ich es bin, kann ich mich kaum noch hinter dem Lenkrad halten, als ich wieder spüre, wie Julius Projektil meine Schulter durchschlägt. Die Reifen beginnen laut zu kreischen als ich die Betonbröckchen spüre, wie sie sich nach der Explosion der Ruine in meine Haut schneiden. Plötzlich schiebt der Wagen über die Vorderräder hinaus und ich schieße auf eine Straßenlaterne zu, doch ich sehe nur die fünf Ziffern:

V38VL

Ich bin der Lösung so verdammt nah!

Wieder am Streuer reiße ich es mit aller Kraft rum und trete voll in die Bremse. Das Heck schleudert herum und ich erschrecke mich für einen Moment, als der Wagen mit beiden rechten Reifen gleichzeitig an den Bordstein prallt und ich gehörig durchgeschüttelt werde.

Und plötzlich ist alles ganz still.

V38VL

Ich war tatsächlich die ganze Zeit alleine im Kreisel. Hier, am wichtigsten Verkehrsknotenpunkt der Innenstadt ist kein anderes Fahrzeug zu sehen. Ich bin vollkommen allein! Niemand scheint sich nach den Ereignissen des Tages noch auf die Straße zu trauen.

V38VL

Auch Fußgänger suche ich vergebens. Außer mir ist niemand zu sehen.

V38VL

Verdammt was bedeutet das?

Und dann der Schock! Hastig krame ich in meiner Hosentasche, das heißt eigentlich krame ich in der Hosentasche von Marias Ex, dessen Hose ich trage, und hole Maiks Zettel hervor. Sofort erkenne ich den Teil, der meinem Hirn keine Ruhe mehr lässt. @_V38VL. Das @ ist unwichtig. Darum geht es nicht. Es ist nur eine Art Bindeglied. Das Wichtige ist der Rest, diese abstruse Ziffernkombination. Ich sehe sie auf dem Papier und sehe nur noch wie alles Weitere auf dem Zettel verblasst, der geheime Code steht nun für meine Augen vollkommen alleine dort.

V38VL

Mein Puls rast, als ich etwas tue was fast wie von selbst geschieht und dann schreie ich. Ich schreie so laut ich nur kann, spüre die Adern aus meinem Hals hervortreten. Ich kreische es in das Universum hinaus, bis mir der Hals schmerzt. Erst als ich keine Luft mehr habe lasse ich das Blatt wieder sinken.

Ich hatte das Blatt nur auf dem Kopf gehalten.

28

„Was willst du?"

Ich schweige.

„Felix?"

Weiterhin nichts.

„Wer... wer ist da?"

„Hallo Tabea."

„Se... Sebastian? Aber wie..."

„Du hattest jemand Anderes erwartet?"

„Wie kommst du an dieses Telefon?"

„Du erinnerst dich bestimmt noch an die Bruchbude, die uns um de Ohren geflogen ist?"

„Ähm..."

„Er hatte es liegen lassen – ich habe es mitgenommen. Ende der Geschichte."

„Vielleicht muss ich dir..."

„Ich bin ehrlich beeindruckt. Du stehst in Felix' Telefonbuch gleich an erster Stelle – noch vor Julius. Und das als kleine, dumme Datenwäscherin. Alle Achtung. Ich habe es nicht einmal in dieses Handy geschafft und du stehst aus irgendeinem Grund ganz oben. Komisch oder?"

„Hör zu, ich kann das alles erklären."

„Nein. Du wirst MIR jetzt mal zuhören. Ich will die Wahrheit. Ich will die ganze Wahrheit und ich will sie jetzt und deswegen wirst du dich sofort – ich wiederhole: SOFORT – mit mir treffen. Und dann..."

„Es tut mir leid, aber ich kann jetzt nicht..."

„Es ist mir vollkommen egal was du kannst oder nicht. In spätestens zehn Minuten will ich dich vor dem Casablanca sehen, hast du mich verstanden?"

„Ich will dir wirklich alles erklären, aber ich habe jetzt echt keine Zeit dafür. Vielleicht kann ich dir Morgen..."

Durchatmen. Zorn unterdrücken so gut es eben geht. Zeit für einen kleinen Bluff. „Du WIRST dich mit mir treffen. Ich bin im Besitz von Felix' Handy und du ahnst ja gar nicht wie viel interessante Daten sich da drinnen über euer kleines Unternehmen finden. Ich gebe dir genau zehn Minuten, um hier dein hübsches Gesicht zu zeigen, oder ich spiele die Infos der Polizei und dem Bundesnachrichtendienst zu. Ich gebe es an die Presse. Ich erzähle es jedem der es hören und jedem, der es nicht hören will. Sie werden euch suchen, verfolgen und jagen. Und irgendwann, wenn du schläfst, wird ein Sondereinsatzkommando in dein Schlafzimmer einfallen wie der Zorn Gottes." Meine Stimme zischt und klingt geifernd. Das tut sie ganz von allein.

157

„Wenn du wesentlich mehr Glück hast als du verdienst, wird die Öffentlichkeit das erfahren und dich als die Frau ächten, die Millionen von Menschen töten wollte. Ich für meinen Teil glaube allerdings eher, dass man dich einfach verschwinden lassen wird, denn Niemand hat Interesse daran, dass die ganze Geschichte groß herauskommt und die Hilflosigkeit unseres Staates bekannt wird. Ach, und mit ‚verschwinden lassen' meine ich keinen Urlaub. Dabei fällt mir ein – hast du dir eigentlich schon mal Gedanken darüber gemacht, was die Vereinigten Staaten veranstalten wenn sie erfahren, dass Terroristen sich ihrer Altlasten bedienen? Die werden kaum lange fackeln. Also: Du wirst kommen!"

Auflegen.

Oh, was sehen meine entzückten Augen denn da in der Ablage der Mittelkonsole? Einen Fettstift.

29

Zum ersten Mal heute komme ich mir irgendwie vorbereitet vor, was komisch ist in Anbetracht der Tatsache, dass ich keine eigentlich keine nennenswerten Vorbereitungen getroffen habe. Das Einzige was ich vorzuweisen habe ist der Lippenfettstift. Wenn alles so klappt wie geplant, werde ich ihn zweckentfremden und gnadenlos einsetzen. Ich verstecke mich hinter einer Häuserecke, von der aus ich sicher die Front des Casablancas beobachten kann. Ich mag dieses kleine sympathische Kino. Es hat irgendeinen Charme, den ich in den großen Cineastischen Palästen vermisse und dennoch schafft es die Gradwanderung zwischen Gemütlichkeit und Modernität spielend. Das Entscheidende ist allerdings das Programm, das sich deutlich vom Mainstream abhebt. Schon einige Filme habe ich hier gesehen – weil sie sonst schlicht und ergreifend nirgends aufgeführt wurden. Warum ich allerdings gerade diesen Ort für mein Treffen mit Tabea ausgewählt habe, kann ich nicht erklären. Ich folgte irgendeinem Impuls.

Seit meinem Telefonat sind nun zwölf Minuten vergangen. Wird sie kommen? Konnte ich ihr ausreichen angst machen? Ich hatte ihr eine Frist von zehn Minuten gegeben und sie hat sie nicht eingehalten, allerdings weiß ich nicht, ob sie nicht kommen will oder schlicht und ergreifend nicht schnell genug kommen kann. Immerhin habe ich keine Ahnung wo sie sich aufhielt, als ich sie anrief. Was mache ich wenn sie nicht kommt? Habe ich dann überhaupt die Möglichkeit irgendwas zu tun? An die Medien gehen – wie ich es ihr androhte – kann ich nicht. Dazu sind die Beweise einfach zu mager. Die würden mich wahrscheinlich nicht einmal ausreden lassen. Sie muss einfach kommen – eine andere Chance habe ich nicht.

Und dann – tatsächlich! Sie steht plötzlich vor der Fassade des Casablancas. Wie genau sie dorthin gekommen ist kann ich gar nicht sagen, ich habe sie nicht kommen sehen. Wichtig ist allerdings, dass sie nach mir Ausschau hält. Sie hat mich noch nicht gesehen. Das Überraschungsmoment bleibt also auf meiner Seite. Das ist gut, sehr gut. Sie steht kaum zehn Meter von mir entfernt. Alles was ich jetzt noch brauche ist ein kurzer Moment der Unaufmerksamkeit ihrerseits, also tue ich das Naheliegendste. Ich wähle ihre Nummer. Einige stille Sekunden später klingelt ihr Handy. Sie schaut auf das Display und wendet sich von mir ab. Die Chance stand fünfzig zu fünfzig, dass sie sich in diese Richtung drehen würde. Noch scheint mir das Glück hold zu sein und so versuche ich mich so schnell und gleichzeitig so leise wie möglich auf sie zuzubewegen. Sie darf mich erst bemerken, wenn mein Plan es vorsieht.

Sie ist noch vier Schritte entfernt, als sie das Gespräch über einen Tastendruck annimmt, drei Schritte als sie das Handy in Richtung Ohr bewegt und zwei als ich den Fettstift fest in meine Hand nehme. Einen Schritt von ihr entfernt höre ich, wie sie mich über das Telefon anspricht.

„Ich bin da."

Direkt hinter ihr lege ich ihr eine Hand auf die Schulter und drücke ihr mit soviel Kraft, dass es deutlich zu spüren sein sollte, die Unterseite des Stiftes in den Rücken.

„Das sehe ich", flüstere ich ihr ins Ohr. Sie zuckt nicht zusammen, aber so nah, wie ich mich ihrem Gesicht nun befinde, kann ich sehen, dass sich in ihrem Nacken die Härchen aufstellen. Mein erster Bluff hat funktioniert und allem Anschein nach macht sich auch der Zweite bisher ganz gut. Woher soll sie auch wissen, was genau ich ihr hier ins Rückrat drücke? Ich muss nachlegen, also versuche ich genau das, inspiriert durch die Nähe zum Kino, mit einem Klassiker der Filmgeschichte. „Eine falsche Bewegung und ich drücke ab."

„Ich glaube nicht, dass du mich erschießen wirst." Sie klingt selbstbewusst, aber nicht überzeugt.

„Heute Morgen hätte ich auch nicht geglaubt, dass ich dreißig Meter tief in die Hunte springe. So kann man sich irren."

„So bist du nicht. Du bist kein Mörder."

„Schade, dass ich keine Lust und Zeit habe dir von meinem Tag zu erzählen, aber glaub mir: was ich heute erlebt habe kann einen Menschen verändern. Grundlegend."

„Ich bin nicht dein Feind."

„Freund – Feind – ich habe mir abgewöhnt in Stereotypen zu denken. Also mein Liebling, willst du mich nicht ins Kino einladen?"

„Wie bitte?"

„Das war eine rhetorische Frage", sage ich und drücke den Stift noch ein wenig fester in den Rücken um meiner Forderung Nachdruck zu verleihen. Deutlich verunsichert geht Tabea vor mir her in Richtung Eingang. Ja! Ich bin am Drücker. Zeit die Zügel straff in die Hand zu nehmen.

An der Theke sieht uns ein langer dünner Kerl herausfordernd an und stellt damit ohne Worte die Frage, welchen Film wir sehen möchten. Es ist mir zwar egal welcher Film, aber nicht in welchen Raum.

„Zweimal die Blackbox", sage ich und lächle Tabea dabei an. Für diesen Kerl muss es so aussehen als umarme ich sie. Er kann nicht sehen wie ich sie mit dem großkalibrigen Fettstift bedrohe und kommt auch gar nicht auf die Idee, dass mein Lächeln vielleicht nur Zynismus sein könnte. Er hält uns für

159

ein Pärchen. Eine Illusion die auch durch Tabeas Gesichtsausdruck bestätigt wird, aber ich kann ihr Zittern durch das Lippenpflegemittel hindurch spüren. Sinnlos es zu leugnen – ja, ich genieße es.

„Viel Spaß", wünscht uns der Lange. „Könnte eine durchaus ruhige Vorstellung werden. Es sieht nicht so aus, als würden noch weitere Gäste auftauchen. Hängt wahrscheinlich mit den Explosionen zusammen."

„Mag sein, aber uns kann so was nicht einschüchtern. Wir lieben ein Leben auf Messers Schneide, nicht wahr Schatz?"

„Ein Leben auf Messers Schneide – genau unser Ding, ja."

Unglaublich wie sie es schafft sogar in dieser Situation einen glasklaren Sarkasmus auszudrücken. Alle Achtung – die bringt so schnell nichts aus der Fassung. Wir nehmen unsere beiden Karten in Empfang und begeben uns zur ‚Blackbox', dem kleinsten der drei Vorführräume im Casablanca. Die Wände sind schwarz, daher der Name. Ein wirklich unglaublich bedrückender Raum, besonders wenn man sich etwas Düsteres anschauen möchte. Ich erinnere mich dass Maik und ich hier ‚Cube' gesehen hatten. Damals hatten wir uns vor Spannung dermaßen fest in die Armlehnen verkrallt, dass wir sie fast aus den Verankerungen gerissen hätten. Genau diese bedrückende Stimmung ist es, die ich jetzt brauche. Ich habe es satt ständig angelogen zu werden. Ich will die Wahrheit und nichts als die Wahrheit. Auch wenn ich mich ihr nicht gegenuber setzen kann, so denke ich, dass genau dieser Raum das bisschen Verhörzimmerflair verströmen könnte, was ich jetzt so dringend brauche. Ich dränge Tabea in die letzte Reihe in die Mitte und setze mich rechts neben sie. So flink und unauffällig wie möglich verstecke ich meine rechte Hand unter meinem linken Oberarm, wobei mich ein unangenehmes Ziehen daran erinnert, dass ich immer noch ein Loch in meiner Schulter habe. Jetzt habe ich die Möglichkeit ihr auch weiterhin den Stift in die Seite zu drücken, ohne, dass sie sehen kann, dass es sich eben nicht um eine Waffe handelt.

„Und was jetzt?"

„Pst!", mache ich, „der Film fängt gleich an." Das Licht wird langsam heruntergefahren. Für einen kurzen Augenblick wird der Raum in vollständige Finsternis getaucht, wodurch ich es für eine gute Idee halte Tabea den Stift noch mal kräftig in die Seite zu stechen. Sie atmet kurz gequält ein, beruhig sich dann aber wieder. Die Werbung beginnt. Ich sollte langsam anfangen.

„Also dann, gibt es irgendwas, das du mir freiwillig beichten möchtest?"

„Sebastian, bitte. Es ist alles nicht so einfach. Ich wollte dich nicht anlügen, ehrlich, aber ich sah keine andere Möglichkeit. Ich musste dich aus der Schusslinie bringen und das ging doch nur, wenn ich dein Vertrauen hatte. Deswegen hab ich so getan, als wäre ich in der gleichen Situation wie du."

„Das bist du aber nicht. Niemand ist das oder? Ich bin der Einzige. Ich bin der Einzige, dessen Status auf der Liste geändert wurde und ich bin nun auch der einzige Vollzugriffler, der noch lebt. Ist es nicht so?"

„Ja. Du bist der Einzige. Und damit bist du das Sandkorn im Getriebe. Der einzige Grund, weswegen die Städte noch stehen."

„Warum konntest du mir nicht sagen, welche Rolle du in der Sache hattest? Wäre Ehrlichkeit nicht zumindest einen Versuch wert gewesen?"

160

„Ich konnte doch nicht das Risiko eingehen, dich zu verschrecken. Mein Gott, mein Part in dieser ganzen Sache ist… es ist alles so völlig anders gelaufen als es sollte. Ich kann dir nicht einmal jetzt sagen, was ich mit dieser Geschichte zu tun habe."

„Das ist auch gar nicht nötig. Ich weiß bescheid." Sogar in der nahezu absoluten Finsternis im Raum kann ich erkennen, wie sie ihre Augen weit aufreißt – wie schockiert sie ist.

„Das weißt du nicht."

„Du hast es geschrieben." Ihre Gesichtszüge bewegen sich keinen Millimeter. Sie ist wie eingefroren. „Das Programm zum zünden der Bomben ist aus deiner Feder."

„Woher…"

„Egal! Wichtig ist, dass ich es weiß und, dass ich es satt habe angeflunkert zu werden. Also: Fakt ist, dass du dieses Scheißding geschrieben hast, mit dem man Millionen von Menschen pulverisieren kann und jetzt hilfst du mir, damit es nicht zum Einsatz kommt. Was ist passiert? Hat sich dein Gewissen gemeldet? Hat man dich um Kohle geprellt bei der ganzen Sache? Du musst mit diesen Leuten gemeinsame Sache gemacht haben, aber ich sehe immer noch keinen ausreichenden Zusammenhang. Als du in der Ruine deine Waffe auf Felix gerichtet hattest, wolltest du einen Mann umbringen, mit dem du mal zusammengearbeitet hast. Erkläre es mir. Erkläre mir alles, was ich noch nicht weiß. Und wenn ich ‚Alles' sage, dann meine ich auch ‚Alles'!"

Sie atmet tief durch. Ich spüre, dass in ihr etwas zusammengebrochen ist. Vielleicht hatte sie geplant mir eine weitere Lügengeschichte aufzutischen und mich ein weiteres Mal in die falsche Richtung rennen zu lassen, doch nicht mit mir. Nicht mehr. In dem Moment, in dem ich ihr ins Gesicht sagte, dass sie es war die dieses Monster zu dem gemacht hat was es heute ist, hatte ich ihre Verteidigungslinie durchbrochen. Jetzt ist sie weich. Ich spüre es. Es hat keinen Zweck mehr zu lügen. Was auch immer sie mir jetzt erzählt – es wird die Wahrheit sein. Das habe ich einfach im Urin.

„Felix und ich waren Freunde. Es ist nun schon einige Zeit her, aber wir waren Freunde. Wir haben gemeinsam mit dem Studium angefangen. Er Geschichte und ich Informatik. Während ich eigentlich noch gar nicht wusste, was ich mit alle dem machen sollte, was man mir beibrachte, auch wenn ich in diesem Studium total aufging, hatte Felix recht genaue Vorstellungen davon was ihn interessierte. Historische Journalistik. Er verbrachte unheimlich viel Zeit damit, in Bibliotheken rumzusitzen und uralte Zeitungsarchive zu wälzen. Er konnte die Zeit darüber vollkommen vergessen. Ich habe nie verstanden was er daran fand. Für mich war das alles tote Materie. Vergangenheit. Ich sah lieber in die Zukunft, was auch der Grund war, warum ich mich für Informatik entschied. Das war einfach eine Branche mit Zukunft und ich war gut. Die Theorie bekam ich sehr schnell drauf, aber besonders in der Praxis war ich nahezu unschlagbar. Ein Dozent frage mich mal, wie ich das machen würde. Warum ich komplexe Programme stets in der Hälfte der Zeit begriff, wie alle Anderen – ihn eingeschlossen. Ich konnte es ihm nicht sagen. Heute glaube ich den Grund zu kennen. Ich kann einen Quellcode, ein Programm so lesen wie ein Buch oder einen anderen Text. Mein Gehirn

161

scheint die Programmiersprache einfach wie jede andere Sprache mit in sein Repertoire aufgenommen zu haben. Manchmal träume ich sogar in Quelltext."

„Ist das für die ganze Sache wirklich alles so wichtig?"

„Eigentlich nicht. Na ja, also irgendwann erzählte mir Felix, dass er in irgendwelchen uralten Archiven auf Informationen zum Projekt M2 gestoßen war und, dass er dies zu seiner Doktorarbeit machen wolle. Die Theorie einer Notbremse für ein potentiell gefährliches Volk faszinierte ihn total. Und dann, während er an den Recherchen zu dieser Arbeit steckte, verlor ich den Kontakt zu ihm. Er igelte sich immer mehr ein. Irgendwann sah ich ihn nur noch mit Akten und immer häufiger mit dem Handy telefonierend über den Campus huschen. Ich erinnere mich noch an den Tag, als ich ihn mit diesem sonnenbankgebräunten Typen in der Ecke stehen sah. Als er mich erkannte, wendete er sich ab und verschwand hinter der nächstbesten Tür. Und dann, als ich schon dachte, uns würde gar nichts mehr verbinden, rief er mich plötzlich an und lud mich zu sich zum Abendessen ein. Ich freute mich, dass er offensichtlich den Kontakt doch nicht abbrechen lassen wollte und ging hin. Allerdings waren wir beide nicht allein, dieser gebräunte Kerl war auch da. Er stellte sich als Julius vor, ein ‚Partner' von Felix. Ich war verwirrt und irgendwie meldete sich mein innerer Alarm. Als ich fragte, welcher Art diese Partnerschaft war, nahm Felix mich beiseite und fragte, ob ich Interesse daran hätte reich zu werden. Er meinte, er spräche nicht von vorsichtigem, zurückhaltendem Reichtum, sondern von der ganz großen Liga. Ich sagte, dass mir normaler Wohlstand schon reichen würde, aber ich auch mehr nähme, wenn es nun gar nicht anders ginge. Er fragte wie hundert Millionen für mich klängen. Ich war ziemlich perplex und hielt dies zunächst für einen Scherz, aber dann begannen er und Julius mich in ihren Plan einzuweihen."

„Die totale Vernichtung von Berlin, Hamburg und München durch M2."

„Nein. Damals stellte sich die Situation noch ganz anders dar. M2 zu aktivieren hätte ja auch gar keinen Sinn gemacht. Wie hätte man aus einem solchen Anschlag jemals auch nur einen müden Euro herausholen können? Nein, der Plan war ein anderer. Sie hatten vor, den deutschen Staat zu erpressen. Sie wollten das gesammelte Material über die Bomben der Regierung schicken und ihnen drohen sie zu zünden, wenn sie nicht dreihundert Millionen bekämen. Ich sagte das sei doch Utopie, immerhin gäbe es diese Bomben nicht einmal, sie seien doch reine Fiktion, aber Julius belehrte mich eines Besseren. Er zeigte mir die Pläne und sagte, er habe sie selbst gesehen. Er sagte, man könnte die Eingänge einfach zubetonieren und damit verhindern, dass man sie entschärfen könnte, bevor die von uns gesetzte Frist abliefe. Alles was fehle, sei eine Zündprozedur, die sich aus der Ferne und quasi von jedem beliebigen Ort aus aktivieren ließe. Es solle so mobil wie möglich gehalten werden, denn sie waren sich sicher, dass die Regierung alles nur Denkbare veranstalten würde, um uns ausfindig zu machen, sodass wir die Gefahr minimieren könnten, wenn wir flexibel blieben. Ich fragte, was denn passieren würde, wenn sie nicht zahlten, aber das hielten die Beiden für absolut unrealistisch. Was seien schon dreihundert Millionen im Vergleich zum Schutz der Bevölkerung vor dem sicheren Tod? Man würde zahlen, das stand eigentlich außer Frage. Ich nahm mir eine Nacht frei um darüber nachzudenken, aber in Wirklichkeit hatte mich die Gier gepackt. Hundert Millionen, das war schon was und in der Zeit, in der ich mir eigentlich das Für und Wider einer Teilnahme an diesem Coup noch mal durch den Kopf gehen lassen wollte, plante ich bereits die Zündprozedur."

„Du hast also einfach mitgemacht. Dir waren die Leben vollkommen egal."

„Das stimmt so nicht. Ich war wirklich davon ausgegangen, dass niemals jemand zu Schaden käme. Ich konnte ja nicht ahnen, was sich alles noch entwickeln sollte. Am nächsten Tag präsentierte ich dann meine Pläne. Ich wollte die Bomben mit Rechnern ausstatten, welche mit dem Internet verbunden waren. Auf ihnen sollte ein Programm ablaufen, das sämtliche Systeme der Bomben über das Internet steuern ließ. Auf der anderen Seite würde ich ein Programm schaffen, welches die nötigen Prozeduren durchführen und übermitteln würde. Alles was man tun müsste, wäre dieses Programm zu laden und auf den Startknopf klicken. Von da an würde alles von selber weiter ablaufen. Ich nannte dieses Programm…"

„…Ignatum."

„Ich fass es immer noch nicht, dass du das weißt."

„Warum hast du es wirklich geschrieben? Ich meine, wenn du eh nicht wolltest, dass das System zum Einsatz kommt, hättest du dann nicht so was wie einen Fakemechansmus programmieren können? Etwas, das wie ein funktionierendes Programm aussieht, aber niemals funktionieren würde?"

„Felix und Julius wollten das nicht. Sie bestanden auf ein funktionierendes System und testeten es auch – natürlich ohne angeschlossene Bomben. Außerdem hatte mich auch meine Programmiererehre gepackt. Ich wollte einfach wissen, ob es möglich war. Und es war möglich. Allerdings gestaltete sich das gesamte Projekt unglaublich umfangreich. Die Mechanismen der Bomben waren nicht mehr die neuesten und mussten überarbeitet werden. Zum zubetonieren der Eingänge wurden insgesamt fast hundert Tonnen Stahlbeton benötigt. Dort sah es manchmal wie auf Großbaustellen aus. Das ganze Unterfangen brauchte immer mehr Personal und Geld. Die Kohle hat Felix organisiert. Als ich ihn danach fragte sagte er nur, er habe die richtigen Quellen mobilisiert. Julius brachte die Männer ran. Um das alles vor den Behörden zu verstecken wurde eine Scheinfirma gegründet."

„Schockland."

„Genau. So gab es für die Baustellen einen Ansprechpartner und zusätzlich noch eine Firma, die auch die Daten waschen konnte. Wir hatten mittlerweile so unglaublich viel Personal beschäftigt, dass es wichtig war niemandem vollen Einblick in die Pläne und die Zusammenhänge zu ermöglichen."

„Deswegen habt ihr diese Datenwäscher eingestellt. Leute wie mich, die die Informationen und Anweisungen an das Personal einfach ein wenig in der Weltgeschichte herumschickten, damit niemand nachvollziehen konnte, wo die Daten denn nun eigentlich herkamen."

„Und nicht nur das. Ich hatte geplant die Zündrechner ans Internet anzuschließen. Dabei die digitalen Spuren vollkommen zu verwischen erwies sich in letzter Konsequenz als unmöglich. Mit unserer Firma konnte ich sie ein-

163

fach als Server von Schockland darstellen. Niemand würde nachfragen, warum eine Firma dieser Größe drei Server besaß. So was ist mittlerweile immerhin in jedem mittelständischen Betrieb üblich. Die Gründung von Schockland löste alle Probleme."

„Ich warte immer noch auf den Teil, in dem ihr euch entschieden habt Millionen von Menschen zu opfern."

„Das war nicht meine Idee. Ich hätte so etwas niemals gutgeheißen."

„Ich bin noch nicht überzeugt."

„Irgendwann kam ich in Felix Büro und er war nicht da. Ich wollte gerade wieder gehen, als ich eine ausgedruckte Email auf seinem Schreibtisch fand. Es war von einer Kontaktperson irgendeines Konsortiums. Sie interessierte sich für den Status des Projektes ‚M2-Reload'. Ich wartete auf Felix und fragte ihn, was das für eine Mail sei. Er druckste rum und wusste im ersten Moment nicht so recht was er mir antworten sollte, also schrie ich ihn an, was dieses Konsortium sei und was M2-Reload bedeutete. Und dann rückte er endlich mit der Sprache heraus. Das Konsortium war eine Gruppierung verschiedener Unternehmen aus der ganzen Welt die ihm über eine Kontaktperson das Geld hat zukommen lassen. Im Grunde finanzierte eben dieses Konsortium unseren kleinen Plan. Er sagte unser Plan hätte sich etwas geändert. Es sei nun nicht mehr geplant den Staat zu erpressen, sondern die Bomben zu einem festgelegten Zeitpunkt einfach zu zünden. Das Konsortium hatte ihm einfach mehr Geld geboten. Unfassbar viel Geld."

„Zehn Milliarden", murmele ich vor mich hin und erkenne vage in der Dunkelheit, wie sie mich wieder verwundert ansieht.

„Genau. Sie hatten Felix einfach sein Gewissen abgekauft, aber meines nicht. Ich wollte das nicht und sagte, ich würde sofort aussteigen und dieses Vorhaben stürzen. Das war der Moment, mit dem ich mein Schicksal besiegelte. Von diesem Tag an jagten mich Söldner durch das ganze Land und Julius ging es nicht anders. Offensichtlich hatte sich Felix kurzerhand entschieden, das Projekt alleine bis zum Ende weiterzutreiben. Ich habe keine Ahnung wo er die Söldner aufgetrieben hat, aber ich glaube, dass das Konsortium ihm die Kontakte verschaffte. Er ließ jeden hinrichten, der zu viel wusste, nur mich und Julius erwischte er nicht. Und während ich verzweifelt versuchte die Katastrophe zu verhindern, wuchs in Julius die Wut, dass Felix ihn dermaßen hintergangen hatte. Er nahm sich vor ihn zu erpressen, um die Hälfte der Kohle zu bekommen."

„Ich weiß. Er brauchte lediglich eine weitere Person schaffen die zu viel wusste und diese vor Felix' Schergen zu beschützen. Julius würde ihm diese Person erst dann ausliefern, wenn dieser ihm die Hälfte der zehn Milliarden gab."

„Genau. Und die weitere Person…"

„War ich."

„Das ist die wirklich wahre Geschichte."

„Wo kommen diese ganzen Waffen her, mit denen du und Julius so gut umgehen könnt?"

„Julius hat dieses Zeug organisiert. Ich weiß nicht woher. Überhaupt weiß ich nicht viel über Julius. Ich weiß nicht was er vorher machte, wo Felix ihn kennen gelernt hat – ich weiß eigentlich gar nichts über ihn, außer dass er mit höchst merkwürdigen Kreisen Kontakt hat."

„Er hat zum Beispiel Verbindungen zu den Handybetreibern."

„Nicht nur das. Du müsstest mal sehen, wie der Mann schießen kann. Sowas lernt man nicht an der Uni."

„Ich weiß." Ich spüre eine Eiseskälte in der Schulter, die er auf dem Gewissen hat.

„Und du hast deine ganzen Informationen aus Felix' Handy?", fragt Tabea ungläubig. Unglaublich angespannt durch diese Fülle neuen Wissens, lasse ich meinen Kopf nach hinten sinken und presse auch den Fettstift nun nicht mehr so stark in ihre Seite.

„Felix' Telefon war fast vollständig zerstört. Alles was ich finden konnte waren ein paar Nummern auf der SIM-Karte. Auch deine."

„Aber wie hast du dann…"

„Du warst zu eitel. Du konntest es einfach nicht lassen, dich im Namen deines Programms zu verewigen." Ich reiche ihr Maiks Ausdruck und halte ihn gleich auf dem Kopf.

„Wo hast du das her."

„Mein Kumpel kennt sich mit so was aus."

„Mein Gott. Du musst ihm sofort sagen, dass er die Finger davon lassen soll! Sie werden seine Spur zurückverfolgen und…"

„Er ist schon tot!", brülle ich sie an. „Er saß im Wechloyer Rechenzentrum. Dort haben sie ihn hingerichtet."

Sie schweigt für einen Augenblick und auch ich weiß in diesem Moment einfach nicht das Richtige zu sagen.

„War es ein guter Freund?"

„Der Beste."

„Das tut mir leid."

„Ist mir doch egal", sage ich und nehme ihr nun den Fettstift aus den Rippen. Sie sieht womit ich sie in Schach hielt aber verzieht dabei keine Mine. Anscheinend hatte sie selber nicht mehr daran geglaubt, dass es sich um eine echte Waffe handelte. Ja, ich tue ihr leid, aber es interessiert mich nicht. Sie hat schließlich auch ihren Teil dazu beigetragen.

„Sebastian?"

„Was ist?"

„Dieser Tag ist noch nicht vorbei. Ich muss wieder gehen. Ich muss verhindern, dass Felix sein Ziel erreicht."

„Eines ist mir immer noch ein wenig schleierhaft", übergehe ich ihren Versuch sich der Situation zu entziehen, „wer um alles in der Welt hat ein so großes Interesse an dem Zünden der Bomben, dass er solche Unsummen von Geld mobilisieren kann?"

„Genau kann ich dir das auch nicht sagen. Es scheint sich um Firmen zu handeln, die keinen Sitz in Europa haben. Sie haben wohl etwas Angst, vor der Weltwirtschaftlichen Entwicklung und Europas Rolle dabei. Nach einem Anschlag dieser Größenordnung läge die EU am Boden. Deutschland alleine würde sich vielleicht nie wieder davon erholen."

„Und dafür sind die Herren in den Chefetagen bereit im Blut zu baden? Ist der Mensch so grausam? Sind wir schon so weit?"

„Es ist nicht gesagt, dass die Herausgeber des Geldes überhaupt wissen, wozu es benutzt wird. Ich glaube, dass man ihnen lediglich eine Lösung des ‚Europaproblems' versprochen hat. Vielleicht versteckt sich auch dort eine Terroristische Organisation hinter einer Scheinfirma. Ein seriöses Auftreten kann Wunder bewirken. Glaub mir, ich weiß wovon ich rede."

„Das glaub ich dir. Im Vortäuschen falscher Tatsachen bist du ganz groß."

„Es tut mir wirklich leid, dass ich dir nicht die Wahrheit sagen konnte, a- ber wir hatten einfach keine Zeit dafür. Ich brauchte dein Vertrauen und zwar schnell."

„Verarsch mich doch nicht. Sei ehrlich, hättest du mir am Ende noch rei- nen Wein eingeschenkt? Als du mich in die Hütte bringen wolltest, hattest du doch niemals geplant mir die ganze Wahrheit zu erzählen."

„Tatsächlich hatte ich nicht einmal geplant, dich aus der Hütte jemals her- auszuholen. Irgendwann wärest du schon aus eigenem Antrieb herausge- kommen, weil du nichts mehr von mir gehört hättest. Ich hoffte einfach, dass ich es bis dahin geschafft hätte den Anschlag zu verhindern."

„Das hast du immer noch nicht hinbekommen oder?", frage ich plötzlich irgendwie in Gedanken.

„Nein, deswegen muss ich auch wirklich wieder los."

„Geht Felix eigentlich immer noch davon aus, dass ich noch lebe? Ich meine, bei dieser Explosion auf der Brücke lässt sich doch mit Sicherheit nicht jede Leiche sofort identifizieren."

„Das ist ihm mittlerweile egal. Der Anschlag wird heute wahrscheinlich sowieso nicht mehr verübt."

„Nicht?"

„Es ist einfach zu viel geschehen heute. Es war von Anfang an geplant, die ganze Sache so still wie möglich über die Bühne zu bringen. Drei Millionen- städte würden aus dem Nichts heraus in Schutt und Asche gelegt und nie- mand hätte auch nur den Hauch einer Idee, wer oder was dahinter stecken könnte – so sollte es ablaufen. Jetzt allerdings ist die Sachlage etwas anders. Stell dir mal vor, nach diesem Tag hier in Oldenburg würden die Bomben in den Städten hochgehen. Man muss wirklich kein Genie sein, um den Zu- sammenhang zumindest zu vermuten. Jeder würde hier in Oldenburg als erstes nach den Tätern suchen und wenn intensiv genug ermittelt wird, dann findet man auch was. Ich meine irgendwie haben du und der Andere…"

„Maik."

„Ähm, Maik, ja. Immerhin habt ihr eine ganze Menge Informationen ge- sammelt, die niemals hätten von irgendjemand gefunden werden sollen. Jetzt den Anschlag zu verüben käme einem Selbstmord gleich."

„Das heißt die Gefahr ist gebannt?"

„Leider nicht. Es gibt einen Ausweichplan."

Der kurze Moment des Aufatmens vergeht also genauso schnell wie er kam. „Was heißt das – genau?"

„Ignatum wird einfach verkauft, an die Kontaktperson. Dafür gibt es na- türlich nicht soviel Geld wie für das Komplettpaket, aber immer noch eine

166

ganz ordentliche Summe. Es geht dann um sieben Milliarden, wenn ich richtig recherchiert habe. Und dann…"

„… Kann diese Person jederzeit selber auf den roten Knopf drücken."

„Fällt Ignatum in die Hände dieser Person, dann ist es vorbei. Dann kann ich nichts mehr machen. Das wäre der Moment in dem die Kontrolle über das System vollkommen aus der Hand gegeben wäre und niemand könnte mehr etwas dagegen tun. Alles hinge dann nur noch an dieser Person. Und im Augenblick weiß ich noch nicht einmal, wer das sein könnte. Aber ich weiß, wo die Übergabe stattfinden soll."

„Wo?"

„Das ist doch für dich nicht von Bedeutung. Geh du Heim und warte einfach ab. Ich muss das alleine zu Ende bringen."

„Glaubst du wirklich ich lasse mich den ganzen Tag durch die Gegend hetzen, lasse mich anschießen und mir Zähne rausschlagen, lasse meinen besten Freund umbringen und das alles nur um dann am Ende, wenn es drauf ankommt, den Schwanz einzuziehen?"

„Man hat dich angeschossen?"

„Lenke nicht vom Thema ab!"

„Du bist doch kein Feigling deswegen."

„Scheiße Mann! Maik ist für diese ganze Kacke, die zu einem nicht unerheblichen Teil auch du zu verantworten hast, gestorben! Du denkst doch nicht ernsthaft ich lasse dich nun einfach so gehen – ohne Kontrolle darüber, wie die ganze Scheiße zu Ende geht! Ich werde dabei sein. Ich werde dir helfen Ignatum zurückzubekommen und damit basta! Verdammt noch mal! Das hier ist jetzt auch mein Spiel! Also: Wo findet die Übergabe statt?"

Tabea kämpft mit sich selbst, sie möchte um nichts in der Welt sagen, wo es zur Übergabe kommt, aber sie muss. Ich werde sie mit Sicherheit nicht alleine gehen lassen und sie weiß das. Mein Zorn ist so stark – fast schon greifbar. Widerwillig bricht sie ihr Schweigen.

„Die Mensaparty an der Uni. Sie wollen ihr Treffen in der Menge untergehen lassen."

„Woher weißt du das?"

„Sebastian, ich stecke wesentlich länger in dieser Sache als du. Ich weiß so einiges über Schockland, was niemand sonst weiß. Vergiss nicht, ich war für den gesamten EDV-Bereich verantwortlich."

Plötzlich verschwindet das Bild des Filmes, dessen Start ich gar nicht mitbekommen habe, von der Leinwand und das Licht geht an. Die Wände der Blackbox erstrahlen in mattem Grau als der hagere Typ von der Kasse reinkommt. Er kommt in unsere Reihe und beugt sich zu uns herab, wie um die anderen Gäste nicht zu stören, dabei sind wir die Einzigen hier.

„Tut mir leid, aber wir müssen den Film leider hier abbrechen. Wir sind gezwungen das Kino sofort zu schließen."

„Aha, und weswegen?", will Tabea wissen.

„Es ist soeben in der Stadt der Ausnahmezustand ausgerufen worden. Als Erstes sind damit für heute alle öffentlichen Versammlungen untersagt worden und sämtlichen Begegnungsstätten müssen schließen."

Ich lächle Tabea an. „Soviel zur Mensaparty. Was denkst du Liebling, gehen wir trotzdem hin?"

30

Mittlerweile ist mein, also im Grunde Marias, roter Polo das einzige Fahrzeug auf der Straße. Der Ausnahmezustand scheint dem Ottonormalverbraucher tatsächlich den nötigen Respekt einzubläuen. Sofort nachdem Tabea und ich im Auto waren, schalteten wir das Radio ein.

„Wir wiederholen noch mal die Sondermeldung für den Raum Oldenburg. Aufgrund der gewalttätigen Vorfälle des heutigen Tages wurde in der Stadt sowie im Kreis Oldenburg bis auf Weiteres der Ausnahmezustand verhängt. Ab sofort sind sämtliche Lokalitäten, Begegnungsstätten, kulturellen Veranstaltungen und Tankstellen zu schließen. Des Weiteren sind auch private Feiern und sonstige Veranstaltungen im großen und mittelgroßen Rahmen untersagt. Bei Nichtbeachtung ist die Polizei berechtigt empfindliche Strafen zu verhängen. Eine generelle Ausgangssperre besteht nicht und ist bisher auch nicht zu erwarten, die Bevölkerung wird allerdings gebeten aus eigenem Interesse nicht aus dem Haus zu gehen, sofern es sich vermeiden lässt. Die Polizei bekräftigt noch mal, dass diese Maßnahme dem Schutz der Allgemeinheit und der öffentlichen Ordnung dient."

„Es mag ja sein, dass Felix und diese Kontaktperson sich auf der Mensafete verabredet haben, aber sie werden ziemlich allein dort sein", sage ich und steuere dabei den Wagen so unauffällig wie möglich durch die ausgestorbenen Straßen.
„Ich weiß auch nicht was jetzt passieren wird, aber wir sollten trotzdem hinfahren. Was auch immer sie vorhaben, sie müssen sich irgendwo treffen. Und wenn es dort nicht ist, dann… dann weiß ich es auch nicht."
„Wir werden sehen."
Während wir schweigend nebeneinander sitzen und uns ein weiteres Mal die Wiederholung der Sondermeldung anhören, versuche ich mir vorzustellen was geschieht, wenn wir Felix und diese geheimnisvolle Person dort nicht vorfinden – wenn sie ihr Treffen umverlegt haben. So sehr ich auch nachdenke erkenne doch ich keine Möglichkeit, die Katastrophe dann noch abzuwenden. Dann liegt es allein in der Hand eines Unbekannten, ob und wie lange die Städte noch existieren werden. Dann ist es vorbei. Dieser verdammte Tag hätte ein Ende für mich. Ein Ende mit Schrecken – einem Schrecken ohne Ende. Bis das Feuer losbricht. Ich mag diese Möglichkeit am liebsten gar nicht in Betracht ziehen, aber eines ist klar: Wenn es soweit kommen sollte, werde ich wohl nie wieder Urlaub in München machen.
„Sag mal", frage ich Tabea, „warum kannst du die Server nicht einfach selber anwählen und abschalten?"
„Weil ich mir alle Mühe gegeben habe sie so herzustellen, dass dies für niemanden möglich ist und ich dachte mir, wenn ich es schaffe mich aus dem System selber auszusperren, dann ist es unknackbar. Ich würde ja sagen, dass

ich nicht stolz auf diese Leistung bin, aber das wäre gelogen. Es ist absolut sicher. Niemand kann da rein. Glaub mir, niemand. Obwohl ich zugeben muss, dass mich die Information, die – wie hieß er noch gleich?"

„Maik."

„Die Informationen, die Maik aus der Sache herausgeholt hat, hätte ich allerdings auch für absolut sicher verwahrt gehalten."

„Und dieses Programm, das kann diese Kontaktperson bedienen ohne jemals eine Einweisung von dir zu bekommen?"

„Ignatum ist Idiotensicher. Das kann jeder bedienen."

„Wie muss ich mir dieses ‚Ignatum' eigentlich vorstellen? Ich dachte das Programm auf den Bombenservern ist Ignatum."

„Das was du meinst sind nur die Ignatum Clients. Das sind Unterprogramme die das Hauptprogramm nutzt, um direkten Zugriff auf die Funktionen der Bombe nehmen zu können. Wenn du dir das ganze System als Auto vorstellen würdest, dann sind die Clients die Räder. Ohne sie geht es zwar nicht, aber sie alleine haben eigentlich nicht die geringste Wirkung. Ignatum selbst ist dann der Rest des Autos. Die eigentliche Steuereinheit des Programms. Das Herzstück quasi."

„Aber diese Räder, die liegen da draußen einfach so herum?"

„Wenn du willst, ja."

„Könnte da nicht jemand anders einfach sein eigenes Auto mitbringen und die Dinger da drauf schrauben? Dann würden sie ja wieder ihren Zweck erfüllen."

„Theoretisch wäre das denkbar, aber ich habe dafür gesorgt, dass das nicht passieren kann. Sagen wir einfach es handelt sich um Räder, die mit viereinhalb Schrauben befestigt werden und soweit ich weiß trifft dies auf kein Auto zu."

„Außer Ignatum."

„Genau. Außer Ignatum."

„Aber du hast doch eine Kopie dieses Programms."

„Du hast vergessen, dass ich die Aufgabe – und auch als Informatikerin den persönlichen Ergeiz – hatte, etwas absolut Umwerfendes und Einzigartiges zu schaffen. Diese Einzigartigkeit spiegelt sich auch in dem Kopierschutz wieder. Es gibt nur einen USB-Stick auf dem dieses Programm gespeichert ist. Man kann es zwar kopieren, aber funktionieren tut es nur wenn man es von diesem Stick ausführt."

„Verarsch mich doch nicht. Wie viele Spiele habe ich mir selber schon gecrackt. Es gibt keinen Kopierschutz, den man nicht knacken kann. Jeder Schutz den ein Mensch herstellt, der kann auch von einem Menschen umgangen werden."

„Vielleicht, aber das wäre in diesem Fall schon sehr harter Tobak. Ich habe einige Speichereinheiten auf diesem Stick zerstört und das Programm fragt ständig diese defekten Stellen ab. Stellt sich heraus, dass diese noch funktionieren, schließt sich Ignatum wieder von selbst. Es mag sein, dass jemand in der Lage ist dieses System zu hacken, aber eine Person mit solchen Fähigkeiten muss man auch erstmal finden."

„Ja, aber…" Mir kommt ein beunruhigender Gedanke. „Wenn sich Ignatum schließt nachdem es die Bombenzündung initiiert hat? Dann bringt dieser Schutz doch nichts."

„So funktioniert das Ganze nicht. Ignatum muss lediglich durch einen Mausklick eingeschaltet werden und arbeitet dann vollkommen selbstständig, aber das heißt nicht, dass es nur einen Impuls gibt und der Rest dann ganz von alleine geschieht. Die Amerikaner haben damals schon sehr darauf geachtet, dass die Bomben so sicher wie nur möglich vor ungewollter Aktivierung sind. Die Zündmechanik und der Zündsprengsatz, sowie das radioaktive Material in drei gleichgroßen Einzelpäckchen sind getrennt voneinander gelagert. Eine umständliche Mechanik fügt alles nacheinander zusammen, bestätig dann die Aktivierung und hat danach noch eine Sperrfrist von einer halben Minute, bevor die Sache gezündet wird. All diese Dinge muss Ignatum, also das Hauptprogramm, veranlassen und steuern. Das machen nicht die Clients, sonder Ignatum selber. Das habe ich deswegen so gemacht, damit die ganzen Sicherheitsvorkehrungen der Amerikaner auch weiterhin ihren Dienst tun. Wären die Clients alleine in der Lage die Abläufe zu steuern, dann würde ein Hacker, der es gegen alle Blockaden doch in einen Client schafft und versehentlich den falschen Knopf drückt, genügen und es könnte ‚Bum' machen. Er bräuchte nur einen einzigen dummen Befehl ausführen."

„Das heißt Ignatum muss diese ganze Zeit über mit den Clienten verbunden sein?"

„Ja, sonst geht es nicht. Du steckst diesen Stick ein und klickst bei dem sich öffnenden Fenster auf ‚Ignatum starten'. Dann stellt es zunächst den Kontakt mit den Clienten her. Danach wird zuerst die Zündmechanik mit dem Sprengsatz verbunden, gefolgt von der Zusammensetzung der drei Nuklearmaterialteile. Und dann werden Sprengsatz und Nuklearmaterial miteinander verkoppelt. Danach beginnt die halbe Minute Sperrfrist. Und dann – Game Over! Dann kracht es!"

„Das dauert aber ne ganze Weile."

„Nun ja, Ignatum hält seinen Benutzer während des gesamten Vorgangs auf dem Laufenden und gibt ständig Informationen, wie weit es gerade ist. Die letzten dreißig Sekunden bekommt man sogar einen Countdown, auch wenn ich bezweifle, dass diese Kontaktperson Interesse daran haben wird. Ein Massenmörder, kann es wahrscheinlich gar nicht abwarten."

„Also eines muss man dir lassen, das ist ein ganz schön beeindruckendes Stück Scheiße, das du da geschaffen hast", lasse ich meinem Sarkasmus freien Lauf.

„Nicht wahr?" Ich kann mir nicht helfen, aber ich glaube einen gewissen Stolz aus dieser Antwort hören zu können.

„Klingt ganz nach einer Massenvernichtungswaffe in Lippenstiftgröße."

„Das trifft es auf den Kopf."

Als wir um die letzte Kurve biegen ist klar, was hier heute definitiv nicht mehr stattfinden wird. Wenn hier irgendwann einmal eine größere Studentenparty geplant war, dann ist dem nun nichts mehr anzumerken. Die Straße vor dem Eingang sowie der Vorplatz zum Gebäude sind menschenleer und unterscheiden sich auf diese Weise ganz erheblich vom normalen Bild einer Mensaparty. Auch das Gebäude selber scheint nicht geöffnet zu sein, was erstaunlich ist, denn normalerweise sollte man sich hier bis Mitternacht in der Bibliothek aufhalten können. Doch auch dort brennt kein Licht. Ich werde langsamer und betrachte eingehend die Szenerie.

„Ich kann mir nicht vorstellen, dass die Medien es geschafft haben, so kurzfristig alle Studenten davon zu unterrichten, dass die Party ausfällt", sage ich, „es scheint an diesem Tag niemand mehr gerne unterwegs zu sein. Nicht mal die härtesten Feierwütigen." Wie um mich vom Gegenteil zu überzeugen, torkelt eine dreiköpfige Gruppe Studenten unverbesserlich über den Platz und grölt etwas Unverständliches. Offensichtlich finden sie die Absage der Party gar nicht gut und wollen, dass es alle erfahren. Leider ist nahezu niemand da, der sie hören kann.

„Tja, eigentlich sollte es hier zur Übergabe kommen."

„Und nun?"

Beunruhigende Stille macht sich breit, bevor Tabea antwortet.

„Ich habe keine Ahnung."

„Mist."

Ich lasse den Wagen mitten auf der Straße stehen und versuche irgendetwas durch das Fenster auf der Beifahrerseite zu erkennen. Natürlich muss ich mich dazu über Tabea hinwegbeugen und es lässt sich beim besten Willen nicht vermeiden, dass ich mit dem Arm an ihren Brüsten entlangstreife. Deren Beschaffenheit gefällt mir – vielleicht einen Tick größer als gut für mich ist, aber fest – was mich allerdings erstaunt, ist, dass ich so etwas überhaupt feststelle, in Anbetracht der aktuellen Umstände. Zum Glück findet jegliche Form von sexueller Erregung in diesem Moment nur im Kopf, und auch dort nur sehr kurzzeitig, statt. Schade, aber es ist einfach nicht die richtige Zeit dazu.

Plötzlich reißt mich etwas aus den Gedanken – etwas, dass ich hinter einem Fenster gesehen habe.

„Dort." Ich zeige auf eine Fensterreihe hinter der sich die Bibliothek befindet. Tabea folgt meinem Fingerzeig, doch nun ist nichts mehr zu erkennen. Ganze fünf Sekunden später allerdings taucht es wieder auf.

Ein Lichtschein.

„Eine Taschenlampe."

„Genau. Und ich kann mir nicht vorstellen, dass jemand die zum Lernen benutzt."

Ich fahre den Wagen auf den nächsten Parkplatz und wir steigen aus, um uns zum Eingang zu begeben. Wir überqueren die Straße und den Platz, als ich mich kurz umdrehe. Ich folge dabei eher einem unbestimmten Impuls, als dass ich genau weiß, warum ich es tue. Vielleicht ist es ein tieferer Sinn in mir, vielleicht weist mich mein Unterbewusstsein auf etwas hin, was mein Auge gerade eben nur im Augenwinkel wahrnahm – auf jeden Fall glaube ich, dass etwas dort ist, hinter diesem Busch.

Ein Gesicht.

Eine asiatisch aussehende Frau sieht mich an und lächelt mir zu. Ihre Mandelaugen fixieren mich dermaßen, dass ich gar nicht merke, wie ich plötzlich stehen bleibe. Ich höre auch nicht, wie Tabea mit mir redet, bis sie an meinem Pulli zupft.

„Hey, ist was?"

Ich drehe mich zu ihr um und bin noch immer etwas perplex, dann weise ich auf den Busch.

„Da ist eine…" Nichts. Sie ist nicht mehr da.

„Was ist da?"

Ich denke noch einen Augenblick über das nach, was ich gesehen habe und zwinge mich dann zu einer Antwort.

„Ich… ich glaube ich habe mich geirrt", sage ich und wir gehen weiter bis zur Eingangstür. Tabea testet ob sie verschlossen ist – sie ist es nicht. Wir sehen uns an.

„Ladys first." Sie geht vor.

„Wo müssen wir hin?", fragt sie und ich weise ihr den Weg zur Bibliothek. Hier ist die Tür nicht einmal angelehnt. Noch einmal versuche ich Tabea Platz zu machen, damit sie an mir vorbeigehen kann. Sie wehrt ab.

„Alter vor Schönheit."

„Welch wahres Wort," sage ich und setze mein Superlächeln auf. Warum nicht ein wenig Flirten, bevor man den Helden gibt?

31

Viel sehe ich zunächst nicht, denn es ist hier sehr finster, doch dann bemerke ich das schwachgrünliche Schimmern der Notbeleuchtung, welches der gesamten Umgebung eine unwirkliche Aura verleiht. Ich gehe langsam in den Vorraum und versuche dabei so leise wie nur möglich zu sein. Zum Einen um nicht gehört zu werden, zum Anderen um etwaige Geräusche oder Stimmen besser wahrnehmen zu können. Hier ist noch nichts zu vernehmen und auch den Lichtschein der Taschenlampe suche ich vergebens. Ich will mich gerade auf den Weg in den eigentlichen Tempel des Wissens – einen mehrstöckigen Komplex voller Bücher, Computer und einiger Kaffeeautomaten – machen, als Tabea mich an meinem Ärmel zurückhält. Mein Mund ist bereits auf, um nach dem Grund zu fragen, als mir brühwarm einfällt, dass reden im Moment keine gute Idee wäre, also setze ich nur einen fragenden Gesichtsausdruck auf und hoffe, dass sie diesen auch erkennen kann. In ihrer anderen Hand streckt sie mir eine Handfeuerwaffe entgegen. Einen Revolver. Ich schüttle den Kopf und zeige auf sie – ich will das Ding nicht, ich kann damit auch gar nicht umgehen, nimm du sie! Auch sie wehrt ab und zeigt nun auf eine Pistole die sie plötzlich in ihrer anderen Hand hält und ich frage mich unweigerlich, wo sie denn plötzlich soviel Bewaffnung hernimmt. Ihre Botschaft ist klar: Ich bin bereits bewaffnet und wenn du nicht vorhast Felix mit einem Körperpflegeartikel niederzustrecken, solltest du mein Angebot annehmen! Na gut, dann nehme ich es eben. Für lange Diskussionen ist es einfach der falsche Zeitpunkt, außerdem gehen mir mit Sicherheit schnell die nötigen Gesten für einen nonverbalen Streit aus. Ich gehe weiter voraus und wir kommen in das Erdgeschoss der Bibliothek. Vor mir erstreckt sich ein weiter Raum mit diversen EDV-Plätzen und Bücherregalen. Rechst von mir befindet sich ein Foucaultsches Pendel. Das ist eine merkwürdige Uhr, die irgendwie mit Hilfe der Erdrotation funktionieren soll. Es ist eine Art Holztisch mit einer Messingplatte über der ein Pendel schwebt. Dieser Pendel ist über mehrere Etagen in der Höhe an der Decke befestigt, was nur möglich ist, da sich an diesem Ort keine Decken über uns befinden. Die einzelnen Stockwerke sind hier wie übereinander gestapelte Galerien angeordnet. Wie dem auch sei – die Funktionsweise dieses Dings hier ist mir immer noch schleierhaft. Soll irgendwas mit der Corioliskraft zu tun haben. Plötzlich bleibe ich wie angewurzelt stehen.

Habe ich da etwas gehört?

Sofort nehme ich den Revolver in den Anschlag, mache mich bereit zum Kampf. Hinter mir reagiert Tabea in gleicher Weise. Wieder blicke ich ihr fragend ins Gesicht. Sie sieht demonstrativ nach oben. Stimmt – was auch immer es ist, es kommt aus einer der höheren Etagen. Wir schleichen wie auf Samtpfoten zu den Treppen und beginnen die Stufen zu erklimmen. Zum Glück sind diese mit Teppich ausgelegt, so verursachen wir keine Geräusche, doch mein Atem kommt mir so laut vor wie eine altersschwache Klimaanlage. Ich muss verdammt noch mal stiller werden, doch wie soll ich das anstellen? Allein der Gedanke an Stille lässt meinen Puls in die Höhe schnellen und mein Herz wie mit einem Vorschlaghammer gegen meine Rippen hämmern. Ich kann mich nicht erinnern, dass meine Körperfunktionen jemals solch einen Lärm gemacht hätten. Anscheinen merkt Tabea, dass mich irgendetwas beunruhigt, hält mich einen Moment zurück und versucht mir eindringlich in die Augen zu sehen. Mit der flachen Hand macht sie das internationale Zeichen für ,bleib auf dem Teppich'. Ich weiß nicht ob es diese Geste oder ihre unglaublich fesselnden Augenbrauen sind, die mein aggressiv schlagendes Herz wieder in seine Schranken verweisen. In diesem Moment merken wir beide gleichzeitig, dass ein paar Meter über uns Stille eingekehrt ist. Stille, die die gesamte Bibliothek erfüllt, durch das Papier unzähliger Bücher und den Beton der verschiedenen Ebenen zieht, um sich schließlich in meinem Körper breit zu machen wie ein Pesterreger. Die Bedeutung des Schweigens liegt für mich klar auf der Hand.

Man hat uns gehört. Verdammt!

Dann plötzlich höre ich wie jemand die nächste Treppe hinunter kommt und mir wird schlagartig bewusst, dass dieser Jemand – wer immer das auch ist – nur noch einmal um die Ecke kommen muss, um uns beiden kauernden Gestalten direkt gegenüber zu stehen. Ich halte die Luft an und kann regelrecht in den Knochen spüren, wie Tabea es mir gleichtut. Doch dann atme ich wieder auf. Der Verursacher der beunruhigenden Geräusche scheint nicht weiter nach unten zu gehen, sondern entfernt sich in die Weiten dieser Etage. Tabea und ich brauchen einen kurzen Moment, um uns von Schock zu erholen, dann wagen wir uns ein weiteres Stück hinauf. Beim vorsichtigen Blick auf dieses Stockwerk erkennen wir den Teil der Bibliothek, den man am besten mit dem Begriff Kaffeeecke umschreiben könnte, da es hier lediglich einige Sitzgruppen und diverse Kaffeeautomaten gibt. Die Person, welche

173

uns eben diesen Schrecken einflößte, sehen wir beide sofort. Nervös läuft er in etwa fünfzehn Metern Entfernung hin und her und scheint dabei mit irgendwem zu telefonieren. Leider murmelt er so leise in sein Handy, dass sich beim besten Willen nicht verstehen lässt worum es geht. Nur eines ist klar: Dieser Mann ist nicht Felix. Auch wenn ich in diesem Dämmerlicht kaum etwas Verwertbares erkennen kann, so bemerke ich immerhin beachtlich breite Schultern und wenn ich mich nicht vollkommen irre eine Glatze. Das ist mit Sicherheit nicht der Typ, dem ich in der Bruchbude gegenüberstand.

Ich wende mich Tabea zu und zeige auf sie und auf den Kerl, dann auf mich und nach oben. Die Nachricht die da lautet ‚du bleibst bei dem, ich suche oben weiter nach Felix' stößt bei ihr auf wenig Gegenliebe. Sie schüttelt heftig den Kopf und sagt mir via Zeichensprache, dass sie lieber weitersuchen möchte und ich bei diesem Glatzkopf bleiben sollte. Aber nicht mit mir. Ich bin kein Außenseiter mehr, ich bin nun einer von ihnen und wenn ich nun mit von der Partie bin, dann steht mir verdammt noch mal auch das Recht zu Entscheidungen zu treffen. So energisch wie nur irgend möglich mach ich ihr deutlich, dass ich in dieser Sache keine Diskussion zulassen werde. Ich möchte dem Mann in die Augen sehen, der bereit ist all diese Menschen zu opfern und das alles nur für Geld. Viel Geld, unglaublich viel Geld, aber dennoch nur Geld. Widerwillig akzeptiert Tabea meine Forderung und geht hinter einem Mauervorsprung in Beobachtungshaltung. Ich hingegen begebe mich auf die nächste Treppe und setze meinen Weg nach oben fort.

Auf der folgenden Etage bemerke ich gar nichts und ich frage mich, wie ich denn Felix jetzt finden soll, wo er doch gar keine Geräusche mehr von sich gibt, doch dann glaube ich etwas zu hören. Es ist ein ganz leises Klackern und kommt eindeutig aus der noch einen Stock höher liegenden obersten Etage. Im ersten Moment bin ich beruhigt, dass ich zumindest schon mal die richtige Etage weiß, doch dann wird mir bewusst was das für ein Geräusch ist. Es sind die Tasten einem Notebooks. Mein Gott.

Er wird doch nicht Ignatum hier und jetzt zünden?

Warum nicht? Sicher bräuchte man nur eins und eins zusammenzählen um die Verbindung zu den Geschehnissen hier in Oldenburg und der Vernichtung der Metropolen zu ziehen, aber wenn er sich gut auf diesen Augenblick vorbereitet hat, dann sollte er es schaffen in der allgemeinen Verwirrung, die diese Katastrophe auslösen würde, zu verschwinden. Mit der richtigen Vorbereitung kann er es schaffen für immer von der Bildfläche zu verschwinden – an Geld würde es ihm bestimmt nicht mangeln. Wenn sich einer die besten gefälschten Papiere und ein neues Gesicht leisten kann, dann er.

Ich versuche die Stufen schneller hinaufzugehen und dabei dennoch kaum einen Laut von mir zu geben, was erstaunlich gut klappt. Es ist alles eine Frage der Motivation und da mir eben wieder bewusst wurde wie wichtig meine Mission ist, ist mein Wille zum Erfolg entsprechend groß.

Ich komme oben an, begebe mich vorsichtig durch die ersten Reihen von Bücherregalen und folge dabei dem immer noch anhaltenden Geräusch der Tastatur. Ich muss erst drei komplette Regalreihen entlang schleichen, bis ich

174

endlich etwas zu sehen glaube. Ganz hinten in einer Ecke sitzt jemand vor einem Notebook und tippt hektisch auf der Tastatur herum. Sein Gesicht wird vom Bildschirm hellblau angeleuchtet und ich erkenne auf Anhieb die Gesichtszüge. Das ist er!

Felix.

Der Mann, der für all das, was mir heute passiert ist, verantwortlich ist. Der Mann, der bereit war und ist, Millionen von Menschen nur für den persönlichen Reichtum zu opfern. Der eine Allianz mit dem Teufel einging und nun dabei ist diesen Deal perfekt zu machen. Der sie letztlich alle auf dem Gewissen hat – all die Toten heute. Der Mann, der sich nicht scheut Befehle zum Töten auszusprechen.

Der Kerl der letztlich auch Maik auf dem Gewissen hat!

Ich ducke mich und verschwinde wieder hinter einem der Bücherregale um mich noch näher heranzuschleichen. Durch ein Labyrinth aus gedrucktem Wissen bahne ich mir meinen umständlichen Weg so nah an Felix heran, dass ich durch ein Regal über ein paar Bücher hinweg auf seinen Bildschirm sehen kann und bin sofort erleichtert. Was auch immer er tut, er scheint lediglich mit einem Browser etwas im Internet zu machen. Ignatum hat er offensichtlich nicht aktiviert, doch die Frage was er hier eigentlich tut wurmt mich schon. Ich müsste ein kleines bisschen höher stehen, um über seine Schulter hinweg etwas mehr erkennen zu können. Ob ich es wagen kann mich auf das unterste Regalbrett zu stellen um somit ein paar Zentimeter an Höhe zu gewinnen? Vorsichtig setze ich einen Fuß auf und verlagere mein Gewicht Gramm für Gramm auf das Brett. Das schwierige Unterfangen, dabei das Gleichgewicht zu halten, treibt mir den Schweiß auf die Stirn, aber es lohnt sich. Immerhin kann ich jetzt erkennen, dass es sich bei dem was er dort tut um eine Art Homebanking handelt. Er beobachtet ein Konto. Ich kneife meine Augenlider zusammen und versuche so meinen Blick ausreichend scharf zu stellen, um noch irgendetwas auf dem Bildschirm zu erkennen, als das Brett unter mir ein leichtes Krächzen von sich gibt und mein Herz dabei einen Aussetzer macht.

Felix horcht sofort auf und wendet sich auf seinem Stuhl herum. Er steht auf und zieht eine Waffe. Er scheint das Geräusch nicht richtig lokalisieren zu können, tastet seine Umgebung mit Blicken ab. Felix bewegt sich nicht mehr und hat nun ein Bisschen etwas von einer Wachsfigur, bis er fast wie in Zeitlupe sein Notebook schließt. Und dann, gerade in dem Moment, in dem ich das Gefühl habe er würde mir direkt ins Gesicht schauen wenden wir beide unsere Blicke in Richtung Treppe. Es sind Kampfgeräusche, die uns ablenken. Wir hören Ächzen und Stöhnen und ich glaube auch einen Schlag zu hören. In der Unruhe nutze ich die Gunst der Stunde und steige wieder von dem Regal, um einen sicheren Stand zu bekommen. Felix hebt seine Waffe als er jemanden die Treppe hinaufkommen hört. Dann steht sie plötzlich vor ihm.

Tabea.

Unbewaffnet.

Er lächelt als hinter ihr der Glatzkopf mit einer Kanone in der Hand, die er auf ihren Rücken richtet, erscheint.

„Wir haben Besuch."

„Oh ja", grinst Felix hämisch vor sich hin, „und ich kann ihnen gar nicht sagen was für eine Freude das für mich ist."

„Sie kennen die Dame?", fragt Glatze. Offensichtlich ist es der Kontaktmann, der über die Interna von Schockland anscheinend herzlich wenig bescheid weiß.

„Natürlich kenne ich sie. Darf ich vorstellen: Tabea Wittich. Das ist die Dame, der wir dieses kleine Wunderwerk deutscher Programmierkunst zu verdanken haben."

Glatze macht einen verwirrten Eindruck. Anscheinend wundert er sich über diese Information. Mit mir gehen derweil die Schweißdrüsen durch. Was um Himmels Willen soll ich denn nun machen?

„Also gehört sie zu ihnen?"

„Das würde ich so nicht sagen. Sie ist – nennen wir es mal ‚freiwillig aus dem Unternehmen ausgeschieden'. Ich würde ihnen auf jeden Fall raten sie weiter im Schach zu halten. Sie hat heute schon ein paar meiner Männer auf dem Gewissen."

Tabea und Glatze kommen näher und ich kann nun ihr Gesicht in der Mischung aus Notbeleuchtung und Bildschirmlicht erkennen, als Felix des Notebook wieder aufklappt. Ein beachtliches Veilchen ziert nun ihr linkes Auge. Im ersten Moment dreht sich mir der Magen um. So was tut man einfach nicht, man schlägt keine Frau. Doch dann erkenne ich die Wahrheit in Felix' Warnung. Diese Frau ist tatsächlich keine unschuldige Schönheit vom Lande. Sie ist gefährlich – ich habe es selber gesehen. Vielleicht sollte ich Glatze unter diesen Umständen eine Ausnahme zugestehen.

„Muss ich das verstehen?", fragt er.

„Eigentlich nicht. Für unser Geschäft ist das ohne Belang. Sie zahlen, ich gebe ihnen Ignatum und wir gehen beide glücklich unserer Wege, die sich mit Sicherheit nie wieder kreuzen werden. Und um unser kleines Engelchen hier", Er geht auf Tabea zu und streichelt ihr frisches Veilchen mit ausreichendem Druck, dass ihr ein leichtes schmerzliches Zischen entweicht, „werde ich mich hinterher allein kümmern."

Meine Anspannung scheint unendlich. Irgendetwas muss ich tun, aber was? Ich habe alle drei sicher im Blick und es macht nicht den Anschein, als würden die beiden Männer ahnen, dass ich so nah und bereit zum Eingreifen bin, aber wie ich es auch drehe und wende – ich sehe keine Möglichkeit Tabea zu retten. Da hilft es mir auch nicht, dass Glatze eigentlich kaum einen Meter von mir entfernt ist. Uns trennt eigentlich nur ein Regal mit Geologiewissen. Ich gehe meine Optionen noch einmal durch.

Zunächst ziele ich mit dem Revolver zwischen ein paar Bücher hindurch auf den Glatzkopf, doch was wenn ich ihn nicht richtig erwische? Ich habe immer noch nicht auf einen Menschen geschossen. Sicher – mein Versand sagt mir, dass ein Kopfschuss der ganzen Sache ein schnelles Ende bereiten sollte, aber kann es denn nicht passieren, dass ich vielleicht einen unwichtigeren Teil des Kopfes treffe? In diesem Fall würde er mit Sicherheit abdrücken und es wäre um Tabea geschehen. Außerdem weiß ich nicht, wie schnell

Felix eine Waffe zur Hand hat und meinen Vorteil der Unsichtbarkeit hätte ich dann mehr als verspielt.

Vielleicht könnte ich auf Felix schießen, dann hätte Glatze immerhin Ignatum nicht bekommen. Allerdings würde er uns dann einfach beide umbringen und Felix durchsuchen. Mit etwas Pech trägt er den USB-Stick bei sich. Es wäre also niemandem geholfen. Ach ja, und wir wären alle tot – wirkt irgendwie fast schon nebensächlich.

„Ich habe den Transfer soeben veranlasst. Das Geld sollte mittlerweile angekommen sein."

Felix wendet sich wieder dem Notebook zu und tippt etwas auf den Tasten herum. Es dauert ein wenig bis sich etwas auf dem Bildschirm tut. Ich kann nicht erkennen, was dort geschieht, aber er scheint zufrieden zu sein und dreht sich wieder um.

„Eine wirklich beeindruckende Zahl."

„Sie wäre noch weitaus beeindruckender, wenn sie den Tag etwas besser unter Kontrolle gehabt hätten", gibt Glatze lächelnd zu bedenken.

„Ich weiß und ich entschuldige mich aufrichtig dafür, aber immerhin haben sie dadurch eine ganze Stange Geld gespart. Sieben Milliarden anstelle von zehn, ich denke sie können damit zufrieden sein."

„Das Konsortium hätte die Sache gerne heute über die Bühne gebracht. Die Zügel jetzt selbst in die Hand zu nehmen lag absolut nicht in unserem Interesse, das dürfen sie mir glauben. Allerdings ist dies wenigstens eine Art, die ganze Sache noch gewinnbringend zu beenden. Wenn ich jetzt um die Ware bitten darf."

Fordernd hält er die Hand auf in der er keine Waffe hat und Felix kramt aus dem Innern seines Jacketts den Stick hervor.

„Tu's nicht Felix", meldet sich Tabea leise und ein wenig wimmernd zu Wort. „Wenn du ihm den Stick gibst kannst du es nie wieder rückgängig machen. Dann entscheiden diese Leute ob und wann es geschehen wird."

„Und warum sollte mich das interessieren?"

„Es klebt doch schon all dieses Blut an deinen Händen. Willst du wirklich dafür verantwortlich sein, was dann geschieht? Kannst du – kann irgendjemand damit leben? Ich bitte dich Felix – nein, ich flehe dich an. Tu es nicht. Das bist doch nicht mehr du, der das tut. Das ist doch nicht der Junge, den ich mal so gemocht habe."

„Jeder muss sehen wo er bleibt in dieser Welt und in meinem Fall bedeutet das, auf einen Schlag einer der reichsten Männer der Welt zu werden. Glaub mir, all dieses Geld wird mir ausreichend helfen über meine Gewissensbisse hinwegzukommen. Ach, warte" – er mimt den Nachdenklichen und blickt nach oben bevor er unvermittelt fortfährt – „das gibt's ja gar nicht – ich bin bereits darüber hinweg."

Er reicht Glatze den Stick und dieser streckt die Hand danach aus. Mir läuft nun wirklich die Zeit davon. Tabeas Gesichtsausdruck spricht Bände. Diese letzten Worte von Felix scheinen ihr arg zugesetzt zu haben, sie wirkt absolut desillusioniert. Sie ist am Ende – keine Hilfe mehr von dieser Seite zu erwarten. Jetzt hängt alles an mir. Und ich stehe einfach da und weiß nicht was zu tun ist. Ich muss diese Übergabe verhindern. Egal wie.

Koste es was es wolle!

Plötzlich geht es mit mir durch. Ich lasse die Pistole fallen und haue beide Unterarme gegen eine Reihe Bücher. Das was ich mal ganz wagemutig einen Plan nennen möchte geht auf – auf der anderen Seite fallen etwa zwanzig Bücher aus dem Regal und gegen Glatzes Schulter. Es ist mehr der Schreck als die Last des gedruckten Wortes, was ihn für einen Augenblick einsinken lässt, aber bevor ich die Beine in die Hand nehme, um das Regal zu umrunden, kann ich aus dem Augenwinkel noch erkennen, wie Tabea sofort reagiert und ihm die Waffe aus der Hand schlägt.

Jetzt heißt es schnell sein! Als ich um die Ecke komme liegen Glatze und Tabea am Boden und greifen beide nach der Kanone. Auch Felix hat nun eine in der Hand, aber gerade als er auf sie feuern möchte hört er mich hinter sich und dreht sich um. Die Überraschung scheint gelungen, denn ihm entweichen alle Gesichtszüge.

„Du verfluchter kleiner Bastard."

Er hebt seine Waffe und ich erstarre zur Salzsäule, denn es gibt nichts was ich dagegen tun könnte, immerhin liegen noch mindestens drei Meter zwischen uns beiden. Plötzlich tut sich etwas auf dem Boden. Tabea konnte die Kanone erreichen, doch Glatze schubst sie zur Seite und so braucht sie ein paar Augenblicke um sich neu zu orientieren – Zeit, die Glatze nutzt um davonzurennen. Tabea steht auf und hechtet hinterher. Natürlich, schließlich hat der Kerl nun den Stick. Obwohl Ich jede Wette eingehen würde, dass Felix sich nichts sehnlicher wünscht, als mich abzuknallen, erregt der Tumult hinter ihm seine Aufmerksamkeit. Er dreht sich um und eröffnet sofort das Feuer auf die rennende Tabea. Glatze kann ich bereits nicht mehr sehen. Der erste Schuss verfehlt sie, erweckt mich aber wieder zum Leben. Bereits beim Zweiten schaffe ich es irgendwie Felix' Arm von hinten nach oben zu schlagen. Jetzt dreht er sich zu mir um und ich versuche mit beiden Händen nach der Waffe zu greifen, die er nun selber in beide Hände nimmt. Da ich es beim besten Willen nicht schaffe, dieses verdammte Ding in meinem Besitz zu bekommen, lenke ich seine Schüsse nun zumindest nach oben. Er feuert dreimal in schneller Folge, bevor er merkt, dass er so nur wertvolle Munition verpulvert. Mit einem kräftigen Ruck reißt er sich von mir, aber ich greife mir sofort eines der Bücher und schleudere es ihm entgegen. Er dreht sich um und möchte mich wieder ins Visier nehmen, doch der mindestens achthundert Seiten starke Wälzer trifft ihn mitten im Gesicht und streckt ihn fast nieder. Er schreit, er flucht, das muss wehgetan haben – gut so!

Nun gebe ich Versengeld, denn es gibt eigentlich keinen Grund, warum ich mein Leben hier noch weiter aufs Spiel setzen sollte. Der Stick ist mit dem Glatzkopf davon und Tabea hinterher. Ich renne um eine Regalecke, als ich es hinter mir knallen und neben mir zischen höre. Verdammt, er ist wieder auf den Beinen und rennt mir hinterher. Habe ich überhaupt die Möglichkeit ihn abzuschütteln? Ich renne ziellos zwischen den Regalen herum und er ist immer nur ein paar Schritte hinter mir. Jedes Mal, wenn er in Sichtweite ist versucht er mich zu erwischen und ich muss einen Haken schlagen. Mindestens drei Kugeln verfehlen mich nur um Haaresbreite. Verdammt, wie viele Patronen hat so ein Ding überhaupt? Plötzlich sehe ich in ein paar Metern Entfernung einen hüfthohen Rollwagen mit Büchern. In Sekundenbruchteilen bin ich da und stelle mich dahinter. Ich verharre einen Augenblick und die Welt scheint stehen zu bleiben, als – wie zu erwarten – Felix um die Ecke gehastet kommt. Mit aller Kraft schiebe ich den Wagen und renne ihm entgegen, was ihn anscheinen total überrascht. Er hebt die Waffe, doch er ist nicht schnell genug und so landen zwei weitere Projektile krachend in der Decke, während Felix unter der Last der Bücher taumelnd nach hinten überkippt.

Ich verschwinde sofort zwischen den Regalreihen und schlage mehrere Haken. Ich ändere immer wieder meine Laufrichtung, damit Felix keine Möglichkeit zu erkennen hat wo ich bin. Ein paar Mal werfe ich einen Blick über meine Schulter, aber anscheinend hat meine Rollwagenattacke Erfolg gehabt – ich konnte ihn abschütteln. Ich sollte meinen kleinen Vorteil nutzen und mich verstecken. Lange brauche ich nicht um einen geeigneten Unterschlupf zu finden, denn direkt neben mir befindet sich ein Regal, in dem das untere Brett ungenutzt ist. Ich lege mich lang hinein und verharre. Nur Eines zählt nun: Stille. In der Ruhe liegt die Kraft, die Kraft so sehr in Bewegungslosigkeit zu verharren, dass man mit einer unglaublichen Menge von Büchern einfach verschmilzt. Zunächst bin ich sicher, dass mein Atem lauter ist als der Start eines Jumbojets und auch mein Puls erinnert mich an die Glocken des Köllner Doms, doch dann, immer seichter und immer stiller, rücken meine Körperfunktionen irgendwie in weite Ferne. Es kommt mir fast so vor als würden sie sich langsam herunterregeln, wie ein Lied im Radio das am Ende ausgeblendet wird. Und dann, schneller als ich es erwartet hätte, ist es still.

Totenstill.

Es dauert einige Sekunden, als ebenso wie sich mein Körper ausblendete sich nun Schritte einblenden. Es ist ein langsamer, bedächtiger Gang, mit dem sich Felix mir nähert. Ich weiß nicht, ob er wirklich nicht weiß wo ich bin, mich wirklich nicht sieht oder ob er mich nur quälen will und mir gleich mit einem sarkastischen ‚Kukuk' ins Gesicht lächelt. Das Licht ist schummrig genug, als dass man mich tatsächlich übersehen könnte. Die Schritte kommen immer näher, er kann nicht mehr weiter als drei Meter entfernt sein und dann, auf einmal, sehe ich seine Beine. Felix geht kaum einen halben Meter an mir vorbei und scheint mich tatsächlich nicht zu bemerken. Plötzlich bleibt er kurz stehen und steuert eine Sitzgruppe an, dann bück er sich mit der Kanone im Anschlag, um unter den Tisch zu schauen. Plötzlich knallt es. Aus weiter Entfernung höre ich einen Schuss. Auch Felix ist überrascht, wenn auch nur für den Bruchteil einer Sekunde. Er richtet sich auch und horcht, doch vergebens. Es folgt kein weiterer Knall. Danach verschwindet er wieder mit ebenso gemächlichen und unheilverheißenden Schritten wie er herkam. Es wird leiser, immer leiser, bis das Geräusch schließlich wieder vollkommen verschwunden ist.

Und wieder ist es Still.

Ich traue mich noch nicht mich zu bewegen und kann nur raten wie lange ich nun hier liege. Zwar kommt es mir wie Stunden vor, aber ich habe den Verdacht, dass es sich nur um ein paar – maximal fünf Minuten handelt. Es wird Zeit sich wieder auf den Weg zu machen. Langsam und ungelenkt schäle ich mich unter dem Regal hervor und spüre dabei zum ersten Mal seit langer Zeit wieder meine Schulter. Wie lange werde ich diese Verletzung noch ohne ärztliche Hilfe mit mir herumtragen müssen? Viel wichtiger noch: Wie lange werde ich es können? Wieder auf den Beinen mache ich mich auf den Weg zur Treppe, in der Hoffnung, dass Felix die Suche nach mir aufgegeben hat. Ich muss einige Regale entlanggehen und umrunden und schon bin ich da – und bin irgendwie überrascht. An die Treppe ist kein Rankommen, denn jemand – wahrscheinlich Felix – hat die Brandschutztür verschlossen. Das kann zweierlei bedeuten. Entweder er hat mich mit ihm zusammen eingeschlossen, um mich weiterhin zu jagen, oder er ist nicht mehr hier und will mich festsetzen, um sich vielleicht später mit mir zu befassen oder mir einen seiner Killer auf den Hals zu hetzen. Da er mich im ersten Fall wahrscheinlich hier empfangen hätte gehe ich davon aus, dass dies nicht der Grund ist. Auch wenn ich nicht darauf hoffen kann, dass die Tür unverschlossen ist versuche ich mein Glück – vergebens. Diese Tür ist verriegelt. Nun gut, so schlimm ist das nicht, denn es gibt noch einen weiteren Weg zur Treppe. Rechts neben der Tür befindet sich eine Sitzgruppe hinter der eine Brüstung ist. Dort hinter geht es vier Stockwerke in die Tiefe, aber wenn man es schafft von den dort angebrachten Blumenkästen links über das Treppengeländer zu klettern ist man frei. Jegliche Höhenangst ist spätestens seit meinem Huntesprung aus mir gewichen. Ich stelle mir einen Stuhl zurecht, klettere darauf und stelle einen Fuß auf die Brüstung. Mein Blick fällt auf eine Konstruktion aus vier Metallstäben, die von einem Träger direkt vor mir herabhängen. An ihnen baumelt das Foucaultsche Pendel, viele Meter unter mir. Kurz huscht mir noch einmal durchs Gedächtnis, dass ich beim besten Willen nicht begreife wie dieses Ding funktioniert, als er mich anspricht.

„Ich wusste dass du noch hier bist."

Ich drehe mich um und sehe ihn langsam aus der dunklen Ecke kommen. Vielleicht sollte mich der Blick in die Mündung seiner Waffe beunruhigen, doch tatsächlich überrascht mich eher meine eigene Reaktion auf Felix' schmieriges Grinsen. Um es ganz ehrlich zu sagen: Es kotzt mich an!

„Tja, ich wollte mich gerade auf den Weg machen, wie du wahrscheinlich siehst", werde ich ein wenig flapsig. „Ich nehme mal nicht an, dass du mir einfach wieder die Tür öffnen willst?"

„Das würde dir nicht viel bringen, da du nicht mehr allzu lange zu leben hast. Wie du dir wahrscheinlich schon denken kannst, habe ich vor dich zu erschießen."

„Nicht dass diese Frage nun noch etwas ändern würde," – ich bin erstaunlich ruhig in Anbetracht der aktuellen Situation, es scheint für heute kein Adrenalin mehr in mir übrig zu sein – „aber warum? Ich meine, der Stick ist verkauft, du hast deine Kohle und tauchst jetzt wahrscheinlich unter, also was hast du nun noch davon mich zu umzubringen?"

„Hört hört. Anscheinend ist für mich alles gut gelaufen, ich sollte überglücklich sein. Hast du da nicht eine Kleinigkeit vergessen?"

„Die paar Kröten, die du nun weniger bekommen hast, als wenn du die Sache selber durchgezogen hättest? Ich bitte dich, darauf kommt es nun doch wirklich nicht mehr an."

180

„Drei Milliarden? Darauf kommt es nicht an?" Er schnaubt einmal kurz und verächtlich, kommt dabei noch etwas näher. Ich stehe immer noch auf dem Stuhl – warum weiß ich auch nicht. „Weißt du, so absurd das auch klingt, aber da hast du tatsächlich recht. Ich wüsste sowieso nicht, was ich mit der Kohle noch machen sollte. Ab einer bestimmten Summe ist Geld nur noch eine Zahl mit vielen Nullen. Ich könnte sagen, dass es mir einfach ums Prinzip ginge, aber auch das wäre gelogen. Ich bin viel zu pragmatisch um ein Prinzipienreiter zu sein. Der Grund ist viel banaler."

„Und der wäre?"

„Ist das denn nicht offensichtlich?" Er beginnt lauthals zu lachen. „Ich hasse dich! Hast du eigentlich auch nur den Hauch einer Ahnung wie lange ich diesen Tag geplant hatte? Wieviel Kosten und Mühen es brauchte einen so perfekten Plan auszuarbeiten? Wir reden hier immerhin vom gewaltigsten Terroranschlag in der Geschichte. Und dann kamst du. Ein dreckiges kleines Nichts. Eine absolute Null. Und ausgerechnet du verursachst dieses ganze Chaos."

„Naja", unterbreche ich ihn, „ganz so war es ja nun nicht. Wenn es nach mir gegangen wäre wüsstest du heute nicht einmal, dass es mich gibt. Eigentlich hast du diesen ganzen Rotz Julius zu verdanken. Ich war nur sein Werkzeug."

„Mag sein, das ändert aber nichts daran, dass ich den ganzen Tag mit der Jagd nach dir verplempert habe und nun wenigstens diesen Job zu seinem Ende bringen werde."

Langsam geht mir der Kerl echt auf den Sack. „Weißt du, wenn du den ganzen Tag mit der Jagd auf mich beschäftigt warst – und der Himmel weiß, dass du dabei nicht allein warst – dann kann ich ja so eine absolute Null nicht sein. Du magst vielleicht den gewaltigsten Terroranschlag in der Geschichte geplant haben, aber ich habe ihn verhindert, also frage ich dich: Wer von uns beiden ist denn nun die Pfeife?"

„Ich mach dich so was von kalt du kleiner Scheißer." Selten konnte ich Hass so deutlich aus einer Stimmer heraushören.

„Und du denkst ich habe Angst davor? Na los, tu was du nicht lassen kannst!"

„Das wird mir ein ganz besonderes Vergnügen sein." Ich höre ein Knacken, er scheint den Hahn seiner Kanone gezogen zu haben.

„Na dann mach es doch nicht so spannend. Schieß doch!" Ich bin schockiert, wie leicht mir dieser Satz von den Lippen kommt und – was noch viel unglaublicher ist – wie ernst es mir damit ist! Wie von außerhalb stelle ich fest, dass es mir anscheinend wirklich egal ist. Ich möchte eigentlich nur noch, dass es endlich vorbei ist. Ich schließe meine Augen und warte auf das Unvermeidliche.

Es macht ‚Klick'!

Keine Munition mehr!

Nur langsam steigt das Lachen in mir hoch, doch ich kann es nicht unterdrücken. Und dann plötzlich muss es einfach raus. Ich lache wie niemals zuvor. Es ist keine heitere Situation, aber es ist auch kein glückliches Lachen. Es hat eher etwas von einem Wahn, in dem mir der ganze Tag noch einmal

181

vor meinem inneren Auge abläuft. Die Killer vor meiner Tür, auf dem Bahnhof, die Prügelei auf der Toilette, die Verfolgungsjagd in der Fußgängerzone, mein Autodiebstahl, die Schießerei in der Ruine, die Explosion, mein Auftritt auf dem Marktplatz, der Schuss in meine Schulter, die Jagd über die Autobahn, die Schießerei auf der Brücke, mein Sprung in die Hunte, Maiks Leiche, Tabeas Beichte, der Kampf mit Felix – und nun das. Er will mich erschießen und seine Knarre ist leer. Ich brülle es aus mir heraus.

„Soviel also zum Thema Versager!", kann ich mir nicht verkneifen.

Plötzlich brechen bei ihm alle Dämme und er rennt auf mich zu. Er kreischt mich an und greift mit beiden Händen nach meinem Hals. Ich möchte zurückweichen, aber ich stehe immer noch auf dem Stuhl, direkt vor dem Abgrund. Felix hat solch einen Schwung drauf, dass er mich und sich selber auch dann noch umstürzt, als ich ihn mit meinem Armen abwehre. Wir verlieren beide das Gleichgewicht und ich kippe wie er über die Brüstung. Ich versuche in Panik irgendetwas zu greifen und schaffe es wie durch ein Wunder den Blumenkasten zu packen.

Und dann ist es für eine Sekunde still.

Ich versuche über meinem Schulter zu schauen, was mit Felix ist. Ihn hat es offenbar weiter über den Abgrund getragen, doch immerhin schaffte er es sich an den Metallstäben des Pendels festzuhalten. Schnell merke ich, dass ich so nicht lange aushalten werde und strenge meine Arme nun so sehr an, wie schon lange nicht mehr. Sie bringen tatsächlich einen anständigen Klimmzug zustande, auch wenn brennender Schmerz sich wie nie zuvor durch meine Schulter zieht, so dass ich nach der Brüstung greifen kann und es schließlich schaffe mich auf die sichere Seite zu hieven. Ich atme einmal tief durch und sehe mir Felix an. Er hat weniger Glück als ich, denn er hängt tatsächlich am unteren Ende der Stäbe und ein Klimmzug würde ihm nichts helfen, denn er würde ihn kaum in eine bessere Lage bringen. Ein Draht führt nach unten zu dem Pendel doch dieser Draht ist so dünn, dass jeder Versuch sich daran herabzulassen scheitern würde. Wahrscheinlich würde man sich zum tödlichen Aufschlag hinzu lediglich noch ein paar Finger abschneiden.

Da hängt er – der Kerl, dem ich diese ganze Scheiße zu verdanken habe. Der Typ, der all die Menschen opfern wollte und sie vielleicht sogar geopfert hat. Da hängt er und es ist nur noch eine Frage der Zeit, bis seine Kräfte nachlassen werden. Er wird fallen, er hat nicht die geringste Chance sich aus eigener Kraft zu retten. Er braucht Hilfe und plötzlich – es kotzt mich selber an – plötzlich meldet sich mein vollkommen unangebrachtes Gewissen. Ich muss ihm helfen! Ob ich will oder nicht – und ich will definitiv nicht – wenn ich ihm nicht helfe, dann ist das Mord. Und ich bin kein Mörder.

Ich hänge mich über die Brüstung und versuche ihm meine Hand zu reichen, doch es reicht nicht einmal ansatzweise. Es fehlen mindestens anderthalb Meter. Felix schaut mich an und so finster es hier auch ist, kann ich dennoch genau erkennen, was für einen Ausdruck sein Antlitz ziert. Ich hätte Panik oder auch Schmerz erwartet, doch das ist nicht der Fall. Dieser Blick ist nicht schwer zu deuten.

Hass!

Sein Flüstern ist fast unhörbar leise, aber eben nur fast.

„Dafür wirst du bezahlen. Irgendwann."

Dann höre ich ein knackendes, glitschendes Geräusch und fast zeitgleich tut Felix das Einzige, was zu erwarten war.

Er lässt los. Fast drei Sekunden höre ich gar nichts. Nicht einmal seinen Schrei.

Hölzern kracht der Aufschlag seines Körpers.

32

Ich verbringe nicht viel Zeit an der Brüstung, um Felix Leiche in der Tiefe zu sehen, denn viel lässt sich bei dieser schummrigen Beleuchtung sowieso nicht erkennen, also setze ich meinen Weg fort und klettere, wie ursprünglich geplant, rüber zur Treppe. Schnell finde ich mich im Erdgeschoss wieder. Auf dem Weg zum Ausgang komme ich an der Leiche vorbei. Er liegt neben dem Tisch mit der Messingplatte, der zum Pendel gehört. Er liegt auf dem Rücken, doch aus allen Öffnungen seines Gesichts läuft Blut. Der Tisch ist am Rand eingedrückt und das Holz geborsten. Auch der dünne Messingring, der es umgibt ist an dieser Stelle verbeult und Blutverschmiert. Offensichtlich ist Felix hier mit dem Gesicht aufgeschlagen, was seinen leblosen Körper dann herumgeschleudert hat. Welch Wunder, dass er das nicht überlebt hat.

Ich werfe noch einen Blick in das Gesicht des Größenwahnsinnigen. So schnell kann alles was man sich vorgenommen hat den Bach hinunter gehen. Als heute Morgen sein Tag begann ging er davon aus, jetzt Millionen von Menschen umgebracht zu haben und steinreich zu sein. Nun liegt er da. Tot. Mit zermatschtem Gesicht. Den Teppich der Bibliothek vollblutend. Ich lächle ihn an.

„Game Over."

Ich setze meinen Weg fort und gehe aus der Bücherei. Im kurzen Flurstück nach draußen fällt mir jemand auf, der auf dem Boden liegt. Es scheint ein großer, massiger Körper zu sein, höchstwahrscheinlich nicht Tabea. Beim näheren Hinsehen erkenne ich die Leiche als den Glatzkopf. Seine Augen sind weit aufgerissen. Unter ihm hat sich eine Pfütze aus Blut gebildet. Tabea muss ihm in den Rücken geschossen haben. Sie hat ihn erwischt. Dann hat sie also auch den Stick.

Also ist es vorbei.

Endlich.

Doch wo ist sie?

Ich gehe raus und fülle meine Lunge mit frischer Luft. Gott, wie gut das tut. Es ist vorbei, endlich vorbei. Dieser verdammte Höllentag hat endlich ein Ende! Ich kann nicht anders, als an Maik denken. Er hatte nicht das gleiche Glück wie ich. Er musste sterben. Er wollte nur helfen, wie ein echter Freund, und nun ist er nicht mehr unter uns. So sehr mich das Ende dieses schrecklichen Tages auch erleichtert – ich fühle eine tiefe Schuld in mir und ich frage mich, ob dieses Gefühl jemals enden wird. Vielleicht werde ich lernen es in den Hintergrund zu schieben, aber von dort aus wird es sich auf mich auswirken. Es wird dort sitzen und murmeln in einer Lautstärke, die ich nur dann hören kann, wenn es ganz still ist in meinem Leben. Wenn ich schlafen will, wenn ich mich ausruhe oder aber einfach, wenn ich im Bus sitze und beim Blick in die Stadt meinen Gedanken freien Lauf lasse. Maik wird da sein – und mit ihm die Schuld, die ich mir mit seinem Tod aufgeladen habe. Ich will mich nicht beschweren – es ist nur fair. Zumindest auf irgendeine Weise.

Ich gehe über den Campus und komme bei dem Polo an. Schon beim Versuch die Tür zu öffnen merke ich, dass etwas nicht stimmt, der Griff ist einfach zu tief. Dann bemerke ich den Unterschied: Die Reifen sind platt. Nach einem Rundumcheck steht fest, dass man mir sämtliche Reifen zerstochen hat. Auch wenn ich mir sicher bin, dass Maria nicht glücklich sein wird über dieses Desaster, kann ich mir ein Lächeln nicht verkneifen. Jetzt ist mir klar wo Tabea ist. Na ja, zumindest ungefähr. Ich glaube kaum, dass ich sie je wieder sehen werde. Sie hat das einzig Sinnvolle gemacht für jemanden, der fast den größten Terroranschlag in der Geschichte zu verantworten gehabt hätte. Sie hat sich aus dem Staub gemacht. Sie zerstach mir die Reifen um sich ganz sicher zu sein, dass ich ihr nicht folgen kann, obschon das gar nicht nötig gewesen wäre – ich hätte eh keine Ahnung wo ich sie suchen sollte. Vielleicht war es nicht die feine Art mich mit Felix allein in der Bibliothek zu lassen, aber sie hatte eindeutig den wichtigeren Auftrag. Es ging um die Rettung dreier Millionenstädte, da kann man das eigene Wohlergehen schon mal hinten anstellen. Machs gut Tabea.

Mit etwas Glück sehen wir uns nie wieder.

Zeit sich auf den Heimweg zu machen – ich habe einen langen Fußmarsch vor mir.

Nach einer Stunde melden sich langsam meine Füße. Sie fühlen sich irgendwie taub an, aber immerhin kann ich schon meine Wohnung sehen. Na ja, eigentlich sehe ich nur das Haus in dem sich im ersten Stock meine Wohnung befindet. Meine Fenster gehen nach hinten raus. Direkt in den Garten, durch den ich heute Morgen meine lange Flucht vor dem Wahnsinn begann. Heute morgen als diese beiden Killer – Verzeihung, Söldner – mich besuchten, mich aus dem Zimmer jagten und mich in diesen Tag entließen. Das kommt mir fast wie eine Ewigkeit vor. Endlich wieder daheim. Das Bild der Straße in der ich wohne war nie beruhigender. Ich kann immer noch nicht glauben, dass nun endlich alles vorbei sein soll. Ich erblicke im Schein der Straßenlaternen die hübschen Vorgärten, die hübschen Gartenzäune, die wirklich hübschen Türbögen und die hübschen am Straßenrand parkenden Autos. Nun, die Autos sind nicht wirklich hübsch. Besonders der Feuerwehrwagen macht einen ziemlich unangepassten Eindruck in dieser Gegend. Es ist kein Feuerwehrwagen im eigentlichen Sinne. Es ist ein Passat der neuesten Generation, allerdings in rot und mit einem Blaulicht auf dem Dach, sodass jedes Kind sofort erkennen würde: Dieser Wagen gehört zur Feuerwehr. Das wirklich befremdliche an dieser Situation ist allerdings, dass dieses Fahrzeug genau vor meiner Wohnung parkt. Ich kann zwar nicht mit hundertprozentiger Sicherheit sagen, dass da ein Zusammenhang besteht,

184

aber ich habe ein ganz ungutes Gefühl bei der Sache. Meine Schritte verlangsamen sich fast wie von selbst, doch ich komme dem Wagen unweigerlich immer näher. Und dann – für meinen Geschmack viel zu schnell – stehe ich direkt daneben und kann einen Blick in den Innenraum werfen.

Fahrer- und Beifahrersitz sind leer, die Rückbank belegt mit zwei Behälter, die wie Werkzeugkisten aussehen. Wahrscheinlich finden sich hier irgendwelche Utensilien zur Brandbekämpfung. Neugierig gehe ich um den Passat herum um einen Blick in den Kofferraum des Kombis zu werfen. Was ich dort sehe überrascht mich komischerweise überhaupt nicht.

Wie abgebrüht ist man eigentlich, wenn einem die Leiche eines unschuldigen Feuerwehrmannes gerade mal ein müdes Lächeln wert ist?

33

Eine gewisse Vorsicht lasse ich natürlich walten, als ich zur Eingangstür gehe, allerdings werde ich dieser Heimlichtuerei langsam aber sicher überdrüssig. Ich weiß nicht was mich in meiner Wohnung erwartet, ich weiß es wirklich nicht, aber ich bin mir auch nicht sicher, ob ich es eigentlich wissen möchte. Einen kurzen Augenblick spiele ich mit dem Gedanken, einfach wieder kehrt zu machen und das Weite zu suchen, aber wohin? In die Stadt? Da ist tote Hose, immerhin befinden wir uns immer noch im Ausnahmezustand. Vielleicht könnte ich noch mal zu Maria gehen, aber was soll ich ihr sagen? ,Hi, entschuldige, dass ich dich noch mal störe, aber da liegt noch ein toter Feuerwehrmann vor meiner Wohnung, kann ich vielleicht bei dir übernachten?' Nein, das wäre nicht die feine englische Art. Außerdem müsste ich ihr dann gestehen, dass die Reifen ihrer Karre platt sind, nicht dass das an einem Tag wie diesem irgendwie wichtig wäre.

Ein Herz genommen gehe ich durch die Tür, die zum Glück nur angelehnt ist. Ich habe gar keinen Schlüssel mit. Dennoch lasse ich sie hinter mir ins Schloss fallen – so wie ich es immer aus Gewohnheit mache. Dann geht es gleich auf die hölzernen Stufen des Treppenhauses. Plötzlich – vollkommen unerwartet für mich – erwischt mich das ungute Gefühl, dass ich eigentlich bereits beim Fund des Feuerwehrmannes hätte haben sollen. Unter meinem Fuß knarrt es und mir wird bewusst, dass man mich hören kann, wenn den jemand da ist, der mich hören könnte.

Und es IST jemand da. Ich bin nun so weit, dass ich knapp über den Boden der ersten Etage meine Wohnungstür sehen kann. Sie ist lediglich angelehnt, was auch nicht anders zu erwarten war – ein Flashback meines unerwünschten Besuchs von heute morgen huscht durch meinen Kopf. Ich erinnere mich an das Geräusch, dass es machte, als sie meine Tür auftraten. Was allerdings nicht zu erwarten gewesen wäre – zumindest bevor ich den Feuerwehrmann gefunden hatte – ist, dass das Licht brennt. Ich steige weiter hinauf und erreiche fast lautlos mein Stockwerk. Weniger als zwei Meter trennen mich noch von meiner Tür und damit von meinem Wohn-Schlaf-

Esszimmer, denn einen eigenen Flur besitze ich nicht. Für so was haben Studenten normalerweise keine Verwendung.

Moment – kann ich da etwas hören? Ich bleibe stehen und bewege mich weniger als ein Standbild. Tatsächlich. Ein leises rhythmisches Zischen, eine Art Schnaufen. Es braucht ein paar Sekunden, bis ich das Geräusch erkenne: Jemand atmet. Es sind keine gewöhnlichen Atemgeräusche, sie klingen irgendwie angestrengt, so, als wären die Nasenlöcher zu klein. Oder der Atem zu heftig. Ich stelle mich direkt vor die Tür und schließe für einen Moment die Augen. Okay. Es gibt nichts was mich nun noch überraschen könnte. Nicht jetzt. Nicht hier.

Nicht heute.

Augen auf!

Mit nur drei Fingern berühre ich die Tür und schiebe sie sanft auf. Kein Knarren erklingt, das wäre in diesem Moment auch wirklich zu theatralisch. Was ich sehe stimmt mich nun aber doch irgendwie befremdlich.

Tabea.

Sie sitzt in der Mitte meines Mehrzweckzimmers auf einem Stuhl, den ich dort nicht platziert habe und schaut mir zwischen ihren zerzausten Haaren hindurch ins Gesicht. Ihre Arme scheinen hinter der Armlehne verschränkt gefesselt zu sein und die Knöchel sind mit robustem Klebeband an die Vorderbeine des Stuhls fixiert. In ihrem Mund befindet sich ein mit einem Lederriemen befestigter Gummiball – ein Knebel! Das ist auch der Grund für ihr Schnaufen – sie kann nicht mehr durch den Mund atmen. Langsam und mit aller gebotenen Vorsicht, gehe ich zwei Schritte auf sie zu.

„Man, du brauchst vielleicht lange für die paar Meter von der Uni hierher. Hätte ich das gewusst, dann hätte ich dir die Reifen nicht zerstochen."

Er kommt mit einer vollkommen unangebrachten Coolness aus dem Nebenraum und hat sofort die Kanone auf mich gerichtet.

„Julius."

„Überrascht?"

„Eigentlich nicht. Man weiß ja wie das mit Unkraut ist."

„Hey, ich nehme das als Kompliment." Er macht vielleicht einen gelassenen Eindruck, doch das täuscht. Seine Kleidung ist schmutzig und hat Risse und auch sein Gesicht hat Einiges abbekommen. Ein paar Kratzer und Schorf verteilen sich fast homogen über seine Visage. Außerdem wirkt seine Frisur teilweise löchrig. Wenn ich raten sollte würde ich sagen, dass sie angesengt ist.

„Du siehst gut aus", lächle ich ihm zu.

„Ah, ein Zyniker, wie nett."

„Sarkasmus", entgegne ich.

„Ehrlich gesagt bin ich ziemlich beeindruckt. Ich hätte nicht geglaubt, dass du deinen Sprung überlebst. Ich meine – wow, war das hoch! Alle Achtung, ehrlich." Er geht etwas tiefer in den Raum hinein, hält mich dabei ständig im Schach.

„Ich kann nur wiederholen, was ich dir schon sagte: Du hast mich unterschätzt. Aber genug von mir, wie ist es dir ergangen dort oben? Wie ich sehe, muss es heiß hergegangen sein."

„Ich habe diese leidige Sache mit den Söldnern einfach mit einem kleinen Feuerwerk beendet. Gar nicht übel was zwanzig Kilo C4 anrichten oder? Leider hatte ich mich in der Entfernung ein wenig verschätzt. Darum auch dieser neue Look." Er weist auf seine unregelmäßige Haarpracht.

„Steht dir, ehrlich. Ein abgerissener Kopf wäre auch nicht schlecht gewesen."

„Sorry, aber ich glaube du hast keine Ahnung mit wem du es hier zu tun hast. Das da oben war vielleicht heiß, aber nicht heiß genug für mich. Kugelhagel ist die ideale Witterungsbedingung für mich."

„Oh ja, du bist ja so cool." Die Art wie ich das sage sollte jedem zu verstehen geben, dass ich es ironisch meine. Tabea hat dem Gespräch außer einem hektischen Schnaufen nichts hinzuzufügen und beschränkt sich darauf, unserem Smalltalk wie einem Tennismatch zu folgen.

„Wie ich erfahren durfte", fährt Julius fort, „warst du nicht untätig in den letzten Stunden. Wie geht es Felix?"

„Als ich ihn das letzte Mal sah, bluteten seine Körperöffnungen noch um die Wette. Als Laie sag ich mal Schädel- und Genickbruch."

„Du versetzt mich immer mehr ins Staunen."

„Oh, das war ja noch gar nichts. Ich" – mein Blick huscht kurz zu Tabea, dann wieder zu Julius – „wir haben auch Ignatum aus den Händen des Konsortiums geholt. Wir haben den Anschlag erfolgreich verhindert. Du darfst uns also gratulieren."

„Ach, ist das alles so ja?" Wie nebensächlich wendet er sich meinem Computertisch zu und dreht den mir abgewandten Monitor langsam in meine Richtung. „Der Grund, warum ich mich so freue, dass du doch noch hier angekommen bist, ist der, dass du fast das Beste verpasst hättest."

Ich kann nun einen Blick auf den Bildschirm werfen und erkenne einen grauen Kasten auf blauem Hintergrund. Der Tisch ist zu weit entfernt, als dass ich lesen könnte was in diesem Dialogfeld seht, aber ich weiß instinktiv worum es sich handelt. In dem Moment in dem es mir klar wird, fühlt sich der Raum schlagartig fünfzig Grad kälter an. Ich glaube Eiskristalle unter meiner Haut zu spüren.

Er hat Ignatum aktiviert.

Es wird geschehen – nur noch eine Frage von Minuten!

Vor meinem Geistigen Auge sehe ich Bilder, die ich zunächst nicht zuordnen kann. Ich sehe Gesichter, die ich nicht kenne. Viele Gesichter. Tausende, Millionen – es sind die Menschen die sterben werden. Leichenberge die es nicht geben wird, weil ihre Körper zu Asche zerfallen werden, noch bevor es einer von ihnen selber merken wird. Ich will etwas sagen, doch an ganze Sätze ist für mich nicht mehr zu denken.

„Aber… warum?"

„Wie meinen?"

„Du hast kein Geld gekriegt und wirst es auch nicht bekommen. Warum? Warum um alles in der Welt tust du das?"

„Sebastian, du kleines naives Dummerchen. Denkst du wirklich es geht hier um Geld? Nun ja, vielleicht wird es das letztendliche Ziel sein, aber hier und jetzt verfolge ich andere Interessen. Du wirst gleich Zeuge des größten terroristischen Anschlags in der Geschichte der Menschheit und das mein Lieber", er macht eine Pause um seine pathetischen Worte wirken zu lassen, „das ist Kunst."

Ich muss etwas tun. Ich weiß nicht was, aber ich muss etwas tun. Zuerst allerdings platzt mir der Kragen vor Wut.

„Was? Kunst? Du begehst einen Massenmord und nennst das Kunst? Kannst du nicht einfach auf eine Leinwand kacken? Vielleicht hast du weniger Publikum, aber glaub mir, das entspräche zumindest deinem Charakter!"

„Danke auch. Leider erkenne ich, dass du einfach nicht den nötigen Weitblick hast, um mein Werk zu verstehen. Mit diesem Anschlag beweise ich meine Fähigkeiten. Kunst kommt von können, ist dir das nicht klar?"

„Ach halt doch die Fresse. Du bist kein Künstler, du bist ein selbstgefälliges Arschloch, nicht mehr und nicht weniger." Es kommt mir fast so vor, als wäre es nicht ich der da redet, denn mit meinen Gedanken bin ich nur bei dem, was sich da auf meinem Bildschirm abspielt. Ich kann leider immer noch nicht lesen was da steht. Julius beginnt beim Reden durch den Raum zu stolzieren. Vielleicht kann ich etwas näher an den PC-Tisch kommen?

„Na ja, es ist keine Kunst im eigentlichen Sinne. Sieh es mehr als eine Art… Referenz. Ist dir denn der signifikante Unterschied dieser Aktion zu allen bisher dagewesenen Anschlägen nicht aufgefallen?"

„Außer den Dimensionen stelle ich da nichts fest. Feiges Töten von Unschuldigen, es ist immer das Selbe."

Er umrundet mich und ich mache einen kleinen Schritt in Richtung Bildschirm.

„Ich will dir sagen was der Unterschied ist. Bisher wurden alle Anschläge von irgendwelchen Gruppen mit persönlichen Motiven getätigt. Diesmal ist es anders. Wir taten was wir taten, weil man uns dafür bezahlte."

„Aber das ist jetzt vorbei. Du siehst von der Kohle wahrscheinlich keinen Pfennig."

Ein weiterer kleiner Schritt.

„Also Erstens ist noch nicht gesagt, dass ich die Kohle nicht doch noch bekomme. Immerhin hat mir unser kleines Engelchen hier", er weist mit dem Kopf auf die immer noch schwerfällig atmende Tabea, „erzählt, dass die Überweisung bereits getätigt wurde, also muss das Geld irgendwo sein. Zweitens kommt es nicht darauf an, denn hier geht es um etwas ganz anderes. Es geht um das Schaffen einer vollkommen neuen Dienstleistung. Jeder beschissene Handschlag wird heutzutage an Fremdfirmen abgegeben, aber dort wo es wirklich auf Fachpersonal ankommt – beim Topterrorismus – setzt man immer noch darauf alles selber zu machen und dabei stets die gleichen Fehler zu machen. Diese Zeiten sind nun vorbei. Ach und drittens: Wenn du noch einen Schritt weiter auf den Rechner zumachst jage ich ihr eine Kugel durch den Kopf." Julius drückt seinen Kanonenlauf gegen Tabeas Schläfe und ich erstarre. Immerhin kann ich nun lesen was im Dialogfeld steht.

ZÜNDMECHANIKEN – BEREIT > ZÜNDSPRENGSÄTZE – BEREIT > NUKLEARMATERIAL : TEIL 1 BEREIT ; TEIL 2 WIRD VORBEREITET!

Okay. Wenn nun der zweite von drei Nuklearteilen vorbereitet wird, habe ich zumindest noch einen kompletten Bearbeitungszeitraum für den dritten Teil plus der Restzeit für den zweiten Teil und dem dreißigsekündigen Countdown, um irgendetwas zu tun. Bleibt die Frage WAS.

„Du bist wahnsinnig", ist das Einzige was mir zu sagen einfällt.

„Das ist zunächst einmal Ansichtssache. Ich sehe mich lieber als Geschäftsmann. Man sollte immer mit der Zeit gehen und ich habe hier einen Markt mit Zukunft entdeckt. Spätestens seit dem elften September ist auch dem Letzten klar, dass der Terror die Geißel des einundzwanzigsten Jahrhundert sein wird und da wir erst am Anfang stehen denke ich, dass hier eine ganze Menge Geld sitzt, welches nur noch abgeerntet werden muss. Mit dem was heute hier geschehen wird mache ich der Welt klar, dass ich fähig bin das Unmögliche möglich zu machen, das Undenkbare zu verwirklichen. Mein Name und meine Firma werden für etwas stehen, wogegen sich die Plagen Gottes wie ein schwaches Husten ausnehmen. Schockland ist das Unternehmen der Zukunft und ich habe vor, daraus das bestgehende Monopol der Welt zu machen."

„Schockland war nur eine Scheinfirma. Es hat nie wirklich existiert, seine Zentrale liegt seit Felix' Donnerschweeer Säuberungsaktionen in Trümmern. Tut mir leid, aber ich sehe keine Zukunft für dieses Unternehmen."

Auf dem Bildschirm tut sich etwas.

TEIL 2 BEREIT ; TEIL 3 WIRD VORBEREITET!

Ich lasse meinen Blick durch das Zimmer fliegen. Was kann ich tun, welche Möglichkeiten habe ich? Alles hier sieht noch so aus, wie ich es heute morgen so überstürzt verlassen habe – vielleicht mit Ausnahme der geknebelten Traumfrau in der Mitte des Raumes. Ich sehe die Spielkarten und die Kronkorken und muss für einen Moment an den Pokerabend von gestern denken. Immer noch liegen schmutzige Klamotten, kleine Zettel und Reißzwecken überall herum. Leere Sektflaschen zieren ebenfalls den Holzboden. Mein Blick fällt auf den Besen, der hinter Julius an der Wand gelehnt steht und bleibt daran haften. Irgendetwas versucht sich in meinem Kopf zu formieren – ein Plan.

„Meinst du?" Julius scheint unbeeindruckt durch meine Versuche, ihn an das Scheitern seiner Firma zu erinnern. „So wie ich die Sache sehe, war es mein Firmenkonzept, welches diesen Geniestreich vorbereitet hat und sich in wenigen Augenblicken für die Vernichtung von cirka zehn Millionen Menschenleben verantwortlich zeigen wird. Natürlich kann eine Geschäftsidee wie Schockland nicht an der Oberfläche agieren, deswegen kam mir die Explosion de Zentrale auch recht gelegen. Ach ja, Tabea, wundert es dich, dass ich von ‚meinem Konzept' rede?" Er wendet sich nun der geknebelten Frau zu. „Ich weiß, dass du dich immer gefragt hast, wo Felix mich aufgegabelt hat. Nun, um die Wahrheit zu sagen, ich habe ihn gefunden. Das alles war meine Idee. Ich kam über Umwege zu der Information über Felix' Entdeckung und erkannte sofort das darin enthaltene Potential. Sei mal ehrlich, drei funktionsfähige Kernwaffen auf deutschem Boden, ohne, dass jemand davon weiß – schön blöd wer diese Chance ungenutzt verstreichen lässt. Ich musste nur die richtigen Leute und Kontakte organisieren und schon lief alles wie am Schnürchen. Na ja, vielleicht nicht unbedingt die heutige Ereignisse, aber es hat sich ja nun doch noch alles zum Guten gewendet." Er schaut wieder zu mir. „Ich brauche mich nicht mehr um Felix zu kümmern und wenn die Ermittlungen zu dem Anschlag losgehen, wird man feststellen, dass es dein Rechner war, der den Befehl zur Zündung der Atombomben gegeben hat. Mit Sicherheit wird sich irgendwann herausstellen, dass du es nicht warst, aber ich gehe fest davon aus, dass das sehr lange dauern wird. Bis dahin aber werden sie dich gelyncht haben und ich kann untertauchen. Dieser kleine Bluff wird umso pikanter, wenn man die Leiche einer attraktiven jungen Dame in deiner Bude findet. Ist das genial oder nicht?"

„Wie kommst du auf die Idee, dass ich dich einfach so laufen lasse?" Ich muss Zeit gewinnen und näher an ihn herankommen. Mit allem nötigen Geschick versuche ich zu erkennen, wo ich meine Füße hinsetze, ohne, dass er es bemerkt.

„Also bitte, ich bin immerhin bewaffnet", lacht er.

„Ich habe heute in so viele Kanonenläufe geblickt – das beeindruckt mich nicht mehr." Mein Fuß setzt sich ein winziges Stückchen zur Seite und befindet sich auf der richtigen Diele. Zunächst sanft, dann immer stärker übe ich Druck auf dieses Brett aus, auf dem am anderen Ende der Besen steht.

„Weißt du Sebastian, ich bin ehrlich beeindruckt von dem was du heute geleistet hast. Was du mit deinen geringen Mitteln alles in Erfahrung bringen konntest war beim besten Willen nicht vorherzusehen. Ich gebe zu, dass ich dich unterschätzt habe. Meine Hochachtung. Allerdings erkennt ein guter Spieler immer den Moment, in dem er verloren hat und gesteht seine Niederlage ein." Der Besen wackelt, sein Stiel bewegt sich von der Wand weg. Sehr langsam nur, aber es geschieht. „Sei ein guter Spieler. Setze nicht den guten Ruf, den du dir bei mir hart erarbeitet hast, aufs Spiel." Der Stiel neigt sich nach vorn und beginnt zu fallen. Immer schneller nähert er sich dem Boden. Aus dem Augenwinkel erkenne ich eine leere Sektflasche die genau zwischen Julius und mir steht. Gut – sehr gut! „Zu Beginn meiner Karriere habe ich auch nicht jeden Sieg davongetragen und ich hatte weiß Gott leichtere Gegner als du." Der Besen stürzt – jeden Moment folgt der Aufprall – und ich blicke noch mal auf den Bildschirm, der immer noch ein unverändertes Bild zeigt. „Ich meine-„

BAMM!

Hinter Julius knallt es und er zuckt zusammen. Schon in dem Moment in dem er sich umdreht, stürze ich in seine Richtung, gehe dabei in die Knie und greife mir die Sektflasche. Als er erkennt, dass es nur der Besen war und sich wieder umdreht, bin ich direkt vor ihm und schlage ihm die Flasche mit aller Kraft ins Gesicht. Julius schreit auf, lässt im Schock seine Kanone fallen. Ich schaue ihr nach, doch er hat sich bereits wieder im Griff und wirft sich auf mich. Wir gehen beide zu Boden und ich erfasse sofort den Rechner mit meinem Blick. Der Treffer mit der Flasche scheint doch stärker gewesen zu sein, als Julius lieb ist, denn er hat zunächst wieder von mir abgelassen und greift sich ins Gesicht. Aus seiner Nase fließt plötzlich das Blut in Strömen. Ich versuche wieder auf die Beine zu kommen und zum Rechner zu straucheln, doch da katapultiert er sich wieder auf mich und reißt mich hinunter. Ich liege auf dem Bauch und er auf mir. Dann schlingt sich sein Arm um meinen Hals und drückt zu. Ich merke wie der Druck auf meinen Hals schnell zunimmt.

„Okay, du Bastard, du willst lieber sofort sterben? Meinetwegen!"

Seine Stimme zischt und zittert und mit jeder Silbe spritzt mir sein warmes Blut in den Nacken. Mein Bild verschwimmt langsam und wird immer dunkler. Gerade als ich beginne mich gedanklich mit dem Unvermeidlichen anzufreunden, erkenne ich ein kleines Häufchen Reißzwecken neben mir auf dem Boden. Jetzt heißt es noch einmal alle Kraft zusammennehmen und so presse ich mich unter Mobilisierung meiner letzten Reserven nach oben und wir rollen beide zur Seite, nur dass er diesmal unten ist. Sofort bohren sich die Zwecken tief in seine Schulter und zeigen Wirkung. Er lässt ab von mir. Schnell drehe ich mich um und stemme mich noch mal auf seine Stirn, damit er auch Zwecken in seinen Hinterkopf bekommt, dann verlassen mich für einen Augenblick die Kräfte und ich rolle auf den Rücken um wieder Luft zu bekommen und meiner Hauptschlagader einen Moment zur Erholung zu gönnen. Neben mir wendet sich Julius im Schmerz schreiend hin und her. Ich habe aber verdammt noch mal nicht die Zeit mich hier auszuruhen und so stehe ich auf und gehe zu Tabea rüber und nehme ihr den Ballknebel ab. Sie keucht, aber findet dann wieder zur Stimme.

„Ignatum! Du musst es aufhalten."

Ich möchte zum Bildschirm sehen, doch da erfasst mich Julius wieder von der Seite, schmeißt sich mit seinem ganzen, bereits wieder stehenden, Körper gegen mich und wir taumeln gegen das offene Fenster. Über das Fensterbrett gebeugt sind wir nun mit den Oberkörpern schon im Freien, doch noch reicht das Gleichgewicht.

„Abwärts?" Seine Augen funkeln voller Zorn und Hass, als er mir dies ins Gesicht flüstert.

„Gerne." Zische ich dieser menschgewordenen Seuche noch zu und schon fallen wir aus dem Fenster. Bereits im ersten halben Meter schaffe ich es, ihn voran nach unten zu drücken und so ist es auch sein Rücken der das Glasdach des Gewächshauses durchschlägt. Wir fallen hindurch und auf einen Tisch mit Topfpflanzen der unter uns zerbricht. Sein Körper federt meinen Sturz ab, wodurch ich sofort wieder bei Sinnen bin und nach einem spitzen Gegenstand greife, der sich erst in meiner Hand als Rosenschere und eigentlich gar nicht mal so spitz entpuppt. Ich klettere auf Julius und visiere seinen Kopf an, meine Hand klammert sich immer fester um die Schere und noch bevor ich auch nur eine Sekunde nachdenke schlage ich ihm das spitze Ende mit voller Wucht ins Gesicht. Einmal, zweimal, dreimal.

„Du Arsch! Du gottverdammter Drecksack! Wer ist der Verlierer? Hä? Wer ist der Verlierer?" Ich schreie, kreische auf ihn ein. Immer wieder hämmert sich das schwere Gartenwerkzeug in seine Visage und mit jedem Hieb wirkt die Masse die ich treffe weicher und matschiger. Zuerst versucht er sich noch zu wehren, doch ich sitze einfach zu sicher auf ihm und so zappelt er

191

bald nur noch vor sich hin und ich erwische seine Stirn, seine Nase, sein Gebiss, sein Auge, sein Jochbein, seinen Kiefer, seinen Kehlkopf, sein Ohr. Mit jedem Mal stemme ich alles in ihn hinein, was ich diesen Tag erlebt habe – jeden Schmerz, jede Angst und jeden Panik und nicht zuletzt – Maik! Büße! Leide du Pest! Für Maik! Und dann, ganz plötzlich, höre ich auf.

Es ist still und ich riskiere einen Blick auf mein Werk. Es ist als Gesicht nicht mehr zu erkennen. Eine breiige Masse aus verschiedenen Rottönen, aus der an verschiedenen Stellen Knochensplitter hervorblicken, hechelt unter mir leise vor sich hin. Noch lebt er, es ist jedoch ein anderes Thema, wie lange das noch so sein wird. Im Schmerz meines Wahns muss er irgendwann das Bewusstsein verloren haben. Gerade in dem Moment, als die Ruhe des Augenblicks auch mich erfassen will höre ich Tabea schreien.

„Der Countdown! Sebastian! Lebst du noch? Wir haben noch achtund-zwanzig Sekunden! Tu was!"

Scheiße! Das habe ich ganz vergessen. Der Moment den ich brauche, um wieder Herr meiner Sinne zu werden, kostet die Welt mindestens eine Se-kunde, dann lege ich einen erstklassigen Kickstart hin, bei dem ich mich allerdings fast auf die Fresse lege. Ich renne aus dem Gewächshaus, wobei ich die Tür mit der Wucht meines Körpers aufbreche. Dann geht es in Höchst-geschwindigkeit über den Rasen und ich umrunde das Gebäude um die Eingangstür zu erreichen. Endlich dort angekommen merke ich, dass ich immer noch keinen Schlüssel habe und so versuche ich auch diese Tür aufzu-brechen – ohne Erfolg. Meine Seite schmerzt nach dem zweiten Versuch und so nehme ich einen Stein aus dem Vorgarten und schmeiße die Glasfront der Tür ein, um danach das eingewebte Gitter so gut es geht nach innen zu treten. Nach unendlich lang wirkenden Augenblicken ist das entstandene Loch groß genug, um mit der Hand hineinzufassen und die Klinke zu benut-zen. Durch die Tür springend höre ich Tabea, wie sie sich die Stimme aus der Kehle schreit.

„Verdammt, beeil dich! Noch zwölf Sekunden! Sie werden alle sterben!"

Ihre Stimme überschlägt sich und ich stolpere auf der Treppe, die ich nun mit jeweils drei Stufen auf einmal nehme, fast über meine eigenen Füße. Endlich oben springe ich durch den Eingang und bin sofort bei dem Rech-ner. Seine Nachricht ist überdeutlich.

07 SEKUNDEN BIS ZUR ZÜNDUNG!

Noch bevor ich einen klaren Gedanken fassen kann springt die Meldung um.

06 SEKUNDEN BIS ZUR ZÜNDUNG!

Ich renne um den Tisch, da der Rechner ja auf der anderen Seite steht, drücke instinktiv Escape, was nichts bringt, dann versuche ich es mit F1. Ich muss mich jedes mal nach vorne beugen, wenn ich auf den Bildschirm sehen möchte.

05 SEKUNDEN BIS ZUR ZÜNDUNG!

Verflucht. Ich drücke in schneller Folge alle F-Tasten, doch nichts passiert. Tabea schreit irgendetwas auf mich ein, aber ich kann nur noch diesen Satz wahrnehmen.

04 SEKUNDEN BIS ZUR ZÜNDUNG!

Ich reiße den Bildschirm wieder herum um besser sehen zu können und vielleicht um das Gefühl zu haben etwas ausrichten zu können. Dann versuche ich es mit STRG, ALT und ENTF – dem berühmten Affengriff, der immer hilft. Keine Reaktion.

03 SEKUNDEN BIS ZUR ZÜNDUNG!

Ich will irgendwas tun, aber ich weiß nicht was. Außerdem sehe ich schon überall Leichenberge – DAS LENKT AB!
„Der Stick!"
Ihre Stimme klingt weit entfernt.
„Was ist mit ihm? Verdammt, was soll ich tun?"

02 SEKUNDEN BIS ZUR ZÜNDUNG!

„Zieh ihn raus! Zieh ihn raus!"
„Aber…"
„TU ES!"
Ich greife nach ihm und…

01 SEKUNDEN BIS ZUR ZÜNDUNG!

…ziehe ihn aus dem Steckplatz. Ich glaube nicht dass mein Herz noch schlägt, aber ich schaffe es trotzdem, einen Blick auf den Monitor zu werfen.

COUNTDOWN ABGEBROCHEN – KEINE ZÜNDUNG ERFOLGT!

Der nächste Schlag meines Herzens ist der lauteste den ich je spüren durfte.
Geschafft!
„Was? Was ist passiert?", fragt Tabea, die den Monitor nicht sehen kann, und nicht weiß, wie sie meinen Gesichtsausdruck deuten soll. Ein Hauch von Wahn mischt sich in das Lachen, das ich nicht mehr unterdrücken kann.
„Vorbei. Es ist vorbei. Es ist nichts passiert!"
Ich springe, ich hüpfe, ich fliege auf einer Wolke zu ihr rüber und umarme sie. Auch sie lacht nun. Es ist als wären unsere Herzen in tödliche Korsette gequetscht worden und nun endlich befreit. Endlich!
Es ist geschafft.

Mir fällt auf, dass Tabea meine Umarmung nicht erwidert, was auch nicht verwunderlich ist, da sie immer noch an den Stuhl gefesselt ist, also gehe ich um sie herum, nehme eine Schere, die auf dem Boden herumliegt und öffne ihr damit die Handfesseln auf dem Rücken. Dann gebe ich ihr die Schere, damit sie sich um ihre Füße kümmern kann. Ich gehe zum Computertisch und beginne gedankenlos vor mich hinzuplappern. Ich schätze, so bearbeite ich den Stress.

„Das war echt knapp, weißt du das? Wir hatten nicht mal mehr eine Sekunde. Ich meine, all diese Menschen die gestorben wären. Ich meine, kannst du glauben was hier eben geschehen ist? Oder besser, was hier fast geschehen wäre?" Das Geräusch einer Schere, die sich mit Mühe durch etwas Zähes hindurchschneidet, ist verstummt und ich weiß, dass Tabea nun wieder frei ist. Sie sagt nichts, aber das ist auch nicht nötig, immerhin rede ich ohne Punkt und Komma wie ein Wasserfall. Ich nehme den Stick, der auf dem Tisch liegt und schaue ihn mir an. „Das wirklich Faszinierende ist, dass diese Menschen in den Städten niemals erfahren werden, was um ein Haar mit ihnen passiert wäre. Und das alles wegen diesem winzigen…"

Ein leichter, kaum zu merkender Stich in meinen Hals unterbricht mich. Es fühlt sich an wie ein Mückenstich, doch das ist es nicht, denn als ich danach schlagen möchte merke ich, dass mein Arm mir nicht gehorcht. Er bewegt sich nicht. Noch bevor ich eine Erklärung dafür finde knicken meine Beine ein und ich falle in mich zusammen wie eine Marionette, der man die Fäden durchtrennt. Mein Blick geht nach oben, zu Tabea, die über mich weg steigt. Ich habe noch nie eine so kleine Spritze wie die in ihrer Hand gesehen. Vorsichtig steckt sie die Sicherheitskappe wieder auf und greift sich den auf dem Boden liegenden Stick. Ich möchte etwas sagen – irgendwas – doch aus meiner Kehle kommt kein Ton. Dann beugt sie sich zu mir herunter und schaut mich an.

„Verzeih mir. Bitte."

Dann schließt sie mir die Augen.

Um mich wird es schwarz. Und die Zeit verliert sich.

Wie sie geht höre ich nicht mehr.

Epilog

Schön kühl ist es hier. Nicht unbedingt gemütlich, aber kühl. Das ist, glaube ich, immer so. Krankenhäuser sind stets klimatisiert. Die Wände sind alle in einem ganz sanften Grünton gehalten. Vielleicht soll das beruhigend wirken, die haben Fachleute für so etwas. In der Ecke hängt der obligatorische Fernseher, doch ich hatte bisher noch nicht die Zeit zum Fernsehen. So lange bin ich nun auch noch nicht wieder wach. Ich weile seit cirka drei Stunden wieder unter den Lebenden. Dafür fühle ich mich allerdings erstaunlich fit. Irgendetwas fließt auch durch einen Schlauch aus einem Kunststoffbehälter in meine Blutbahnen. Ich möchte mal wissen, was die mir hier so geben.

Vor allen Dingen allerdings wüsste ich gerne, was SIE mir gab.

Beim Blick aus dem Fenster sehe ich nur ein paar Bäume und kann mir keinen richtigen Reim darauf machen wo, das heißt, in welchem Krankenhaus ich bin. Das Wetter ist immer noch gut, weswegen die Klimaanlage hier ein echter Segen ist. Dann richtet sich mein Blick auf ihn. Er sitzt vor meinem Bett auf einem Stuhl und schaut mich an. Ein älterer Herr, so um die fünfzig, leicht untersetzt mit beginnender Glatze, dafür aber beachtlichem Vollbart. Hätte seine Lederjacke nicht so einen spießigen Schnitt, könnte er vielleicht noch als Altrocker durchgehen. So allerdings wirkt er in keinster Weise cool. Aber immerhin hat er was Beruhigendes. Wahrscheinlich hat er diese Aufgabe deswegen zugewiesen bekommen.

„Wie lange sagten sie doch gleich dass ich weg war?"

„Fünf Tage."

„Müsste ich dann nicht verhungert sein?"

„Gefunden hat man sie vor drei Tagen, also war das nicht das Problem, aber sie waren schon recht dehydriert, falls es sie beruhigt."

„Und dann habe ich bis heute weitergepennt?"

„Die Ärzte meinten, es muss ein ziemlich harter Drogencocktail gewesen sein."

„Drogen?"

„Das war es, was man in ihrem Blut nachweisen konnte."

„Sie meinen ich hatte einen…"

„Trip? Das weiß ich nicht." Er steht auf und wirft mir einen Stapel Zeitungen aufs Bett. „Aber bevor sie sich unberechtigter Weise beruhigen – das hier war alles echt."

Ich lese den Aufmacher einer der größten deutschen Boulevardzeitungen.

DIE HÖLLE VON OLDENBURG

Vier Worte, die fast das halbe Frontblatt in Anspruch nehmen. Darunter steht in Stichworten das Wichtigste zusammengefasst.

Über fünfzig Tote +++ Zwei Explosionen und ein Großbrand +++ Brutale Schießerei auf Autobahnbrücke +++ mehrere Polizistenmorde +++ Leichenfunde in Fuß-

195

gängerzone und Universität +++ Amokläufer in der City +++ AUSNAHMEZUSTAND +++ Polizei steht vor einem Rätsel

Der Mann tippt auf einen der Satzfetzen, die diese redaktionellen Stümper eine Nachricht nennen.

+++ Amokläufer in der City +++

„Ich glaube, das sind sie."

„Und wer sind sie, wenn man fragen darf?"

Er greift in seine Innentasche und holte einen Ausweis heraus, aus dem hervorgeht, dass er Kriminalbeamter ist.

„Mein Name ist Brauweiler. Kripo Oldenburg."

„Und sie wollen mich als Amokläufer gesehen haben?"

„Ich bitte sie, das war mitten in der Stadt. Hunderte Augenzeugen gaben ihr Äußeres zu Protokoll. Machen sie sich keine Umstände, das waren sie. Übrigens, eine hübsche Schusswunde haben sie da in der Schulter."

„Das ist keine Schusswunde." An dieser Stelle wäre eine plausible Ausrede nicht schlecht.

„Der Arzt sagt es ist eine."

„Na wenn der es sagt."

„Er sagt auch, sie sind erstaunlich gut verbunden worden. Fast schon professionell, was erstaunlich ist, wenn man bedenkt, dass eine Schusswunde den Behörden gemeldet werden muss."

„Ich schaue viele Arztserien, da bekommt man schnell mit, wie so etwas geht."

„Eigentlich wäre ich ja sauer auf sie, weil sie meine Intelligenz beleidigen. Sie haben sich niemals mit einer Hand die eigene Schulter verbunden. Aber gut, ich habe nicht die Zeit mich mit diesen Kleinigkeiten abzugeben. Ich will ihnen gar nicht verschweigen, dass ich etwas unter Zeitdruck stehe."

„Warum das?"

„Nun, im Grunde fällt alles was an jenem Tag vorgefallen ist in meinen Zuständigkeitsbereich. Es geschah in meiner Stadt und traf meine Bürger, wenn ich es mal so ausdrücken darf. Ich wollte mit meinen Leuten gerade die Struktur einer kleinen Sonderkommission zu diesem Fall aufbauen, als sich plötzlich der Bundesnachrichtendienst meldete. Kaum zwei Stunden später stand der Verfassungsschutz bei uns auf der Matte und spätestens seit einige Herren in grauen Anzügen auftauchten, die sich nicht einmal mehr die Mühe machten sich vorzustellen, kämpft meine Abteilung nicht mehr mit dem eigentlichen Fall, als vielmehr darum sich in dieser Sache nicht das Zepter aus der Hand nehmen zu lassen. Diese ganzen Leute, die hier eigentlich gar nichts zu suchen haben, bekommen ihre Order von ganz oben. Ehrlich gesagt rechne ich damit, jeden Moment von der Sache abgezogen zu werden. Dann ist die Geschichte für mich vorbei."

„Ich gehe mal nicht davon aus, dass sie auf Provisionsbasis bezahlt werden, also warum freuen sie sich nicht einfach über etwas mehr Freizeit und lassen mich in Ruhe etwas genesen?"

Der Herr Brauweiler steht auf und beginnt im Raum herumzugehen.

„Weil ich an jenem Tag Dienst hatte. Mich erreichte die Nachricht von der Explosion im Stadtteil Donnerschwee, ich wurde über den Amoklauf auf dem Marktplatz und über die beiden toten Polizisten unterrichtet, ich musste nach der Meldung über die Schießerei auf der Hunterücke erkennen, wie mir die Kontrolle entglitt und letzten Endes war ich es, der sich für den Ausnahmezustand stark gemacht hat. Und verdammt noch mal", er kommt auf mich zu und blickt mir streng ins Gesicht, „ich will wissen warum mir diese ganze Scheiße passiert ist."

„Ich habe die Polizisten nicht erschossen."

„Das weiß ich."

„Woher…"

„Die Projektile, die jene Beamten erwischten, gehörten auf jeden Fall zu einem großkalibrigen Gewehr. Sie wurden allerdings nur mit einer Handfeuerwaffe gesehen. Ach übrigens, wo ist das gute Stück eigentlich?"

Ich erinnere mich daran, wie Julius sie mit ins Auto nahm.

„Ich habe keine Ahnung, aber vielleicht schauen sie sich mal genau an, was sie auf der Brücke finden konnten."

„Sie waren auch dort oben?"

„Das habe ich nicht gesagt."

„Sie waren dort!"

Eine kurze Pause entsteht in der Niemand etwas sagt, weil wir beide meinen, es sei an dem Anderen das Gespräch wieder aufzunehmen. Dann melde ich mich wieder zu Wort, denn ich hasse lange Gesprächspausen wie die Pest.

„Warum sind sie eigentlich hier? Wenn sie wirklich glauben jeden Moment von der Sache abgezogen zu werden, warum verbringen sie dann die letzten Minuten ihrer Ermittlungen bei mir?"

„Wissen sie, was mir die ganze Zeit im Kopf umhergeht?" Er geht wieder im Zimmer herum und sieht nach oben. Wahrscheinlich soll das seinen Worten Beiläufigkeit verleihen, aber ich kenne diese Gestik aus dem Kino. Was er sagt ist für ihn alles Andere als beiläufig. „Es ist die Art und Weise, wie ich an jenem Tag von ihnen erfahren habe. Für mich begann der Tag mit einer wichtigen Meldung von Interpol. Es ging dabei um sie. Sie seien als internationaler Topkiller entlarvt worden und sollten sofort festgesetzt werden. Außerdem seien sie sehr gefährlich und bewaffnet."

Ich kann mir ein Lächeln nicht verkneifen. „Ein Killer? Ich?"

„Es war von siebenunddreißig nachgewiesenen Morden und einer hohen Dunkelziffer die Rede. Ob ich das glaubte oder nicht sei mal dahingestellt, aber natürlich mussten wir der Sache nachgehen. Dass sie beim besten Willen nicht zu finden waren, machte uns dann wirklich stutzig. Es schien uns erwiesen, dass sie tatsächlich etwas zu verbergen hatten und die Ermittler von Interpol, die plötzlich bei uns auftauchten, taten ihr Übriges. Es musste sich bei ihnen um einen wirklich großen Fisch handeln. Und plötzlich ging alles drunter und drüber. Es wurde eine Leiche in der Innenstadt gefunden, ein Altbau in Donnerschwee explodierte und in den Ruinen fanden wir einen der Interpolmänner – offensichtlich vor der Sprengung erschossen. Der Rest ist

197

Geschichte. Aber wissen sie was uns wirklich an den Rand des Wahnsinns trieb?"

„Werden sie es mir sagen?"

„Als in der Nacht endlich die Ruhe eintrat, die wir uns durch den Ausnahmezustand erhofften, gab es plötzlich einen Absturz all unserer Rechnersysteme und nun raten sie mal was sich danach herausstellte. Es gab nicht eine einzige Information mehr über sie. Alles weg. Gelöscht."

„Sie…" Ich muss aufpassen, dass ich mich nicht verplappere, aber die Überraschung ist gelungen. Es gibt nur eine Person, der ich einen solchen Hackerangriff zutrauen würde – zumindest seit Maiks Tod. Tabea!

„Wer?" Er kommt nah an mich heran, versucht mich fast zu hypnotisieren, doch ich bleibe hart. Wenn er Recht damit hat, dass er eh nicht mehr lange an der Sache dran ist, brauche ich ihm nicht mehr lange zuzuhören.

„Du weißt doch wem wir diese Scheiße zu verdanken haben oder?", fragt er.

„Ich habe keinen Schimmer." Natürlich weiß er dass ich lüge, aber was nutzt es ihm?

„Auf jeden Fall versuchte ich Interpol zu erreichen um mir die Informationen noch einmal zuschicken zu lassen. Und siehe da – dort hatte man noch nie von ihnen gehört. Und nicht nur das. Angeblich hatte man uns auch niemanden zur Hilfe geschickt. Bis heute ist die Identität des Mannes, der in der Ruine gefunden wurde ungeklärt. Genauso wie die der anderen Leiche und eines guten Dutzend Leichen auf der Huntebrücke. Also: Sie Herr Vogel sind nicht der Killer, für den wir sie hielten, aber sie stecken in dieser Sache drin. Auf welche Art auch immer. Also", er lässt einen pathetischen Moment verstreichen, „bitte, bevor mir der Fall entrissen wird – was ist an diesem Tag passiert?"

Ich überlege. Soll ich es ihm sagen? Soll ich es verschweigen? Würde er mir überhaupt glauben?

„Wenn ich ihnen sagen würde", beginne ich vorsichtig, „dass alles, was an diesem Tag passiert ist, nichts war verglichen mit dem, was hätte geschehen können – würden sie mir glauben?"

„Ich würde es versuchen."

„Ich fürchte, das wird nicht reichen."

„Sie werden mir nichts sagen?"

„Ich denke nicht."

„Die, die nach mir kommen werden nicht so nett fragen."

Er wendet sich der Tür zu, will gehen und hat die Klinke schon in der Hand als mir plötzlich noch etwas einfällt.

„Ist ihnen eigentlich irgendetwas aufgefallen?"

„Wie bitte?" Er schaut mich noch mal an.

„Als sie mich in meiner Wohnung fanden, gab es da irgendetwas… Ungewöhnliches? Etwas – wie soll ich sagen – Bemerkenswertes?"

„Sie meinen so etwas, wie ein zerstörtes Gewächshausdach und eine riesige Blutlache? So groß, dass jemand darin gestorben sein müsste? Fremde DNA? Und keine Leiche? Nicht einmal Schleifspuren?"

„Na ja, etwas in der Art vielleicht."

Er schüttelt sachte den Kopf und geht ohne ein weiteres Wort aus meinem Zimmer. Er hat nicht einmal den Feuerwehrwagen erwähnt. Sie muss ihn entfernt haben. Mitsamt dem toten Feuerwehrmann. Sie hat alles getan um mich aus der Sache herauszuhauen. Vielleicht sollte ich ihr dankbar sein.

Vielleicht aber auch nicht.

Wirklich dankbar bin ich nur einem.

Maik.

www.R-Atte.de

wir sehen uns, Fremder...